Todd M. Johnson
Tödliche Erbschaft

Todd M. Johnson

Tödliche Erbschaft

Thriller

SCM Hänssler

SCM

Stiftung Christliche Medien

MIX
Papier aus verantwortungsvollen Quellen
FSC www.fsc.org
FSC® C006701

SCM Hänssler im SCM-Verlag GmbH & Co. KG · 71088 Holzgerlingen
Internet: www.scm-haenssler.de · E-Mail: info@scm-haenssler.de

Originally published in English under the title: *The Deposit Slip*

Übersetzung: Doris C. Leisering
Umschlaggestaltung: Kathrin Retter, Weil im Schönbuch
Titelbild: shutterstock.com
Satz: Satz & Medien Wieser, Stolberg
Druck und Bindung: CPI – Ebner & Spiegel, Ulm
Gedruckt in Deutschland
ISBN 978-3-7751-5438-3
Bestell-Nr. 395.438

Ich widme dieses Buch meiner unglaublichen Frau Catherine, deren Liebe nicht von den äußeren Umständen abhängig ist, sowie meiner Tochter Libby und meinem Sohn Ian – möge die Erfüllung meines Lebenstraumes sie dazu ermutigen, selbst nie den Glauben an ihre Träume zu verlieren.

1

Erin saß im kühlen Tresorraum der Mission Falls Bank. Sie schaltete eine Deckenlampe an und öffnete das Bankschließfach ihres Vaters. Ein schwacher Geruch von Motorenöl wehte ihr entgegen. Gleichzeitig tauchte ein Bild in ihrer Erinnerung auf - so real, dass es sie erschreckte: An einem heißen Sommermorgen kam ihr Vater von seiner Arbeit am Traktor in die Küche, beugte sich zu ihr hinunter und gab ihr einen Kuss in den Nacken, während sie frühstückte.

Wie konnte eine so kurze Empfindung so stark sein, fragte sich Erin. Sie konnte spüren, wie seine feuchten Lippen sie streiften, wie sein Bart auf der zarten Haut ihres Halses kratzte, wie seine schwere Hand ihre Schulter drückte. Sie kämpfte gegen ihre Tränen an und verkroch sich noch tiefer in ihrer Jacke, um sich vor der Kälte zu schützen.

Mit einiger Anstrengung riss sie ihre Gedanken von diesem Bild los und ließ es sanft verblassen.

Erst jetzt, allein in der Stille des Tresorraums, fürchtete Erin sich vor dem, was das Schließfach noch offenlegen könnte.

Sie hatte bereits mehrere Wochen seit der Beerdigung ihres Vaters verstreichen lassen, und sie wusste, dass sie keine Wahl hatte. Sie griff in die graue Metallkassette und zog den Inhalt heraus: einen kleinen Stapel Papiere, auf dem zuoberst ein Foto lag.

Sie hielt das Bild ins Licht. Es zeigte eine junge Frau, die einen in eine gemusterte Decke gewickelten Säugling in den Armen hielt. Das Muster war ihr vertraut - es war Erins Lieblingsdecke. Die Frau hingegen kannte sie kaum. Erin wusste, dass es ihre Mutter Sandra war, doch die Erinnerungen an ihre Mutter waren undeutlich; sie stammten hauptsächlich von Bildern wie diesem. Aber selbst wenn das Gesicht nur vage zu erkennen war, war doch der Ausdruck darauf unverkennbar: Sie lächelte mit dem offenen Herzen einer frischgebackenen Mutter.

Erin hielt das Foto dicht vor ihre Nase und fragte sich, ob ihre Mutter irgendeine Spur darauf hinterlassen hatte. Doch sie fand nichts und legte das Foto nach einem weiteren langen Blick beiseite.

Dann wandte sich Erin den Papieren zu. Sie hob den Stapel an und klopfte ihn auf einer Kante auf dem Tisch auf, um die Blätter ordentlich auszurichten, bevor sie ihn wieder auf den Tisch legte und sich zwang, ihn durchzusehen.

Obenauf lag die Besitzurkunde für die Farm. Eine kunstvolle Handschrift zog sich über das große Blatt aus dem Jahr 1924. Erin erkannte den Namen des Käufers als den ihres Urgroßvaters. Andere Dokumente folgten: eine Luftaufnahme des Anwesens, vergilbte Rechnungen für landwirtschaftliche Geräte und längst abbezahlte Hypotheken, gefolgt von neuen Hypotheken - Zeugen für das finanzielle Auf und Ab des Hofes. Das letzte Blatt war ein Beleg für die neueste Hypothek, aufgenommen von ihrem Vater. Erin legte die Farmunterlagen beiseite.

Als Nächstes kam die Sterbeurkunde ihrer Mutter von vor achtzehn Jahren. Daran geheftet war eine zerknitterte Quittung auf uraltem Briefpapier, ausgestellt von Paul Larson. Sie bestätigte eine Zahlung ihres Vaters für die Pflege einer Grabstätte »auf unbegrenzte Zeit«. Der Quittung folgte Erins Geburtsurkunde - nächsten Monat wurden es sechsundzwanzig Jahre -, zusammengeheftet mit ihren Zeugnissen von der ersten bis zur zwölften Klasse. Erin lächelte. Sie hätte nicht vermutet, dass ihr Vater sie aufgehoben hatte.

Weiter unten im Stapel fand Erin eine Reihe von Fotos im Format 9 x 13, die an weitere Dokumente geheftet waren. Mehrere der verblichenen Schnappschüsse zeigten Gruppen von jungen Männern in gelbbraunen Uniformen, die Ärmel ihrer Uniformhemden hochgerollt, den Dschungel im Hintergrund. Die jungen Männer mit den kurz geschorenen Haaren hielten die Arme lässig über die Schultern ihrer Kameraden gelegt und grinsten großspurig. Erin erkannte ihren Vater in der Mitte des obersten Fotos. In seinem Mundwinkel hing in James-Dean-Manier eine Zigarette.

Das letzte Foto zeigte wieder ihren Vater, immer noch in Uniform, dieses Mal allein. Hinter ihm waren Zelte und eine Geschützstellung zu sehen. Auf diesem Bild sah er älter aus, fand Erin. Er starrte den Fotografen mit einem abwesenden Blick und ohne zu lächeln an. In seinem Gesicht und seiner Haltung war nichts mehr von der einstigen Großspurigkeit zu erkennen.

An die Fotos angeheftet war die Bescheinigung über die ehrenhafte Entlassung ihres Vaters aus der Armee. Es folgten Dokumente über seinen Krankenhausaufenthalt wegen Verletzungen, die seinen zweiten und letzten Einsatz in Vietnam beendet hatten.

Nachdem sie das letzte Blatt in Augenschein genommen hatte, schob Erin die Papiere wieder zu einem Stapel zusammen und ging ihn noch einmal durch. Sorgfältig schaute sie jedes Blatt einzeln an. Als sie fertig war, spürte sie eine Welle der Erleichterung und entspannte sich. *Das war gar nicht so schlimm,* dachte sie. Sie zog einen Beutel aus ihrer Handtasche und schob alle Papiere in die leere Mappe, die sich darin befand.

Erin erhob sich, streckte die Hand aus, um die Kassette zu schließen - und hielt inne. Auf dem Boden der Kassette lag ein einzelnes rechteckiges Stück Papier, das sie übersehen hatte.

Es war nicht viel größer als eine Kinokarte. Sie zog es heraus und hielt es ins Licht: ein gedrucktes Formular, in dessen Mitte verblasste violette Schrift zu sehen war. Sie beugte sich dichter über das Dokument, um es zu lesen.

Es war ein Einzahlungsbeleg, ausgestellt von der Ashley State Bank. Die farbige Maschinenschrift war verblasst, aber lesbar. Die oberste Zeile zeigte das Einzahlungsdatum: 10. Februar 2008. Das war etwas mehr als drei Jahre her. Die zweite Zeile schien eine Kontonummer zu sein.

Ganz unten auf dem Formular stand die Einzahlungssumme. Erin ließ ihren Blick immer wieder über die Zahl gleiten, bis ihr irgendwann aufging, dass sie sich wieder auf ihren Stuhl gesetzt hatte.

Die Einzahlungssumme betrug 10,3 Millionen Dollar.

2

Sieben Monate später
Amtsgericht von Hennepin County
Minneapolis, Minnesota

Zwanzig Minuten nach elf war die Richterbank immer noch leer. Die Zeit von Anwälten war für einen Richter nicht von Bedeutung, dachte Jared Neaton. Zwei Anwälte - er mit 157 Dollar pro Stunde, sein übertrieben elegant gekleideter Gegner mit dem dreifachen Honorar -, das waren über 200 Dollar abrechenbare Arbeitszeit für einen Richter, der zwanzig Minuten zu spät kam.

Phil Olney stieß Jared mit dem Ellenbogen an. »Wann kommt er endlich?«

»Bald«, versicherte Jared ihm. Doch im Gerichtssaal war der Richter der Herr des Universums. Er kam, wenn er kam. Es hatte keinen Zweck, sich dagegen zu wehren - man musste einfach lernen, sich darauf einzustellen.

»Herr Anwalt?« Es war Blake Desmond, sein Gegner, der am Nebentisch saß. Er reichte ihm ein Blatt Papier, das zu Boden gefallen war.

Jared dankte ihm mit einem Kopfnicken, dachte aber: *Versuch jetzt ja nicht, dich bei mir einzuschmeicheln.* Als Jared den Gerichtssaal vor einer halben Stunde betreten hatte, hatte Desmond nicht einmal die angebotene Hand genommen.

Er war einer jener Anwälte, die ihren Mandanten zeigen mussten, wie unnachgiebig sie waren. Seinesgleichen streifte durch die Flure der fünf »Tiger«, der größten Anwaltskanzleien in den »Twin Cities« Minneapolis und St. Paul. Mit seinem Tausend-Dollar-Anzug und seinen Gucci-Schuhen war Desmond der Inbegriff der schlimmsten Vertreter seiner Spezies.

Jared warf einen flüchtigen Blick auf seinen Mandanten. Es war erst drei Tage her, seit Phils Welt eine beträchtliche Erschütterung erfahren hatte - als er zufällig einen zweiten Satz Geschäftsbücher entdeckt hatte, die sein Bruder Russel für den gemeinsamen Barscheckservice führte. Die Unterlagen zeigten, dass ein geheimes Bankkonto auf Russels

Namen existierte, auf dem 110 000 Dollar aus der Firma der Brüder lagerten.

Diese Entdeckung allein war schon ärgerlich genug. Der Gipfel der Beleidigung war der neue Lexus, den Phil in Russels Garage sah, als er zu ihm kam, um ihn zur Rede zu stellen. In Anbetracht der Tatsache, dass er eine Frau, zwei Kinder unter sechs Jahren und eine Hypothek hatte, mit der er zwei Monate im Rückstand war, war Phil so wütend geworden, dass er fast im Gefängnis gelandet wäre.

Auf Empfehlung eines anderen Mandanten von Jared war Phil in Jareds Kanzlei gekommen. Im Laufe von drei langen Tagen und Nächten hatte Jared sich jeden Penny von Phils 3 000 Dollar Pauschalhonorar verdient: mit der Vorbereitung eines Antrags auf eine einstweilige Verfügung zum Sperren aller Bankkonten, dem Aufnehmen von eidesstattlichen Erklärungen, dem Zusammenstellen der Finanzdaten, der Aufarbeitung der Vorgeschichte und der Ausarbeitung eines Plädoyers mit Argumenten, weshalb das Gericht der einstweiligen Verfügung zustimmen sollte.

Dieser Fall - und das Pauschalhonorar - war ihm gerade recht gekommen. Jared brauchte das Geld, und dass er keine dreißig Tage auf die Zahlung warten musste, war diesen Monat eine besonders gute Nachricht.

Die Paneeltür hinter der Richterbank öffnete sich. Eine matronenhafte Gerichtsangestellte trat hindurch, in der Hand eine Prozessliste.

»Mr Neaton«, rief sie und ließ sich schwer auf ihren Stuhl fallen, »arbeiten Sie noch bei Paisley, Bowman, Battle & Rhodes? Denn Sie sind bei uns bei der Kanzlei Paisley gelistet.«

»Nein«, antwortete Jared und erklärte, dass er jetzt selbstständig sei. Mit der Neaton-Anwaltskanzlei.

Desmond erstarrte kaum merklich und drehte sich zu Jared um. »Wann haben Sie bei Paisley gearbeitet? Kannten sie Michael Strummer?«

»Vor zwei Jahren, und ja«, antwortete Jared knapp, bevor er sich umdrehte und in seinem Aktenkoffer nach einem imaginären Dokument suchte. Für Respekt war es jetzt zu spät.

Jared warf einen weiteren Blick auf seinen unruhigen Mandanten, lehnte sich dann auf seinem Stuhl zurück und versuchte, gelassen genug für sie beide auszusehen. Es bedurfte einiger Übung, Zuversicht auszustrahlen, während man auf die Entscheidung über einen Antrag wartete, dem wahrscheinlich nicht stattgegeben wurde.

Sein Mandant stieß ihn noch einmal an. Die Tür hinter der Richterbank öffnete sich erneut.

»Bitte erheben Sie sich!«, krächzte die Gerichtsangestellte. Ein müde wirkender Gerichtsschreiber mit einer Stenografiermaschine trottete in den Saal, gefolgt von einem jungen, eifrig wirkenden juristischen Assistenten.

Richter Kramer trat als Letzter ein. Beleibt und behäbig, den enormen Bauch in die lange schwarze Robe gehüllt, erklomm er die Stufen zu seinem Platz und ließ sich dann mit einem vernehmbaren Ächzen in den Sessel fallen.

»Bitte nehmen Sie Platz«, rief der Gerichtsdiener. Der Richter, ganz außer Atem, schnaufte verhalten.

Jared schaute zu seinem Gegner hinüber, der kerzengerade am Tisch zu seiner Rechten saß und auf einem Schreibblock letzte Notizen machte. Weiter drüben saß Russell, der stur geradeaus starrte und so steif wirkte wie sein Bruder unsicher.

Dann schaute Jared zurück zur Richterbank. Der Richter, jetzt wieder bei Atem, hatte seine Akte geöffnet und blätterte durch die Schriftsätze von Jared und Desmond. Dabei starrte er ärgerlich durch seine Lesebrille, die ihm fast auf der Nasenspitze hing.

Es war etwas unglücklich, dass ausgerechnet Richter Kramer über diesen Antrag entscheiden musste. Er kannte das Gesetz, doch mit jedem Jahr seiner Amtszeit hatte seine Geduld nachgelassen. Bei seinen Entscheidungen nahm er oft Abkürzungen.

Jared hoffte, dass ihnen das heute zugutekommen würde. Das Gesetz stand bei diesem Antrag gegen Phil Olney. Ihre Erfolgschance hing an dem dünnen Faden der Fairness – und Fairness war nicht immer das Gleiche wie das Gesetz. Das und alle anderen Vorteile, die Jared für seinen Mandanten in den nächsten Minuten herausholen konnte, waren die entscheidenden Faktoren.

Der Richter schaute auf und räusperte sich.

»Meine Herren, ich habe Ihre Schriftsätze gelesen.« Seine Stimme klang durchdringend und gebieterisch. »Dies ist ein Antrag auf eine Unterlassungsverfügung. Der Kläger Philip Olney beantragt, Russell Olneys Konten sperren zu lassen, bis eine Buchprüfung der gemeinsamen Firma der Brüder stattgefunden hat. Könnte man das so zusammenfassen, Mr Neaton?«

Jared erhob sich und bejahte die Frage des Richters.

»Dann bitte ich um Ihr Plädoyer.«

Jared Neaton trat ans Sprecherpult und dachte flüchtig, wie eiskalt das Gesetz doch sein konnte. In seiner Hand hielt er Beweise dafür, dass Russell Olney seinem Bruder eine sechsstellige Summe gestohlen hatte. Doch Russells Anwalt, der Jared beobachtete, wie er sich für sein Plädoyer sammelte, würde mit an Sicherheit grenzender Wahrscheinlichkeit dafür sorgen, dass sein Antrag abgeschmettert wurde: Das Gesetz war auf seiner Seite.

In seinen ersten Sätzen räumte Jared ein, dass es ungewöhnlich war, während eines Verfahrens schon zu einem so frühen Zeitpunkt einer der beiden Parteien die Konten sperren zu lassen. Es war zwecklos, das zu leugnen: In Anbetracht der Präzedenzfälle war es unwahrscheinlich, dass ein Gericht durch eine einstweilige Verfügung vorzeitig eine der beiden Parteien bevorzugte, wenn ein Urteil zu erwarten war, durch das der Geschädigte nach dem Prozess sein Geld wiederbekommen würde. Obwohl Jared es nicht ausdrücklich sagte, bedeutete dies, dass Richter Kramer zugunsten von Russell Olney entscheiden, Jareds Antrag ablehnen und den Fall für ein Verfahren freigeben würde.

Doch Jared und sein Gegner wussten auch etwas anderes ganz genau: In diesem Fall würde nie ein Verfahren eröffnet werden. Wenn Phil diese Runde verlor, hatte er nicht das nötige Geld, um weitere gerichtliche Schritte zu unternehmen. Im weniger wahrscheinlichen Fall, dass Phil gewann und der Richter Russells Konten sperren ließ, würde das Gegenteil eintreten: Russell wäre gezwungen, einem Vergleich zuzustimmen – oder zu verhungern. Heute war für Phil und seinen Bruder der einzige Tag vor Gericht.

»Nun mag es zwar ungewöhnlich sein, Konten schon zu Beginn eines Falls zu sperren«, fuhr er fort, »doch unter den entsprechenden Umständen ist dies auch schon vorgekommen. Und in *diesem* Fall ist eine solche Entscheidung unerlässlich. Denn Russell Olney ist ein Dieb. Kein gewöhnlicher Dieb, sondern ein ungewöhnlich talentierter, ehrgeiziger und skrupelloser.«

»Euer Ehren.« Desmond meldete sich mit seiner tiefen Stimme zu Wort und erhob sich langsam hinter Jareds Schulter. Jared drehte sich nicht um, würdigte ihn keines Blickes, sondern sprach einfach weiter.

»Ein Dieb, der bereit ist, seinen eigenen Bruder zu bestehlen, seine Schwägerin, seine kleinen Neffen ...«

»Euer Ehren?«

»Ein Mann«, rief Jared und gestikulierte mit einer eidesstattlichen Erklärung, die er in der Hand hielt, »der so kalt und berechnend ist, dass er noch auf dem Weg zur Geburtstagsfeier seiner eigenen Schwägerin die gestohlenen Einnahmen aus der Firma auf sein geheimes Konto einzahlte –«

»Einspruch!«

Musik in meinen Ohren, dachte Jared und beobachtete, wie Richter Kramers stirnrunzelndes Gesicht langsam rot anlief. Desmond hätte seine Hausaufgaben machen sollen.

Manche Richter verabscheuten heftige Auseinandersetzungen im Gerichtssaal. Sie erwarteten in ihrem Herrschaftsbereich vor allen Dingen Höflichkeit und bestraften jeden unbedachten Angriff. Richter Kramer, der vor dreißig Jahren ein sehr erfolgreicher Amateurboxer gewesen war, gehörte nicht dazu. Jared nahm mit ausdruckslosem Gesicht das schiefe Profil der Nase von Richter Kramer wahr. In seinem Gerichtssaal war ein Kampf erlaubt. Was er allerdings verabscheute, waren Wichtigtuerei und Selbstdarstellung.

»Mein Mandant ist kein Dieb«, fuhr Desmond fort und ignorierte das Donnerwetter, das sich im Gesicht des Richters zusammenbraute. »Dieser Mann« – ein Finger schnellte in Phils Richtung vor –, »dieser undankbare Kerl attackiert *seinen eigenen Bruder* mit *skurrilen* Anschuldigungen, ohne auch nur den geringsten Beweis zu haben, um diese Anschuldigungen zu stützen! Ich bitte darum, über meinen Einspruch zu entscheiden!«, schloss er mit energisch ausgestreckten Armen.

Jared stand wortlos da und konnte sein Vergnügen kaum verbergen.

Das Gesicht des Richters war rot angelaufen und sah aus, als würde er gleich explodieren. »Mr Desmond, befindet sich hier im Raum eine Jury, die nur für Sie sichtbar ist?« Jared sah, wie der Gerichtsschreiber ein Prusten unterdrückte. »Im Moment legt Mr Neaton keine Beweise vor. Er hält ein Plädoyer. Wissen Sie, was ein Plädoyer ist?«

Russells Gesicht wurde so leichenblass wie das des Richters rot war.

»Nun, Mr Desmond, gegen ein Plädoyer können Sie keinen Einspruch einlegen. *Setzen Sie sich!*«

Desmond nahm Platz, während der Richter sich Jared zuwandte und in gemäßigtem Ton erklärte: »Mr Neaton, bitte fahren Sie fort.«

Jared nickte und zählte eine lange Reihe von Russells wiederholten heimlichen Geldtransfers auf - und stellte die Transferdaten den Daten von Geburtstagen in der Familie, geschäftlichen Meilensteinen und sogar einem Heiligabend gegenüber. Jemand, der seinen eigenen Bruder am Heiligabend bestahl, würde auch nicht zögern, die unrechtmäßig erworbenen Gelder während der langen Monate eines Gerichtsprozesses verschwinden zu lassen. Dies, so schloss Jared, war ein besonderer Fall, der besondere Maßnahmen rechtfertigte.

Desmonds Gegenplädoyer war zwar gedämpft, aber akribisch. Er erklärte den gleichen Präzedenzfall, den auch Jared recherchiert und der ihn zu der Schlussfolgerung geführt hatte, dass das Gesetz auf Russells Seite stand. Doch die Augen des Richters blieben während seines gesamten Vortrags wie versteinert.

Schließlich setzte sich Desmond wieder. Der Richter schob seinen Sessel zurück und winkte seinem juristischen Assistenten mit gekrümmtem Finger, der daraufhin an die Richterbank trat. Ihr geflüstertes Gespräch dauerte einige Minuten, bevor der Assistent an seinen Tisch zurückkehrte.

»Meine Herren«, sagte der Richter und lehnte sich auf die Richterbank, »Philip Olneys Antrag wird stattgegeben. Ich werde die Verfügung unterschreiben, aufgrund derer alle Konten des Angeklagten Russell Olney zu sperren sind.«

Bei diesen Worten musste Jared ein zufriedenes Zucken unterdrücken. Er spürte, wie sein Mandant ihm den Arm drückte. »Danke, Euer Ehren«, sagte er und sammelte rasch seine Papiere ein. Wenn einem

Antrag, den man gestellt hatte, stattgegeben wurde, verschwand man schnellstmöglich aus dem Gerichtssaal, bevor der Richter Gelegenheit hatte, seine Meinung zu ändern.

»Euer Ehren«, rief Desmond, »wir müssen noch die Frage nach der Kaution klären!«

Nicht schnell genug. Jared hatte gehofft, dass, falls er mit seinem Antrag Erfolg hatte, Desmond zu schockiert wäre, um dieses Thema zur Sprache zu bringen.

Der Richter hielt mitten in der schwierigen Aufgabe inne, sich zu erheben und die Richterbank zu verlassen. »Beantragen Sie eine Kaution?«

»Ja, Euer Ehren.« Desmond lernte schnell, und seine Antwort war kurz und prägnant. »Das ist generell obligatorisch, Sir.«

Der Richter blickte finster drein und wandte sich Jared zu. »Herr Anwalt?«

Desmond hatte wieder das Gesetz auf seiner Seite. Ein Verzicht auf die Kaution war möglich, doch das geschah nur selten. Jared warf einen Blick auf Phil, von dem er wusste, dass er finanziell auf dem letzten Loch pfiff. Er hatte ihn bei Übernahme seines Falles um einen Vorschuss von siebentausend Dollar gebeten, doch Phil hatte ihm erklärt, dass er nicht mehr als dreitausend aufbringen konnte, selbst wenn er alle seine Kreditkarten bis zum Anschlag belastete.

»Euer Ehren, unter den gegebenen Umständen ist mein Mandant nicht in der Lage, eine Kaution aufzubringen. Seine finanziellen Mittel«, sagte er mit einer Handbewegung auf Russell hin, »sind in der Hand seines Bruders.«

Jared hoffte, Desmond würde auf dem Punkt herumreiten und den Richter so verärgern, dass er die Kaution ganz und gar abschmetterte. Doch das tat er nicht. Richter Kramer schaute auf seine Unterlagen und rieb den Höcker auf seiner Nase zwischen Daumen und Zeigefinger.

»Also gut«, sagte er schließlich. »Es wird eine Kaution festgesetzt. Doch in Anbetracht der Sachlage werde ich lediglich einen symbolischen Betrag verfügen, und ich werde die Zahlungsfrist verlängern. Mr Philip Olney wird innerhalb von neunzig Tagen eine Summe von dreitausend Dollar bei diesem Gericht hinterlegen; andernfalls wird die einstweilige Verfügung aufgehoben.«

Jared hörte seinen Mandanten leise aufstöhnen. Der Richter stieg schwerfällig die Stufen von der Richterbank hinunter und verschwand wieder durch die Hintertür des Gerichtssaals, seine Mitarbeiter im Gefolge.

Dieses Mal versuchte Jared erst gar nicht, Desmond die Hand zu geben, sondern wartete, bis sein Gegner und Russell den Gerichtssaal verlassen hatten. Als er endlich aufschaute, stand sein Mandant da und starrte ihn an.

»Sie waren super«, begann Phil mit leerem Blick. »Aber ich habe das Geld nicht. Wir hätten ebenso gut verlieren können. Ich kann das Geld nicht aufbringen. Schon gar nicht jetzt, da die Konten gesperrt sind.«

Drei Tage und Nächte. All die Rechnungen, die er mit diesem Geld hätte bezahlen können. Jared griff in seine Jackentasche und zog seine Brieftasche heraus. Der Vorschussscheck war in der Seitenklappe. Er hielt ihn hoch, sodass Phil ihn sehen konnte.

»Hatte noch keine Zeit, ihn einzulösen. Ich reiche ihn für die Kaution ein.«

Philip wirkte unsicher. »Ähm … ich weiß nicht, was ich sagen soll.«

»Sagen Sie mir einfach, dass der Scheck gedeckt ist, Phil.«

»Ja, das ist er. Der Scheck ist gedeckt, Herr Anwalt.«

Jared schob seine Unterlagen in seinen abgewetzten Aktenkoffer. »Dann ist ja gut.«

* * *

Wieder in seinem Büro, saß Jared zurückgelehnt in seinem Stuhl und blätterte durch eine juristische Zeitschrift, als die Tür aufflog. Es war seine Assistentin Jessie Dickerson, die mit einem munteren Blick in den Augen hereinkam.

»Du hast dich reingeschlichen, als ich in der Mittagspause war. Und, wurde heute der Gerechtigkeit Genüge getan?«

»Clarence Darrow* wäre stolz gewesen.«

»Komm schon. Gewonnen, verloren oder unentschieden?«

---

* Bekannter US-amerikanischer Anwalt und Bürgerrechtler (Anm. d. Übers.).

Jared berichtete vom Ergebnis der Anhörung. Dass er den Scheck zurückgegeben hatte, erwähnte er nicht.

»Super! Olney scheint ganz in Ordnung zu sein.«

»Ja, ist er.« Jared konnte einen zufriedenen Gesichtsausdruck nicht ganz unterdrücken. Er war immer zufrieden, wenn er die aufgeblasenen Kerle in ihren Tausend-Dollar-Anzügen schlagen konnte. Aber Desmond würde trotzdem auf nichts verzichten müssen. Jared wusste, wie die großen Anwaltskanzleien arbeiteten. Desmond hatte bereits sein komplettes Honorar für diesen Fall bekommen, noch bevor er heute im Gerichtssaal aufgetaucht war.

In einer relativ neu gegründeten Kanzlei wie der von Jared lag die Sache nicht ganz so einfach. Man musste Risiken bei den Mandanten eingehen, so wie bei Phil, und hoffen, dass sie keine Luftnummern waren, bevor man sich zu sehr in ihre Fälle vertiefte. Ab und zu hatte Jared Pech, doch das war nicht der Grund, warum seine Kanzlei in dem aktuellen Loch steckte. Das war passiert, weil er in einem großen Fall hoch gepokert hatte – in seinem »Durchbruchsfall«. Dem Wheeler-Prozess.

Der »Durchbruchsfall« war der Fall, der die Karriere auf ein ganz neues Niveau katapultierte. Wenn man Mitarbeiter in einer großen Kanzlei war, brachte ein solcher Fall die riesigen Honorare ein, die praktisch garantierten, dass man zum Teilhaber befördert wurde. Für einen selbstständigen Anwalt war es der Fall, nach dem man sich für den Rest seiner beruflichen Laufbahn seine Fälle aussuchen konnte. Manche Anwälte bekamen einen solchen Fall nie zu Gesicht; andere hatten nicht den Mumm, sich einen solchen Fall zu schnappen und festzuhalten, wenn er ihnen über den Weg lief. Denn – wie Jared erst diesen Sommer bewiesen hatte – die Kehrseite eines »Durchbruchsfalls« war, dass man ihn auch verlieren konnte. Für Jared hatte das bedeutet, dass er achtzehn Monate umsonst (und ohne Bezahlung) gearbeitet hatte und auf seinem Konto nun dauerhaft Ebbe herrschte.

Jemand hustete. Jared schaute auf und sah, wie ihm Jessie zwei pinkfarbene Zettel entgegenhielt. »Anrufe für dich.«

Auf dem ersten Zettel stand Clay Strong. »Worum geht's?«

»Weiß nicht. Aber er sagte, es sei dringend.«

Auf dem zweiten Zettel stand Sandra Wheeler.

»Wirst du Mrs Wheeler zurückrufen?«, fragte Jessie und zog die Augenbrauen hoch.

»Nein. Nicht jetzt. Ich habe ihr bereits gesagt, dass im Berufungsverfahren noch ein paar Monate lang keine Neuigkeiten zu erwarten sind.«

Jessie strich sich einige Haarsträhnen aus den Augen und nickte zustimmend, doch Jared konnte sehen, dass sie noch etwas sagen wollte.

»Was ist?«

»Du hast mir gesagt, dass in ihrem Fall so gut wie keine Chance besteht, das Urteil der Jury zu kippen.«

»Und?«

»Und warum lässt du die Berufung dann nicht sausen? Sag ihr, dass es vorbei ist.«

Das wäre das Einfachste: einfach kapitulieren und das Ganze hinter sich lassen. Doch das hatte er noch nie getan. Clay Strong, Jareds Mentor, hatte ihm als eine der ersten Lektionen eingebläut: Die Übernahme eines Falls war wie eine Ehe – »in guten wie in schlechten Tagen«.

»Nein«, antwortete er, »das werde ich wohl eher nicht tun.«

In Jessies Augen zeigte sich Sorge, doch sie zuckte unverbindlich die Schultern und verließ den Raum.

* * *

Die Spätnachmittagssonne stand mittlerweile tiefer als das Fenster, als Jared den letzten Ordner auf seinem Schreibtisch beiseitelegte und sich müde im Büro umsah. Schatten vom Nachbargebäude tauchten den Raum in ein sanftes graues Licht.

Sein Blick blieb an einem kleinen Aktenstapel auf dem Sofa hängen. Ein paar Fälle, die er noch zu bearbeiten hatte, aber keiner davon war mehr als tausend Dollar wert.

Bevor er Sandra Wheeler als Mandantin angenommen hatte, war alles anders gewesen. Damals hatte seine Kanzlei Schwung gehabt – Mandanten, die von anderen Anwälten an ihn verwiesen worden waren, Stammkunden, die mit neuen Aufträgen zu ihm kamen. Dann hatte er den Wheeler-Fall übernommen. Über eineinhalb Jahre lang ging die Arbeit für seine regelmäßigen Mandanten nur schleppend voran. Telefonate wurden aufgeschoben.

Bis auf viel zu wenige Ausnahmen hatten sich seine Mandanten andere Rechtsvertreter gesucht - Anwälte, die noch am gleichen Tag zurückriefen statt ein paar Tage später oder gar nicht. Wären da nicht einige loyale Mandanten, die er von Paisley mitgebracht hatte - wie *Stanhope Printing*, eine Firma, die er seit ihrer Gründung vertreten hatte -, hätte er die Kanzlei wohl kaum am Laufen halten können, dachte Jared.

Wenn wieder Normalität eingekehrt war, würde er nie wieder einen Wheeler-Fall anfassen, schwor sich Jared. Zu riskant. Zu schmerzhaft.

Apropos Schmerz ... Jared drehte den Hals hin und her, um eine Verspannung zu lösen, die zu Kopfschmerzen zu führen drohte. Er wollte nur noch nach Hause und sich hinlegen. Er griff nach seinem Jackett, das auf dem Stuhl neben seinem Schreibtisch lag, der normalerweise für Mandanten reserviert war, als ihm etwas Pinkfarbenes ins Auge stach. Er bückte sich und hob es auf. Es war die Nachricht von Clay Strong - die dringende Nachricht. Wann hatten sie sich zum letzten Mal unterhalten? Das war schon mindestens sechs Monate her.

Jared konnte es sich nicht leisten, sich einen Mandanten entgehen zu lassen, den sein alter Mentor ihm möglicherweise überweisen wollte. Also setzte Jared sich wieder hin und wählte die Telefonnummer.

3

Schritte im Flur passierten Clays Bürotür. Jareds Uhr verriet ihm, dass es bereits nach zwanzig Uhr war. Die Streber, dachte er: junge Mitarbeiter, die sicherstellen wollten, dass Clay wusste, dass sie immer noch da waren. Höflinge des Königs. Er würde seine Autoschlüssel darauf verwetten, dass sie blieben, bis Clay wegfuhr.

Jared spürte, wie ihm die Müdigkeit in alle Glieder kroch. Er schaute Clay an, der hinter seinem riesigen Schreibtisch saß, die Füße auf einen Stuhl an der Seite gelegt. Eine Kiste kubanischer *Montecristos* stand auf der Schreibtischkante. Eine einzelne Zigarre steckte im Mundwinkel des Mannes. Verkehrte Welt. Clay, der gerade einem Schriftsatz den letzten Schliff gab, war fünfundzwanzig Jahre älter als er, aber randvoll mit einer Energie, die Jared sich im Moment nicht einmal vorstellen konnte.

Mit angesteckter Zigarre paffte Clay ungleichmäßige Rauchkringel an die Decke, während er arbeitete. Wer soll sich schon beschweren, wenn dir das ganze Gebäude gehört?

Jareds Blick schweifte über Clays Büro, glitt über die Ölgemälde und die maßgefertigten Bücherregale aus Mahagoni. Es hatte das bescheidene Flair eines Südstaaten-Studierzimmers. In den Vororten von Minneapolis wirkte es deplatziert - bis Clay den Mund aufmachte. Auch nach Jahrzehnten im verschneiten Norden zog er die Adjektive noch immer so lang, wie es für seinen heimatlichen Südstaatendialekt von Georgia üblich war.

Wie oft hatte Jared erlebt, dass Clays Südstaaten-Tonfall eine müde Jury in Minnesota packte und bei der Stange hielt - noch lange nachdem seine Gegner die Geschworenen ermüdet hatten und sie eigentlich nur noch nach Hause wollten.

Clays Haar war etwas grauer geworden, doch sein Lächeln hatte sich nicht verändert; das Lächeln, das einem das Gefühl vermittelte, man sei der Einzige, auf dessen Schultern die Sonne heute warm herabschien. Wenn das ein Anwaltstrick war, war er ausgezeichnet.

Nachdem einige weitere Augenblicke verstrichen waren, nahm Clay den Telefonhörer zur Hand und rief einen jungen Anwalt an, der hereingeeilt kam, um den Schriftsatz abzuholen. Als die Tür sich schloss, wandte Clay seine ganze Aufmerksamkeit Jared zu.

»Mein Lieblingsanwalt, ganz erwachsen und auf eigenen Füßen! Läuft es gut? Arbeitet Jessie noch bei dir?«

»Ja und ja.«

»Ich hätte ihr das Doppelte gezahlt, wenn sie zu mir gekommen wäre.«

»Und hättest ihr das doppelte Arbeitspensum aufgebrummt.«

Da war das Lächeln wieder, gepaart mit einem leisen Lachen.

»Wie lang ist es jetzt her, seit wir Paisley Lebewohl gesagt haben?«

»Diesen Monat sind es zwei Jahre, Clay.«

»Und, hast du es je bereut?«

»Nein«, log Jared.

Clay schüttelte den Kopf und grinste.

Sie unterhielten sich fast eine Stunde lang und tauschten Neuigkeiten aus. Wie groß war Clays Kanzlei inzwischen? Neun angestellte Anwälte, erklärte er, noch keine Teilhaber. Clay fragte, ob Jared noch Kontakt mit den Leuten von Paisley hatte - worauf dieser mit Nein antwortete.

Er wagte es nicht, Clay die gleiche Frage zu stellen. Clays beste Freunde, sogar Anwälte, mit denen er zusammen studiert hatte, waren bei Paisley einst seine Partner gewesen. Jared fragte sich, mit wie vielen davon Clay in den letzten vierundzwanzig Monaten gesprochen hatte, seit man ihn gebeten hatte, die Kanzlei zu verlassen.

Jared trieb das Gespräch nicht voran. Clay drehte immer erst ein paar Runden, bevor er das eigentliche Thema ansprach, und sie hatten sich seit Paisley nicht oft gesehen. Schließlich drückte Clay den Zigarrenstummel in einem Aschenbecher auf dem Sideboard hinter sich aus.

»Ich habe in der Juristenzeitung vom Wheeler-Fall gelesen«, sagte er.

»Ja. Das war eine Enttäuschung.«

»Wenn dir deine Solokarriere zu anstrengend wird - mein Angebot steht noch.«

Die Worte waren eine Höflichkeitsfloskel, eine Einleitung; Clays Augen verrieten es. Er hatte Jared heute Abend nicht herbestellt, um ihm wieder einmal einen Posten in seiner Kanzlei anzubieten.

»Danke, aber nein. Du könntest dir mich nicht leisten.«

Wieder lachte Clay und griff dann nach einer neuen Zigarre. »Warst du in letzter Zeit daheim?«

Der Themenwechsel traf Jared unvorbereitet. »Nein. Ich war schon eine Weile nicht mehr in Ashley.«

Clay entfernte die Zigarrenspitze mit einem goldenen Abschneider und steckte sich die Zigarre in den Mund, ohne sie anzuzünden.

»Ich habe einen Fall, den ich an dich abgeben möchte.« Er nahm ein Streichholz aus der Schachtel auf seinem Schreibtisch, zündete die Zigarre an und blies einen weiteren unförmigen Rauchring in die Luft. »Zufällig handelt es sich um einige Personen aus deiner alten Heimatstadt.«

»Was ist das für ein Fall?«

»Ein bedeutender Fall. Ein schwieriger Fall. Vielleicht einer von diesen ›Durchbruchsfällen‹, von denen du und die anderen Anwälte bei Paisley immer gesprochen habt.«

Sofort stellte sich Jared die Frage nach den Kosten – und wo das Problem lag, wenn Clay so bereitwillig einen so großen Fall abgab. So sehr er den alten Mann mochte: Clay war nicht der Typ Anwalt, der einen anständigen Fall aus reiner professioneller Nächstenliebe aus der Hand gab.

Clay legte den Kopf auf die Seite, so als würde er Jareds Gedanken lesen. Das konnte er gut – durch die Augen ins Herz sehen. Wenn ein Geschworener oder ein Mandant überzeugt werden musste, wurde sein Akzent ausgeprägter, weicher, fast sanft und intim – dann flossen die Vokale wie warmer Honig über die Konsonanten. Jared hatte diesen Tonfall schon Dutzende Male im Gerichtssaal gehört. Jetzt auch.

»Vielleicht fällt es dir ja *schwer,* wieder in den *Sattel* zu steigen«, sagte er gedehnt, »so kurz nach deiner Erfahrung mit dem Wheeler-Fall. Sicher ist auch die damit verbundene finanzielle Frage nicht ganz unerheblich. War ein ziemlicher Rückschlag, oder?«

»Ja.« Über vierzigtausend Dollar. Wieder durchzuckte Jared die Entmutigung, die in letzter Zeit sein täglicher Begleiter war – ein vertrauter Schmerz. Er hatte Paisley nicht mit dreißig großen Mandanten im Schlepptau verlassen. Er besaß auch kein Bürogebäude. Und er hatte auch keine neun angestellten Anwälte, die bis Mitternacht im Büro blieben, um ihn zu beeindrucken. Diese vierzigtausend Dollar waren alles, was er hatte – und noch etwas mehr.

Clay lehnte sich in seinem Sessel zurück und seine Augen spiegelten die Besorgnis wider, die auch in seiner Stimme zu hören war. »Ich weiß, das muss schwer sein. Ich habe das auch schon durch. Man möchte sich am liebsten eine Weile in einem tiefen Loch verkriechen. Aber als Mort Goering mich anrief und bat, diesen Fall von seiner Kanzlei zu übernehmen, dachte ich an dich. Sofort. Weißt du, das ist genau das, was du brauchst. Um das Ruder herumzureißen.«

»Ich weiß es zu schätzen, dass du an mich gedacht hast«, sagte Jared. Dann fügte er in einem bewusst ernsthaften Tonfall hinzu: »Ein guter Fall, sagst du. Warum behältst du ihn dann nicht selbst?«

»Tja, da ist diese Sache mit dieser komplizierten Vereinbarung über das Wettbewerbsverbot, die ich bei Paisley unterschrieben habe.«

»Willst du damit sagen, dass Paisley auf der anderen Seite steht?«

Clay schüttelte langsam den Kopf. »Diese *Schlussfolgerung* wäre korrekt.«

»Welcher Anwalt ist dafür zuständig?«

»Genau genommen sind es zwei. Frank und Marcus.«

Franklin Whittier III. und Marcus Stanford. Dieser Prozess würde brutal werden.

»Die Vereinbarung, die ich unterschrieben habe, war sehr breit angelegt«, fuhr Clay fort. »Paisleys Absicht dahinter war, zu verhindern, dass ihre Mandanten womöglich *unglücklich* reagieren könnten, wenn sie es in einem Prozess mit einem ehemaligen Teilhaber der Kanzlei Paisley zu tun haben.« Er schüttelte den Kopf. »Als ich unterschrieb, wollte ich nur noch weg. Aber jetzt sitze ich hier, und die Vereinbarung – tja, die läuft noch eine Weile.«

Jared fühlte ein gewisses Prickeln bei der Aussicht auf einen neuen Fall, einen Fall, der alles ändern könnte. Dann erinnerte er sich an den sehr übersichtlichen Stapel von Akten, die auf der Couch in seinem Büro lagen, und daran, wie schwer es ihm gefallen war, Jessie letzten Monat ihr Gehalt zu zahlen. Außerdem litt er immer noch unter dem Schlafmangel von drei Monaten. Und er konnte sich immer noch keinen

Fall vorstellen, der ihn gezwungenermaßen zurück nach Ashley führen würde.

»Ich mache das nicht aus reiner Nächstenliebe«, sagte Clay und riss ihn aus seinen Gedanken. »Ich erwarte eine Vermittlungsgebühr. Unter Umständen wäre ich bereit, dir für diesen Fall etwas Startkapital zu leihen - um die Kosten zu decken. Denn ich hoffe, dass du diese Gelegenheit wahrnimmst, um wieder auf die Beine zu kommen. Es ist ein *guter* Fall. Ein *würdiger* Mandant. Und deine Verbindung nach Ashley könnte dir dabei helfen. Einen kleinen Vorsprung verschaffen.«

Verbindung? Jared versuchte sich zu erinnern, wann er das letzte Mal in Ashley gewesen war. Er schüttelte den Kopf. »Clay, ich weiß nicht –«

»Natürlich nicht«, schnitt ihm Clay das Wort ab. »Du hast ja noch nicht einmal gehört, worum es bei dem Fall geht.« Clay griff in eine Schublade, zog eine dünne Akte hervor und schob sie über den Schreibtisch.

Jared griff nicht danach. »Du sagtest, es sei dringend«, sagte er.

Clay nickte. »Das ist richtig. Es *ist* etwas dringend. Mort Goering war der erste Verteidiger in dem Fall. Er hat ihn ein paar Monate betreut, sich dann aber recht plötzlich daraus zurückgezogen. Der Richter in Mission Falls, der diesen Fall hört, hat in seiner unendlichen Weisheit dem Mandanten eine *sehr* kurze Frist gesetzt, um einen neuen Rechtsbeistand zu finden.«

»Wie kurz?«

»Nächste Woche.«

Jared warf unfreiwillig einen Blick auf die Tür.

»Hör mal, Jared«, drängte Clay. »Du kannst die Akte mit nach Hause nehmen. Vielleicht machst du einen kleinen Ausflug in die alte Heimat und triffst dich mit dem Mandanten. Wenn du den Fall dann immer noch nicht willst, kein Problem. Ich bitte dich nur, die Entscheidung in den nächsten Tagen zu treffen, damit wir versuchen können, den Fall woanders unterzubringen, falls du ihn ablehnst.«

Wenn er Wachs hätte, würde er es sich jetzt in die Ohren stopfen und die Flucht zum Parkplatz antreten, dachte Jared. Doch seine Hände waren leer, und das hier war Clay. Er würde Jared niemals die Tür mit einem Nein auf den Lippen erreichen lassen.

»In Ordnung«, sagte Jared schließlich. Er stand auf und griff nach der Akte. »Danke. Ich werde einen Blick darauf werfen.«

Gemeinsam liefen sie den Flur entlang zum dunklen Empfangsbereich. Als sie einander an der Tür die Hand gaben, sah Jared zwei Angestellte auf dem Flur vorbeieilen. Ein Omen, dachte er düster, für die langen Tage, die vor ihm lagen, wenn er diesen Fall übernahm.

Die Hand bereits auf dem Türgriff, drehte sich Jared noch einmal zu Clay um. »Wie heißt der Mandant? Falls ich ihn kenne.«

»Genau genommen ist es eine Sie. Erin Larson. Kommt dir der Name bekannt vor?«

Jared dachte einen Augenblick nach und schüttelte dann den Kopf.

Als er in die Nacht hinaustrat, schlug Jared seinen Jackenkragen hoch, obwohl es erst Mitte September war. Die Luft war unerwartet kalt.

* * *

»Es tut mir leid, Ms Larson. Ich fürchte, wir können Ihren Fall nicht übernehmen.«

Erin schaute den Anwalt mit dem schütteren Haar an, der ihr gegenüber hinter seinem Schreibtisch saß. Es war der dritte Anwalt, den sie diese Woche aufsuchte. Sie sahen alle gleich aus. Dunkle Jacketts, melierte Krawatten oder Krawatten mit Paisleymuster, ernste Augen, mitfühlendes Lächeln. Wie Schaufensterpuppen in Anzügen.

»Warum sind Sie nicht an dem Fall interessiert?«, fragte sie mechanisch.

Das Lächeln des Mannes verschwand für einen kurzen Augenblick, und Erin dachte: *Er überlegt, ob er mir die Wahrheit sagen soll.* »Wir sind gerade nur sehr ausgelastet«, sagte der Anwalt schließlich, und Erin wusste, als sie ihm die Hand schüttelte und ihre Jacke nahm, dass er eine Lüge wohl für die einfachere Lösung gehalten hatte. Es spielte keine Rolle. Den Luxus, enttäuscht zu sein, leistete sie sich nicht mehr.

Als sie in ihren Hyundai stieg und den Motor anließ, spürte Erin ihre Erschöpfung wie einen Bleianzug. Jeder Anwalt, den sie in den letzten Wochen aufgesucht hatte, hatte sie abgewiesen. Nur einer hatte den

Grund genannt. Dieses Nervenbündel, das seine besten Tage als Prozessanwalt bereits hinter sich hatte, hatte zugegeben, dass die Paisley-Anwälte, die er wegen Hintergrundinformationen angerufen hatte, ihm drastische Sanktionen angedroht hatten, falls er auch nur in die Nähe dieses Falles kam. Erin ahnte, dass jeder andere Anwalt, den sie aufgesucht hatte, die gleiche Drohung erhalten hatte.

Erin fuhr nach Ashley zurück. In ihrem Auto war es still - sie konnte sich nicht einmal dazu durchringen, das Radio anzuschalten. Vierzig Minuten später fuhr sie die ruhige Main Street ihrer Heimatstadt entlang und hielt vor dem *Mayfair Drug Store*. Die Apotheke hatte donnerstags lange geöffnet, und es war noch Zeit, ihr Medikament abzuholen.

Gerade wollte sie aussteigen, als ihr bewusst wurde, dass sie vielleicht lieber nicht hier parken sollte. Nicht nur, dass sie keinen Anwalt finden konnte - auch die Schikanen hatten Woche um Woche zugenommen. In den letzten Monaten, seit sie Anklage erhoben hatte, waren die Vorfälle, die mit anonymen Anrufen begonnen hatten, immer schlimmer geworden - bis sie den Anrufbeantworter abgeschaltet hatte und meist nur noch einmal pro Woche in die Stadt fuhr. Sie konnte einfach nicht noch einen Abend ertragen, an dem sie zu ihrem Auto zurückkam und einen Zettel unter dem Scheibenwischer oder einen zerstochenen Reifen vorfand. Wie fanden sie sie nur immer wieder? Und wer waren »sie«? Niemand in der Stadt hatte bisher auch nur ein Wort direkt zu ihr gesagt. Konnten mehr als eine Handvoll Leute in der Stadt so aufgebracht über ihre Klage sein?

Sie ließ den Motor wieder an, fuhr um die Ecke und parkte einen halben Block von der Main Street entfernt - fernab von Straßenlaternen und im Schutz der sanft raschelnden Äste eines großen Ahornbaumes. Sie schloss die Türen ab und lief zurück zur Apotheke.

Nach der Kälte draußen war es dort drinnen angenehm warm. Erin blieb in der Nähe der Eingangstür stehen und suchte in ihrer Handtasche, bis sie das Rezept fand. »Xanax gegen leichte Angstzustände«, hatte der Arzt handschriftlich vermerkt. Nachdem sie ihr Leben lang alle Medikamente außer ihrem Asthmainhalator gemieden hatte, war es nun so weit gekommen. Mehrere Minuten lang stand sie einfach nur da, das

Rezept in der Hand, und starrte den leeren Gang zwischen zwei Regalen entlang zum Verkaufstresen am anderen Ende des Raumes.

»Kann ich Ihnen helfen?«

Erin erschrak bei den Worten. Sie wandte sich um und sah vor sich eine grauhaarige Frau in einem blauen Kittel mit dem Logo der Apotheke, die sie freundlich anlächelte.

»Nein«, antwortete Erin abrupt, drehte sich um und ging.

Ein eisiger Wind traf ihr Gesicht, als sie auf den Bürgersteig trat. Was ging hier vor? Wie war es möglich, dass ihr Leben sich so schnell verändert hatte? Der Polizeibericht über den Tod ihres Vaters war kaum acht Monate alt ... aber sein Tod lag gefühlte zehn Jahre zurück.

Als Erin in die Seitenstraße abbog, konnte sie gerade noch die dunkle Form ihres Geländewagens ausmachen, der unter dem Licht des sternenhellen Himmels im Schatten des Ahornbaumes stand. Einige Schritte weiter merkte Erin, dass etwas nicht stimmte.

Sie zog den Autoschlüssel aus der Handtasche und beschleunigte ihren Schritt, bis sie schließlich auf ihr Auto zujoggte. Eine dunkle Gestalt stand auf der Motorhaube des Geländewagens, eine andere daneben. Die Gestalt auf der Motorhaube hob eine Hand, die etwas Langes und Schmales hielt. Der Arm hieb mit Wucht nach unten, immer wieder, und jedes Mal hörte dabei Erin einen dumpfen Schlag und die Windschutzscheibe splittern.

Sie blieb stehen und ließ einen schrillen, lauten, ärgerlichen Schrei los. Die dunklen Gestalten wandten sich zu ihr um, und Erin wartete darauf, dass sie wegrannten.

Doch das taten sie nicht. Der Mann auf der Motorhaube ließ sich an der Seite hinuntergleiten und trat zu seinem Begleiter. Ihre Gesichter waren in Erins Richtung gewandt, lagen aber im Schatten - und Erin wurde mit immer schneller rasendem Herzen bewusst, dass die beiden überlegten, ob sie überhaupt fliehen sollten.

Langsam und berechnend wandte sich der Mann von der Motorhaube von ihr ab. Der andere Mann folgte, und gemeinsam gingen sie die Straße hinunter.

Erin stand regungslos da, hielt ihre Tasche und ihren Schlüssel umklammert und starrte auf die im Wind schwingenden Ahornäste, die sich wie ein Dach über das beschädigte Auto wölbten. Die Kälte spürte sie nicht mehr; trotzdem zitterten ihre Hände. Und zum ersten Mal in ihrem Leben - mitten auf der Straße ihrer eigenen Heimatstadt - verspürte Erin tiefe Angst.

4

Es ging auf Mitternacht zu, als Jared nach seinem Besuch in Clays Büro sein Reihenhaus betrat, die neue Fallakte in der Hand. Auf dem Weg in die Küche warf er sie auf die Couch.

Im Kühlschrank standen eine Limo mit viel Koffein und ein Energydrink mit noch mehr Koffein. Er schnappte sich den Energydrink und schlurfte müde zurück ins Wohnzimmer

Der Anrufbeantworter auf dem Couchtisch blinkte - eine neue Nachricht. Es war Jessie, die fragte, wie es bei Clay gelaufen war. Jared überlegte, ob er sie zurückrufen sollte, wenigstens um eine freundliche Stimme zu hören. Doch es war sehr spät. Seine Augen brannten und sein Kopf fühlte sich an, als sei er mit Watte ausgestopft.

Jared nahm einen großen Schluck von seinem Energydrink. Sein Blick wurde von dem Stapel Rechnungen auf dem Beistelltisch angezogen. Rechnungen für diesen Monat, die darauf warteten, bezahlt zu werden. Er nahm die obersten zur Hand: MasterCard - nur noch zweihundert Dollar bis zum Kreditlimit. Kabelfernsehen - unter dem Briefkopf stand *Letzte Mahnung.* American Express. Stromrechnung.

Der Scheck von Phil Olney wäre sehr hilfreich gewesen. Vielleicht noch ein halbes Jahr, in dem er den Gürtel enger schnallen musste, und die Lage könnte sich entspannen, jetzt, da der Wheeler-Fall vorbei war - besonders, wenn er einige Kollegen überzeugen konnte, ihm ein paar Fälle abzutreten, *und* weiterhin Überstunden machte. So müde er auch war, eine Pause konnte er sich jetzt nicht leisten.

Jared legte die Rechnungen beiseite und griff abgekämpft nach der Akte. Es war an der Zeit zu sehen, worum Clay einen solchen Wirbel machte.

Die Mappe glitt ihm aus der Hand, fiel mit einem dumpfen Schlag zu Boden und klappte auf. Ein Blatt im A4-Format entfaltete sich zu seinen Füßen.

Es war eine vergrößerte Fotokopie. Die vergrößerten Bildpunkte waren verschwommen und die Farbe verwaschen, doch die Buchstaben und Schriftzüge waren lesbar.

Es sah aus wie ein Einzahlungsbeleg. Knapp unter dem Rand stand in Kursivdruck der Name *Ashley State Bank*. In der Mitte waren drei maschinengedruckte Zeilen. Die erste gab ein Datum an, das drei Jahre und acht Monate zurücklag - 10. Februar 2008. Die zweite Zeile war eine achtstellige Kontonummer. In der dritten Zeile stand:

Einzahlungsbetrag: $ 10.315.400,00

Jared setzte sich auf. Der plötzliche Adrenalinstoß vertrieb die Müdigkeit. Er öffnete die Akte, nahm die Kopie heraus und hielt sie ins Licht. Auf dem Einzahlungsbeleg war nichts weiter zu erkennen. Mit mehr Interesse als zuvor nahm er die Akte wieder zur Hand. Auf der nächsten Seite stand die Überschrift *»Erin M. Larson, als persönliche Vertreterin für den Nachlass von Paul Larson, gegen die Ashley State Bank«*, gefolgt von einer kurzen, vierseitigen Zusammenfassung des Falls. Jared zwang sich, einen weiteren großen Schluck von seinem Energydrink zu nehmen, und machte es sich zum Lesen auf der Couch bequem.

Paul Larson war ein Farmer mit Land zwischen Ashley und Mission Falls, Minnesota ... Die Farm war seit vier Generationen im Besitz der Familie Larson ... In guten Jahren brachte das Land genug für das kommende Jahr und einen gelegentlichen Urlaub in Florida hervor. In schlechten Jahren brachte es nur Schulden ...«

Nach fünf Minuten hatte Jared das Ende erreicht. Das war zu kurz. Er schaute in den Laschen unter den Aktendeckeln nach, doch da war nichts weiter. Er las den Bericht noch einmal durch und konzentrierte sich besonders darauf, wie Erin den Einzahlungsbeleg in der Bank von Mission Falls gefunden hatte, und dass die Ashley State Bank wiederholt dessen Echtheit geleugnet hatte.

Wo waren die Details? Die Klage war vor über fünf Monaten eingereicht worden. Warum zog sich Mort Goering von dem Fall zurück? Was war mit der juristischen Analyse der Klage?

Clay hätte solch eine Zusammenfassung niemals akzeptiert, als er noch mit Jared bei Paisley war. Entweder hatten seine Ansprüche nachgelassen oder der Sinn dieser Akte war, Jared auf die Höhe der Streitsumme aufmerksam zu machen.

Ein Zehn-Millionen-Dollar-Fall mit urkundlichem Nachweis – und auf der Anklagebank eine Bank mit tiefen Taschen. Wenn das Clays Strategie war, funktionierte sie.

Jared überkam eine interessierte Unruhe. Er stand auf, streckte sich und begann, auf und ab zu laufen.

Wie waren zehn Millionen Dollar in die Hände eines Farmers aus Ashley, Minnesota, gelangt? War es illegales Geld? Hatte die Bank es noch?

Er warf einen weiteren Blick auf den Einzahlungsbeleg. War der überhaupt echt?

Das Ganze spielte sich in Ashley ab – das war ein Nachteil. Aber es war ein *Zehn-Millionen-Dollar-Fall.*

Das Telefon klingelte und Jared fuhr zusammen. Die angezeigte Nummer war die von Jessies Mobiltelefon.

»Jessie?«

»Ja. Du bist noch wach.«

»Ja. Du auch. Ziemlich spät, um noch anzurufen.« Die Uhr auf dem Kaminsims stand auf Viertel nach eins.

»Ich konnte nicht schlafen. Und so, wie die letzten Monate gelaufen sind, dachte ich mir, dass du auch noch auf bist. Also, was hatte Clay zu sagen?«

»Er will einen Fall an mich abgeben. Einen großen.«

»Erfolgshonorar oder Stundensatz?«

»Erfolgshonorar, würde ich denken.«

»Warum gibt er einen großen Fall ab?«

Jared erklärte ihr die Vereinbarung mit Paisley und beschrieb den Fall – und wie dringend er war. Am anderen Ende der Leitung wurde es still.

»Jessie?«

»Ja, bin noch dran. Ich denke nur nach.«

»Worüber?«

»Tja, ich dachte, dass du noch vor einer Woche geschworen hast, du würdest dich nicht gleich wieder in einen solchen Fall stürzen.«

Das waren nicht wirklich die Worte, die Jared in diesem Moment hören wollte.

»Ich weiß. Aber soweit ich weiß, warst *du* es, die mich gedrängt hat, mich aus dem Loch rauszuarbeiten.«

»Das sollst du auch. Aber noch ein Fall mit Erfolgshonorar? Bei dem erst am Ende gezahlt wird? Wenn du gewinnst? Schon vergessen? Und was so ein großer Fall im Vorfeld kostet ... Außerdem machst du schon ständig Überstunden. Und das seit Langem.«

Es war nicht das, was Jared hören wollte. »Clay hat mir ein Darlehen für die Auslagen angeboten.«

»Ich dachte, Clay ist ziemlich geizig?«, fragte Jessie. In ihrer Stimme schwang Überraschung.

»Ja, na ja, er erwartet natürlich eine Vermittlungsgebühr.«

Schweigen. »Also wirst du den Fall annehmen?«

»Ich weiß nicht. Ich denke, ich werde morgen zu der Mandantin fahren und mich auch mit ihrem ehemaligen Anwalt unterhalten. Informationen sammeln.«

»Im Büro liegen Fälle von anderen Mandanten, die schon wegen des Olney-Falles warten mussten.«

»Ich nehme mir ein paar Akten mit und arbeite übers Wochenende daran, oder im Motel, falls ich bleibe.«

»Ich wüsste nicht, dass du schon einmal einen Fall in Ashley hattest«, fuhr Jessie fort.

»Ist das der erste Fall, der dir aus dieser Gegend überwiesen wurde?«

»Der erste, der es wert ist, in Betracht gezogen zu werden«, log er. »Ruf morgen bitte Goering an und mach einen Telefontermin mit ihm aus. Ich will versuchen, ihn von unterwegs anzurufen.«

Sie versprach es und legte auf.

Jessies Vorbehalte hinterließen einen faden Nachgeschmack bei Jared. Sie hatte recht, aber es dämpfte seine Begeisterung. Mit müdem Blick schaute er sich im Zimmer um. Ein halb leerer Behälter mit koreanischem Essen stand neben der Lampe – seit Montag. Am Kamin stapelten sich die Finanzunterlagen der Kanzlei kniehoch. Die Bilder, die er eigentlich hatte an die Wand hängen wollen, steckten immer noch in den Umzugskartons – seit seinem Einzug vor achtzehn Monaten. Er sah sie schon kaum noch. Dann schweifte sein Blick zurück zu dem Stapel Rechnungen.

Ja, wahrscheinlich *war* es zu früh. Die letzten Monate war er auf dem sprichwörtlichen Zahnfleisch gekrochen: Die finanzielle Belastung, die vielen Überstunden – er hatte das Gefühl, dass er Teile von sich verlor, die er nie wiederbekommen würde. Und doch, Fälle wie dieser kamen, wie Clay ihn erinnern würde, nicht dann, wenn es ihm passte.

Plötzlich fühlte sich Jared zum Umfallen müde. Der Energydrink verlor seine Wirkung, oder seine Erschöpfung war einfach stärker. Er löschte alle Lichter und stolperte nach oben und ins Bett.

* * *

Sie schaltete das Telefon aus.

Als Clay am Nachmittag angerufen hatte, hatte Jessie versucht, ihm den Grund für seinen Anruf zu entlocken. Clay hatte sie mit seiner seidigen Südstaatenstimme abblitzen lassen. Doch Clays Charme hatte bei ihr noch nie so wie bei Jared und den anderen bei Paisley gewirkt.

Jessie vermutete, dass jeder Fall, den Clay abgab, ein schwerer Fall war – einer, den Clay nicht selbst bearbeiten wollte. Jared war immer der Ansicht, er könnte einen Weg finden zu gewinnen, ganz egal, wie schlecht oder gut seine Karten waren. Er war gut genug, um einen schweren Fall tatsächlich zu einem guten Ergebnis zu führen – normalerweise. Doch die Niederlage im Wheeler-Prozess hatte gezeigt, was passieren konnte, wenn das Risiko *zu* hoch war.

Sie musste ihn zwingen, eine Pause einzulegen. Die Kanzleifinanzen hatten den Punkt erreicht, an dem Jessie die geschäftlichen Rechnungen aussortierte, bevor sie Jared morgens die Post brachte. Und seit dem Ende des Wheeler-Prozesses zeigte sich die Erschöpfung immer mehr in seinem Gesicht und in seiner Stimme.

Jessie verwarf die Idee, Jared noch einmal anzurufen. Er hatte den Fall noch nicht übernommen. Sie konnte den Zug noch zum Stehen bringen, bevor er entgleiste.

5

Mort Goerings raue Stimme, die über den Lautsprecher des Autotelefons drang, weckte in Jared das Bedürfnis, sich zu räuspern. *Wahrscheinlich hat er sein Leben lang geraucht,* dachte er. *Und außerdem hört er sich gern reden.* Allerdings hatte Mort jene selbstbewusste Redegewandtheit, die man besaß, wenn man nicht einmal pro Jahr, sondern einmal pro Monat im Gerichtssaal stand - bis jede neue Jury einem so vertraut war wie entfernte Verwandte. Jared hatte solche Anwälte schon mehrmals als Prozessgegner erlebt, und er respektierte sie.

Mort spulte die Einzelheiten des Larson-Prozesses ab, als wäre es ein Eröffnungsplädoyer. Gleich nach der Highschool, Anfang der Siebzigerjahre, hatte Paul Larson das nördliche Minnesota verlassen und war zu den Marines gegangen. Er wurde nach Vietnam geschickt, beendete seinen ersten Einsatz, verlängerte auf einen zweiten. Beim zweiten Einsatz wurde er verwundet - schwer verwundet - und erhielt dafür das *Navy Cross*. Als er in die Vereinigten Staaten zurückkehrte, setzten sich seine Eltern zur Ruhe und hinterließen ihm die Farm. Er heiratete seine Jugendfreundin und zog aufs Land. Neun Jahre später kam Erin zur Welt - ihr einziges Kind.

»Erins Mutter starb zu jung. Krebs. Sehr traurig«, sagte Mort.

Erin ging in den Twin Cities zur Highschool und kehrte nicht mehr zu ihrem Vater auf die Farm zurück. Dann, vor etwa acht Monaten, setzte Vater Larson sein Auto in einem Schneesturm gegen einen Baum. Erin kam nach Ashley, um den Nachlass zu regeln.

»Erin findet im Schreibtisch ihres Vaters einen Schlüssel. Sie denkt, er ist von der Bank in Ashley, doch es stellt sich heraus, dass ihr alter Herr ein Bankschließfach in Mission Falls hatte, dreißig Kilometer entfernt. Er hatte dort kein Konto, nur das Schließfach. Also fährt Erin ein paar Wochen nach der Beerdigung hin, um es zu leeren, und *voilà*, da haben wir den Einzahlungsbeleg.«

Mort lachte leise in sich hinein. »Sie hat keine Erklärung für das Geld. Es war nicht einmal die Kontonummer ihres Vaters in Ashley - aber seltsamerweise unterschied sich die Nummer nur um wenige Zahlen.« Er schnaubte. »Wo kann dieser Geldsegen her sein? Nach dem Tod meiner Eltern habe ich auch ihr Bankschließfach ausgeräumt, und ich bekam nichts weiter als eine Haarlocke von irgendjemandem, einen Satz wertloser Briefmarken und eine halb leere Schachtel Lucky Strike. Ich denke, mein Vater hat immer eine Packung reingeschmuggelt, wenn er allein in die Stadt fuhr.«

»Was wissen Sie über die Einzahlung?«, fragte Jared und wünschte, Mort würde sich beeilen.

»Nicht viel«, antwortete der. »Der Beleg war auf den 10. Februar 2008 datiert. Den anderen Einzahlungsbelegen in Paul Larsons Unterlagen zufolge wurde er auf dem gleichen Papier gedruckt, das die Ashley State Bank verwendet. Gleicher Druckstil, gleiche Farben - alles identisch. Aber trotzdem leugnet die Bank jegliche Kenntnis von der Einzahlung - einschließlich der Kontonummer. Als Erin hinschrieb und anrief, teilte ihr die Bank höflich mit, sie solle dahin gehen, wo der Pfeffer wächst. Schließlich gab sie auf und rief mich an. Es dauerte eine Weile, bis sie eine Entscheidung getroffen hatte. Ganz unter uns: Ich glaube, sie hatte Angst zu erfahren, wo das Geld herkam.«

Jared konnte diese Reaktion verstehen. »Wie weit sind Sie in dem Prozess gekommen, bevor Sie sich zurückgezogen haben? Irgendwelche Erkenntnisse?«

Mort beschrieb, wie er der Bank mehrere formale Aufforderungen zur Offenlegung aller Informationen gegeben hatte: schriftliche gerichtliche Anfragen und Anforderungen von Dokumenten.

»Daraufhin bekam ich nur Müll. Die Bank engagierte zwei Aasgeier in Anzügen, diesen Stanford und diesen Whittier, die meinen Antrag auf Offenlegung abblockten. Auf jede Anfrage oder Frage bekam ich *seitenweise* Widersprüche. Ich verlangte bessere Antworten, sie gaben mir mehr Müll. Schließlich stellte ich einen Zwangsantrag, und sie reagierten mit einer Androhung von Sanktionen - gegen mich und Erin gerichtet.«

»Was für Sanktionen?«

»Richtlinie 11«, spie Mort förmlich aus.

Richtlinie 11. Die Prozessrichtlinie, die besagte, dass eine ungerechtfertigt angeklagte Partei Sanktionen - Geldstrafen - gegen den Kläger *und* seinen Anwalt verhängen lassen konnte. Es war die stärkste Verteidigungswaffe, die in einem Gerichtsprozess angewandt werden konnte.

Am anderen Ende der Leitung war eine Pause eingetreten. »Mort?«

»Ja. Entschuldigung. Meine Sekretärin hat nur eben meinen Kalender geholt. Ich habe die Beschwerde gegen die Bank am 21. April dieses Jahres eingereicht. Ihre alten Kameraden von Paisley erschienen zwei Wochen später auf der Bildfläche, und - hier haben wir's - stellten am 3. Juli den Antrag auf Sanktionen. So schnell hat mir noch nie jemand einen Antrag auf Sanktionen vor die Nase geknallt.«

Marcus und Franklin waren Anwälte, die den Ruf hatten, verbrannte Erde zu hinterlassen - aber warum war Paisley nach so kurzer Zeit so sicher gewesen, dass ein Fall wie dieser ungerechtfertigt war?

Mort sprach bereits weiter. »Ja, also am 3. Juli haben sie mir fünfzig gerichtliche Anfragen zugestellt, über einhundert Dokumentanforderungen *und* den Antrag auf Übernahme der gesamten Prozesskosten durch Erin und mich gemäß Richtlinie 11.«

Das war unlogisch. »Mort, Richtlinie 11 greift nicht, es sei denn, die Klage ist tatsächlich ungerechtfertigt.«

»Genau. Was kann an einer Klage auf Grundlage eines Einzahlungsbelegs von der Bank ungerechtfertigt sein?«

Am anderen Ende der Leitung trat eine weitere Pause ein. »Heather, könnten Sie mir bitte dieses Buch reichen? Ja. Nein, das linke. Danke. Jared, wenn Sie nächstes Mal in eine juristische Bibliothek kommen, lesen Sie mal nach, was Morrison zum Thema Bankenrecht schreibt. Ich maile Ihnen die Seitenzahl. Aber lassen Sie es mich kurz mit meinen eigenen Worten zusammenfassen. Nach den Gesetzen von Minnesota ist ein Einzahlungsbeleg ein Beweis für eine Einzahlung. Er dokumentiert jedoch nicht, dass ein Vertrag im eigentlichen Sinn zustande gekommen ist. So ähnlich, wie eine Kinokarte nicht beweist, dass man den Film tatsächlich gesehen hat. Also brauchen Sie *andere Belege*, um zu beweisen, dass ein Konto existiert hat; dass das Konto auf den Kläger lief, der Anspruch auf das Geld erhebt; dass das Geld tatsächlich auf dem Konto eingegangen ist; und dass das Geld das Konto nicht verlassen hat.«

Am anderen Ende der Leitung hörte Jared, wie ein Buch mit einem dumpfen Schlag auf den Schreibtisch fiel. »In diesem Fall konnten wir nicht einmal den Einzahlungsbeleg mit dem Farmer in Verbindung bringen, weil es nicht seine Kontonummer war, die darauf angegeben war. Also hieß es in dem Sanktionsantrag von Whittier und Stanford, dass mein Fall unbegründet sei - ich würde nur im Trüben fischen. Und als das Gericht schließlich verfügte, dass die Bank ihre internen Akten vorlegen musste - einschließlich Paul Larsons Kontodaten während der letzten drei Jahre -, gab es keine Spur von der Einzahlung und keine Aufzeichnungen über *irgendein* Konto mit dieser Nummer.«

Mort seufzte. »Ich habe zwei eidesstattliche Aussagen aufgenommen, von Bankangestellten, die angeblich die Experten für die Konten und Kontenbewegungen der Bank waren. Keiner von beiden wusste auch nur das Geringste über die Einzahlung oder das Konto, das auf dem Beleg angegeben war.

Beide sagten aus, der Beleg müsse eine Fälschung sein. Kaum waren die Aussagen aufgenommen, beantragten Stanford und Whittier eine Anhörung für ihren Sanktionsantrag. Und jetzt kommt das Beste: Sie behaupteten, für die Bank seien bereits einhundertzwanzigtausend Dollar an Anwaltsgebühren aufgelaufen. *Einhundertzwanzigtausend Dollar.* Können Sie das glauben?«

Das war eine Botschaft, dachte Jared. Selbst in der Paisley-Kanzlei, wo Einschüchterungstaktiken bewundert wurden, war Stanford legendär für seine »Botschaften«.

»Wissen Sie, ich habe nichts gegen einen anständigen Kampf«, knurrte Mort. »Aber der Richter, den wir am Gericht von Mission Falls erwischt haben, Richter Lindquist, ist eine harte Nuss. Der scheut sich nicht, solche Anträge zu entscheiden. Er hat in der Vergangenheit schon einige heftige Sanktionen gegen Anwälte verhängt. Und ich habe nichts weiter als einen Einzahlungsbeleg - und keine Menschenseele kann mir sagen, ob er echt oder gefälscht ist. Am Ende habe ich Erin gesagt, dass ich mich von dem Fall zurückziehen muss. Ich kann keine sechsstellige Geldstrafe riskieren.«

»Und was hat es damit auf sich, dass sie bis nächste Woche einen neuen Anwalt haben muss?«, fragte Jared.

»Ach, das. Wie gesagt, Richter Lindquist ist ein scharfer Hund. Ich habe ihn um neunzig Tage Frist gebeten, damit Erin einen neuen Anwalt finden kann - Lindquist hat ihr drei Wochen gegeben. Also hat sie noch bis nächsten Mittwoch.«

Das hieß, wenn Jared den Fall übernahm, hatte er nur sehr wenig Zeit, um Beweise zu finden, die seinen Fall stützten. Es bedeutete auch, dass ihm, wenn er den Fall übernahm, die gleichen Sanktionen nach Richtlinie 11 drohten wie Mort.

»Wie lange haben Sie mit Clay zusammengearbeitet?«, wechselte Mort das Thema.

»Fünf Jahre, als angestellter Anwalt bei Paisley.«

»Sie hätten von keinem Besseren lernen können«, sagte Mort. »Ich habe ihn vor fünfzehn Jahren bei einem Fall hier in Bemidji kennengelernt, bei dem es um landwirtschaftliche Geräte ging. Ein Farmer hatte durch einen Antriebsstrang seine Hand verloren. Eine sechsstellige Summe beim Urteil. Die Jury hat Clay *geliebt*. Fantastischer Anwalt.«

O ja. Clay ließ sich von keinem etwas vormachen. Also hatte er wahrscheinlich auch alle Probleme des Larson-Falles gekannt, bevor er ihn Jared angeboten hatte. Noch ein Grund, warum Clay den Fall nicht selbst übernahm.

»Hat sich in den letzten Wochen noch jemand anderes den Fall angeschaut?«

Mort zögerte. »Ja. Ein paar waren es schon, glaube ich. Erin hat fast alle Anwälte hier abgeklappert. Alle haben dankend verzichtet. Ich weiß nicht, ob es an Richtlinie 11 liegt, an dem engen Zeitplan oder sonst irgendwas. Clay ist der Einzige, mit dem ich für sie Kontakt aufgenommen habe. Hey, Jared, eines sollten Sie noch wissen.«

»Was denn?«

»Erin hatte in letzter Zeit etwas Ärger in Ashley. Zerstochene Autoreifen. Wütende Briefe und Anrufe. Dieser Fall hat die Gemüter in der Stadt ziemlich erhitzt.«

Jared bekam ein unangenehmes Gefühl in der Magengegend. »Warum die ganze Aufregung?«

»Soweit ich das beurteilen kann, steckt die Bank dahinter«, schnaubte Mort. »Sie setzt der Lokalpresse Flöhe ins Ohr, dass dieser Fall die Bank ruinieren könnte. In den Artikeln heißt es, wenn die Bank zusammenbricht, würden die Kredite der Farmer strengeren Sachbearbeitern zugeteilt, die schneller mit Zwangsvollstreckungen bei der Hand wären; es würde der örtlichen Wirtschaft schaden. Solche Geschichten.«

Jared versuchte, den Ansturm von Erinnerungen und Emotionen auszuschalten. Warum sollte er sich zurück in den Morast von Ashley begeben? *Zehn Millionen Gründe,* sagte er sich. Zumindest musste er einmal den nächsten Schritt tun.

»Kann ich auf dem Weg zu Erin bei Ihnen vorbeikommen und die Akte abholen?«

»Klar. Ich habe eine Praktikantin, die sich ein Jahr Auszeit von ihrem Jurastudium an der *Hamline Law School* genommen hat, um Erfahrung zu sammeln. Ein großartiges Mädchen, ziemlich intelligent. Rachel Langer. Ich sage ihr, dass sie Ihnen die Akte zusammenstellen soll.«

Jared dankte Mort und erklärte, er wäre bald da.

»Hören Sie, Jared«, sagte Mort, bevor er auflegte, »Sie kennen diese Idioten von Paisley, also ist es für Sie vielleicht anders. Aber wenn Sie sich in diesen Krieg stürzen, lassen Sie sich warnen. Diese Kerle behandeln den Fall, als steckte etwas sehr, sehr Persönliches dahinter.«

* * *

Mick Elgarts Telefon klingelte und weckte ihn von einem Nickerchen auf seiner Wohnzimmercouch. Er rieb sich das Gesicht und blinzelte, um die Nummer erkennen zu können. Dann räusperte er sich und nahm ab. »Ja.«

»Hallo? Hallo? Hier ist Rachel.« Ihre Stimme war ein leises Flüstern.

»Okay, Rachel. Du musst lauter reden. Ich kann dich kaum hören. Bist du irgendwo, wo jemand mithören kann?«

Es entstand eine Pause. »Nein, ich glaube nicht.«

Mick schüttelte den Kopf. »Okay, dann hör auf zu flüstern. Was gibt's?«

»Jemand kommt, um die Akte aus Goerings Büro abzuholen. Die Larson-Akte.«

»Okay, Rachel. Wer ist es?«

»Sein Name ist Jared Neaton.«

»Übernimmt er den Fall?«

»Ich weiß nicht. Ich weiß nur, dass er die Akte abholt.«

»Wie schnell wird er da sein?«

»Hmm? Oh, er ist schon da. Er ist gerade bei seinem Auto.«

»Weißt du, wo er hin will, wenn er die Akte hat?«

»Ich habe gehört, wie er zu Mr Goering gesagt hat, dass er nach Ashley will, um sich mit der - um sich mit Erin Larson zu treffen.«

Mick versuchte nachzudenken, doch Rachel sprach weiter. »Also, bin ich jetzt fertig hier? Denn ich will hier nicht mehr bleiben.«

Das Jammern nervte Mick und er lehnte sich auf der Couch zurück. Wie sollte er reagieren? Rachel war ein notwendiges Übel, seit sie sich im Frühjahr auf seine Kleinanzeige für eine juristische Assistentin gemeldet hatte. Er hatte ihr das Fünffache an Gehalt geboten, das jede Rechtsanwaltsfachangestellte bekommen würde, wenn sie als »Freiwillige« in Goerings Kanzlei arbeitete. Sie hatte umso mehr gejammert, je vertraulicher die Informationen waren, die sie ihm jede Woche über den Larson-Fall liefern musste. Doch das spielte keine Rolle: Sie war längst süchtig nach dem Geld.

Konnte er sie jetzt freigeben? Und falls er das tat, bestand dann die Gefahr, dass sie sich gegen ihn wandte - und mit Goering oder der Polizei redete?

Ja, entschied er, er konnte sie freigeben. Und nein, sie war kein Risiko. Wenn die Larson-Akte das Büro von Goering verließ, hatte es wenig Sinn, sie noch weiter zu bezahlen. Und was einen möglichen Sinneswandel betraf - das würde nicht passieren. Er kannte diese Art Mensch gut genug. Sie würde sich einreden, dass *er* der Böse in der ganzen Geschichte war. In einem oder zwei Monaten würde sie sich auch einreden, dass nichts, was sie getan hatte, eigentlich so schlimm war, und es ganz verdrängen.

»Ja, Rachel, du kannst jetzt aufhören. Dein letztes Gehalt hast du nächste Woche im Briefkasten. Viel Glück mit dem Jurastudium.«

Am anderen Ende der Leitung wurde es still. Sie hatte das richtige Studienfach gewählt, dachte Mick, als er das Telefon ausschaltete. Sie würde eine tolle Anwältin abgeben.

6

Erin war nicht das, was Jared erwartet hatte. Sie nahm ihn vor dem Farmhaus in Empfang, in einer weißen Skijacke, Jeans und einem Basecap. Sie war schlank und hübsch, mit lockigem kastanienbraunem Haar, das sie zu einem Pferdeschwanz zusammengebunden hatte. Es dauerte ein paar Sekunden, bis er wusste, was ihm seltsam vorkam: Sie war zu »städtisch«, wie sie da im Schatten des Silos stand. Sie passte nicht zur Kulisse der vielen Hektar gepflügter Erde.

Die Farm lag am Ende einer langen, ausgefahrenen Zufahrtsstraße, die von der Landstraße 3 abging. Ein verwittertes Holzschild, in das in einer Kinderhandschrift *Larson* eingebrannt war. Neben dem Briefkasten ein Schild von einem Immobilienmakler in Ashley, auf dem *Zu verkaufen* stand.

Die Farm wirkte teils gepflegt, teils verwahrlost. Die hellrote Scheune sah aus, als wäre sie erst vor Kurzem gestrichen worden, doch ein Stapel Ziegel zeugte von unvollendeten Reparaturen an dem gemauerten Unterbau. Die Viehpferche waren einheitlich und rechteckig, doch fehlende Seitenlatten machten die leeren Pferche unbenutzbar.

An einer Seite des Hauses war ein Geländewagen geparkt. Jared sah, dass die Windschutzscheibe ein einziges Netz aus zersplittertem Glas war.

Er folgte Erin durch die Seitentür. Im Haus schien Erin besser in ihre Umgebung zu passen. Sie bewegte sich ungezwungen durch die Küche und stellte Kekse (gekauft, nicht selbst gebacken), Sahne und Zucker auf den Frühstückstisch. Jared fiel auf, dass sie die Farm immer als die Farm ihres Vaters bezeichnete, nie als ihre eigene.

Eine Weile saßen sie mit ihren dampfenden Kaffeetassen am Küchentisch und tauschten sich über eventuelle gemeinsame Bekannte aus Ashley aus. Es war nur eine kurze Unterhaltung, da keiner von beiden viele Namen vorbringen konnte, und es wurde rasch deutlich, warum Jared Erin nicht kannte. Sie war zwei Klassen unter ihm gewesen, und wie Mort gesagt hatte, hatte sie die Ashley High nach der neunten Klasse verlassen, um ihren Abschluss in den Twin Cities zu machen.

»Kurz vor der zehnten Klasse bot meine Tante Karen – sie war Moms Schwester – an, für mich das Schulgeld für die Trinity High School in den Twin Cities zu übernehmen. Natürlich ließ ich mir diese Chance nicht entgehen«, beschrieb sie die Einsamkeit, die sie empfunden hatte, als sie ohne Mutter auf der Farm aufwachsen musste. Ihr Vater war hingebungsvoll, aber auch still und in sich gekehrt. Als die Einladung ihrer Tante kam, setzte sich ihr Vater nicht dagegen zur Wehr. Es musste wohl offensichtlich gewesen sein, dass sie weg wollte.

»Ich hatte ihn von Herzen lieb«, seufzte sie, »aber ich hasste die Farm. Und am Ende hatten wir nichts weiter als die Farm. Ich war fünfzehn, alt genug, um zu wissen, dass es schwer für ihn sein würde, wenn ich ging. Aber ich konnte nicht bleiben. Es war die Highschool, verstehen Sie? Dad bot mir ein Auto an – weil wir so abgelegen wohnten –, aber das reichte nicht. Ich wollte *irgendwo* sein, und diese Farm war ein Fleck im *Nirgendwo*. Es war die ganze Zeit so still nur mit uns beiden. Nur die Arbeit und wir beide.«

Sie schaute aus dem Fenster und Jared folgte ihrem Blick. Hinter der Kiefer im Hof war über der umgebrochenen Erde meilenweit nur der Horizont zu sehen.

Jared lenkte das Gespräch weg von den von Schuldgefühlen geprägten Erinnerungen und fragte, was sie nach der Highschool gemacht hatte.

Sie hatte das Studium an der Universität von Minneapolis beendet, erzählte sie, und hatte dann angefangen, in der Werbebranche zu arbeiten. Jetzt hatte sie eine Wohnung in Minneapolis in der Nähe des Flusses.

»Früher bin ich alle paar Monate nach Ashley gefahren. Vater war dankbar, mich zu sehen, aber ein paar Tage später kam immer der Abschied.« Ihre Stimme klang immer gepresster. »Bevor er starb, hatte ich schon eine Weile nicht mit ihm gesprochen.«

Was für ein Mensch ihr Vater gewesen sei, fragte Jared.

Erin wurde still. Dann sagte sie: »Als kleines Mädchen fragte ich mich immer, warum er kein Senator oder der Präsident war. Vielleicht sieht jedes Mädchen in diesem Alter seinen Vater so, besonders, wenn er gütig und sanft ist. Selbst ohne Mutter bemühte er sich sehr, mich wie eine Tochter aufzuziehen. Als ich an die andere Schule wechselte, hat er mir nie Schuldgefühle vermittelt.

Ich betrachtete ihn immer als diesen stillen, ehrlichen Farmer und Kriegshelden. Er arbeitete von Sonnenaufgang bis Sonnenuntergang, beklagte sich nie, bezahlte seine Rechnungen. Behandelte die Leute anständig. Als ich älter wurde, wusste ich, dass er ab und zu finanzielle Schwierigkeiten hatte, aber als Kind hatte ich davon keine Ahnung. *So* war mein Vater in meinen Augen.«

Sie unterbrach sich mit ausdruckslosem Gesicht und bemühte sich, die Fassung zu wahren.

»Aber plötzlich ist er fort, und ich finde diesen Einzahlungsbeleg. Was soll ich denn jetzt denken?«

Sie erwartete keine Antwort, und Jared hätte den Gedanken, den er in jenem Moment hatte, sowieso nicht geäußert. Er trieb das Gespräch voran.

»Hatte Ihr Vater ein gesellschaftliches Leben? Menschen, mit denen er mehr Zeit verbrachte?«

Früher gehörten sie zur lutherischen Kirche, erklärte sie, aber nach dem Tod ihrer Mutter gingen sie kaum noch hin. Dann gab es die Nachbarn auf den umliegenden Farmen. Er traf sich mit ihnen, half ihnen aus oder nahm gelegentlich ihre Hilfe in Anspruch. Und manchmal ging er in die Legion Hall, wo sich die Veteranen trafen. Aber zu seiner Trauerfeier waren nur wenige Menschen erschienen, und die meisten von ihnen hatte sie nicht wiedererkannt.

»Haben Sie eine Ahnung, wo das Geld hergekommen sein könnte? Ein reicher Onkel, der gestorben ist? Ein altes Familiengrundstück, auf dem man Öl gefunden hat? Dreißig Jahre alte Apple-Aktien, die wieder aufgetaucht sind?«

Sie belohnte ihn mit einem Lächeln und einem leisen Lachen. »Nein. Nicht, dass ich wüsste. Er hatte nicht viele Verwandte, und noch weniger, mit denen er Verbindung hielt. Nur Tante Karen – die Schwester meiner Mutter.«

»Kein mitternächtlicher Anruf von Ihrem Vater vor drei Jahren, bei dem er von einem unerwarteten Geldsegen erzählte?«

»Nein.«

Es war an der Zeit zu fragen. »Was wollen Sie mit diesem Prozess erreichen?«

Das war die Frage, die das meiste über einen Mandanten aussagte. Manche suchten nach Antworten, die ihr Anwalt ihrer Meinung nach hören wollte. Andere sagten einfach die Wahrheit, oder wenigstens die momentane Wahrheit. Doch selbst wenn sie die Wahrheit sagten, gingen die Wünsche, die Mandanten mit einem Prozess verbanden, unglaublich weit auseinander. Manche wollten »Gerechtigkeit«, andere nur die Gelegenheit, ihre Geschichte vor Gericht vorzubringen. Manchmal ging es nur ums Geld. Und während eines Gerichtsverfahrens entwickelten sich manchmal Gelüste. Jared hatte erlebt, wie sich der bescheidenste Mandant in einen Wall-Street-Banker verwandelte, wenn es ums Geld ging.

»Ich will wissen, was passiert ist - wo das Geld herkam«, antwortete sie. Mit jedem Wort gewann ihre Stimme an Kraft. »Ich will wissen, worum es geht. Wenn das Geld meinem Vater gehört hat, will ich es zurück. Auf jeden Fall will ich nicht, dass die Bank es behält.«

Ihr letzter Satz kam in ausdruckslosem, aber entschlossenem Ton. Zumindest für den Gerichtssaal war das eine gute Antwort, dachte Jared. Sie behauptete nicht, sie wolle ein Waisenhaus gründen oder versuchen, den Welthunger zu beenden. Diesen selbstgerechten Typen traute er nie - die Geschworenen durchschauten sie, oder sie brachen im Kreuzverhör zusammen. In Erins Stimme oder Gesicht war kein falsches Heldentum zu erkennen. Ihre Ziele waren einfach, glaubwürdig, fair.

Jurys waren wie Sportfans: Sie wollten sich für eine Seite entscheiden. Eine Jury würde Erin sympathisch finden. Es schadete nicht, dass Jurys Banken hassten - fast so sehr, wie sie Versicherungen und Rechtsanwälte verabscheuten.

Jared schaute Erin über den Tisch hinweg an. Sie hatte die Hände um ihre kühler werdende Kaffeetasse gelegt. Ihr Gesicht sagte alles - der leichte traurige Schwung ihres Mundes und die Mischung aus Schuld und Schmerz in ihren Augen. Er verstand ihr Bedürfnis, die Herkunft des Geldes zu erfahren.

»Was meinen Sie, wo das Geld herkam?«, fragte er schließlich.

»Ich weiß nicht.« Sie schüttelte langsam den Kopf.

»Aber Sie müssen doch darüber nachgedacht haben.«

Zögern. »Ja, aber ich bin noch zu keinem Schluss gekommen.«

Jared warf einen Blick aus dem Fenster und auf das draußen geparkte Auto. »Jemand ist der Ansicht, dass Sie das Geld nicht verdienen.«

Sie verzog das Gesicht. »Die Zeitung bringt jede Woche einen Artikel über den Prozess, und normalerweise stellt sie sich auf die Seite der Bank. Sie stellt es so dar, als versuchte ich, die Stadt in den Bankrott zu treiben. Ich hätte nie im Leben eine solche Reaktion erwartet. Nicht in Ashley.«

»Haben Sie Angst?«

»Nein. Zumindest ... bis vor Kurzem.«

»Wissen Sie, abgesehen von den Schikanen besteht noch ein anderes Risiko, wenn Sie den Fall weiter verfolgen. Auf Sie beziehungsweise das Nachlassvermögen könnte eine Geldstrafe zukommen, wenn Sie verlieren.«

Erin zuckte die Schultern. »Ich weiß über die Sache mit Richtlinie 11 Bescheid. Mir ist es egal, ob sie mir eine Geldstrafe auferlegen. Ich bin pleite. Die Farm wird zwangsversteigert - ausgerechnet von der Bank. Es gibt ein paar Geräte und etwas Vieh. Der Farmer, der diesen Sommer das Land gepachtet hat, kümmert sich jetzt darum. Aber es gibt nicht viel zu verlieren.«

Jared schwieg einige Momente, bevor Erin fragte: »Also, sind Sie an dem Fall interessiert?«

Die Frage katapultierte ihn in die kalte Realität zurück. Natürlich war er an einem Zehn-Millionen-Dollar-Fall interessiert. Selbst wenn sich herausstellen sollte, dass es sich bei der Einzahlung um staatliches Geld handelte - oder dass es aus irgendeiner anderen Quelle stammte -, wusste Jared, dass er wahrscheinlich ein Honorar daraus beziehen würde, wenn er es zurückholen konnte. Aber zuerst mussten sie es zurückholen. Und Erin hatte keine Ahnung, wo Jared finanziell stand oder welche Folgen sein Wheeler-Fall gehabt hatte. Der Gedanke an einen riskanten Krieg gegen ein Team wie Stanford und seinen Pitbull Whittier bereitete ihm Magenschmerzen. Besonders, wenn dieser Krieg hier in Ashley stattfand.

Er schaute Erin an. Während er schwieg, hatte sie seine Tasse mit zur Anrichte genommen, um sie aufzufüllen. Jared mochte Erin, und bisher glaubte er ihr. Ihm gefiel auf jeden Fall der Gedanke, gegen eine Bank zu kämpfen, die einem Farmer Geld gestohlen hatte - selbst wenn es illegales Geld war.

Jared schaute sich im Raum um. Die Küche sah aus, als stamme sie aus den Siebzigerjahren - wahrscheinlich war sie in dieser Zeit zum letzten Mal renoviert worden. Vielleicht von Erins Mutter. Die Schränke waren aus Kiefernholz, das zerkratzte Spülbecken aus Porzellan und die Arbeitsflächen limettengrün. Eine Keksdose in Form eines Bären stand auf dem Fensterbrett über der Spüle. Sie erinnerte an eine Zeit, bevor in der Familie Larson ein junger Mann seine Frau verloren hatte und einem kleinen Mädchen die Mutter geraubt worden war. War der Vater, den Erin kannte, als dieser Raum in einer Zeitblase stecken blieb, der gleiche Mann, der zwanzig Jahre später mit zehn Millionen Dollar eine Bank betrat?

»Ich weiß nicht«, antwortete Jared, als Erin sich wieder setzte. »Ich muss erst noch mehr recherchieren.«

Ihre Stimme klang jetzt gepresst. »Sie wissen, dass ich bis nächsten Mittwoch habe, um einen neuen Anwalt zu finden.«

»Ich weiß.«

Sie schüttelte den Kopf und ihre Augen nahmen einen resignierten Ausdruck an. »Das ist alles nicht fair.«

Dieser Blick weckte in ihm den Wunsch, Ja zu sagen. Es war definitiv Zeit zu gehen. Jared erhob sich und griff nach seinem Jackett.

»Ich nehme an, Sie wollen das auf der Basis eines Erfolgshonorars handhaben«, sagte er unbeholfen. »Normalerweise behalte ich ein Drittel der Streitsumme als Honorar und komme für alle Kosten auf.«

Sie zuckte die Schultern. »Ich habe keine andere Möglichkeit, Sie zu bezahlen. Ich lebe von meinen Ersparnissen und einigen kleinen Lebensversicherungen, die mein Vater hatte, und langsam wird das Geld knapp.«

Jared nickte, als er in seinen Mantel schlüpfte. »In Ordnung. Ich melde mich Montag bei Ihnen.«

Sie sah ihm direkt in die Augen. »Ich weiß nicht mehr, wem ich vertrauen kann. Welche Ratschläge ich befolgen soll. Seit ich diesen Einzahlungsbeleg gefunden habe, scheint es nur noch um das Geld zu gehen. Ist das so?«

Jared antwortete nicht und sie hakte nicht nach.

Sie verabschiedeten sich mit Handschlag draußen auf dem Hof. Als Jared wegfuhr, dachte er über diesen Moment nach. Umgeben von kahlen Feldern, leeren Stallungen und der Stille des kargen Gehöftes fühlte sich die unerwartete Wärme ihrer Haut auf seiner an wie ein Feuer in einem kalten, leeren Raum.

7

Jared stieg am Stadtpark von Ashley aus dem Auto. Er hatte vor, bei der Bank anzufangen, die auf der anderen Seite des Parks lag. Das Gebäude an sich würde ihm nichts verraten und er wusste, dass er die Bankangestellten ohne Vorladung nicht befragen konnte. Trotzdem erschien es ihm passend, dort anzufangen. Er hatte hier geparkt, einige Blocks entfernt, weil ihm auch nach einem Spaziergang durch die Stadt zumute war - nach so vielen Jahren, die er nicht mehr in Ashley gewesen war.

Während er den Park durchquerte und auf die Main Street zulief, dachte er über Erin nach - ihre Isolation auf der Farm ihres Vaters und die Spur von Traurigkeit in ihren Augen. In seiner Erinnerung hörte er die Unsicherheit in ihrer Stimme, als sie ihm versicherte, dass sie es »einfach wissen musste«. Ihr Gesicht tauchte in seinen Gedanken auf, besonders der Ausdruck, als er ihr das kurze Lachen entlockt hatte.

Widerstrebend unterbrach er diesen letzten Gedankengang. Sie war eine potenzielle Mandantin, und es gab Regeln.

Wie lange war es her, seit er das letzte Mal eine Freundin hatte? Oder auch nur über eine Freundin nachgedacht hatte? Er schüttelte den Kopf.

Verliebte Anwälte: ein Widerspruch in sich. Ein Drittel seiner Studienklasse hatte Kommilitonen geheiratet. Der gleiche Prozentsatz von Paisley-Anwälten hatte Sekretärinnen geheiratet - wenn nicht beim ersten, dann beim zweiten Mal. Denn wen sonst sah man täglich, wenn man Tag und Nacht arbeitete und die Wochenenden damit verbrachte, vom Büro aus auf die Straße hinunterzuschauen?

Er hatte darüber nachgedacht, einmal mit Jessie auszugehen, als er sie bei Paisley kennengelernt hatte. Sie war intelligent, mitfühlend, voller Energie. Attraktiv ebenfalls, wenn auch anders als Erin - weniger an der Oberfläche und mehr dadurch, wie sie sich gab. Doch es widerstrebte ihm, dem gleichen Verhaltensmuster zu folgen wie alle anderen Anwälte, und jetzt hatte er sie eingestellt und auch dazu gab es definitiv Regeln.

Jared erreichte die Main Street. In nördlicher Richtung führte der Fußweg hinunter in die Einkaufsmeile von Ashley. Der vertraute Anblick der Innenstadt brachte seine Gedanken zurück in die Gegenwart. Er drehte sich um und lief den Hügel hinab.

Es war zwei, nein, drei Jahre her, seit er zum letzten Mal hier gewesen war. Weitere fünf Jahre war es her, seit er seiner Mutter geholfen hatte, ihre Sachen zu packen und wegzuziehen. Als Jared die Straße hinunterschaute, dachte er, dass sich die sechs Blocks der Innenstadt kaum verändert hatten, seit er früher mit seinem Taschengeld in der Hand diesen Bürgersteig entlanggeeilt war, um den neuesten Superhelden-Comic in Burnsides Buchhandlung zu kaufen. Im Alter von zehn Jahren hatte Jared diesen Weg jede Woche zurückgelegt, bis sein Vater von der wachsenden Sammlung unter seinem Bett erfuhr und ihm verbot, noch mehr davon zu kaufen. Ganz der typische Buchhalter, hatte sein Vater ihm einen Vortrag darüber gehalten, dass dies Geldverschwendung sei.

Eine Weile umgingen er und sein bester Freund Stuart das Verbot, indem sie sich jede Woche gegenseitig die Comics schenkten – immerhin kauften sie die Hefte ja nicht für sich selbst.

Es war Jareds erste Rechtsauslegung, und sie endete schlecht für ihn. Sein Vater, der höchste Richter und gleichzeitig oberste Jury seiner kleinen Welt, bekam Wind von der Sache und warf die ganze Sammlung hinaus.

Vor ihm wartete der unverkennbare Mittelpunkt der Stadt – das vierstöckige Gebäude der Ashley State Bank. Selbst nach all diesen Jahren hielten seine dunkelroten – blutroten – Backsteine die Innenstadt von Ashley zusammen, als wäre es ihr pulsierendes Herz.

Das im 19. Jahrhundert erbaute Gebäude der Ashley State Bank stand an der Ecke zwischen der Main Street und der Sycamore Street. Abgesehen von seiner Höhe konnte es den Passanten mit seiner tiefroten Farbe, den hellroten Backsteinverzierungen und der Jahreszahl 1891, die in tiefen Lettern in den Schlussstein über der Tür eingemeißelt war, an eine Kirche erinnern. Das war kein Zufall: Ashley war für seine vielen Kirchen bekannt, und die Bank war in dem Sommer erbaut worden, nachdem die First Lutheran Church in der Willow Street fertiggestellt worden war. Nach Bauende genoss die Bank sofort ein Prestige, das dem lutherischen Gebäude Konkurrenz machte. Immerhin war das

Bankgebäude - damals und jetzt - zwei Stockwerke höher als alle anderen Bauwerke in Ashley.

Vor der Bank blieb Jared einen Augenblick lang auf dem Bürgersteig stehen. Mit diesem Gebäude waren seine stärksten Kindheitserinnerungen verbunden. Es war zum Symbol des Bruches zwischen ihm und seinem Vater geworden - so sehr, dass er ein irrationales Widerstreben verspürte hineinzugehen. Er schüttelte es ab, stieg die Stufen zum Haupteingang hinauf und drückte die schwere Glastür auf. Er betrat das weitläufige Foyer und ging einige Schritte nach rechts, um nicht im Weg zu stehen. Dann zog er seine Brieftasche hervor, als suchte er etwas. Er hoffte, dass ihn niemand bemerkte - er wollte keinem begegnen, den er kannte. Während er so tat, als durchsuchte er seine Brieftasche, warf Jared einen unauffälligen Blick auf die Angestellten hinter ihren Schalterfenstern und die wenigen Kunden, die in der Schlange und an einem Seitentisch standen, wo sie Ein- und Auszahlungsbelege ausfüllten. Zu seiner Erleichterung kam ihm niemand bekannt vor.

Während er so im marmornen Eingangsbereich stand und beobachtete, wie sich die Schlange vorwärtsbewegte, überlegte Jared, wie Paul Larson wohl vor drei Jahren seine Einzahlung getätigt hatte. War er an den Schalter getreten und hatte einen Scheck unter dem vergitterten Fenster hindurchgeschoben? Nein, das wäre absurd - niemand stellte sich in die Schlange, um dann einem Bankangestellten einen Zehn-Millionen-Dollar-Scheck zuzuschieben. Besonders, wenn die Transaktion illegal war.

Jared schaute an den Kassenschaltern vorbei an die Rückseite des Raumes. Eine Reihe von Büros säumte die Wand. Er konnte die Namen und Titel mehrerer stellvertretender Direktoren erkennen. In der Ecke war das Büro des Bankdirektors.

Wahrscheinlich hatte er die Transaktion dort abgewickelt. Irgendwo im Hintergrund, ungestört in einem Büro, allein mit einem leitenden Angestellten.

Jared erinnerte sich, wie er vor langer Zeit vor den gleichen vergitterten Schalterscheiben gestanden hatte. Zwölf Jahre alt war er damals gewesen, und jede Woche kam er her, die Ausbeute von einem Tag Rasenmähen und Heckenschneiden in der Hand. Stück für Stück rückte er mit der Schlange vorwärts, umgeben vom Rasierwassergeruch von Männern mit kurzen, breiten Krawatten, dem beißenden Schweißgeruch von Farmern in Overalls oder der Parfümwolke einer ergrauenden Dame. Schließlich trennte er sich von den Banknoten, die noch feucht waren, weil sie in schweißnassen Hosentaschen gesteckt hatten, und schob sie unter den Gitterstäben hindurch. Er schaute zu, wie der gelangweilte Kassierer das Produkt von sechs Stunden Arbeit, in denen Jared in der prallen Sonne Rasenmäher übers Gras geschoben hatte, in kleine, verwischte Einträge auf den Seiten seines Sparbuchs verwandelte. Dann zog er von dannen und freute sich darauf, das Buch voller Stolz seinem Vater präsentieren zu können, der zu Hause auf ihn wartete.

Diese Einträge kennzeichneten die Sommerwochen – bis das Lob seines Vaters sich in eine Litanei von Erwartungen verkehrte und Jareds Stolz schwand, weil er sich unfähig fühlte, diese Erwartungen zu erfüllen. In den folgenden zwei Jahren wurden die Vorträge und das Drängen zu einem alltäglichen Ereignis, bis Jared sich sogar fürchtete, etwas von seinem Sparbuch abzuheben, weil sein Vater es bemerkt hätte. Schließlich ging er dazu über, einen Teil seines wöchentlichen Verdienstes hinten in einer Kommode zu verstecken.

Plötzlich wurde Jared bewusst, dass er auf das Schalterfenster starrte. Er wandte den Blick ab, um keine Aufmerksamkeit zu erregen. Durch die Glastüren zu Jareds Linken betraten und verließen Menschen die Bank. Er konnte nicht mehr lange hier stehen, ohne bemerkt zu werden.

Er drehte sich um und verließ die Bank. Draußen verspürte er plötzlich das Bedürfnis, einmal ganz tief durchzuatmen.

»Jared Neaton?«

Ein großer Mann mit rotblondem Haar trat auf die Stufen und Jared brauchte einen Moment, um sich an ihn zu erinnern. Willis Severson, ein ehemaliger Mitschüler. Jared begrüßte ihn zurückhaltend. Sie hatten sich nie nahegestanden, und Jared wollte weiter, bevor andere, die bei der Bank ein- oder ausgingen, auf sie aufmerksam wurden. Er vermied Antworten, die zu einem längeren Gespräch führen könnten. Das war nicht schwer: Willis war hauptsächlich daran interessiert, seine eigene

Geschichte zu erzählen. Nur mit halbem Ohr hörte Jared, dass Willis nie die Gegend verlassen hatte, verheiratet war, drei Kinder hatte und heute im nahe gelegenen Merritstown lebte. Als Willis sich unterbrach, um Luft zu holen, sagte Jared entschuldigend, er habe einen Termin, und eilte die Treppe hinunter.

Unten angekommen, ging Jared stadtaufwärts. Die Bibliothek befand sich nur wenige Blocks entfernt, und er wollte nachlesen, was Goering über dieses eine Gesetz gesagt hatte. Er würde mit dem Bibliotheks-computer ins Internet gehen und in der juristischen Onlinedatenbank nachschauen. Ihm lief die Zeit davon und er musste schleunigst einige Antworten finden.

* * *

Einen halben Block entfernt schaute Mick durch das Teleobjektiv, das er an die schmale Öffnung im Seitenfenster seines Autos drückte. Neaton stand fünfzig Meter von ihm entfernt vor der Tür der Bank, obwohl durch die Linse sein Gesicht so nah wirkte wie das Armaturenbrett vor ihm.

Nach Rachels Anruf hatte Mick Neatons Bild aus dem Onlineanwalts-verzeichnis von Hennepin County heruntergeladen und war von Minneapolis in nördliche Richtung nach Ashley gefahren. In Anbetracht der Tatsache, dass die Autofahrt drei Stunden dauerte, wusste er, dass es unwahrscheinlich war, den Anwalt noch auf der Larson-Farm abzupassen, doch er dachte sich, dass Neaton hinterher nach Ashley kommen würde. Die entscheidende Frage war: Wo war er zu finden?

Die beste Möglichkeit schien ihm die Bank zu sein. Mick parkte so, dass er einen freien Blick auf den Eingang hatte, und wartete. Vor zehn Minuten hatte er befriedigt festgestellt, dass Neaton über die Main Street auf die Bank zukam, die Treppe hinaufstieg und im Gebäude verschwand.

Jetzt, als Neaton wieder aus dem Backsteingebäude auftauchte, sah Mick, wie eine andere Person ihm auf den Stufen mit ausgestreckter Hand entgegenkam. Mick richtete die Linse auf die beiden Männer und schoss eine lange Serie von Fotos.

Nach weniger als zwei Minuten verabschiedete sich Neaton von dem anderen Mann und kam die Stufen herunter. Mick senkte die Kamera, schloss sein Seitenfenster und wandte den Blick ab, als der Anwalt auf der anderen Seite der Straße an seinem Standort vorüberlief.

Was jetzt? In die Bank gehen, um herauszufinden, was Neaton vorhatte? *Nein,* dachte er. Sein Mandant wäre *sehr* enttäuscht, wenn Mick nicht über alles berichten konnte, was Neaton in Ashley tat. Für den Moment musste er Neaton auf den Fersen bleiben - zumindest bis er die Stadt verließ.

Im Seitenspiegel beobachtete Mick, wie Neaton sich auf der Straße entfernte. Er hob sein Mobiltelefon und drückte eine Schnellwahltaste. »Hallo? Könnte ich bitte Mr Grant sprechen? ... Nein, er weiß, worum es geht - sagen Sie ihm einfach, dass Mick am Apparat ist.«

* * *

Zwei Stunden vergingen in der Kühle der Bibliothek. Über den Bibliothekscomputer gebeugt, klickte Jared eine weitere Fallzusammenfassung aus Minnesota an und überflog sie rasch. Sie lieferte die gleichen Antworten wie die letzten vier.

Jareds Suche hatte bestätigt, was Mort Goering ihm über die rechtliche Bedeutung von Bankeinzahlungsbelegen in Minnesota gesagt hatte. Ein Bankkonto war ein Vertrag zwischen dem Einzahler und der Bank - es verpflichtete die Bank, alles Geld auszuzahlen, das sich auf dem Konto befand. Ein Einzahlungsbeleg zeigte, dass ein Geldbetrag irgendwohin gegangen war - aber er bewies nicht, dass ein Konto tatsächlich existierte, dass das Konto dem Einzahler gehörte oder dass das Geld, das auf dem Konto einging, dort blieb und nie abgehoben wurde. Wenn Jared nicht andere Beweise für mindestens eines dieser Szenarien finden konnte, war Erins Einzahlungsbeleg eine Sackgasse.

Er lehnte sich zurück und schüttelte den Kopf. Das war es also. Vor ihm lag eine altmodische Schlacht um Beweise gegen finanziell gut gepolsterte Anwälte, die immer mit harten Bandagen kämpften.

Er holte tief Luft, streckte sich und schaute sich um. Die Bibliothek roch immer noch nach jener seltsamen Mischung aus frischer Druckerschwärze und alten Büchern. Jared wünschte, er könnte diesen Geruch irgendwie einfangen und mitnehmen. Hier hatte er sich in der schlimmsten Zeit während der Highschool, als seine Welt zusammenbrach, fast jeden Samstagnachmittag versteckt. Dieser Geruch bedeutete Heimat für ihn.

Das Datum auf dem Computerbildschirm erinnerte Jared wieder daran, dass die Zeit sehr knapp war. Er musste noch Goerings Akte durchgehen, die in seinem Auto lag. Wenn möglich, musste er einen Experten finden, der ihm Informationen darüber geben konnte, welche Bankunterlagen zum Nachweis der Einzahlung möglicherweise existierten. Vielleicht konnte er in Ashley auch irgendwelche Zeugen auftun, die ihm weiterhalfen. Und er hatte nur einen oder zwei Tage Zeit, um das alles zu erledigen und zu entscheiden, ob er den Fall übernahm.

Die wichtigsten Zeugen waren solche, die Angaben über die Einzahlung oder das Konto machen und ihm helfen konnten, das Geld aufzuspüren. Jared stellte sich vor, dass es wohl wie bei einem Stein gewesen war, der ins Wasser fiel. Der Einschlag ins Wasser war der Augenblick der Transaktion - die entscheidenden Zeugen an diesem zentralen Punkt waren der verstorbene Paul Larson und der Bankmitarbeiter, der die Transaktion bearbeitet hatte. Zum nächstgrößeren Kreis gehörte jeder, dem Larson sich anvertraut hatte, sowie andere Bankmitarbeiter, die möglicherweise von der Transaktion erfahren hatten.

Und darüber hinaus? Jeder, der bestätigen konnte, dass das Konto existierte und Paul Larson gehörte.

Es war schon fast siebzehn Uhr. Er hatte noch nicht einmal überlegt, wo er übernachten würde. Er nahm die Seiten mit den Fällen, die er ausgedruckt hatte, vom angeschlossenen Drucker und machte sich auf zum Ausgang.

»Jared!«, rief eine Stimme, als er beinah an der Tür war.

Er drehte sich um und sah eine kleine Gestalt, die hinter dem Empfangstresen stand. »Mrs Huddleston!«

Jared war ehrlich erfreut, sie zu sehen. Als sie um den Tresen herumkam, um Jared zu umarmen, dachte er, wie deutlich man doch am Gesicht einer Person erkennen konnte, wie viel Zeit vergangen war. In seiner Erinnerung war sie gerade im mittleren Alter. Jetzt war sie der Inbegriff einer alten Bibliothekarin.

»Der Geist von Ashley«, sagte sie leise und lächelte, während sie ihn prüfend von oben bis unten anschaute.

Ihre Stimme hatte immer noch denselben unverkennbaren Tonfall – sie war eine Einwanderin der zweiten Generation, die bis zu ihrer Einschulung nur Norwegisch gesprochen hatte. Sie gehörte zu den wenigen Menschen in der Stadt, bei denen Jared ein wirklich schlechtes Gewissen hatte, dass er sie nie besuchte.

»Ich habe Sie beim Hereinkommen gar nicht gesehen«, sagte er. »Ich dachte, dass Sie vielleicht gar nicht mehr hier arbeiten?«

»Ich und in Rente gehen?« Mit einer ausholenden Handbewegung deutete sie auf den Raum. »So lange, wie ich hier gearbeitet habe, werden sie mich wahrscheinlich eines Tages ausstopfen und im Foyer ausstellen. – Ich weiß alles über deine Heldentaten, Jared. Dein Vater, weißt du? Er kommt oft hierher. Redet ununterbrochen über deine Fälle. Er ist sehr stolz auf dich.«

Jared konnte seine Überraschung nicht verbergen. Er hatte schon monatelang nicht mehr mit seinem Vater gesprochen.

»Du hast nicht zufällig etwas mit dem Fall der jungen Ms Larson zu tun, oder?«, fuhr sie fort. »Jetzt mach den Mund wieder zu, Jared. Der Prozess ist kein Geheimnis in dieser Stadt, wenigstens für die Leute, die die Zeitung bekommen. Ich habe gelesen, ihr letzter Anwalt hat vor einigen Wochen den Fall niedergelegt.«

Es war seltsam genug, wieder in der Stadt zu sein. Jared wollte es nicht auch noch zum Stadtgespräch werden lassen, dass er Erins Fall untersuchte.

Mrs Huddleston sah seinen Blick und schüttelte den Kopf, indem sie einen Finger auf ihre Lippen legte. »Keine Sorge, dein Geheimnis ist sicher bei mir«, sagte sie. »Aber weißt du, es ist gut zu wissen, dass sich jemand ein bisschen um das Mädchen kümmert. Ihr Fall hat Staub aufgewirbelt, Jared. Ich habe so etwas nicht mehr erlebt, seit …«

Sie zögerte, und in den Augen der älteren Frau mischte sich Verlegenheit mit Güte. Jared rang sich ein Lächeln ab. »Das ist lange her, Mrs Huddleston.«

Einen Augenblick lang sah sie aus, als grübele sie über eine Antwort nach, doch dann streckte sie stattdessen die Hand aus und drückte Jareds Arm. Es war eine zärtliche Geste - wie so viele andere, die sie ihm in der Vergangenheit hatte zukommen lassen. Er spürte, wie sich ein Teil der Spannung löste, die sich seit seiner Ankunft in der Stadt in ihm aufgebaut hatte.

»Es ist so schön, dich wiederzusehen«, sagte sie mit einem Lächeln. »Ruf mich an, wenn du dich in der Stadt orientieren willst, wenn du auffrischen möchtest, wer wer ist.« Sie schrieb ihre Telefonnummer auf ein Blatt Papier und Jared nahm es und bedankte sich. Er ging mit dem Versprechen, zurückzukehren und ein Schwätzchen mit ihr zu halten.

Jared stand auf dem Rasen neben der Treppe zur Bibliothek und sah, wie die Sonne langsam hinter den Kiefern auf der anderen Straßenseite versank. Er schaute weiter stadtaufwärts in die Richtung, in der das Haus seines Vaters lag. *Nein,* dachte er. Seinem Vater würde er morgen einen Besuch abstatten. Erleichtert über seine Entscheidung drehte er sich um und trat den weiten Rückweg zu seinem Auto an.

8

»Er hat in ein Motel eingecheckt. Sieht so aus, als würde er planen, mindestens noch einen Tag in Ashley zu bleiben.«

Die Stimme drang aus dem Lautsprecher des Telefons, das mitten auf dem breiten Schreibtisch aus poliertem Eichenholz stand. Marcus Stanford saß hinter dem Schreibtisch, einen Stift in der Hand. Er warf einen Blick auf Franklin Whittier III., der sich ihm gegenüber auf dem ledernen Besuchersessel fläzte. Mit kaum verhohlener Verachtung sah er, wie der jüngere Teilhaber behutsam eine Hand über sein sorgfältig gekämmtes Haar gleiten ließ.

Whittiers lässige Haltung ärgerte Marcus. Sie war zu entspannt, zu plump-vertraulich. Beinahe hätte er etwas gesagt, doch die Stimme aus dem Lautsprecher kam dazwischen.

»Nachdem mein Kontakt angerufen hatte, musste ich schnellstens nach Ashley, um vor Neaton dort anzukommen. Ich dachte, an der Bank würde ich ihn am ehesten erwischen. Damit lag ich richtig. Er tauchte gegen fünfzehn Uhr dort auf.«

Marcus versuchte, nicht die Geduld zu verlieren. Selbst nach den zehn Jahren, die er nun schon mit Mick Elgart zusammenarbeitete, war er immer noch genervt von seiner Angewohnheit, zu viele Hintergrundinformationen in seine Berichte zu packen.

»Ich konnte nicht in die Bank, bevor Neaton weg war, weil ich nicht wollte, dass er mich irgendwann wiedererkennt. Nachdem er gegangen war und in ein Motel eingecheckt hatte, fuhr ich zurück und traf mich mit Mr Grant von der Bank, um über Neatons Besuch zu reden. Er sagte, niemand hätte Neaton kommen oder gehen sehen.«

Marcus machte die Vorstellung nervös, dass Mick direkten Kontakt mit Sidney Grant gehabt hatte, dem Direktor der Ashley State Bank – besonders während der Geschäftszeit. Wer sich mit dem Bankdirektor traf, würde höchstwahrscheinlich bemerkt werden. Er hätte Mick diesbezüglich Anweisungen erteilen sollen. Doch darüber würde er nicht vor Whittier sprechen. Gib vor der Hilfskraft niemals einen Fehler zu.

»In Ordnung. Was haben Sie?«

»Also, wie ich schon beim letzten Telefonat gesagt habe, ist Neaton einer von Ihnen - fünf Jahre bei Paisley, bevor er sich selbstständig gemacht hat.«

»Das wissen wir«, sagte Marcus ungeduldig. »Was haben Sie in Ashley herausgefunden?«

»Ich habe die Überwachungsvideos aus der Bank, die zeigen, dass Neaton drin war und sich gründlich umgeschaut hat. Und ich habe Fotos, wie Neaton sich mit einem Mann unterhalten hat, einem gewissen Willis Severson.«

»Und?«

»Severson arbeitet bei der Bank.«

Marcus richtete sich auf. »Sehr gut. War er dort angestellt, als die Einzahlung vorgenommen wurde?«

»Nein. Er arbeitet erst seit eineinhalb Jahren dort.«

»Spielt keine Rolle«, schaltete sich Whittier ein. »Er ist trotzdem dort angestellt. Neaton kann nicht ohne Vorladung mit ihm reden. Richter Lindquist ist ein sturer Hund, wenn es um Formalitäten geht. Er wird -«

Whittier unterbrach sich. Der Lautsprecher war plötzlich stumm und Marcus starrte ihn mit kaltem Blick an. Whittier schaute verdutzt drein und schüttelte dann widerstrebend den Kopf. »Komm schon, Marcus, wir sind unter uns. Was soll das Theater um einen Kraftausdruck? Was spielt es für eine Rolle -«

»Es spielt immer eine Rolle.«

»Aber -«

»Es spielt immer eine Rolle.«

Whittier sackte mit rotem Gesicht in seinen Sessel zurück.

Marcus fragte sich, was aus der privilegierten Klasse in diesem Land geworden war. Die Generationen, die in die Fußstapfen des Reichtums traten, erbten das Geld, die Zahlen hinter ihrem Namen und nichts weiter. Alles nur eine hauchdünne Fassade und Dünkel - mehr nicht.

Als er Whittier eingestellt hatte, hatte Stanford gehofft, dass es der Kanzlei durch die Firma seines Vaters, Whittier Chemicals, ein siebenstelliges Auftragsvolumen einbringen würde. Er hatte auch gehofft, sein Protegé wäre vor Gericht und bei den Mandanten einigermaßen vorzeigbar, nicht nur jemand, der in einem Anzug gut aussah. Franklin Whittier III., mit Abschlüssen von Cornell und Columbia. Die Familie lebte in einem Fünf-Millionen-Dollar-Haus am Minnetonka-See und gab sich, als sei sie moderner Adel.

Und was hatten sie hervorgebracht? Einen Asozialen.

Aber vielleicht war das eine Übertreibung. Whittier konnte beharrlich sein; er war intelligent, fleißig und fügsam. Und tatsächlich traf mit ihm ein siebenstelliges Auftragsvolumen bei Paisley ein.

Nein, Whittiers Problem war, dass er zu aggressiv war und zu wenig Stil und Selbstbeherrschung besaß. Ohne eine straffe Hand war das ein Rezept für Anarchie.

Marcus schaltete den Lautsprecher wieder ein. »Was noch?«

»Es sieht so aus, als hätte er die komplette Akte von Goering in seinem Auto«, fuhr Mick fort. »Mein Kontakt weiß nicht, ob er den Fall tatsächlich angenommen hat oder nicht, aber es sieht so aus, als hätte er die gesamte Akte bei sich.«

»Noch irgendwas?«, fragte Marcus den Privatdetektiv.

»Nein«, erklärte Mick. »Ich hatte noch keine Gelegenheit, seinen Hintergrund zu überprüfen. Aber in der Bank habe ich ein paar interessante Fakten erfahren.«

»Das müssen Sie erklären.«

»Neaton ist aus Ashley. Hier aufgewachsen.«

Marcus schürzte unsicher die Lippen. Welche Auswirkungen konnte das haben?

»Es geht noch weiter. Sein Vater, Samuel Neaton. Er war früher der Hauptbuchhalter im Getreidespeicher. Vor zwölf oder dreizehn Jahren hat man ihn mit den Fingern in der Kasse erwischt. War ein ziemlicher Skandal für Ashley. Hat eine Menge Staub aufgewirbelt. Es gab eine Anklage wegen Veruntreuung; er zahlte das Geld zurück und der Arbeitgeber trat für Nachsicht ein. Neaton senior bekam drei Jahre in einem Niedrigsicherheitsgefängnis in Rochester. Das alles passierte, als der Junior in der Highschool war. Es klingt so, als seien sie seitdem mehr oder weniger zerstritten.«

Marcus sah, dass Whittier über diese Neuigkeiten lächelte. Dummkopf. Das brachte neue Fragen, aber keine Antworten. Die einzig relevante Frage war, welche Verbindungen Neaton in Ashley hatte und ob sie ihn weiterbringen würden, als Goering gekommen war.

»Wo übernachten Sie?«, fragte Marcus.

»Da, wo Neaton auch ist: im Chatham Motel am Rand von Ashley. Ich hatte geplant, ihm zu folgen, bis er die Stadt verlässt.«

»Gut. Wir sind das ganze Wochenende im Büro. Ansonsten können Sie mich auch auf dem Mobiltelefon erreichen.«

Es klickte im Lautsprecher; Mick hatte aufgelegt. Marcus lehnte sich in seinem Sessel zurück.

»Was denkst du über Neaton?«, fragte Marcus. Whittier ließ den Blick abwesend durch den Raum streifen. Es sah sehr - zu sehr - aus, als schmollte er, fand Marcus. Kindisch und ungebührlich, besonders für einen Juniorteilhaber bei Paisley.

»Er war zwei Jahre unter mir«, begann Whittier. »Hat mich nicht beeindruckt. Er war wie ein Junge aus einer kleinen Stadt, der versucht hat, mit den großen Tieren mitzuhalten. Kleines Portemonnaie, große Träume. Ich wusste allerdings nicht, dass er aus Ashley ist.«

Der Mann hatte keinen anderen Maßstab als Geld, oder? Wenn es so einfach wäre, würde Whittier auf der anderen Seite des Schreibtischs sitzen.

»Und was ist mit seinen juristischen Fähigkeiten?«, fragte Marcus. »Wie geschickt ist er im Gerichtssaal?«

Whittier zuckte die Schultern. »Er hatte eine ganze Reihe von gewonnenen Geschworenenprozessen, als er noch unter Clay Strong gearbeitet hat. Strong hat ihm viele Chancen im Gerichtssaal gegeben - für jemanden, der so jung war.«

»Erzähl mir was über den Wheeler-Fall.«

»Niederlage für Neaton. Er muss den Fall aufgelesen haben, nachdem er Paisley verlassen hat, denn der Prozess ist erst ein paar Monate her. In der Anwaltszeitschrift hieß es, der Prozess hätte acht Wochen gedauert. Neaton vertrat eine Frau, die ihrem Finanzberater Betrug vorwarf. Der Berater wurde von Anwälten aus New York vertreten. Der Richter ließ einen von Neatons Hauptzeugen nicht zu und die Jury entschied für den Angeklagten. Neaton ist in Berufung gegangen. Es heißt, er hat den Fall auf Basis eines Erfolgshonorars angenommen. Hoch gepokert.«

»Und er ist jetzt schon wie lange von Paisley weg?«

»Zwei Jahre.«

Das muss eine vernichtende Niederlage gewesen sein, dachte Marcus. *Nur zwei Jahre aus dem sicheren Schoß der Firma fort, und alles auf so einen Fall gesetzt.* Die Anwälte aus New York mussten ihm eine Tracht Prügel verpasst haben. Wie wahrscheinlich war es, dass er so bald den nächsten Fall auf Erfolgshonorar-Basis annahm? Oder dass er die finanziellen Möglichkeiten dafür hatte?

»Also, was schlägst du vor, Franklin?«, fragte er, ebenso sehr um Whittiers angekratztes Ego zu streicheln wie aus echtem Interesse.

»Das Gleiche, was wir bei Goering gemacht haben. Wir zielen gleich aufs Gesicht. Neaton wird nicht so bald schon wieder einen solchen Fall riskieren, wenn er weiß, dass er Prügel beziehen wird. Heute ist Freitag; Neaton muss sich bis nächsten Mittwoch entscheiden, ob er den Fall annimmt. Das sind nur fünf Tage. Wir sorgen dafür, dass er in Deckung bleibt, und er wird sich in so kurzer Zeit nicht wagen, den Fall anzutasten.«

Marcus nickte, obwohl er sich weniger sicher war als Whittier. Er traf ungern strategische Entscheidungen, wenn ihm nicht alle verfügbaren Informationen vorlagen. Eine vage Erinnerung nagte an ihm: Hatte er nicht für kurze Zeit mit Neaton zusammengearbeitet, kurz nachdem er bei Paisley angefangen hatte? Und wenn ja, warum hatte er die Zusammenarbeit beendet?

Aber was für eine Rolle spielte das? Whittier hatte recht. Wenn kein Anwalt den Fall in den nächsten fünf Tagen annahm, war er vorbei – und Paisley gewann. Der Gedanke, Neaton von dem Fall abzuschrecken, bevor er zu großes Interesse daran entwickelte, war sehr verführerisch.

Marcus traf seine Entscheidung. »Okay«, sagte er und nickte Whittier ermutigend zu. »Verpassen wir ihm eine blutige Nase und bringen das Ganze zu Ende.«

9

»Also, was denkst du über den Fall?«, fragte Jessie.

Es war spät am Samstagvormittag. Jared lag in die Laken seines Betts eingewickelt in seinem Motelzimmer, in dem Teile von Goerings Akte verstreut lagen. Er hatte sie gestern Abend und heute Morgen komplett durchgelesen und war gerade auf dem Weg unter die Dusche gewesen, als Jessie auf seinem Mobiltelefon anrief.

»Weiß ich immer noch nicht.« Er erzählte ihr von seinen Gesprächen mit Mort und Erin und den Ergebnissen seiner juristischen Recherchen. »Die Akte ist so, wie Mort es beschrieben hat. Er hat versucht, Zeugen in Ashley aufzutreiben, und zwei Aussagen von Bankangestellten aufgenommen. Sie konnten sich nicht an die Einzahlung erinnern und behaupteten, bei der Bank gäbe es keine Unterlagen über ein Konto, das zu dem mysteriösen Beleg gehört.«

Kaum hatte er das letztes Wort gesagt, begann Jessie: »Ich habe nachgedacht. Es gibt eine Menge Probleme mit diesem Fall. Zum Beispiel – wo ist das Geld hergekommen? Wenn eine Jury das Geld dem Farmer und seiner Tochter zusprechen soll, werden die Geschworenen das wissen wollen. Wenn das Geld illegal ist, werden sie nicht so mitfühlend sein, oder?«

Jared unterdrückte ein Seufzen. »Das weiß ich schon. Aber es wird ihnen auch nicht recht sein, wenn die Bank das Geld behält«, sagte er. »Und wir werden durch den Prozess hoffentlich herausfinden, woher das Geld kam.«

Jessies Stimme klang eindringlich. »Jared, hast du über das nachgedacht, was ich vorgestern Nacht gesagt habe? Dass es zu früh ist?«

»Ja. Das werde ich bei meiner Entscheidung berücksichtigen. – Und, gab es gestern irgendwelche Nachrichten für mich?«

Jessie war besorgt, und das war in Ordnung, dachte Jared, während er sich die Namen und Telefonnummern der Mandanten notierte, die sie vorlas. Doch sie war nicht diejenige, die sich aus dem Loch hinausarbeiten musste. Ihre Kreditkarten waren nicht bis zum Anschlag belastet, und in ihrem Wohnzimmer stapelten sich nicht die unbezahlten Rechnungen.

Seine Gedanken wanderten zu der geborstenen Windschutzscheibe. Der gestrige Abend hatte mit Gedanken über seine Recherche und die Akte von Goering begonnen.

Eingeschlafen war er mit dem Bild der kaputten Fensterscheibe von Erins Auto.

Irgendetwas *hatte* dieser Fall. Das Geld und die Kontonummer, die der des Farmers so sehr ähnelte. Der Einzahlungsbeleg selbst. Sogar das Bankschließfach, in dem Erin den Beleg gefunden hatte. Die Dinge, die der Farmer in dem Fach aufbewahrt hatte, waren seine Schätze. Würde er einen falschen Einzahlungsbeleg zusammen mit der Sterbeurkunde seiner Frau aufbewahren? Mit den Zeugnissen seiner Tochter? Der Eigentumsurkunde für die Farm?

Jared fiel auf, dass Jessie still geworden war. »War's das?«, fragte er und legte den Stift weg.

Jessie schwieg noch einen Augenblick. »Nein. Es gibt noch eine Nachricht von Clay«, sagte sie, und Jared hörte die Missbilligung in ihrer Stimme. »Er hatte wohl deine Handynummer nicht.«

»Was hat er gesagt?«

Jessie antwortete nicht sofort. Gerade als Jared nachhaken wollte, seufzte sie. »Jared, er sagt, er ist bereit, deine Ausgaben fürs Büro und die Prozesskosten bis zu dreißigtausend Dollar zu übernehmen, wenn du den Larson-Fall übernimmst. Im Gegenzug will er zwanzig Prozent deines Erfolgshonorars.«

Die Dokumente aus Goerings Akte flogen umher, als Jared abrupt die Laken zurückschlug und sich aufsetzte. »Und wann hattest du vor, das zu erwähnen?«

»Bitte reg dich nicht auf, Jared. Ich wäre gleich noch darauf gekommen.«

Er verkniff sich die Antwort, die ihm durch den Kopf schoss.

»Es ist nur … ich … mache mir Sorgen, dass es zu früh ist.« Ihre Stimme wurde sanfter. »Also, was machst du heute?«

Jared sträubte sich innerlich gegen diese Aufforderung, das Thema zu wechseln, aber er zwang sich, sich zu beruhigen. *Später,* sagte er sich. Er brauchte Jessies Hilfe und musste das Thema erst einmal fallen lassen – für den Augenblick jedenfalls. »Erin hat mir eine SMS mit den

Namen von Freunden ihres Vaters geschickt«, antwortete er. »Ich fange damit an und schaue mal, was ich in Erfahrung bringen kann.«

»Und du bist *wann* wieder da?«

»Ich komme im Lauf des Tages zurück.«

»Bevor du dich entscheidest, diesen Fall zu übernehmen«, drängte Jessie leise, »können wir uns bitte noch einmal unterhalten?«

Er wollte Nein sagen. Es war seine Kanzlei. Seine Entscheidung. Doch Jessie war Risiken eingegangen, als sie Paisley vor zwei Jahren verlassen hatte und seine Assistentin geworden war. Sie hatte eine große, finanziell solide Kanzlei aufgegeben, ebenso wie Lohnzusatzleistungen, die er immer noch nicht annähernd aufbringen konnte. Für den Wheeler-Fall hatte auch sie viele Überstunden gemacht und mehrere verspätete Gehaltszahlungen in Kauf genommen. Jetzt wollte er sie in einen weiteren potenziell riskanten Fall hineinziehen.

»Okay. Aber nicht jetzt. Reden wir am Montag weiter.«

Jessie willigte ein und sie beendeten das Gespräch.

Dreißigtausend Dollar, dachte Jared, während er die Dokumente einsammelte. Genug um die Bürorechnungen zu bezahlen – einschließlich Jessies Gehalt – und *wahrscheinlich* genug, um die Kosten zu decken, die der Fall in den nächsten Monaten mit sich brachte. Die zwanzig Prozent, die Clay wollte, waren fair und sogar weniger, als Clay von Jared allein für die Weitergabe des Falles hätte verlangen können.

Doch das war keine Großzügigkeit. Es war ein Köder, der Jared dazu bringen sollte, diesen Fall zu übernehmen, den sein alter Mentor als lohnenswert, aber schwierig betrachtete. Es war ein guter Köder – doch Clays Geld würde nicht die Arbeit erledigen oder Jareds übrige Mandanten zufriedenstellen. Und keine Unterstützung der Welt war es wert, einen Fall auf Erfolgshonorar-Basis zu übernehmen, den er nicht gewinnen konnte – besonders, wenn eine Richtlinie-11-Drohung damit verbunden war.

Er ordnete die letzten Dokumente in die Akte ein und nahm dann die Liste mit den Namen zur Hand, die Jessie ihm gegeben hatte. Die Liste bewies, dass er in der Kanzlei bereits in Rückstand geriet. Am dringendsten war der Olney-Fall: Er musste Phil Olney anrufen und sich überlegen, wann sie die Formalitäten für die Kaution erledigen konnten.

Jared wählte Phils Nummer. Es klingelte sechs Mal, bevor sich die vertraute Stimme des Mandanten meldete. Jared erklärte, dass sie sich in der kommenden Woche treffen mussten, um die Kaution über die Bühne zu bringen.

»Jessie hat gesagt, dass Sie im Moment nicht in der Stadt sind«, sagte Phil. »Aber wenn Sie zurückkommen, könnte ich dieses Wochenende vorbeischauen.«

Jared erklärte, dass er erst spät am Abend nach Minneapolis zurückkommen würde - oder früh am Sonntagmorgen. »Ich habe einen neuen Fall gegen eine örtliche Bank hier, der alles andere als unkompliziert ist.«

»Also«, antwortete Olney, »wenn Sie jemanden suchen, der was über Banken weiß - ich kenne hier jemanden, der mir bei ein paar Sachen mit Scheckbetrug geholfen hat. Er ist ziemlich gerissen. Wenn an einer Sache irgendwas faul ist - der findet's garantiert heraus, dem macht keiner was vor.«

Jared brauchte keinen dilettantischen Privatschnüffler. Er brauchte jemanden, der ihm sagen konnte, was er über Bankpraktiken und -unterlagen wissen musste.

»Der Kerl ist sehr, sehr clever«, fuhr Olney fort. »Er ist ein bisschen gewöhnungsbedürftig, aber er versteht sein Handwerk wirklich. Und hören Sie - ich habe wirklich ein schlechtes Gewissen wegen dem Geld. Der Mann schuldet mir was. Ich würde gern etwas von meinen Schulden abarbeiten. Ich bringe Sie mit meinem Kumpel in Kontakt, okay?«

Olney klang ehrlich besorgt. Jared sagte ihm, er könne seine Handynummer weitergeben.

Eine halbe Stunde später war Jared geduscht und auf dem Weg von seinem Motelzimmer zu seinem Auto. Er würde sich ein paar Stunden Zeit nehmen und einige der Zeugen besuchen, die Erin ihm genannt hatte. Die meisten Namen auf Erins Liste waren benachbarte Farmer. Dort würde er beginnen.

Als er vom Parkplatz fuhr, sah Jared einen blauen Subaru, der auf der anderen Straßenseite geparkt war. Der Fahrer schaute in die andere Richtung und telefonierte. Jared bog nach links ab und fuhr auf die Landstraße zu, die aus der Stadt und zur Larson-Farm führte.

* * *

»Der alte Pauly Larson - der hatte nie im Leben zehn Millionen Dollar.«

Jared konnte unter sich die Sprungfedern der abgewetzten Couch spüren. War das die vierte oder die fünfte Farm, die er in ebenso vielen Stunden besucht hatte? Dieser Farmer, der südliche Nachbar der Larsons, warf Jared von seinem Platz in einem uralten Schaukelstuhl auf der anderen Seite des Zimmers einen mürrischen Blick zu.

Es war die letzte Farm auf Jareds Liste. Der kalte Gesichtsausdruck des Farmers hatte sich seit Jareds Ankunft kaum geändert. Jared wusste, dass seine Anwesenheit in diesem Haus nicht mehr lange geduldet sein würde.

»Wie ich schon dem anderen Anwalt gesagt habe, dem, der so schnell geredet hat - glauben Sie, dass Pauly jeden Abend an seinem Traktor gearbeitet hätte, wenn er irgendwo bei einer Bank zehn Millionen Dollar gehabt hätte? Doch wohl nicht, außer er war verrückt.«

Jared hörte höflich zu, während Joe Creedy ungefähr so schnell sprach, wie er in seinem Stuhl schaukelte. Seine Frau stand hinter ihm und nickte im Takt ihre Zustimmung. Es war die gleiche Geschichte, nur aus einem anderen Mund, die er an jeder seiner Stationen gehört hatte. Vielleicht klang sie hier ein bisschen aggressiver.

Noch mehr verschwendete Zeit, dachte Jared, als er auf die dünnen Zeiger einer Wanduhr starrte. Es ging auf sechzehn Uhr zu.

»Sie erinnern sich also nicht, dass Mr Larson vor einigen Jahren etwas Ungewöhnliches zu Ihnen gesagt hätte? Ich weiß, es ist lange her, aber erinnern Sie sich an irgendetwas, das auf einen finanziellen Glücksfall für Mr Larson hinweisen würde?«

»Nein. Und daran würde ich mich erinnern, gerade weil es in den letzten Jahren so schwer war. Und er hat auch nichts zu Susie gesagt«, erklärte er, indem er mit dem Daumen auf seine Frau deutete, »sonst würde sie sich daran erinnern. Sie erinnert sich an alles.«

Die Frau nickte rasch.

»Tja, das war's dann«, sagte der Farmer.

Seine letzten Worte hatten einen Unterton von Endgültigkeit. Jared verstand die Anspielung, dankte dem Farmer und seiner Frau und erhob sich zum Gehen. »Danke, dass Sie sich Zeit für mich genommen haben. Wenn Ihnen noch irgendetwas einfällt, rufen Sie mich bitte an.«

»Hmhmm«, brummte der Farmer unverbindlich.

Joe blieb sitzen, während Jared zur Tür und über die Veranda des Farmhauses ging. Er trat auf den schmutzigen Hof, umrundete die Veranda und lief zu seinem Auto, das an der gegenüberliegenden Ecke des Hauses geparkt war. Als er die Hand nach der Autotür ausstreckte, bemerkte er überrascht, dass die Frau des Farmers aus der Hintertür kam.

»Mr Neaton«, rief sie mit gedämpfter Stimme. Jared ging um die Motorhaube herum ihr entgegen.

»Wissen Sie«, begann sie, als sie ihm näher kam, »seit uns dieser Mr Goering diesen Sommer besucht hat, habe ich nachgedacht. Ich erinnere mich an etwas. Allerdings wäre es mir lieb, wenn Sie es für sich behalten könnten. Joe ...«, sagte sie mit einem Hauch von Schmerz in der Stimme, »... er hätte es wahrscheinlich lieber, wenn ich mich aus der Sache heraushielte.«

Jared nickte verständnisvoll.

»Pauly stand Joes Leuten näher als uns«, sprach sie leise weiter. »Sie haben dieses Land bis vor wenigen Jahren bewirtschaftet. Joe und ich wohnten in dem Wohnwagen hinter dem Haus und halfen aus, bis seine Eltern in den Ruhestand gingen und nach Tampa in Florida zogen.«

»Mr Larson hat etwas gesagt?«

Die Frau warf einen vorsichtigen Blick zum Haus.

»Na ja, nicht zu mir – oder Joe. Aber vor ein paar Jahren kam Joes Vater aus der Stadt zurück und sagte, er hätte Pauly getroffen. Er sagte, Pauly hätte ihn etwas über Subventionen gefragt.«

»Subventionen?«

»Geld von der Naturschutzbehörde. Sie wissen schon, Geld vom Staat. Dafür, dass wir Land brach liegen lassen.«

Jared nickte. »Was wollte er wissen?«

»Tja, das war eben so seltsam. Pauly fragte, ob Joes Vater jemals eine Überzahlung erhalten hätte. Sie wissen schon, einen Scheck, der über eine zu hohe Summe ausgestellt wurde. Pauly fragte, ob ihm das je passiert wäre.«

»Das ist alles?«

»Ja. Dad hat ihm gesagt, dass das nie vorgekommen sei, und das war's. Ich erinnere mich nur daran, weil Dad zurückkam und überlegte, ob Pauly eine Überzahlung oder so etwas bekommen haben könnte. Vom Staat.«

Jared bedankte sich.

»Wissen Sie«, fuhr sie fort, »alle mochten Pauly. Er war zu jedem nett. Hat bei Reparaturen oder Transporten geholfen, wenn er Zeit hatte. Ein stiller Mann, wissen Sie, aber zuverlässig wie kein anderer. Joe muss ihn auch gemocht haben, weil Paulys Tod ihn sehr mitgenommen hat. Danach hat er wochenlang kaum geredet. Aber unsere Farm gehört eigentlich der Ashley State Bank, so wie die von Pauly, und wir sind mit unseren Raten im Rückstand. Diese Bank kennt keine Nachsicht. Joe hat mehr als ein halbes Dutzend Mal versucht, einen Termin bei Mr Grant zu bekommen, aber es hat nichts genützt. Joe erinnert sich wahrscheinlich nicht mehr an das, was sein Vater gesagt hat, aber selbst wenn – na ja, Sie wissen schon.«

Jared nickte verständnisvoll und dankte ihr, bevor er in sein Auto stieg.

Subventionen. Überzahlung. Vielleicht kannte Clay jemanden, der ihm erklären konnte, wie wahrscheinlich das war und wie er dieser Spur am besten nachgehen konnte.

Der Nachmittag rann ihm durch die Finger. Jared wusste, dass er in Bezug auf seinen Vater eine Entscheidung treffen musste. Er hatte ihn nicht einmal angerufen, um ihm zu sagen, dass er in der Stadt war. Widerstrebend zog er sein Mobiltelefon aus der Tasche und wählte die Nummer.

»Hallo?«

»Dad?«

»Bist du das, Jared?«

»Ja. Ich bin in der Stadt.«

»In Ashley?«

»Ja. Ist es okay, wenn ich kurz vorbeikomme?«

»Na klar, mein Junge. Du bist in der Stadt? In Ashley?«

Er bejahte erneut und sagte, er wäre bald da.

* * *

Jared näherte sich dem Haus mit einem unruhigen Gefühl - wie immer, wenn er sich mit seinem Vater traf. Die Wut, die früher in ihm aufbrach, wenn er in der Nähe seines Vaters war, war schon vor Jahren verblasst. An ihre Stelle war zuerst ein Gefühl der Sinnlosigkeit und des Verlustes getreten, das schließlich zu einem allgemeinen Unbehagen abgestumpft war. Er hatte sich geschworen, ihm niemals zu vergeben. Aber es gab Momente - wie heute -, in denen dieser Schwur ihn fast so sehr belastete wie früher die Wut.

Über die Jahre hatte er seinen Vater mehrmals in seinem Haus besucht. Trotzdem war er jedes Mal neu überrascht, wenn er hierher kam. Es war ein winziger Flachbau mit zwei Zimmern am Ende einer Sackgasse, wo die Straße den Stadtrand erreichte. Das Haus war nur ein Drittel so groß wie das, das sie früher auf der anderen Seite von Ashley besessen hatten.

Es war von Feldern umgeben, die hinter dem Garten zu sehen waren. Darüber ragte auf dem leeren Nachbargrundstück wie ein riesiger Kran ein Satellitenmast auf. Als Jared noch ein Kind war, wäre es seinem Vater peinlich gewesen, hier zu wohnen.

Jetzt sah ihn Jared auf den Knien in seinem Vorgarten, wie er Blätter um die Hecken unter dem Panoramafenster anhäufelte. Dieses Bild überraschte ihn ebenfalls: In all den Jahren, in denen Jared unter seinem Dach gelebt hatte, hatte sein Vater nie auch nur eine Harke angefasst.

»Junge!«, rief Samuel Neaton und wischte sich die Hände an den Hosenbeinen ab.

Seine Begeisterung, wenn sein Sohn ihn besuchte, verstärkte Jareds Unbehagen nur noch. Als Jared ihm die Hand entgegenstreckte, ergriff sein Vater sie, als wäre sie ein Rettungsseil, und schüttelte sie enthusiastisch.

Im Haus sah Jared sich im Wohnzimmer um. Ein Schlüsselbund und eine Brieftasche lagen neben einer Bibel auf einem Tisch bei der Tür; auf den wenigen Beistelltischen befanden sich Kleinigkeiten, die Jared aus ihrem alten Haus erkannte. Eine Reihe gerahmter Bilder von ihm und seiner Mutter säumten die Wände.

Den Kaminsims schmückte ein Foto der Ashley First Lutheran Church. Jared schluckte die Verachtung hinunter, die in ihm aufstieg.

»Ich komme gerade vom Samstagsgottesdienst zurück«, sagte sein Vater, winkte ihn zu einem Stuhl und fragte ihn, ob er einen Kaffee oder eine Limo wollte.

Es war mehrere Monate her, seit sie das letzte Mal miteinander gesprochen hatten. Als sein Vater sich in einem Sessel auf der anderen Seite des Zimmers niederließ, fragte ihn Jared nach seiner Arbeit als Hausmeister der Kirchengemeinde - er hatte diese Stelle nun schon seit sieben Jahren.

»Mir geht's gut. Pastor Tufts ist jetzt seit vier Jahren an der First Lutheran. Er ist noch ziemlich jung, aber ein guter Mann.«

Jared konnte die Vorsicht in der Stimme seines Vaters hören, mit der er über das Thema Kirche sprach. Er erinnerte sich an seine Kindheit, wie er sonntagmorgens mit seinen Eltern in der First Lutheran gesessen hatte, wie sie Lieder gesungen hatten, während über ihnen Staub in der Luft hing und in dem Licht schimmerte, das durch die kräftigen Farben der Buntglasfenster fiel. Er sah seinen Vater vor sich, wie er als Kirchenältester neben dem Pastor an der Kanzel stand, und erinnerte sich an einige gute Erlebnisse mit seinen Freunden in der Jugendstunde.

Trotzdem hatte er, seit er Ashley verlassen hatte, weder die First Lutheran Church noch eine andere Kirche betreten. Er konnte sich nicht vorstellen, wann sich das ändern würde. Der einzige Verrat, der an den tiefen Fall seines Vaters heranreichte, war, dass danach weder der Pastor noch ein einziger Kirchenältester seine Mutter besucht hatte.

Sein Vater hütete sich, lange bei dem Thema zu bleiben, das über die Jahre für so viel Streit zwischen ihnen gesorgt hatte, und schnitt bald ein neues an. »Also, hast du immer noch die gleiche Assistentin wie früher?«

»Jessie. Ja. Sie hat es bisher mit mir ausgehalten.«

Unter dem weißen Haar war das Gesicht seines Vaters sonnengebräunt. Man sah ihm seine sechzig Jahre nicht an, er wirkte deutlich jünger. Vielleicht hatte er auch ein paar Pfund abgenommen. *Die Arbeit an der frischen Luft bekommt ihm,* dachte Jared.

»Hast du eine Freundin?«, fragte sein Vater.

»Nein. Ich hatte ziemlich viel zu tun, seit ich die andere Kanzlei verlassen habe.«

»Ich könnte mich nicht erinnern, dass du eine Freundin hattest, als du in der anderen Kanzlei warst.«

Als Jared nach dieser letzten Bemerkung schwieg, lächelte Samuel verlegen und fragte: »Warum bist du hier in Ashley?«

Das war der Grund, warum er diese kleine Pilgerreise überhaupt angetreten hatte. Wenn er einen Fall in Betracht zog, der ihn für eine Weile nach Ashley führte, würde er sich nicht einfach in die Stadt und wieder hinaus schleichen können. Er musste seinen Vater wissen lassen, dass er in der Gegend sein würde.

»Ich schaue mir einen Fall hier an.«

Sein Vater nickte und schien unsicher zu sein, ob er weiterfragen konnte. »Und, kannst du mir etwas darüber erzählen?«

Jared erklärte den Fall und betonte mehrmals, dass er ihn bisher nur prüfte.

»Was ist aus dem anderen großen Fall geworden, den du hattest? Ich dachte, der käme demnächst vor Gericht?«

Jared hatte seinem Vater nie erzählt, dass im Wheeler-Fall der Prozess eröffnet worden war, und auch nicht, wie er ausgegangen war, aber er wusste nicht mehr, warum. Im Moment spielte es für ihn keine Rolle, was sein Vater dachte. »Der Fall ist vorbei. Er wurde abgewiesen.«

Sein Vater wechselte erneut das Thema. Nach einer halben Stunde hatten sie kein unverfängliches Thema mehr, über das sie reden konnten. Je länger Jared in diesem Raum saß, umgeben von den mageren Überresten seiner Familie, umso mehr alte Gefühle kamen in ihm auf. Genau deshalb war sein Vater nie zu ihm nach Hause gekommen, wenn er in Minneapolis war.

Samuel hatte nie darum gebeten, ihn besuchen zu dürfen, und Jared hatte ihn nie eingeladen. Mit jahrelanger Übung hatten sie ihr Terrain abgesteckt und respektierten es beide.

»Ich muss gehen – ich muss morgen früh raus«, sagte Jared schließlich und erhob sich. Sein Vater tat das Gleiche.

»Hast du in letzter Zeit mit deiner Mutter geredet?«, fragte Samuel.

Das gehörte nicht zu den sicheren Themen, und Jared fühlte sich leicht verärgert. »Ein paar Mal. Ich habe sie um den Unabhängigkeitstag herum besucht.«

Gemeinsam gingen sie zur Tür.

»Ich habe letzte Woche mit deiner Mutter gesprochen. Es klang so, als würde sie bald in ein neues Haus nördlich der Innenstadt in Columbus umziehen. Ihre neue Arbeit gefällt ihr auch.«

Bei Sam klang das alles so normal - so als würde Jareds Mutter jeden Moment mit Tee und Plätzchen aus der Küche auftauchen und sich am Gespräch beteiligen. Jared spürte, wie seine Selbstbeherrschung bröckelte.

»Vielleicht rufe ich sie heute Abend an«, fuhr Samuel fort.

Jared war schon fast aus der Tür, als die Worte rasiermesserscharf und fast unfreiwillig aus seinem Mund kamen: »Dad, wirst du dich irgendwann noch mal von Mom scheiden lassen? Ihr habt euch doch schon vor Jahren getrennt!«

Sein Vater wirkte erstaunt. »Deine Mutter hat nie darum gebeten.«

»Hast du es ihr angeboten?«

»Nein«, antwortete Sam und starrte ihn an. »Aber die Kirche, Jared. Ich weiß nicht, was man in der Gemeinde darüber denken würde.«

»Hast du die Gemeinde gefragt, bevor du das Geld gestohlen hast, Dad?«, schoss Jared zurück.

Wenn Jared zuließ, dass die Wut ihn übermannte, war es jedes Mal das Schlimmste, seinem Vater in die Augen zu schauen. Er sah in ihnen keinen Widerstand - nur eine Welle unerwarteten Schmerzes. Das nahm seinem Zorn jedes Gefühl von Befriedigung. Sein Vater war wie ein Boxer, der nicht einmal die Fäuste hob.

»Vergiss es«, sagte Jared und trat durch die Tür. »Ich sage Bescheid, wenn ich wieder in die Stadt komme.«

Als er sich in seinen Autositz fallen ließ, die Automatik auf »Fahren« schaltete und aus der Sackgasse raste, erwartete er, die Befriedigung von gerechtfertigtem Zorn zu verspüren. Stattdessen fühlte er nur das leise Flüstern von etwas, das möglicherweise Scham war.

10

Jareds Mobiltelefon klingelte am nächsten Morgen um neun Uhr. Er erwartete keinen Anruf am Sonntagmorgen und wäre fast nicht ans Telefon gegangen, als er die unbekannte Rufnummer sah.

»Hallo?«

»Mr Neaton?«, fragte eine vorsichtige Stimme.

»Ja.«

»Mein Name ist Richard … Richard Towers. Ich bin Privatdetektiv. Ich habe mit Phil Olney zusammengearbeitet.«

Die Stimme war so leise, dass Jared gezwungen war, das Telefon fest gegen sein Ohr zu drücken.

»Hallo, Mr Towers«, antwortete Jared. Er war überrascht, wie schnell der Anruf gekommen war.

Als ob sein Gesprächspartner seine Gedanken erahnt hätte, fuhr die leise Stimme fort: »Phil sagte, es sei dringend.«

»Ist es auch, denke ich.« Jared war sich unsicher, wie viel er einer Stimme am anderen Ende der Telefonleitung anvertrauen sollte. Vielleicht konnte er die Sache abkürzen. »Mr Towers, haben Sie Erfahrung mit Banken oder Bankgeschäften?«

Die leise Stimme antwortete beinahe entschuldigend: »Ja, etwas.«

»Wie viel?«, hakte Jared nach.

»Ich habe früher in der Piper Lincoln Bank in Chicago gearbeitet.«

»Wie lange?«

»Zwölf Jahre.«

Das hatte er nicht erwartet. »In welcher Position?«

»Ich war einer der stellvertretenden Direktoren.«

Jared konnte kaum seine Überraschung verbergen und wiederholte dümmlich: »Stellvertretender Bankdirektor?«

»Ja.«

Was machte ein ehemaliger stellvertretender Bankdirektor als Privatdetektiv? »Mr Towers, warum haben Sie dort aufgehört?«

»Mr Neaton«, sagte die Stimme zögernd, »ich kann Ihnen meinen Lebenslauf mailen, wenn Sie wollen, und Referenzen. Aber Phil sagte, Sie brauchen Hilfe, und ich – ähm – ich habe gerade Zeit.«

Bei Paisley engagierte man keinen Experten, bevor man nicht seinen Lebenslauf und seine Referenzen geprüft *und* ein persönliches Gespräch mit ihm geführt hatte.

Doch das war nicht Paisley. Außerdem prüfte Jared den Fall immer noch und brauchte nur einige Informationen - keinen Gutachter, der vor Gericht aussagen würde.

»Was verlangen Sie als Honorar?«

Die Stimme am anderen Ende der Leitung räusperte sich. »Ähm, Mr Neaton, Phil und ich tun uns gegenseitig ab und zu einen Gefallen; wir helfen einander aus, wenn wir können. Ich schulde Phil noch einen Gefallen, also sagen Sie mir einfach, wie ich helfen kann.«

Jared dachte einen Augenblick lang nach. Die Unterlagen von Goering wären ein Ausgangspunkt.

»Ich erzähle Ihnen erst einmal etwas über den Fall«, antwortete Jared und verbrachte die nächsten fünfzehn Minuten mit Erklärungen. Abschließend fasste er den Inhalt der Bankunterlagen zusammen, die er am Abend zuvor überflogen hatte. »Ich komme heute noch nach Minneapolis und kann Ihnen morgen früh vom Büro aus die Unterlagen per Kurier schicken. Ich habe nichts darin entdeckt, aber ich weiß auch gar nicht richtig, wonach ich suchen soll.«

Die Stimme schwieg einige Sekunden. »Sie haben bis Mittwoch, um sich zu entscheiden, ob Sie den Fall übernehmen?«

»Ja.«

»In Ordnung.« Towers gab ihm eine Adresse für die Dokumente.

»Mr Towers - wonach werden Sie in den Unterlagen suchen?«

»Es gibt nur zwei Dokumente, die von Bedeutung sind«, erwiderte Towers. Noch immer war seine Stimme kaum lauter als ein Flüstern. »Das eine sind die Kontobewegungen auf dem Konto, auf das die Einzahlung vorgenommen wurde. Das andere sind die Unterlagen der Bank, die den Zehn-Millionen-Dollar-Scheck bei der Filiale der Zentralbank in Minneapolis eingereicht hat. Jede Bank schickt ihre Schecks zur Einlösung an die örtliche Filiale der US-Notenbank, und es gäbe Unterlagen über die Einzahlung, wenn der Scheck tatsächlich eingereicht wurde. Wenn diese Unterlagen nicht existieren, hat die Bank sie entweder nicht ausgestellt oder vernichtet. Oder natürlich kann es auch sein«, fuhr er fort, und der entschuldigende Ton schlich sich wieder ein, »dass der Einzahlungsbeleg gefälscht ist.«

Jared dachte wieder über die drei Tage nach, die er für seine Entscheidung hatte. »Gibt es irgendeine Möglichkeit, schnell herauszufinden, ob die Ashley State Bank das Geld bei der Zentralbank hinterlegt hat? Denn ich habe keine Möglichkeit, Unterlagen per Gerichtsbeschluss anzufordern, es sei denn, ich übernehme den Fall, und die Zeit wird knapp.«

»Diese Informationen sind nicht öffentlich zugänglich«, erwiderte Towers. Die Pause dehnte sich länger aus als zuvor. »Aber ich kann an sie herankommen.«

Bei aller Zurückhaltung fehlte es Towers nicht an Selbstbewusstsein.

»Sie können das herausfinden?«, fragte Jared.

Es entstand eine so lange Pause, dass Jared dachte, der Detektiv hätte vielleicht aufgelegt.

»Ja. Ich kenne ... jemanden.«

Er klang nicht begeistert und Jared fragte sich, ob Towers für die Information einen Gefallen einfordern musste. Er brauchte Informationen, und vielleicht war Towers ein Glücksgriff, jemand, der den Prozess abkürzen konnte, ohne Jareds dünnen Geldbeutel ganz zu leeren. Er wagte eine weitere Frage.

»Ist es möglich, dass die Bank dieses Geld eingezahlt hat, ohne den Vorgang für uns nachvollziehbar zu dokumentieren?«

»Ja. Das ist möglich.« Wieder entstand eine lange Pause, bevor Towers schließlich weitersprach. »Mr Neaton, wenn ich so etwas versuchen würde, wäre das größere Problem nicht, die schriftlichen Spuren zu verwischen, sondern die beteiligten Personen zu verstecken.«

»Was meinen Sie damit?«

»Es ist eine Sache, Unterlagen verschwinden zu lassen – Computerdaten zu löschen, Akten durch den Reißwolf zu jagen und so weiter –, damit ein Revisor sie nicht findet. Die Geschichte vor den Angestellten geheim zu halten, ist eine ganz andere Sache.« Am anderen Ende der Leitung hörte er ein Seufzen. »Ich werde die Unterlagen prüfen, die Sie mir schicken, Mr Neaton, und ich werde ein bisschen herumtelefonieren. Aber mein Rat ist: Suchen Sie sich jemanden, der Ihnen die Wahrheit dazu sagt. Den ehrlichen Mann, den die Bank nicht zum Schweigen bringen kann. Oder vielleicht«, schloss er mit noch leiser werdender Stimme, »den, den die Bank übersehen hat.«

* * *

Als Jared seine lange Dusche beendete, hörte er das Signal seines Mobiltelefons, dass er eine SMS erhalten hatte. Es war Erin.

Habe eine Kiste mit Bankunterlagen gefunden, die ich Mort Goering nicht gegeben hatte. Betreffen die Hypothek für die Farm – wahrscheinlich irrelevant.

Jared überlegte sich eine angemessene Antwort und stellte fest, dass er es nicht eilig hatte, das Motel zu verlassen. Er beantwortete die SMS mit den Worten: *Frühstück bei Orsi & Greens.*

Das Restaurant befand sich einen Block südlich der Bank in der Innenstadt von Ashley. Früher war es die Apotheke der Stadt gewesen, in der es auch einen kleinen Imbiss mit Getränken und Eiskrem gab. Der Apothekenbereich war inzwischen geschlossen; das Geschäft und der Imbissbereich waren zu einem Café umgebaut worden.

Zwanzig Minuten nach der SMS stand Jared drin und wartete auf Erin, während er auf die beiden identischen Barhocker starrte, die am hinteren Ende der Theke standen.

Vor Jahren hatte er hier seine erste Verabredung gehabt. Susan Gladhart, eine lockige Schönheit mit schlanken Beinen, hatte in der sechsten Klasse mit ihm genau auf diesen Hockern gesessen und Limo mit ihm getrunken. Das Ganze hatte ihn drei Dollar und eine Woche Angstschweiß gekostet - aber es hatte sich gelohnt. Er konnte immer noch spüren, wie auf dem gemeinsamen Heimweg ihre kühle, trockene Hand in seiner lag.

»Jared?«

Er drehte sich um, sah Erin lächeln und konnte nicht anders, als das Lächeln zu erwidern. Sie hatte einen Aktenordner unter dem Arm, den er zur Hand nahm, als sie sich gesetzt und bestellt hatten.

Jared blätterte die Papiere durch, die Erin mitgebracht hatte. Sie bestanden aus Kontoauszügen und Mahnungen, die mit den Schulden bei der Bank in Ashley und der Hypothek auf der Larson-Farm zu tun hatten.

Die Papiere waren durcheinander. Jared versuchte, sie etwas zu ordnen. Dabei stellte er fest, dass Paul Larson vor vier Jahren, Anfang 2007, mit seinen Hypothekenraten in Rückstand geraten war - etwa ein Jahr vor dem Datum der mysteriösen Einzahlung. Zuerst kamen die Raten einige Wochen zu spät. Dann spitzte sich die Lage immer mehr zu, bis der Farmer im Februar 2008 vier Monate im Rückstand war.

Die Mahnungen der Bank hatten prompt mit der ersten verspäteten Zahlung 2007 begonnen. Als die Raten immer später kamen, tauchte zwischen den Androhungen von rechtlichen Schritten irgendwann das Wort *Zwangsversteigerung* auf. Der letzte Brief der Bank stammte vom 3. Februar 2008 - eine Warnung, dass die Zwangsversteigerung nun eingeleitet werden würde. Danach gab es keine weiteren Dokumente.

»Ist das alles, was Sie gefunden haben, Erin?«

»Ja. Warum?«

»Weil die Bank die Mahnungen wegen der Hypothekenrückstände im gleichen Monat eingestellt hat, als die Einzahlung vorgenommen wurde.«

»Okay. Was heißt das?«

»Ich weiß nicht. Aber Sie sagten, die Bank hat die Zwangsversteigerung erst eingeleitet, nachdem Ihr Vater letzten Winter gestorben ist?«

»Hmhmm.«

»Das war drei Jahre später. Die Ashley State Bank hat ihre Drohungen genau in dem Monat eingestellt, in dem die Einzahlung vorgenommen wurde.«

»Wollen Sie damit sagen, das beweist, dass die Bank die Einzahlung erhalten hat?«

»Nein. Aber wenn es nicht miteinander zusammenhängt, ist es ein ziemlich seltsamer Zufall.«

Der Kellner kam mit ihrem Essen und Jared legte die Papiere beiseite. Als er die Serviette auf seinem Schoß ausbreitete, warf er einen Blick aus dem Schaufenster. Erins Auto war auf der anderen Straßenseite geparkt.

»Wie sind Sie denn mit der kaputten Windschutzscheibe gefahren?«, fragte er.

»Langsam«, antwortete sie zwischen zwei Bissen.

Jared lächelte. »Erin, warum sind Sie wieder hierhergekommen? Ich meine, warum sind Sie wieder hergezogen, nachdem Ihr Vater gestorben war?«

Es war eigentlich eine einfache Frage, doch Erin antwortete nicht gleich. »Ich schätze, ich dachte, ich könnte dem Anwalt von hier aus mehr helfen.«

»Haben Sie Ihre Arbeit in den Twin Cities aufgegeben?«

»Ich habe unbezahlten Urlaub genommen. Allerdings ist nicht garantiert, dass meine Stelle noch für mich reserviert ist, wenn ich zurückkomme.«

Jared fragte nicht weiter, sondern konzentrierte sich auf sein Frühstück. Dann ergriff Erin wieder das Wort.

»Ich weiß von den Problemen, die Ihre Familie in Ashley hatte«, sagte sie vorsichtig. Jared erstarrte; sein Hals schnürte sich zu.

»Ich meine, ich weiß nicht viel«, fuhr sie fort. »Ich erinnere mich nur an ein paar Zeitungsartikel. Als ich damals in den Schulferien zu Hause in Ashley war, habe ich in der Zeitung davon gelesen.«

»Tja …«

»Tut mir leid, dass ich davon anfange, wenn es Ihnen unangenehm ist. Es ist nur … es muss für Sie damals hier auch ziemlich schwer gewesen sein.«

Jared schaute Erin an und suchte nach Anzeichen dafür, dass sie ihn manipulieren wollte. Nach Jahren im Gerichtssaal war er sich ziemlich sicher, dass er es mitbekommen würde, wenn man mit ihm spielte. In ihren Augen lag ein besorgter Ausdruck und nichts weiter.

»Ja, ein Jahr lang war es ziemlich heftig«, antwortete er. »Das war mein letztes Jahr in der Highschool. Seitdem war ich nicht mehr oft hier.«

Erin ließ das Thema fallen und beendete ihr Frühstück.

Sie verabschiedeten sich auf dem Bürgersteig. Jared war dankbar, dass sie nicht nachgefragt hatte, ob er den Fall übernehmen würde. Er schaute ihr hinterher, wie sie die momentan kaum befahrene Straße überquerte und in ihr Auto stieg. Als sie wegfuhr, bemerkte er, dass sie sich vorbeugte, um durch die zersplitterte Windschutzscheibe sehen zu können.

Nachdem sie fort war, warf Jared einen Blick zurück durch das Fenster von *Orsi & Greens*. Die Romanze mit Susan Gladhart, erinnerte er sich, hatte einen Monat gehalten, bis die Sommerferien begannen. Dann war ihre Familie nach Atlanta gezogen. Er war todunglücklich, und wahrscheinlich wäre sein ganzer Sommer ruiniert gewesen. Glücklicherweise hatte eine Woche später die Baseballsaison der Juniorliga begonnen und ihn aus einem Sumpf von Selbstmitleid gerettet.

Langsam ging er zu seinem Auto zurück – den ersten Straßenzug entlang noch auf den Spuren des Spaziergangs, den er an jenem Tag Hand in Hand mit Susan gemacht hatte. Dass sie weggezogen war, hatte ihm das Herz gebrochen. Doch trotzdem war sie eine seiner liebsten Erinnerungen an seine Heimatstadt – ungetrübt und niemandem sonst bekannt. Sie hatte nichts mit seinem Vater oder Geld oder dem ganzen Tumult zu tun, der in den Jahren danach folgte. Für ihn war sie das Beste von Ashley, und daran hielt er fest.

* * *

Als sich Jared am Nachmittag auf den Rückweg nach Minneapolis machte, spürte er, wie ihn wieder bleierne Müdigkeit überkam. Vielleicht lag das an all der Arbeit, die im Büro auf ihn wartete. Vielleicht lag es an der schwierigen Entscheidung, die er in den nächsten Tagen über diesen Fall zu treffen hatte. Mit jedem Kilometer fühlte er sich mehr gefangen, und in ihm stieg das irrationale Bedürfnis auf, einfach immer weiterzufahren.

Trotz seiner gemischten Gefühle zu Ashley und trotz der bevorstehenden Entscheidung waren die letzten Tage für ihn wie eine Pause gewesen – oder wenigstens eine willkommene Abwechslung. Als er die Schnellstraße erreicht hatte, traf er eine abrupte Entscheidung. Er zog sein Mobiltelefon aus der Tasche und wählte Jessies Privatnummer.

»Jessie? Ich glaube, ich bleibe noch ein, zwei Tage hier.«

»Was? Was gibt es denn noch herauszufinden?«

»Ich weiß nicht. Wahrscheinlich nichts. Aber ich hätte gern eine Pause. Nur einen Tag oder so, um noch einmal über den Fall nachzudenken. Kannst du mir die Hyänen noch einen Tag vom Hals halten?«

»Ich denke schon.« In ihrer Stimme schwang Besorgnis mit.

»Keine Sorge, Jessie. Ich bleibe in Kontakt mit dir und bin Dienstag wieder im Büro.«

Jessie willigte ein.

Auf der Stelle ließ seine Unruhe nach. Eine gute Entscheidung. Er brauchte die Zeit. Morgen würde er nach Mission Falls fahren und dem Privatdetektiv die Kisten mit den Bankunterlagen per Kurier schicken. Dann würde Towers sie am Dienstagvormittag erhalten. So blieb ihm immer noch genug Zeit, um sie durchzusehen und Jared am Dienstag oder Mittwoch seine Meinung darüber zu sagen, sodass er eine Entscheidung treffen konnte.

Ja, er hatte das Gefühl, dass es richtig so war. An der nächsten Ausfahrt würde er umdrehen. Noch einen Tag weg vom Büro. Noch einen Tag Luftveränderung.

* * *

»Neaton ist weg. Ich bin ihm bis zur Schnellstraße gefolgt. Er sollte in einer Stunde wieder in Minneapolis sein.«

Es war spät am Sonntagnachmittag. Die Paisley-Anwälte saßen wieder in Stanfords Büro, das auf Lautsprecher gestellte Telefon zwischen sich, Mick Elgart am anderen Ende der Leitung.

»Gut«, antwortete Marcus. »Franklin macht Fortschritte mit dem Antrag auf Sanktionen gegen Neaton. Wir werden ihn rechtzeitig zur Anhörung morgen fertig haben.«

»Ich habe noch andere Informationen«, fuhr der Privatdetektiv fort. »Über Neaton. Der Ex-Knacki, sein alter Herr, wohnt immer noch in Ashley.«

Wahrscheinlich war das nicht von Bedeutung – nach dem morgigen Tag war Jared Neaton vermutlich sowieso aus dem Spiel, dachte Marcus. »Unternehmen Sie nichts weiter an dieser Front, bis wir wissen, wie die Anhörung gelaufen ist.«

»Wäre es ein Problem, wenn ich bei der Anhörung dabei wäre?«, fragte Elgart.

Marcus dachte einen Augenblick nach. Neaton würde sicher nicht anwesend sein: Auf keinen Fall hatte er genug Zeit, noch von Minneapolis nach Mission Falls zu fahren, wenn er über den Eilantrag informiert wurde. Es konnte nicht schaden, Mick im Gerichtssaal zu haben. Das Gleiche sagte Marcus auch laut.

Nachdem Elgart aufgelegt hatte, schob Marcus die Unterlagen für den Antrag, die er durchgesehen hatte, über den Schreibtisch zurück zu Franklin. »Gute Arbeit. Lass das morgen an Neatons Büro zustellen – sagen wir, um neun Uhr. In vierundzwanzig Stunden ist das alles vorbei.«

11

»Treten Sie zurück, und zwar auf der Stelle!« Wände bebten, eine Tür krachte zu. Die durchdringende, verängstigte Stimme seiner Mutter rief: »Samuel!«

»Gehen Sie weg von ihm, Ma'am. Sofort!« Heftiges Schluchzen und noch mehr laute Rufe.

Jared sprang von seinem Schreibtisch auf. Bücher und ein Glas Wasser landeten auf dem Boden. Er stieß seine Zimmertür auf – die Türklinke schlug gegen die Gipswand – und stürzte in den Flur.

Sein Vater lag mit ausgebreiteten Armen und dem Gesicht nach unten auf dem Boden bei der Haustür. Ein Mann kauerte über ihm, ein Knie in seine Wirbelsäule gedrückt, und zog ihm gewaltsam die Handgelenke ins Kreuz. Ein zweiter Mann stand dahinter und wedelte mit einer Polizeimarke in Richtung von Jareds Mutter, die weinend in der Küchentür stand.

Samuels Gesicht, klein und bleich, war gegen den Fliesenboden gedrückt. Sein Blick fiel auf Jared. »Um Gottes willen, Merilee«, rief er mit erstickter Stimme, und Speichel lief auf den Boden, »schaff ihn hier raus!«

Über den Lärm drang eine Melodie, ein Liedtext. Er kannte ihn, aber er hörte die Worte nicht. Es blieb nichts als ein leeres Summen.

Jareds Augen öffneten sich und sein Blick fiel auf den Wecker. Zehn Uhr dreizehn. So spät. Und das Summen, kam ihm zu Bewusstsein, war sein Mobiltelefon, das auf dem Tisch neben seinem Bett vibrierte.

Die Bilder verblassten.

Diesen Traum hatte er schon seit Jahren nicht mehr gehabt.

Das Telefon. Jared griff ungeschickt danach und drückte auf die richtige Taste, um den Anruf anzunehmen.

»Jared?«

»Was ist los, Jessie?«

»Habe ich dich geweckt?«

»Kein Problem. Was gibt's?«

»Sie haben einen Antrag zugestellt. Sanktionen gegen dich.«

Der plötzliche Adrenalinstoß pulsierte hinter seinen Schläfen. »Ganz langsam. Was für ein Antrag? Wer hat ihn zugestellt? Welcher Fall?«

Er hörte Jessie tief durchatmen. Ihr Tonfall ... das war keine Panik. Das war Wut.

»›Erin Larson als persönliche Vertreterin für den Nachlass von Paul Larson gegen die Ashley State Bank‹«, las Jessie vor. »Es ist ein Antrag auf Sanktionen, gegen dich persönlich. Unterzeichnet von Stanford und Whittier von Paisley.«

»Kapier ich nicht. Ich habe den Fall doch noch nicht einmal übernommen. Was ist die Begründung?«

»Ein Gespräch mit einem Bankangestellten ohne gerichtliche Vorladung.«

»Das habe ich doch gar nicht gemacht.«

»Tja, sie haben ein Foto.«

Ein Foto? »Was ist darauf zu sehen?«

»Sieht aus wie du vor einem roten Gebäude. In dem Antrag heißt es, dass du mit einem Bankangestellten geredet hast, Willis Severson.«

In Jared kochte so heftiger Zorn hoch, dass das Motelzimmer um ihn herum verblasste.

»Ich habe noch mehr schlechte Nachrichten«, hörte er Jessie weiterreden. »Sie haben für heute Nachmittag halb drei eine Eilanhörung angesetzt, vor Richter Lindquist im Gericht von Mission Falls.«

»Heute?«

»Ja. Heute Nachmittag.«

Jared versuchte, klar zu denken.

»War Severson ein Bankangestellter?«, fragte Jessie. »Hast du mit ihm geredet?«

»Severson war ein Mitschüler von mir in der Highschool, und wir haben fünf Minuten lang über seine Frau und seine Kinder geredet. Er hat mit keiner Silbe erwähnt, dass er für die Bank arbeitet.«

»Jedenfalls sieht es nicht gut aus. Vor allem, dass du mit diesem Kerl an der Bank geredet hast.«

Woher wussten sie, dass er an der Bank sein würde? Nicht einmal *er* hatte gewusst, dass er dorthin gehen würde, bis er in die Stadt kam. Hatte ihn jemand in der Bank gesehen? Und selbst wenn, woher wusste derjenige, dass Jared überlegte, den Fall zu übernehmen? Und wer hatte das Foto gemacht?

Jared schüttelte den Kopf. Schön langsam. Denk nach. Selbst Haie wie Whittier und Stanford würden so etwas nicht tun, wenn sich der Aufwand nicht lohnte.

Denn es war, wie ihm klar wurde, als sein Herz allmählich aufhörte zu rasen, nicht besonders wahrscheinlich, dass der Richter dem Antrag stattgeben und Sanktionen gegen ihn verhängen würde, solange er reagierte und das Ganze erklärte. Insbesondere, wenn er zeigen konnte, dass er den Fall noch gar nicht übernommen hatte – und vielleicht sogar überhaupt nicht übernehmen *würde*. Vielleicht würde ihn der Richter verwarnen, aber nicht bestrafen.

Doch das wussten die Jungs von Paisley ebenfalls. Was wollten sie also mit solch einem Antrag erreichen – gegen jemanden, der den Fall noch nicht einmal bearbeitete?

Jareds Gedanken ordneten sich, und plötzlich war es ihm klar. Sie wollten ihm sagen, dass er sich raushalten sollte.

Dieser Gedanke trieb seinen Puls wieder in die Höhe. Nun, er würde reagieren – und so war es ein Glück, dass er hier in Ashley war und nicht in seiner Kanzlei. Es wäre schwierig gewesen, von Minneapolis herzukommen und bei der Anhörung zu erscheinen.

Jared saß jetzt hellwach auf der Bettkante. Die Sonne warf helle Strahlen durch die Ritzen der geschlossenen Jalousien vor seinem Motelzimmerfenster.

Sie hatten den Sanktionsantrag um zehn Uhr morgens in seinem Büro in Minneapolis zustellen lassen, viereinhalb Stunden, bevor die Anhörung dreihundert Kilometer entfernt stattfinden sollte. Jared schüttelte den Kopf, als ihm noch etwas anderes klar wurde. Stanford und Whittier rechneten nicht damit, dass er in der Lage sein würde, auf den Antrag zu reagieren. Sie rechneten nicht damit, dass er noch irgendwo in der Nähe von Mission Falls war. Sie dachten, er wäre nach Hause gefahren. Doch dieses Mal waren ihre Informationen unzutreffend.

»Jessie, bitte scanne den Antrag ein und schick ihn an meine E-Mail-Adresse.«

»Okay. Wie kann ich noch helfen?«

»Ich gehe rüber in die Bibliothek an den Computer. In zwei Stunden habe ich eine Rohfassung der Erwiderung fertig. Bitte arbeite sie fertig aus, lass sie Paisley zustellen und faxe mir eine Kopie, damit ich sie hier bei Gericht einreichen kann.«

Dieser Tag würde nicht so laufen, wie Jared es geplant hatte. Aber er würde dafür sorgen, dass er auch nicht so lief, wie die Jungs von Paisley es erwartet hatten.

* * *

Ein paar Stunden später, kurz vor vierzehn Uhr dreißig, schwangen die deckenhohen Türen des hundert Jahre alten Gerichtssaals von Mission Falls auf, und Jared trat hindurch, dicht gefolgt von Erin.

Als er den dunkel getäfelten Raum betrat, schien das ganze Gericht zu erstarren, so als hätte Jareds Eintreffen alles und jeden darin gelähmt. *Atmen!*, dachte Jared - und war sich nicht ganz sicher, ob er das sich selbst oder eher allen anderen sagen wollte.

Der Richter saß aufrecht auf seiner Richterbank, die unnatürlich hoch über den Saal aufragte, wie ein Vorschiff über ein Schiffsdeck. Er hielt sich kerzengerade, das schwarze Haar perfekt gescheitelt; sein angespannter, finsterer Gesichtsausdruck war ein Warnsignal für jeden, der die Ordnung seiner Welt durcheinanderbringen wollte. Seine Gerichtssekretärin, eine Frau, die halb so alt war wie er, saß mit dem Rücken halb zur Tür.

Sie starrte über eine Schulter zu Jared, die Finger über den Tasten schwebend, bereit für das nächste Wort, das im Saal fiel. Eine noch jüngere juristische Assistentin in der Ecke wirkte einfach nur aufgeschreckt; sie sah so aus, als wollte sie im nächsten Moment die Flucht ergreifen.

Doch nichts von alledem interessierte Jared. Er konzentrierte sich auf die entspannte Gestalt von Marcus Stanford am Verteidigertisch und die große, eckige Figur von Franklin Whittier III. am Sprecherpult. Auch ihre Blicke waren starr auf ihn gerichtet. Whittiers Augen zeigten eine Mischung aus Wut und Überraschung. Stanford wirkte einfach kalt und distanziert. Wegen dieser beiden war er hier.

Als er auf die Anwaltstische zuging, bemerkte Jared, dass Whittiers Blick reflexartig in den Zuschauerraum schoss, und folgte seinem Blick.

In der letzten Reihe saß ein Mann, den Jared erkannte: Sidney Grant, Direktor der Ashley State Bank. Jared hatte ihn zum letzten Mal als Junge gesehen. Wie bei Mrs Huddleston waren auch Grants Gesichtszüge reifer geworden - die Züge eines Mannes am Ende seiner mittleren Jahre.

Neben ihm saß ein jüngerer Mann, muskulös und mit rasiertem Kopf. Einen skurrilen Moment lang hatte Jared den Eindruck, dass dieser Mann sich zu verstecken versuchte, indem er einen Hefter hob und tiefer in seinen Sitz hineinrutschte.

Niemand sagte ein Wort, als Jared und Erin ihre Plätze an dem freien Anwaltstisch einnahmen. Erst als sie sich gesetzt hatten, durchbrach der Richter die Stille.

»Wer sind Sie?«, bellte er und nahm in dem stillen Gerichtssaal wieder die Zügel in die Hand.

»Jared Neaton, Euer Ehren«, sagte er und erhob sich wieder. »Und das ist meine ...« Er fing sich noch rechtzeitig, bevor er *Mandantin* sagen konnte. »Das ist Erin Larson«, erklärte er. »Wir sind hier aufgrund des vorliegenden Antrags. Ich bitte um Entschuldigung, wenn ich mich verspätet habe, aber meinen Informationen nach war die Anhörung für vierzehn Uhr dreißig heute Nachmittag angesetzt.« Er warf einen demonstrativen Blick auf die Uhr an der gegenüberliegenden Wand. Sie zeigte vierzehn Uhr fünfundzwanzig an.

Richter Lindquists grimmiger Gesichtsausdruck verschwand und er richtete den Blick mit zusammengezogenen Augen auf Whittier, der am Sprecherpult des Gerichtssaals stand.

»Meine Herren Anwälte, ich dachte, Sie hätten gesagt, Mr Neaton würde nicht an dieser Anhörung teilnehmen und wir könnten anfangen?«

Whittier fehlten einen Moment lang die Worte. Er stand wie eine Statue da. Hinter ihm erhob sich Stanford am Anwaltstisch.

»Euer Ehren, das war die Information, die wir von unserer Kanzlei erhalten hatten«, sagte Stanford mit unerschütterlicher Stimme. »Ich entschuldige mich beim Gericht und natürlich bei Mr Neaton für das

Missverständnis. Ich glaube, meine Sekretärin hat mit jemandem von Mr Neatons Büro gesprochen.«

Das war natürlich eine Lüge, doch Jared wusste, dass er unmöglich das Gegenteil beweisen konnte. Stanford war wirklich so gut, wie Jared ihn in Erinnerung hatte. Mit seinem kurzen braunen Haar, dem kantigen Gesicht, dem perfekt gebügelten Anzug und den blitzblank geputzten Schuhen ließ sein Auftreten Franklin Whittier blass aussehen. Er hatte keinen so ausgeprägten Akzent wie Clay und blieb für gewöhnlich sachlich und zurückhaltend. Aber Jared wusste, dass Stanford immer perfekt vorbereitet war, immer den Eindruck von Aufrichtigkeit vermittelte und selten auf das letzte Wort verzichtete. Und er war erbarmungslos.

Der Richter wirkte, als wüsste er nicht genau, wie er jetzt weitermachen sollte. Das war gut, dachte Jared, als er sich wieder erhob.

»Euer Ehren, ich kann mir kaum vorstellen, wie Mr Stanford den Eindruck gewinnen konnte, dass ich heute nicht erscheinen würde. Dies ist ein Antrag, der mich unethischer Methoden beschuldigt. Ich habe eine erhebliche Strecke zurückgelegt – und hatte weniger als vier Stunden Vorbereitungszeit –, um mich gegen diese Anschuldigungen zu wehren. Und ich habe Unterlagen vorbereitet, die klarstellen, dass dieser Antrag auf Sanktionen absolut haltlos ist. Darf ich vortreten?«

»Bitte.«

Jared trat zur Richterbank und reichte dem Richter einen Stapel Unterlagen, die er in den letzten Stunden auf dem Bibliothekscomputer in Mrs Huddlestons Büro vorbereitet hatte.

»Dann leugnen Sie die Anschuldigungen der Verteidigung?«, fragte der Richter, während er durch Jareds Papiere blätterte.

Jared kehrte nicht zu seinem Platz zurück; da das Gericht eine Frage an ihn gerichtet hatte, blieb er am Sprecherpult stehen.

»Bitte entschuldigen Sie, Herr Verteidiger«, sagte er und nahm unaufdringlich, aber bestimmt Whittiers Platz dort ein. Whittier, immer noch verwirrt, trat beiseite. Sobald er sich am Sprecherpult aufgestellt hatte, hob Jared den Blick zum Richter, um zu antworten.

»Ja, Euer Ehren.«

Aus dem Augenwinkel sah Jared, wie Whittiers unsicherer Gesichtsausdruck einer kalten, grimmigen Miene wich, als er begriff, dass Jared gerade das Plädoyer übernommen hatte. *Ganz recht, Whittier. Setzen.*

»Euer Ehren«, fuhr Jared fort, »wie ich in den Unterlagen erklärt habe, war mein Kontakt mit Mr Severson ganz harmloser Natur. Weder wusste ich, dass Mr Severson bei der Bank angestellt ist, noch hat er mir dies mitgeteilt. Wir haben darüber gar nicht gesprochen. Genau genommen hat Mr Severson das Gespräch begonnen, wie sicher der Kameramann bestätigen könnte, wenn dem Gericht sämtliche Aufnahmen vorliegen würden.«

»Herr Vorsitzender, es spielt keine Rolle, ob Mr Neaton das Gespräch begonnen hat oder nicht«, platzte Whittier heraus. »Unter den gegebenen Richtlinien sollte er keinerlei Gespräch mit einem potenziellen Zeugen führen.«

Gut. Sie hatten damit effektiv anerkannt, was Jared heute mit nichts anderem als seiner eigenen Aussage bezeugen konnte – dass Severson das Gespräch begonnen hatte.

Der Richter las immer noch in Jareds Unterlagen. Jared wartete, bis er wieder aufschaute.

»Was haben Sie dazu zu sagen, Mr Neaton?«

»Ich stimme dem Herrn Verteidiger zu. Ich kann keine Person, die aktuell bei der Bank angestellt ist, nach Informationen befragen, die die Haftbarkeit der Bank belegen könnten. Das habe ich auch nicht getan. Wie gesagt, war mir nicht bewusst, dass Mr Severson überhaupt bei der Bank angestellt ist. Genau genommen wusste ich nichts davon, bis meiner Kanzlei *heute Morgen* dieser Antrag zugestellt wurde.« Jared betonte *heute Morgen*, um noch einmal zu unterstreichen, wie unfair die kurze Frist ihm gegenüber war.

»Euer Ehren, wir würden Mr Neatons Darstellung ja gern glauben.« Das war Stanford. Er hatte sich erhoben und umrundete nun geschmeidig den Anwaltstisch, während er Whittier mit einer Handbewegung aufforderte, sich zu setzen. Er trat ans Sprecherpult und erwartete offenbar, dass Jared zurücktreten würde. Jared lächelte Stanford jovial an, blieb aber stehen.

So blieb Stanford kurz vor dem Pult stehen und schaute wieder zum Richter hinauf, ein ebenso joviales Lächeln auf dem Gesicht.

»Aber, Euer Ehren, was sollen wir hier glauben?« Er legte eine Hand auf den Rand des Pultes, wie um es dennoch als sein Territorium zu beanspruchen. »Mr Neaton hat kein Büro hier in Ashley, und auch nirgendwo sonst in diesem Landkreis. Seine Kanzlei befindet sich in Minneapolis. Ist Mr Neaton einfach zufällig an einem Freitagnachmittag in der Bank gelandet und auf einen Bankangestellten gestoßen?«

Stanfords aalglatter Auftritt ärgerte Jared maßlos. Er war so elegant, verglichen mit seinem Compagnon. Schlimmer noch, der Richter schien ernsthaft über Stanfords Frage nachzudenken. Jared wünschte sich, Whittier würde wieder den Mund aufmachen.

»Mr Stanford hat nicht ganz Unrecht, Mr Neaton. Was haben Sie in der Bank gemacht, wenn Sie nicht dort waren, um sich mit Mr Severson zu treffen?«

Was sollte er jetzt sagen? Stanford hatte die Aufmerksamkeit des Richters zurück auf Jareds Verhalten gelenkt und weg von der peinlichen Tatsache, dass die Paisley-Jungs versucht hatten, einen Antrag auf Sanktionen durchzupeitschen, ohne Jared die Gelegenheit zu geben, vor Gericht zu erscheinen oder darauf zu reagieren. Und nun hatte das Gericht eine Frage an Jared gerichtet, die er unweigerlich beantworten musste.

»Wie Mr Stanford in seinem Antrag ausgeführt hat, Euer Ehren, war ich in der Stadt, um zu entscheiden, ob ich Erin Larson in ihrem Fall gegen die Ashley State Bank vertreten werde.«

»Herr Vorsitzender«, hakte Stanford geschmeidig ein und richtete seine Worte an das Gericht und nicht an Jared, der neben ihm stand, »ich verstehe nicht, was Mr Neaton im Foyer der Ashley State Bank zu erfahren hoffte, wenn er nicht dort war, um mit potenziellen Zeugen zu sprechen.«

Wieder legte sich dieser finstere Blick über das Gesicht des Richters. Manchmal, dachte Jared, hat man nichts weiter als die Wahrheit – selbst vor Gericht. Bevor der Richter Stanfords Frage wiederholen konnte, begann Jared zu sprechen.

»Hohes Gericht, ich war aus keinem anderen Grund in der Ashley State Bank, als um einen Ansatzpunkt für den Entscheidungsprozess zu gewinnen. Nicht um Zeugen zu finden, sondern um mich zu orientieren. Ich war dort als Teenager selbst Bankkunde. Es schien mir einfach … der richtige Ausgangspunkt zu sein.«

Jared konnte sehen, dass seine Aussage, er sei in Ashley aufgewachsen, Richter Lindquist überrascht hatte. Sein Gesichtsausdruck wurde milder. »Sie sind in Ashley aufgewachsen?«

»Ja, Euer Ehren. Ich habe meinen Schulabschluss an der Ashley High School gemacht.«

Seine Erklärung zeigte Wirkung. Der Richter beugte sich vor und stellte Jared einige weitere Fragen über seine Kindheit in Ashley, und erfuhr, dass Jared Football und Baseball gespielt hatte. Jared konnte spüren, wie sein Gegner, der immer noch neben ihm am Sprecherpult stand, erstarrte; er sah, wie die Knöchel an seiner zu Faust geballten Hand weiß hervortraten. Das war ein guter Themenwechsel.

Schließlich lehnte sich der Richter zurück.

»Nun«, begann er, »es scheint mir, dass diese Angelegenheit, ohne gerichtliche Vorladung mit einem Angestellten zu reden, ein Missverständnis war. Ein Missverständnis, zu dem Mr Neaton es sicher kein zweites Mal kommen lassen wird. Ich glaube nicht, dass zu diesem Zeitpunkt Sanktionen angebracht sind.«

Mittlerweile berührte Stanfords Schulter beinahe Jareds. Bevor der Hammer fallen konnte, meldete er sich erneut zu Wort.

»Euer Ehren, dieses ganze … Missverständnis rührt daher, dass Mr Neatons Rolle in dieser Angelegenheit immer noch unklar ist.«

»Mr Stanford?«, fragte der Richter unsicher.

»Die Frage ist«, fuhr der Paisley-Anwalt fort, »welche Rolle Mr Neaton in diesem Fall tatsächlich spielt. Vertritt er Ms Larson oder nicht?«

Der Richter machte eine zustimmende Kopfbewegung. »Mr Stanford hat nicht ganz unrecht. Mr Neaton, sind Sie drin oder draußen?«

»Euer Ehren?«

»Ich rede von dem Fall, Mr Neaton. Vertreten Sie Paul Larsons Nachlass in dieser Angelegenheit oder nicht?«

Jared spürte die Wände auf sich zukommen. »Euer Ehren, meinen Informationen zufolge hat Ms Larson bis Mittwoch Zeit, einen neuen Rechtsbeistand zu finden.«

Der Richter schüttelte den Kopf. »Das stimmt. Aber unter den gegebenen Umständen und angesichts des vorliegenden Antrags hätte ich gern sofort eine Antwort.« Obwohl es als Bitte formuliert war, erkannte Jared, dass ihm sein Heimvorteil in diesem Fall nichts nützen würde: Das Gesicht des Richters zeigte unmissverständlich, dass dies eine Anordnung war.

Stanford meldete sich zu Wort. »Aus Fairness Mr Neaton gegenüber, Euer Ehren - wenn er die Entscheidung heute treffen muss, muss ich ihn daran erinnern, dass die Ashley State Bank bereits Sanktionen nach Richtlinie 11 gegenüber Ms Larsons letztem Anwalt, Mort Goering, beantragt hat, denn die Anklage ist ungerechtfertigt. Obwohl wir den Antrag zurückgezogen haben, als Mr Goering den Fall niederlegte, sollte Mr Neaton daran erinnert werden, dass wir den Antrag gegen ihn *erneuern werden,* wenn er den Fall jetzt übernimmt.«

Der Raum um Jared wurde noch kleiner. Er hatte sich so sehr darauf konzentriert, Stanford und Whittier nicht die Genugtuung zu geben, ihn aus dem Verfahren zu werfen, dass er diese Möglichkeit nicht gründlich genug durchdacht hatte - dass er heute, vor dem Gericht, eine Entscheidung würde verkünden müssen. Wichtiger noch: Er wusste nicht einmal, wie seine Entscheidung ausfallen würde.

Jared warf einen Blick auf Erin. Sie wirkte hilflos, verloren in den Vorgängen, die sich um sie herum abspielten. Als er heute Nachmittag hierher gekommen war, völlig auf den bevorstehenden Kampf eingestellt, hatte Jared nicht bemerkt, wie verletzlich Erin war. Sie hatte auf der gesamten Fahrt kaum ein Wort gesprochen. Jetzt wurde ihm bewusst, dass für sie diese Frage ebenfalls am drängendsten sein musste: Beeilte sich Jared nur aus eigenem Stolz und Überlebensinstinkt so sehr, gegen den Antrag anzugehen, oder bekannte er sich damit offiziell zu Erin und ihrem Fall?

Sein Nacken und Kopf begannen zu schmerzen, während sein Herzschlag sich beschleunigte. Ein paar interessante Hinweise, denen er nachgehen konnte - das war alles, was Jared übers Wochenende in Erfahrung gebracht hatte. Abgesehen von der Höhe der Streitsumme gab es absolut keinen vernünftigen Grund, warum er den Fall übernehmen sollte.

Es waren zehn Millionen Dollar. Alle finanziellen Probleme konnten damit hinter ihm liegen – für die Gegenwart *und* die Zukunft. War das nicht genug? War es nicht das, worauf er all die Jahre hingearbeitet hatte, seit er seinen Vater in Handschellen auf dem Boden liegen und um Gnade betteln gesehen hatte – und das nur, weil er Geld genommen hatte, das er meinte, sich nicht auf andere Weise beschaffen zu können?

Jared warf einen Blick auf seine beiden Gegner. Sie waren erfahrene Anwälte, die bereits klargestellt hatten, dass dies ein aggressives Verfahren werden würde. Stanford, der neben seiner Schulter stand, schaute gleichgültig weg von Jared und hin zur Richterbank. Whittier saß am Verteidigertisch und starrte Jared mit unverhohlener Verachtung an. Trotz ihrer unterschiedlichen Haltungen wusste Jared, dass beide sich absolut sicher waren, dass er den Fall ablehnen würde. Das war für sie so klar wie eine nackte Glühbirne in einem leeren Raum.

Jared musste wieder an das dünne, eintrittskartengroße Blatt Papier denken, auf dem die Einzahlung aufgezeichnet war. Trotzdem war er noch unentschlossen.

»Herr Anwalt?«, donnerte die Stimme des Richters, der wieder seine Amtsmiene aufgesetzt hatte, durch den Saal.

Ein Bild von zerschmettertem Glas drängte sich in Jareds Gedanken; wieder sah er den Hauch von Angst in Erins Augen, als sie sich bemühte, die Main Street von Ashley durch die zersplitterte Windschutzscheibe zu erkennen.

»Euer Ehren«, hörte er sich sagen, »ich werde Erin Larson als persönliche Vertreterin für den Nachlass von Paul Larson in ihrer Anklage gegen die Ashley State Bank repräsentieren.«

Dann hörte Jared den harten Schlag des Hammers, den der Richter auf die Bank niedergehen ließ.

»Also gut, Mr Neaton. Der vorliegende Antrag auf Sanktionen ist abgewiesen. Sie haben drei Monate bis zur Verhandlung.«

12

»Marcus, was ist hier gerade passiert? Hat dieser Neaton tatsächlich eben den Larson-Fall übernommen?«

Marcus schaute über den Tisch hinweg Sidney Grant an, den Direktor der Ashley State Bank. Grant - schlank und mit schütterem Haar - trug einen maßgeschneiderten dunkelblauen Anzug und eine blutrote Krawatte. Sie waren allein und saßen hinter ihren Kaffeetassen an einem vom restlichen Raum abgetrennten Ecktisch im *Justice Café*. Das Gerichtsgebäude von Mission Falls auf der anderen Straßenseite war über Grants Schulter durch die halb geschlossenen Jalousien zu erkennen.

»Ja, Neaton hat den Fall übernommen.«

Der Tisch erbebte, als Grant beide Fäuste darauf niederschlug. Die plötzliche Wucht des Schlages ließ Marcus auf seinem Platz zurückfahren.

»*Wie kann es sein, dass Sie da drin die Kontrolle verloren haben?* Wir waren *zwei Tage* davon entfernt, dass der Fall abgewiesen wird. *Zwei Tage!*«

Marcus' Blick schoss durch den Raum. Er war leer und die Kellnerin war nirgendwo zu sehen. Er schüttelte den Schock ab und zwang sich zu einem passiven Gesichtsausdruck. Ja, wie konnte es sein, dass sie die Kontrolle verloren hatten? Weil sie gehandelt hatten, ohne zu begreifen, wie Neaton tickte. Weil sie ihn nicht verstanden hatten. Sie hatten nicht gewusst, was ihn motivierte, was ihn inspirierte. Oder was er fürchtete. Marcus hatte den Moment vor Augen, kurz bevor Neaton den Fall angenommen hatte. Irgendetwas hatte seinen Trotz ausgelöst und ihn dazu getrieben, den Sprung ins Ungewisse zu wagen. Was war in dem Moment in ihm vorgegangen?

Mit Goering war es einfach gewesen, besonders mit einer Kontaktperson in seinem Büro. Neaton war ein ehemaliger Kollege von Paisley - und trotzdem waren sie im Hinblick auf ihn völlig im Dunkeln getappt.

»Beruhigen Sie sich, Sidney.«

»*Zwei Tage, Marcus.*« Grant rutschte auf seinem Platz hin und her, die Fäuste in die Hosentaschen geschoben.

»Es wird schon gut gehen.«

»Wir waren so nah dran. Jetzt wird es noch mehr Aussagen und Untersuchungen geben.«

»*Beruhigen Sie sich und hören Sie zu.*«

Die Augen des älteren Mannes blitzten in einem letzten Anflug von Wut auf, die sich aber verzog, als er in Marcus' Gesicht schaute. Er zog die Hände aus den Taschen und gab widerwillig nach.

»Neaton hat keine besseren Karten als Goering«, sagte Marcus, als Sidney sich auf seinem Platz zurücklehnte. »Das Gesetz ist immer noch gegen ihn, und er hat keine Beweise, die seine Behauptungen stützen.«

»Was, wenn er wieder anfängt, Angestellte zu befragen, so wie Goering?«

»Das wird er mit ziemlicher Sicherheit tun. Doch das spielt keine Rolle. Es gibt in Ashley keine Zeugen, die Beweise haben, um den Fall zu untermauern.«

Der Banker schüttelte entschieden den Kopf. »Sie reden sich raus. Was ist mit Zeugen außerhalb von Ashley?«

»Wenn Neaton seine Suche ausweitet, werden wir ihm immer einen Schritt voraus sein. Wir werden uns mit diesem Risiko befassen, wenn es eintritt. Aber es wird nicht eintreten.«

Die Augen des Bankers verrieten, dass er immer noch nicht überzeugt war. »Und unser Mann in Washington? Haben wir ihn noch im Griff?«

»Ja, aber Mick ist nächste Woche dort, um auf Nummer sicher zu gehen.«

Der Banker atmete tief aus, erschöpft von seinem Ausbruch. »Whittier *bearbeitet* den Fall, nichts weiter, richtig?« Seine Worte überschlugen sich fast.

»Er weiß nicht über *alles* Bescheid, oder? Die Sache ist ohnehin schon haarig genug.«

Marcus schüttelte bestätigend den Kopf. »Wie wir es vereinbart hatten.«

Grant schüttelte noch einmal nachdrücklich den Kopf, als wollte er etwas Widerliches abschütteln. »Sie versuchen, mich einzulullen, Marcus. So wie Sie eine Jury einlullen. Ziehen Sie mich nicht über den Tisch!« Er machte eine ausladende Handbewegung in Richtung Gerichtsgebäude. »In diesem Fall *darf* es nicht zu einem Prozess kommen. Das Risiko ist zu hoch.«

»Es wird keinen Prozess geben.«

Grant wandte den Blick abweisend ab. »Ich möchte Ihnen glauben, Marcus.« Dann richtete sich sein Blick wieder auf Marcus und in seinen Augen lag ein fragender Ausdruck. »Paul Larsons Unfall war ein Glücksfall, wissen Sie das?«

Marcus schaute in Sidney Grants weiches Gesicht und seine verängstigten Augen und musste sich anstrengen, die Verachtung zu verbergen, die in ihm aufstieg. »Ja«, antwortete er.

Grant atmete jetzt ruhiger. Er konnte ihn jetzt allein lassen, und Marcus wollte nur noch weg. Als der Banker nach seinem Kaffee griff, legte Marcus einen Zehn-Dollar-Schein auf den Tisch und streckte die Hand aus, um dem Banker auf die Schulter zu klopfen. »Ich habe noch zu tun. Keine Panik, Sidney. Wir haben das unter Kontrolle. Ich rufe Sie an.«

Marcus trat aus dem Café und auf den ruhigen Gehweg. Er drehte sich nach links, weg vom Fenster, ging um die Ecke und blieb dann stehen.

Er lehnte sich an die kalte Mauer und atmete aus. Er spürte, wie er bebte. Es war das Adrenalin, das wusste er, und er blieb einen Augenblick lang ruhig stehen, bis das leichte Zittern nachließ.

Er hasste es, diesen Kleinstadtbanker besänftigen zu müssen, diesen habgierigen kleinen Mann, der sich hier für den großen Boss hielt. Das Zittern klang ab; Marcus richtete sich auf und ging weiter, weg vom Gerichtsgebäude. Nach wenigen Schritten zog er sein Telefon aus der Tasche und drückte die Schnellwahltaste für Micks Nummer.

»Werfen Sie noch einmal einen Blick auf das lose Ende, über das wir gesprochen haben«, begann Marcus, als der Privatdetektiv sich meldete.

»Okay.«

»Das ist wichtig, Mick. Erledigen Sie das. Ich will sicher sein, dass Neaton in dieser Richtung nicht das Geringste findet. Verstehen wir uns?«

»Ich habe bereits einen Brief geschickt. Ich bleibe dran.«

»Gut. Außerdem brauche ich jede Menge Informationen über Neaton.

Ich will wissen, was ihn morgens aus dem Bett treibt - seine Stärken, und noch wichtiger, seine Schwächen. Ich will wissen, wie er an Fälle herangeht. Und ich will mehr über die kriminellen Probleme seines Vaters wissen - alles.«

»Es könnte sein, dass ich aufgeflogen bin«, sagte Mick mit angespannter Stimme. »Ich glaube, Neaton hat mich voll im Blick gehabt, als er in den Gerichtssaal kam.«

Marcus schäumte innerlich bei der Erinnerung an seinen Fehler. »Wir werden sehen. Versuchen Sie, Neaton aus dem Weg zu gehen, während Sie Informationen über ihn sammeln.«

Als Mick auflegte, warf Marcus einen Blick auf die Uhr. Es war fast sechzehn Uhr.

Er schaute auf und bemerkte, dass ihn sein Weg in die Innenstadt von Mission Falls geführt hatte.

Ein älterer Mann zog mit schleppenden Schritten an ihm vorbei und nickte Marcus mit einem schwachen Lächeln zu. Marcus wandte den Blick ab und schaute die Straße hinauf zu den Geschäften und dem Eingang eines nahe gelegenen Cafés. Auf dem Gehweg waren einige Einkäufer unterwegs. Einen halben Block entfernt blieb eine Mutter mit einem Kinderwagen stehen, um vor einer Drogerie mit jemandem zu sprechen. Ein Auto fuhr auf einen freien Parkplatz vor einer Eisenwarenhandlung.

Hier scheint es keiner eilig zu haben, dachte Marcus. Niemand wirkte hektisch; es war keine Energie, kein Antrieb spürbar. Die Szene wirkte unnatürlich ruhig.

Diese Menschen lassen sich einfach treiben, dachte er. Mit Ausnahme des habgierigen Bankdirektors, der wenige Blocks entfernt im Café saß und sich verzweifelt an eine Gelegenheit klammerte, die ihm vor drei Jahren unter die Nase gehalten worden war, hatte Marcus hier keinen Menschen kennengelernt, der zielgerichtet und energisch sein Leben in die Hand nahm.

Eine ganze Stadt voller passiver Leute. Marcus fand dieses Bild beunruhigend. In diesem Universum hatte man entweder die Kontrolle, oder man wurde kontrolliert. Das war keine moralische Frage - es war eine naturgegebene Tatsache. Marcus hatte seine Entscheidung schon vor langer Zeit getroffen. Er konnte nicht verstehen, wie sich jemand anders entscheiden konnte. Es ging *nur* um die Kontrolle.

Marcus hörte noch einmal die Worte des Bankers: »*Paul Larsons Unfall war ein Glücksfall.*« Er schüttelte den Kopf und drehte sich um, um zu seinem BMW zurückzugehen, der neben dem Gerichtsgebäude geparkt war.

* * *

Durch das Fenster des *Fishermen's Café* warf Jared einen Blick auf Erin, die eine Speisekarte studierte. Dann schaute er hinunter zu seiner linken Hand, die sich an seiner Seite zur Faust ballte und wieder entspannte. Er zwang sich, damit aufzuhören.

Auf der Treppe vor dem Gericht hatte Erin sich mit einer Umarmung bei ihm bedankt, die er kaum bemerkt und auch nicht erwidert hatte. Im Moment wollte er nichts anderes als die Bestätigung, dass er die richtige Entscheidung getroffen hatte.

Sobald sie am Restaurant eingetroffen waren, hatte Jared Erin gebeten, schon einmal einen Platz zu suchen, während er noch einen Anruf erledigte. Jetzt war er in einer Warteschleife und hörte sich die elektronische Melodie eines Countrysongs an, während die Rezeptionistin der Kanzlei nach Clay Strong suchte.

»Tut mir leid, Mr Neaton«, sagte sie schließlich, als sie wieder am Apparat war, »aber Mr Strong ist im Moment nicht zu sprechen. Können Sie mir die Nummer geben, unter der Sie zu erreichen sind?«

Jared gab ihr seine Handynummer und legte auf. Dann wischte er sich die schweißnassen Hände an seinen Hosenbeinen ab.

Alle Arbeit und Vorbereitungen, die er für den Fall vorausgeahnt hatte, dass er Erins Fall übernahm, stürzten jetzt wie eine Flutwelle auf ihn ein. Jede Aufgabe schien dringender zu sein als die vorherige. Er hatte nur wenige Monate, um sich auf den Prozess vorzubereiten, der kurz vor Weihnachten stattfinden sollte, doch Jared wusste, dass ein paar Monate *nichts* waren. Einen Fall wie diesen vorzubereiten, konnte leicht ein Jahr dauern. Es war nicht nur der Aufwand, den dieser Fall erforderte; es waren auch all die anderen Mandanten, die zu verlieren er sich nicht leisten konnte und die betreut werden mussten, während er gegen Paisley kämpfte.

Doch selbst das war zweitrangig neben der Notwendigkeit, seine Finanzen in Ordnung zu bringen. Darum hatte er zuerst Clay anrufen wollen, um sein Darlehensangebot anzunehmen. Und jetzt war Clay nicht zu erreichen.

Jared schob sich durch die Tür ins Café.

Einige Sekunden nachdem er sich gesetzt hatte, wurde ihm bewusst, dass Erin mit ihm sprach.

»Entschuldigung, was sagten Sie?«, fragte Jared.

»Ich sagte, nochmals vielen Dank, dass Sie den Fall übernommen haben.«

Er rang sich ein Lächeln ab. »Kein Problem.«

Jared versuchte, den Kopf frei zu bekommen. Er wusste, dass er seine Anspannung vor Erin verbergen musste. Gerichtsprozesse waren Stresslawinen für die Mandanten. Und bei allem, was dieser Fall erwarten ließ, musste der Druck, der auf Erin lastete, besonders hoch sein.

Die Kellnerin erschien und nahm ihre Bestellungen auf. Als sie wieder ging, brach Erin das Schweigen.

»Sie haben früher mit diesen Typen zusammengearbeitet?«

»Stanford und Whittier?« Er nickte.

»Mort konnte kaum ihre Namen aussprechen, ohne vor Verachtung zu platzen.«

Jared lächelte und entspannte sich etwas.

»Wie sind die so?«

Jared dachte einen Augenblick nach. »Arroganz« war eine zu simple Beschreibung. Er versuchte sich an den Ausdruck zu erinnern, den er einmal zufällig während seiner Zeit bei Paisley gehört hatte – *»beherrschte Überlegenheit«*, das war es. Zumindest auf Stanford passte diese Beschreibung. Unübersehbare Überlegenheit, eben beherrscht genug, um die blanke Überheblichkeit zu verschleiern, die dahinter steckte.

Das war die Erklärung, die Jared Erin lieferte. Dann stellte sie ihm die gleiche Frage zu Franklin Whittier.

Das war einfacher. »Whittier hat die Überlegenheit perfektioniert, aber ihm fehlt die Beherrschung. Marcus ist der Tänzer, Whittier ist der Ochse. Kompetent im Gerichtssaal, aber ungehobelt.«

»Sie haben also bei Ihrer alten Kanzlei für Marcus gearbeitet?«

»Ja. Aber nicht lange.«

»Wie haben Sie das denn geschafft?«

»Ich habe ... Vorkehrungen getroffen«, antwortete er, als die Kellnerin ihnen ihre Getränke brachte. Es sah ganz so aus, als würde Erin ihn dazu bringen, ihr die Geschichte zu erzählen.

* * *

Eines frühen Abends vor sechs Jahren saß Jared nervös vor Clay Strongs Schreibtisch. Clay wippte langsam in seinem Sessel und summte eine unidentifizierbare Melodie. Zwischen den Fingern seiner linken Hand lag eine kalte Zigarre. In der anderen hielt er einen Schriftsatz, den er durch eine Lesebrille studierte. Jared wartete mehrere Minuten lang in äußerster Anspannung, bis Clay schließlich das Schriftstück behutsam auf den Schreibtisch legte.

»*Nun,* mein junger Freund«, sagte er nachdrücklich in seinem langgezogenen Südstaatenakzent, »das ist *ausgezeichnete* Arbeit für einen neuen Mitarbeiter.« Er kostete das Wort *ausgezeichnet* aus, als gäbe er eine heilige Wahrheit von sich.

Clay hatte die Brille abgenommen und schaute Jared mit beunruhigender Intensität an. »Also sagen Sie mir bitte, *warum* Sie mich gebeten haben, eine Fallzusammenfassung durchzusehen, die ich nicht angefordert habe und die für einen meiner Fälle ist, dem Sie nicht einmal zugeteilt sind.«

Jared zwang sich zu schlucken. Das war nicht einfach; sein Mund war völlig ausgetrocknet. »Ich möchte für Sie arbeiten.«

»Tja, um das zu erreichen, hätten Sie nicht unaufgefordert eine Fallzusammenfassung schreiben müssen.«

»Nein, Mr Strong, ich meine, ich möchte ausschließlich für Sie arbeiten.«

Clays dicke Augenbrauen hoben sich langsam über den tief liegenden grünen Augen wie ein schwerer Vorhang, der sich von einer Bühne hob.

»Nun, das ist eine ungewöhnliche Bitte. Ich nehme an, ich sollte mich geschmeichelt fühlen. Würden Sie so gut sein, mir Ihre Gründe mitzuteilen?«

»Ich möchte Prozessanwalt werden«, sagte Jared. »Sie bekommen die meisten Fälle und können frei entscheiden, wem Sie sie zuteilen. Sie könnten mich schneller in den Gerichtssaal bringen als jeder andere in der Kanzlei.«

Er beobachtete, wie Clay sich die Zigarre in den Mund schob und einen Moment lang darauf herumkaute.

»Mr Neaton, wie Sie wissen, hat die Prozessabteilung der Kanzlei Paisley über fünfzig Anwälte, von denen neunzehn Seniorteilhaber sind.« Clay lehnte sich auf den Schreibtisch und beugte sich zu Jared herüber. Sein Blick wurde noch eindringlicher, sein Akzent ausgeprägter. »Sie wollen doch *sicher* nicht sagen, dass all diese anderen Teilhaber unter Ihrem *Niveau* sind.«

Jetzt hämmerte Jareds Herz. »Nein. Aber soweit ich weiß, haben die meisten Seniorteilhaber von Paisley nur eine Handvoll Prozesse geführt. Ich will Prozessanwalt werden, kein Schreibtischanwalt.«

Unter Anwälten herrschte die ungeschriebene Unterteilung in Prozessanwälte und »Schreibtischanwälte«. Letztere waren oft Experten in der Vorbereitung eines Gerichtsverfahrens – eidesstattliche Aussagen aufnehmen, Dokumente anfordern, Anträge stellen und all die anderen Vorgänge, die notwendig waren, um den gewünschten Ausgang des Falles zu unterstützen. Manche Anwälte verbrachten ihr gesamtes Berufsleben in dieser Welt. Und dann gab es die Prozessanwälte – Anwälte mit den Fähigkeiten und dem Temperament, regelmäßig die Bühne eines Gerichtssaals vor Richter und Jury zu betreten und Prozesse zu führen. Jared hatte einmal einen Richter sagen hören, der Unterschied zwischen einem »Schreibtischanwalt« und einem Prozessanwalt entspreche ungefähr dem zwischen einem Buchhalter und einem professionellen Glücksspieler.

Jared wollte ein Prozessanwalt werden – ein Jurist mit den Fähigkeiten, eine Jury davon zu überzeugen, *Ja* zu den Forderungen seines Mandanten zu sagen. Aber er hatte noch eine andere Motivation für seine heutige Bitte: Ihm war die Zusammenarbeit mit den meisten Teilhabern bei Paisley zuwider, die die ihnen zugeteilten Anwälte auslaugten und dann ausspuckten wie einen Kaugummi.

Als er vor sechs Monaten direkt von der Universität zu Paisley gekommen war, hatte Jared schnell die verheerende Kultur der Kanzlei kennengelernt: unersättliche Teilhaber, die frischgebackene junge Anwälte mit Achtzig-Stunden-Wochen über acht Jahre oder länger ausnutzten. Selbst wenn sie diese Tortur überlebten, wurden sie nur selten zum Teilhaber gekürt, es sei denn, sie konnten in ihrer »freien Zeit« große Mandanten an Land ziehen - oder sie hängten sich als Speichellecker an ihre Peiniger.

Jared hatte in Erwägung gezogen, die Kanzlei zu verlassen. Seine Abschlussnoten waren gut und hätten ihm andere Stellen sichern können. Doch bei allen Makeln zahlte Paisley besser als jede andere Kanzlei in den Twin Cities - und ihr Name hatte Gewicht. Das bedeutete interessante, hochkarätige Fälle.

Er hatte beschlossen, dass seine einzige Chance bei Paisley darin bestand, mit Clay zusammenzuarbeiten. Er war nicht nur ein wirklich begabter Prozessanwalt, sondern zeigte auch Respekt für die angestellten Anwälte und übernahm Mitverantwortung für die Mandanten. Wenn Jared nur mit Clay arbeiten konnte, konnte er vielleicht überleben, bis er Teilhaber wurde, ohne auf die Erfahrung, den Ruf und die Gehaltsschecks zu verzichten, die Paisley zu bieten hatte.

Clays Blick war schärfer geworden. Er hatte Jared wie ein Testobjekt beäugt und die Augen mehrere Minuten lang nicht abgewandt, bis Jared spürte, wie an seiner Seite kalter Schweiß hinunterlief.

»Mr Neaton«, sagte Clay schließlich, »gibt es einen *bestimmten* Teilhaber, dem Sie aus dem Weg gehen wollen?«

Jared spürte, wie seine Glieder leblos wurden. Er dachte nicht einmal daran, der Frage auszuweichen. Von mehreren möglichen Antworten fiel ihm sofort eine ein: »Marcus Stanford.«

Clay wirkte nicht überrascht. »Und die erste Erklärung - dass Sie mit mir zusammenarbeiten wollten. War irgendetwas davon wahr?«

»Ja. Alles.«

»Sie wollen auch Prozesse führen, stimmt das?«

Jared nickte.

Clay lehnte sich zurück, sodass Jared sein Profil im Blick hatte. Nach einer qualvollen Minute begann er, mit der Decke zu sprechen.

»Nun, mein junger Freund, Sie scheinen gut schreiben zu können, und Sie drücken sich mit einem gewissen Maß an Intelligenz aus. Das sind gute Eigenschaften, obwohl viele Anwälte sie besitzen.«

Clay drehte den Hals, um Jared anzuschauen. »Aber Sie sind auch ziemlich mutig … um nicht zu sagen draufgängerisch. Sie scheinen ein Händchen für Strategie zu haben. Und offenbar haben Sie einen Blick für *Charakter*. Das wiederum sind seltene, wertvolle Eigenschaften für einen guten Prozessanwalt.«

Clay nahm sein Diktiergerät vom Schreibtisch und drückte die Aufnahmetaste. »Meg, bitte bereiten Sie ein Memo vor«, begann er. »›An alle Partner. Aufgrund eines derzeit nicht zu bewältigenden Arbeitsaufkommens brauche ich dringend Unterstützung bei meinen Fällen. Ich habe Jared Neaton gebeten, mit sofortiger Wirkung meine Assistenz bei Gerichtsverfahren zu übernehmen. Ich bedanke mich im Voraus für Ihre Unterstützung und bitte Sie, Aufgaben, an denen Mr Neaton momentan für Sie arbeitet, an andere Anwälte abzugeben.‹«

Er nahm das Band aus dem Diktiergerät und legte es in seinen Postausgang.

»In Ordnung. Wir werden das Ganze ausprobieren. Gibt es noch irgendetwas?«

Jared brachte nur ein Kopfschütteln zustande.

»Gut.« Clay legte seine Zigarre in den Aschenbecher, nahm drei dicke Akten vom Schrank hinter ihm und reichte sie Jared über den Schreibtisch hinweg. »Dann sehe ich Sie morgen früh acht Uhr in meinem Büro. Wir werden über diese Fälle sprechen. Seien Sie vorbereitet.«

Als Jared nach den Akten griff, hielt Clay sie noch einen Moment fest, lehnte sich über den Schreibtisch und nagelte Jared noch einmal mit einem durchdringenden Blick fest.

»Und hoffen wir beide, dass Marcus Stanford nie von unserem *Arrangement* erfährt.«

* * *

Erin hatte gerade den Mund geöffnet, um eine weitere Frage zu stellen, als Jareds Telefon klingelte. Es war Jessie.

»Jared? Ich sitze hier wie auf glühenden Kohlen! Was ist passiert? Du hast gesagt, du würdest gleich anrufen!«

»Tut mir leid.«

»Was ist los?«

Jared entschuldigte sich vom Tisch und verließ noch einmal das Café.

»Der Richter hat den Antrag auf Sanktionen abgewiesen«, sagte er, sobald er draußen war.

»Super. Warum klingst du dann so deprimiert?«

Jared holte tief Luft, doch bevor er ein Wort sagen konnte, sagte Jessie: »Du hast versprochen, dass wir noch einmal reden, bevor du den Fall übernimmst.«

»Ich weiß. Ich konnte mir die Chance nicht entgehen lassen, Jessie.«

»Du hast gerade einen mörderischen Fall hinter dir.«

»Jessie, ich habe den Fall angenommen«, sagte Jared, und sein Ton verriet Endgültigkeit.

Durchs Telefon war ein Seufzen zu hören. »In Ordnung. Und was jetzt?«

Bei diesen Worten spürte Jared zum ersten Mal, seit er den Gerichtssaal verlassen hatte, Erleichterung. Das Chaos und die Panik in seinen Gedanken traten in den Hintergrund: Jessie war an Bord.

Jared erklärte ihr seinen Plan, wie er den Fall in Gang bringen wollte. Dazu gehörte, eine »Einsatzzentrale« in Ashley einzurichten. Er bat Jessie auch, Goerings Dokumente an Richard Towers zu schicken, damit er sie sich ansehen konnte. »Sag ihm, dass der Zeitdruck jetzt, wo wir den Fall übernommen haben, nicht mehr so groß ist. Frag ihn, ob er sich bis zum Wochenende bei uns zurückmelden kann.«

»Wirst du das Geld von Clay nehmen?«

»Ja.« Jared konnte aus Jessies momentanem Schweigen nicht ableiten, ob sie dafür oder dagegen war.

»Was ist mit deinen anderen Mandanten?«

»Ich komme zurück nach Minneapolis, und wir versuchen, die dringendsten Fälle in den nächsten Tagen zu erledigen. Wenn ich in der Stadt bin, kann ich auch endgültig alles mit Clay arrangieren. Dann kann ich zurück nach Ashley fahren und mir einen Platz für unsere Einsatzzentrale suchen.«

»Ich komme und helfe dir beim Einrichten«, sagte Jessie sofort.

Jared zögerte, gab dann aber nach. »Okay.«

Beide legten auf und Jared wurde bewusst, wie ausgelaugt er war. Er drehte sich um und blickte durch das Restaurantfenster zu seiner Mandantin, die dort saß, zu ihm hinüberschaute und wartete. Der Tag war vorbei. Der eigentliche Kampf begann morgen.

* * *

Jessie ließ sich in ihren Bürostuhl sacken und kämpfte gegen ihre zunehmende Angst an. Was dachte Jared sich nur? Sie schaute auf den Stapel Bürorechnungen, die sie gerade auf ihrem Schreibtisch sortiert und nach Dringlichkeit geordnet hatte. Daneben war ein Stapel mit Aufgaben für Mandanten, von denen die meisten Tage oder Wochen überfällig waren.

Die Entscheidung, den Fall mit dem mysteriösen Einzahlungsbeleg zu übernehmen, kam ihr nicht richtig vor. Nicht im Moment, wo Jared mit Erschöpfung und Schulden zu kämpfen hatte. Allerdings war ihr auch bewusst, dass ihre Angst nicht ganz – nicht einmal hauptsächlich – der Kanzlei galt. So impulsiv Jared auch sein konnte, hinter dieser Entscheidung schien etwas noch Beunruhigenderes zu stecken.

Es war an der Zeit, dass sie nach Ashley fuhr und diese neue Mandantin kennenlernte, für die Jared bereit war, alles aufs Spiel zu setzen.

13

Endlich schob sich die Sonne hinter den grauen Wolken hervor, die tief am Morgenhimmel hingen. Jared saß an seinem Schreibtisch in seinem Büro in Minneapolis und beobachtete das Schauspiel gleichgültig.

Es war Freitag, und seit er am frühen Mittwochmorgen zurückgekommen war, hatte er das Büro nicht bei Tageslicht verlassen. Zwei Tage hatte er durchgearbeitet, und Jessie war nicht von seiner Seite gewichen - so schnell, wie Jared die Projekte fertiggestellt hatte, hatte sie sie getippt, gefaxt, kopiert und gemailt. In den letzten Stunden hatten sie mehrere Projekte aufgearbeitet, und er hätte eigentlich zufrieden sein sollen, dass sie so viel geschafft hatten: Sie hatten einige Brände gelöscht und nervöse Mandanten beruhigt. Doch er war nicht zufrieden. Über allem schwebte das Damoklesschwert des Larson-Falles. Mit jedem Tag, der verstrich, ohne dass Clay ihn endlich zurückrief, wurde er unruhiger.

Jessie platzte in sein Büro. Ihre Energie war unglaublich und beinahe ansteckend. Bisher hatte sie ihm Fragen über den Larson-Fall erspart, was er sehr zu schätzen wusste. Trotzdem hatte er sie dabei ertappt, wie sie in ihren kurzen Pausen aufs Telefon starrte. Er wusste, dass sie seine Angst um die Finanzierung des neuen Falles teilte.

»Mr Neaton, Sir«, sagte sie und salutierte ironisch, »nur noch ein Termin diese Woche. Phil Olney kommt am späten Nachmittag vorbei, um die Papiere für die Kaution zu unterzeichnen.«

Das Telefon klingelte und Jessie nahm ab. Einen Moment später reichte sie es Jared mit einem nervösen Nicken.

»Jared?« Er hörte Clays Stimme.

»Hallo, Clay.« Eigentlich wollte er sagen: »Wie nett, dass du anrufst«, aber er biss sich auf die Zunge.

»Tut mir leid, ich war nicht gut zu erreichen. Was kann ich für dich tun?«

Was du tun kannst? Jared ballte die Faust um den Telefonhörer.

»Ich wollte unsere Vermittlungsvereinbarung für den Larson-Fall über die Bühne bringen. Und über die Finanzierung reden.«

Schweigen. »Hmhmm. Ähm, Junge, da ist ein kleines Problem aufgetaucht. Vielleicht solltest du zu mir ins Büro kommen, damit wir darüber reden können.«

»Clay, ich stecke bis über beide Ohren in Arbeit, weil ich versuche, meinen Schreibtisch für den Larson-Fall freizuräumen. Ich denke, wir sollten jetzt gleich darüber reden.«

»Hmhmm.« In all den Jahren, die er mit Clay, dem Meister des Gerichtssaals und der Mandanten, zusammengearbeitet hatte, hatte Jared nie den defensiven Ton gehört, der jetzt in seiner Stimme lag.

»Ähm, *Jared*«, antwortete Clay gedehnt, »die Sache ist die: Sonntagabend habe ich eine E-Mail bekommen. Ich habe sie erst Montagmorgen gesehen. Wahrscheinlich hätte ich dich anrufen sollen, aber ich wusste nicht genau ... wie ich darauf reagieren sollte. Ich grübele schon die ganze Woche darüber nach.«

»Wovon redest du, Clay?«

»Es war eine Nachricht von Paisley - erinnerst du dich noch an den Geschäftsführer, Ed Halifax? Kurz gesagt, sie wissen, dass ich dir den Larson-Fall weitergereicht habe.«

Sonntagabend? Stanfords Antrag zeigte, dass er da bereits wusste, dass Jared in den Fall verwickelt war, aber wie konnten sie wissen, dass Clay ihm den Fall vermittelt hatte?

»Ich habe dir doch erzählt, dass ich mit Paisley diese Vereinbarung über das Wettbewerbsverbot abgeschlossen habe ... die ist mit einer heftigen Vertragsstrafe belegt. Wenn ich *irgendwie* an einem Fall beteiligt bin, in dem Paisley der Prozessgegner ist - tja, dann können sie meinen Rentenanspruch streichen. Dreißig Jahre Rente.«

»Clay, wenn du wusstest, dass du den Fall nicht anfassen darfst, warum hast du mir das nicht von Anfang an gesagt - schon als du mir von dem Fall erzählt hast?«

Eine lange Pause folgte. Plötzlich wusste Jared die Antwort.

»Du dachtest, sie würden es nicht herausfinden«, beantwortete Jared seine Frage selbst mit tonloser Stimme. »Du dachtest, du könntest mir den Fall zuschieben, eine dicke Vermittlungsgebühr einstreichen, und sie würden es nie erfahren.« *Und* - aber das sagte er nicht laut - *du dachtest, ich würde aufgrund unserer Freundschaft Stillschweigen darüber bewahren - selbst wenn Paisley Wind davon bekäme.*

»Jared, meine Kanzlei … es läuft nicht *ganz so gut,* wie du vielleicht denkst. Ich habe neun Angestellte zu versorgen, ein Gebäude zu bezahlen. Über die letzten eineinhalb Jahre hat Paisley sich die Hälfte der Mandanten zurückgeholt, die ich beim Austritt aus der Kanzlei mitgenommen hatte. Ich … ich konnte mir die Chance mit dem Larson-Fall nicht entgehen lassen. Das ist ein potenzieller Tsunami, mein Junge, ein –«

»Ein Durchbruchsfall«, beendete Jared den Satz.

»Hör mal, Jared. Ich habe den ganzen Montag überlegt, wie ich die Sache umgehen könnte. Ich habe Phil McKinney, einem alten Kommilitonen von mir, diese Vereinbarung zum Wettbewerbsverbot gezeigt. Aber sie ist absolut wasserdicht.«

Jared schüttelte den Kopf. »Du hättest anrufen sollen, Clay. Sobald du es wusstest.«

»Ich weiß, ich weiß. Jared, hör zu. Ich habe nicht die *Ressourcen,* die ich gern hätte; meine sämtlichen Finanzen sind in der Kanzlei gebunden, und da Paisley mich unter Beobachtung hat, kann ich keine Geschäftseinlagen entnehmen, um dich zu unterstützen. Und meine Tochter studiert. Aber ich habe zehntausend Dollar von meinem Privatkonto, die ich dir leihen kann. Nichts Schriftliches. Du zahlst sie mir von dem zurück, was der Fall abwirft. Wenn du mir eine Vermittlungsgebühr zahlen willst, überlegen wir uns eine Möglichkeit dafür, wenn der Fall vorbei ist – natürlich nur, wenn alles gut läuft –, und ganz nach deinem Ermessen. Es tut mir leid, mein Junge, aber mehr kann ich nicht tun.«

Am liebsten hätte Jared seiner Wut gleich übers Telefon Luft gemacht. Am liebsten hätte er seinen Mentor verflucht und aufgelegt. Er schaute zu Jessie auf, die immer noch vor seinem Schreibtisch stand. Sie war wie versteinert, das Gesicht bleich.

»Ich schicke Jessie, um den Scheck abzuholen«, war alles, was Jared herausbrachte, bevor er den Hörer zurück auf die Gabel fallen ließ.

Jessie war den Tränen nah – ob aus Angst oder Wut, das wusste Jared nicht genau –, als er sie aus der Tür und zu Clays Büro schickte, nachdem er ihr das Versprechen abgenommen hatte, nichts zu ihm zu sagen.

Alle Pläne und Maßnahmen, die Jared zwischen der Arbeit an den Fällen der anderen Mandanten entworfen hatte, lösten sich in Luft auf.

Zehntausend Dollar: Das reichte nicht für ihn, das Büro und den Fall – nicht einmal annähernd. Allein die Kosten für die eidesstattlichen Aussagen konnten sich auf fünf- oder sechstausend Dollar belaufen. Reisekosten. Jessies Gehalt. Und außerdem waren da noch die persönlichen und geschäftlichen Schulden, die bereits auf ihm lasteten.

Schmerz und Angst durchbohrten ihn wie ein Messer. Nie im Leben hätte er das erwartet, nicht von Clay.

Aber nun gab es kein Zurück mehr.

14

Mrs Huddleston hielt ihre Teetasse mit beiden Händen auf ihrem Schoß fest und beobachtete Jared, wie er eine ausgedruckte Liste überflog. Als er heute Morgen – inzwischen war es Samstag – bei ihr angekommen war, hatte sie ihm das Blatt in die Hand gedrückt, sobald er durch die Tür getreten war. Auf der Liste standen achtunddreißig Namen, und neben jedem Namen stand ein Datum.

Am Abend zuvor hatte Jared Mrs Huddleston auf den Anrufbeantworter gesprochen, dass er am Morgen wieder nach Ashley kommen würde, und sie gebeten, ihm eine Liste mit aktuellen und ehemaligen Angestellten der Ashley State Bank aus den letzten vier Jahren zusammenzustellen.

Jared wusste, dass die Bibliothekarin sehr effizient arbeitete, aber er hatte binnen so weniger Stunden nicht so detaillierte Informationen erwartet.

»Ich habe mit Shelby gesprochen; sie wohnt zwei Häuser weiter«, erklärte sie. »Sie selbst arbeitet nicht bei der Bank, aber ihre Nichte Jillian war bis letzten Monat dort angestellt. Jillian hat in den letzten Jahren in der Personalabteilung der Bank gearbeitet. Sie wurde entlassen, und sie ist noch immer sauer.«

»Wie haben Sie es geschafft, die Liste so schnell zusammenzustellen?«

Mrs Huddleston zuckte gleichmütig die Schultern, obwohl Jared meinte, ein klein wenig Stolz in ihrer Stimme zu hören. »Shelby war gerade daheim, und ich habe sie gestern Abend besucht. Sie hat jemanden angerufen und ein paar Notizen gemacht. Ich nehme an, es *könnte* ihre Nichte gewesen sein. Es wäre aber auch möglich«, setzte sie hinzu und schaute gleichgültig aus dem Fenster, »dass Jillian eventuell noch eine alte Mitarbeiterliste der Bank hat.«

Jared lächelte. Er hatte Mrs Huddleston erklärt, dass sie mit keinem Bankmitarbeiter Kontakt aufnehmen durften – der Richter würde ihm das Fell über die Ohren ziehen, wenn das herauskam. Wie die Dinge standen, würde Stanford sowieso einen Tobsuchtsanfall bekommen, wenn er erführe, woher diese Informationen kamen.

Die aktuellen Bankangestellten waren mit dem Datum ihrer Einstellung markiert, bei ehemaligen Mitarbeitern stand noch das Datum ihres Ausscheidens daneben. »Könnte Shelby oder ihre … Kontaktperson … herausfinden, welche Positionen diese Mitarbeiter innehatten?«, fragte Jared.

Mrs Huddleston nickte. »Ich denke, das ließe sich einrichten. Allerdings glaube ich, die meisten davon könnte ich dir gleich hier und jetzt selbst nennen.«

Mrs Huddleston ging hinüber zur Couch und setzte sich neben Jared. Während er Notizen auf der Liste machte, nannte sie zu jedem Zeugen die Position, die er in der Bank innehatte. Sie kannte drei Viertel der Mitarbeiter. Als sie fertig war, verschwand sie in die Küche, um sich und Jared frischen Tee zu holen.

Das war der Unterschied, wenn man in einer Kleinstadt lebte, dachte Jared. Seit sieben Jahren war er Kunde bei der gleichen Bankfiliale in den Twin Cities, aber er bezweifelte, dass er auch nur einen Schaltermitarbeiter mit Namen kannte. Mrs Huddleston kannte nicht nur ihre Namen, sondern konnte auch ihre Positionen benennen, ihre Beschäftigungsdauer und das Alter von etwa der Hälfte ihrer Kinder.

Die Akte aus Goerings Büro verriet, dass Erins ehemaliger Anwalt nach einem Kampf mit Paisley eine ähnliche Liste von aktuellen und ehemaligen Bankmitarbeitern bekommen hatte. Jared vertraute dieser Paisley-Liste nicht im Geringsten. Auf die Informationen auf dem Blatt, das auf seinem Schoß lag, konnte er sich verlassen. Und sie würden es ihm ermöglichen, rasch einzugrenzen, von wem er tatsächlich eine Aussage brauchte.

»Mrs Huddleston, kannten Sie Paul Larson?«, fragte Jared, als sie zurückkam.

Sie strich sich über das graue Haar und setzte ihre Teetasse ab. »Jared, bitte sag doch Carol zu mir. Jedes Mal, wenn du mich ›Mrs‹ nennst, fühle ich mich zehn Jahre älter. Aber, ja«, fuhr sie fort, »ich kannte Paul. Ich schätze, wenn man vierzig Jahre lang in einer Bibliothek arbeitet, gibt es in einer Stadt wie Ashley nicht mehr allzu viele Menschen, die man nicht kennt.«

Jared bat sie, den Mann zu beschreiben.

»Paul war still. In sich gekehrt. Er wirkte oft kühl - irgendwie hart. Aber er war immer höflich zu mir. Hat seine Bücher immer pünktlich abgegeben. Vor deiner Zeit ging er in die First Lutheran Church - eure alte Gemeinde -, damals, als seine Frau noch lebte. Und sie - sie musste man einfach lieb haben.«

»Sie kannten Mrs Larson?«

»O ja. Sie war hier aufgewachsen. Sie war jünger als ich, aber ich kannte ihre Familie.«

»Wie war es, als sie starb?«

»Das hat Paul natürlich sehr schwer getroffen. Die ganze Stadt war bei ihrer Beerdigung. Ich weiß noch, wie traurig es war, die kleine Erin zu sehen. Sie hing förmlich an der Hand ihres Vaters. Ich sehe das Bild immer noch vor mir, weil ihre Finger so fest um seine gelegt waren.« Sie schüttelte den Kopf. »Ich glaube nicht, dass Erin das damals wirklich verstanden hat.«

»Paul war im Krieg gewesen, wusstest du das?«, fuhr Mrs Huddleston nach einem Moment Schweigen fort. »Er wurde verwundet und kam als harter Mann zurück. Nur wenn er mit seiner Frau oder mit seiner Tochter zusammen war, habe ich ihn anders erlebt. Wenn sie in seiner Nähe waren, wurde er weich wie Butter. Nachdem seine Frau starb ... ich glaube, ich habe ihn danach kaum noch ein halbes Dutzend Mal in der Kirche gesehen. Obwohl mir da einfällt, dass er kurz vor seinem Unfall auch ein paar Mal kam. Allerdings habe ich ihn meistens in der Bibliothek gesehen.«

»Wissen Sie, ob er Freunde hatte?«

»Ich denke ja, aber ich höre mich gern etwas um und stelle dir eine Liste zusammen. Seit dem Prozess gegen die Bank behauptet die halbe Stadt, dass sie mit Paul befreundet waren, und sie kennen natürlich *alle* die *wahre* Geschichte. Ich an deiner Stelle würde keine Zeit mit diesen Gerüchten verschwenden.«

So eilig er es auch hatte, widerstand Jared doch dem Drang zu gehen. Er zwang sich, sich zurückzulehnen und sich noch eine Weile mit Mrs Huddleston zu unterhalten. Jared mochte die Frau wirklich gern. Nur ihren Fragen wollte er am liebsten aus dem Weg gehen. Doch er wusste, dass sie der »Eintrittspreis« für diesen Fall in Ashley waren - und es war ihm lieber, wenn sie von Mrs Huddleston kamen als von anderen, die ihre Neugierde als Sorge tarnten.

Nach einer halben Stunde kam Mrs Huddleston endlich zum entscheidenden Thema. »Wie war der Besuch bei deinem Vater?«

»Gut.«

»Er macht sich Sorgen um dich.«

Jared wollte sagen, dass ihn das kaum interessierte, antwortete aber höflich: »Ich weiß.«

»Vor seinen Problemen war dein Vater so ein stolzer, ehrgeiziger Mann, Jared. Ich schwöre, ich habe diesen Mann nie still sitzen sehen. Wenn er auf der Straße an einem vorbeiging, hat er nie mehr gesagt als nur Hallo. Ab und zu habe ich ihn in der Bibliothek gesehen. Immer in Eile.«

Mrs Huddleston hatte recht. In Jareds Kindheit war sein Vater immer angespannt wie eine Sprungfeder gewesen. Bei Sportveranstaltungen saß er nie auf der Zuschauertribüne. Irgendwann bekam Jared mit, dass er normalerweise irgendwo hinter der Seitenlinie jenseits der Tribüne herumlief. Er wurde nie laut - dafür war Jared zutiefst dankbar -, doch seine Gefühle waren überdeutlich an seinem Gesicht, seinen hochgezogenen Schultern, seiner Rastlosigkeit abzulesen.

»Damals kannte ich deinen Vater kaum«, fuhr sie fort. »Jetzt habe ich ihn viel besser kennengelernt. Ich glaube, er hat sich verändert. Meinst du nicht auch?«

Das Telefon klingelte, bevor Jared gezwungen war zu antworten. Mrs Huddleston entschuldigte sich und ging an den Apparat. Als sie zurückkam, stand Jared an der Tür. Während ihrer Abwesenheit hatte die Unruhe wieder Besitz von ihm ergriffen. Er wollte nicht über seinen Vater sprechen; das war eine Ablenkung, die er sich im Moment nicht leisten konnte. Er entschuldigte sich und sagte, er müsse dringend einige Dinge in Gang bringen. Sie könnten sich ja demnächst mal weiter unterhalten.

Mrs Huddleston lächelte wissend. »Ich werde sehen, was ich dieses Wochenende über Pauls Freunde herausfinden kann.«

Jareds Hand lag schon auf der Türklinke, als er spürte, wie Mrs Huddlestons Hand sich auf seinen Unterarm legte. »Jared, es ist hier in

Ashley nicht leicht für deinen Vater. Nicht jeder ist so ... vergebungsbereit. Vielleicht solltest du dir einmal die Frage stellen, warum ein stolzer Mann wie dein Vater sich nach der ganzen beschämenden Geschichte hier dafür entschieden hat, ausgerechnet wieder nach Ashley zu kommen. Und vielleicht solltest du dich auch fragen, warum er geblieben ist, selbst nachdem deine Mutter ihn verlassen hatte.«

* * *

Jared buchte sich für das Wochenende wieder ins Chatham Motel ein. Seit er erfahren hatte, dass er nicht auf finanzielle Unterstützung von Clay hoffen konnte, hatte sich seine Beunruhigung über den Fall zu regelrechter Panik ausgewachsen. Er wusste nicht, ob er jetzt überhaupt noch aussteigen konnte, ohne ruinöse Sanktionen in Kauf zu nehmen, aber er musste so schnell wie möglich wissen, ob er irgendeine Chance hatte, den Fall zu gewinnen.

Jared öffnete die Tür zu seinem Motelzimmer, warf seine Taschen aufs Bett und ging zurück zu seinem Auto.

Abgesehen von den Nachbarn war Erin kaum jemand eingefallen, dem sich ihr Vater hätte anvertrauen können. Die verheißungsvollsten Kandidaten waren Pastor Tufts von der First Lutheran Church und zwei Männer, mit denen ihr Vater sich offenbar regelmäßig in der Legion Hall getroffen hatte. Letztere waren auch bei Paul Larsons Trauerfeier gewesen, erinnerte sich Erin.

Fünfzehn Minuten später ging Jared im Wechselspiel von Licht und Schatten unter den Bäumen hindurch, die die Mill Street säumten. Wie am Wochenende zuvor hatte er sich entschieden, das Auto in der Nähe des Stadtparks stehen zu lassen und den Rest des Weges zu seinem Ziel zu Fuß zurückzulegen. Trotz seiner Unruhe und dem Druck, den Fall so schnell wie möglich in Gang zu bekommen, bescherte seine Rückkehr nach Ashley ihm Momente unerwarteter Wärme. Das Gefühl, das die vertrauten Straßen der Stadt in ihm hervorriefen, bildete einen starken Kontrast zur Plackerei der letzten Jahre – dem Studium, dem Stress und den firmenpolitischen Winkelzügen bei Paisley, den Risiken der Selbstständigkeit, dem lähmenden Fehlschlag des Wheeler-Falls. Wieder hierher zu kommen, musste er sich eingestehen, bot ihm eine seltene Atempause, die ihm besonders bewusst wurde, wenn er zu Fuß in der Stadt unterwegs war.

Im Grunde wusste Jared, dass das Ganze eine Fantasie war, dass das Ashley, in das er in diesem Moment eintauchte, eine Illusion war, die sich irgendwann in Luft auflösen würde. Das war schon einmal so gewesen. Trotzdem gab er sich der Illusion hin. Was konnte das schon schaden? Und hatte er überhaupt eine Wahl? Einen solchen Frieden, wie er ihn jetzt empfand, hatte er schon lange nicht mehr gespürt.

Als Jared auf die First Lutheran Church zuging, schwand das angenehme Gefühl, das mit seiner Rückkehr einhergegangen war. Mit einem Blick auf den vertrauten Kirchturm, der zwischen den Bäumen aufragte, sagte er sich, dass es nur daran lag, dass sein Vater hier arbeitete. Er war lediglich besorgt, dass der Pastor - wie Mrs Huddleston - Fragen über ihre Beziehung zueinander stellen würde, beschwichtigte er sich selbst.

Doch als er durch den dunkelgrauen Steinbogen trat, der sich über das Tor zum Kirchhof wölbte, wusste Jared, dass die potenziellen Fragen des Pastors nur einen kleinen Teil seiner neuerlichen Unruhe ausmachten.

Es war die Tatsache, überhaupt wieder hierher zu kommen - an einen der Orte, die in seinem letzten Jahr in Ashley so viel Wut in ihm ausgelöst hatten.

Die Vordertür war unverschlossen und er trat ein. Seine Schritte hallten auf den Fliesen, als er auf dem Weg zum Kirchenbüro durch die Vorhalle lief. Die Tür zum Büro des Pastors stand offen und Jared klopfte kurz an den Türrahmen.

Er schätzte den Pastor auf etwa Mitte vierzig. Der Mann war groß und schlank, mit dickem, welligem Haar, das ordentlich zurückgekämmt war. »Bitte sagen Sie Bob zu mir«, beharrte der Pastor und bedeutete Jared mit einer Handbewegung, auf einem der Sessel Platz zu nehmen, die vor seinem Schreibtisch standen.

Das Büro ähnelte einer Bibliothek: Vom Boden bis zur Decke standen Bücher in den Regalen, und eine Mischung aus Ikonen und afrikanischen Artefakten zierte den Raum. Der Pastor trug Jeans und ein blaues Poloshirt und wirkte entspannt. Trotzdem konnte Jared, als er sich setzte, sein eigenes Unbehagen nicht ganz beiseiteschieben.

»Sie sind hier, um über Paul Larson zu reden«, begann der Pastor, noch bevor Jared Gelegenheit hatte, etwas zu sagen.

Jared zögerte. Er war sich nicht sicher, wie viel er preisgeben sollte. Normalerweise war es das Beste, potenziellen Zeugen so wenig wie möglich zu sagen, hatte Clay ihm beigebracht. Aggressive gegnerische Anwälte konnten sie später nach jedem Wort befragen, das man zu ihnen gesagt hatte, und es gegen einen verwenden.

Die einzige Ausnahme, bei der sich das Risiko lohnte, war, wenn die Möglichkeit bestand, jemanden auf seine Seite zu ziehen. »Ein Zeuge, der davon überzeugt ist, dass deine Sache gerechtfertigt ist, ist nicht nur ein Zeuge, der dich unterstützt, sondern auch ein leidenschaftlicher Zeuge«, hatte Clay gepredigt. »Eine wunderbare Kombination. Und du darfst dir niemals einreden, das wäre eine Manipulation. Wenn du jemanden einfach nur durch deine Beschreibung des Falles davon überzeugen kannst, dass die Sache deines Mandanten gerechtfertigt ist, ist das keine Manipulation. Nein, mein Junge, das ist einfach nur gute Anwaltsarbeit.«

Aber zu wissen, welchen Zeugen man in dieser Weise beeinflussen konnte, war immer eine schwierige Sache, wie Jared festgestellt hatte. Schwieriger noch war die Frage, wofür das Gegenüber besonders empfänglich war. Im Moment wusste Jared noch nichts über diesen Pastor, der ihn unbeirrt anschaute.

Jared begann vorsichtig damit, Paul Larson zu beschreiben, seine Beziehung zu seiner einzigen Tochter und wie schwer sein Tod für Erin war. Er erwähnte flüchtig, dass die Farm zwangsversteigert werden sollte und wahrscheinlich verloren war, da der Nachlass des Vaters eher mager ausfiel. Dann erklärte er, worum es bei dem vorliegenden Fall eigentlich ging:

»Ich will versuchen, Ms Larson zu helfen, Geld zurückzubekommen, das ihr Vater vermutlich vor seinem Tod erhalten hatte«, sagte Jared. »Wir haben Dokumente, die zeigen, dass er es bei einer örtlichen Bank eingezahlt hat – die Bank jedoch leugnet die Einzahlung, trotz des Einzahlungsbelegs. Also müssen wir andere Beweise finden. Vielleicht hat

Mr Larson ja das Geld erwähnt? Ihnen oder einem anderen Pastor der Gemeinde gegenüber?«

Pastor Tufts schaute Jared mit einem unverbindlichen Lächeln an. Die offensichtlichen Fragen standen ihm ins Gesicht geschrieben. Woher war das Geld gekommen? Warum bestritt die Bank eine einfache Einzahlung? Doch der Pastor stellte keine dieser Fragen.

»Jared, Sie bitten mich hier, über etwas zu reden, das Mr Larson seinem Pastor möglicherweise im Vertrauen mitgeteilt hat. Und solche Dinge sind *ziemlich* vertraulich, das ist Ihnen doch klar?«

»Ich hatte gehofft, seine Tochter hätte sich bei Ihnen gemeldet und Ihnen als Nachlassverwalterin die Erlaubnis erteilt, Auskunft zu geben«, antwortete Jared behutsam.

Der Pastor schüttelte den Kopf. »So einfach ist es nicht.«

Jared wartete auf den Vortrag, der sicher gleich folgen würde, und sträubte sich innerlich. Schon seit vielen Jahren fehlte ihm die Geduld für Moralpredigten.

»Kannten Sie Paul Larson?«, fuhr der Pastor mit einem neutralen Ausdruck in den Augen fort.

»Nein.«

»Ich auch nicht - jedenfalls nicht gut. Dass er und seine Frau regelmäßig in diese Kirche kamen, war lange vor meiner Zeit. Als ich vor einigen Jahren in der First Lutheran Church anfing, war seine Frau schon tot und Mr Larson kam nur selten. Seine Tochter kenne ich, ehrlich gesagt, überhaupt nicht. Ich habe sie bei der Trauerfeier zum ersten Mal gesehen.«

»Können Sie mir *irgendetwas* sagen?«, drängte Jared. In der Annahme, ein Nein als Antwort zu bekommen, machte er schon Anstalten aufzustehen.

Der Pastor ignorierte Jareds Bewegung - ebenso wie seine Worte und die Schärfe, die sich in seinen Ton eingeschlichen hatte.

»Wussten Sie, dass Mr Larson in den letzten Monaten vor seinem Tod wieder regelmäßiger in die Kirche kam?«

»Nein.« Jareds Hände lagen noch immer auf den Armlehnen des Sessels; allerdings blieb er jetzt doch sitzen.

»Aber so war es. Ich glaube, das hatte schon etwas zu bedeuten.

Genau genommen hatte ich den Eindruck, dass er versuchte, generell etwas in seinem Leben zu ändern, dass er mit einigen Entscheidungen rang. Veränderungen können schwer sein, selbst wenn man meint, sie zu wollen. Sie können enorm schwierig für denjenigen sein, der sich ändern will. Und manchmal noch schwieriger für die Menschen, denen man nahesteht. Meinen Sie nicht auch?«

Jared nickte nur. Worauf wollte der Pastor hinaus? Sprachen sie immer noch über Paul Larson? Er sah, wie der Blick des Pastors einen Moment lang im Raum umherwanderte, bis er wieder zu Jared zurückkehrte.

»Um Ihre Frage zu beantworten, ich habe das Gefühl, das ich über nichts sprechen sollte, das Mr Larson vielleicht als vertraulich betrachtete. Insbesondere, wenn es seine Familie betrifft. Immerhin war Mr Larson ein sehr verschlossener Mensch.«

Der Pastor erhob sich und signalisierte damit das Ende des Gesprächs. »Bitte denken Sie jetzt nicht, dass ich kein Verständnis für die Situation habe. Aber unter den gegebenen Umständen müssen Sie, fürchte ich, einen anderen Weg finden, um zu bekommen, was Sie brauchen.«

Jared trat wieder hinaus in die Nachmittagssonne, die jetzt mit weicheren Strahlen durch die länger werdenden Schatten der Bäume fiel, die die Straße säumten. Er machte sich auf den Rückweg zum Park, wo er sein Auto hatte stehen lassen.

Er hatte noch keinen Beweis für die Einzahlung bekommen. Aber die letzte Bemerkung des Pastors ließ ihn vermuten, dass Paul Larson kurz vor seinem Tod mit seinem Pastor über eine vertrauliche Angelegenheit gesprochen hatte. Eine Angelegenheit, in der er seelsorgerlichen Rat gesucht hatte. Ein Hinweis auf ein schlechtes Gewissen?

Jared zog sein Mobiltelefon aus der Tasche und wählte eine Nummer. Jessie meldete sich in seinem Büro und er erzählte ihr, was Mrs Huddleston und der Pastor gesagt hatten.

»Also, wirst du jetzt Termine für eidesstattliche Aussagen der Bankmitarbeiter machen?«, fragte sie, als er geendet hatte.

»Ja. Aber ich will über Nacht noch einmal darüber nachdenken, wie ich die Sache am besten angehe.«

»Okay. Und was ist mit dem Pastor? Meinst du, der Farmer hat ihm etwas Wichtiges erzählt?«

»Vielleicht. Es ist möglich, dass Pastor Tufts mich nur damit beeindrucken wollte, wie gut er ein Geheimnis für sich behalten kann. Aber eigentlich hatte ich nicht das Gefühl, dass er so ein Typ ist.«

»Oder«, erwiderte Jessie, »vielleicht hat Larson ihm auch nur ganz allgemeine Dinge erzählt, von seinen Problemen mit der Farm oder so. Nichts wirklich Wichtiges.«

»Ja.« Jared zögerte, unsicher, ob er weitersprechen sollte. Er hatte Jessie angerufen, um mit ihr über den Fall zu sprechen, weil er das immer so machte, aber jetzt bereute er es. Sie war ohnehin schon verärgert darüber, dass er den Fall angenommen hatte.

Aber sie vollendete seinen Gedankengang, bevor er sich entscheiden konnte. »Aus dem, was der Pastor gesagt hat, könnte man natürlich schließen, dass seine Tochter mehr weiß, als sie zugibt. Du weißt schon, ›vertrauliche Angelegenheiten, die seine Familie betreffen‹.«

Jared verstand, was Jessie meinte. Das war die Möglichkeit, die ihm die meisten Bauchschmerzen bereitete.

»Was willst du jetzt machen?«, hakte sie nach, als Jared eine Weile geschwiegen hatte.

»Ich glaube, ich versuche heute nach dem Abendessen erst einmal, die zwei restlichen Zeugen auf Erins Liste zu finden. In der Legion Hall.«

»Und Jared«, begann Jessie, als würde er gleich eine ellenlange Beschwerde zu hören bekommen. »Bei all den Problemen, die deine Mandantin in Ashley hatte, solltest du vielleicht aufpassen, wo du abends hingehst.«

Keine Beschwerde. Nur Besorgnis. Obwohl es schwer war, sich Ashley als Ort vorzustellen, an dem irgendeine Gefahr drohte.

»Ich bin vorsichtig«, versprach er ihr und legte auf.

* * *

Die Kellerbar in der Legion Hall war voll und laut. Jared stand unten an der Treppe und beobachtete die Veteranen, deren Einsätze sie wohl von

Korea bis nach Afghanistan geführt hatten. Die Mehrheit der Anwesenden waren Männer, obwohl er auch einige Ehefrauen oder Freundinnen im Raum sah.

Es war später, als Jared geplant hatte - schon fast zehn. Nach dem Abendessen hatte er im Motel noch ein paar juristische Recherchen erledigt und E-Mails beantwortet. Immerhin schien es ihm sowieso unwahrscheinlich, dass die Zeugen - Harry Sanderson und Victor Waye - früh am Abend dort auftauchen würden.

Erin hatte ihm nur eine vage Beschreibung der beiden Männer geben können, also ging Jared zur Bar und fragte nach ihren Namen. Der Barkeeper musste ziemlich laut sprechen, um seine Antwort verständlich zu machen.

»Es ist voller als sonst. Wir hatten heute Abend eine Benefizveranstaltung. Aber Vic und Harry ... schauen wir mal ...« Der Barkeeper blickte sich um, bevor er einen Finger hob und auf die andere Seite des Raumes deutete. »Da, unter der Flagge.«

Als Jared sich zwischen den voll besetzten Tischen hindurchschlängelte, kam er an einem Tisch vorbei, an dem ein Mann ganz allein saß. Vor ihm standen mehrere zur Seite geschobene leere Bierflaschen, eine volle hielt er in der Hand. Es war Joe Creedy - der Nachbar der Larsons, den er letzte Woche besucht hatte. Creedy schaute nicht einmal auf, als Jared an ihm vorbeiging.

An dem Tisch, den der Barkeeper ihm gezeigt hatte, saßen drei Männer. Zwei von ihnen hatten graumeliertes Haar. Der dritte war zwar jünger, hatte aber kaum noch Haare auf dem Kopf. Die beiden Älteren sahen wie Ende fünfzig oder Anfang sechzig aus, der andere war eine Generation jünger.

Jared stellte sich vor. Die Älteren, Sanderson und Waye, schüttelten seine ausgestreckte Hand. Den Namen des Dritten verstand Jared bei dem herrschenden Geräuschpegel nicht, doch er schüttelte Jared ebenfalls die Hand, wenn auch schwach.

»Ich vertrete für Erin Larson den Fall von Paul Larson gegen die Bank«, begann Jared, als er sich setzte. Er ging davon aus, dass die beiden ein Minimum über den Prozess wussten. Wenn sie Freunde von Paul Larson waren, standen sie dem Fall hoffentlich wohlwollend gegenüber. »Ich versuche herauszufinden, ob Paul Larson zu anderen etwas über Einzahlungen bei der Bank gesagt haben könnte, oder darüber, dass er an einen beträchtlichen Geldbetrag gekommen war.«

Victor schaute zu Harry hinüber. Jared war an Unentschlossenheit gewöhnt. Die meisten Leute zögerten, wenn die Gefahr bestand, in einen Rechtsstreit verwickelt zu werden - selbst als Zeugen, die mit der entsprechenden Partei befreundet waren. Während Jared wartete, murmelte der dritte Mann etwas davon, zur Toilette zu gehen. Jared sah, dass er sein Bier mitnahm.

Victor begann zu sprechen. »Paul war ziemlich schweigsam. Er hat nicht oft über Persönliches geredet.«

Harry runzelte die Stirn. Jetzt aus der Nähe sah Jared, dass er einige Jahre älter war als Victor. »Paul hat nie erwähnt, dass er zu Geld gekommen ist. Er war - wie Victor gesagt hat - ziemlich verschlossen, wenn es um persönlichen Kram ging.«

»Haben Sie in den Wochen oder Monaten vor seinem Tod irgendwelche Veränderungen an ihm bemerkt? Wie er sich verhalten hat, worüber er geredet hat?«

Beide Männer schüttelten den Kopf und wandten den Blick ab.

»Hatten Sie den Eindruck, dass er depressiv war?«

Mit einem fragenden Gesichtsausdruck schaute Victor wieder Harry an. »Ich weiß nicht«, murmelte er.

Harry öffnete den Mund, um etwas zu sagen, doch dann erstarrte er und schaute an Jared vorbei in Richtung Bar. Jared drehte sich um, nahm etwas in der Nähe seiner Augen wahr und lehnte sich instinktiv zurück, um ihm auszuweichen.

Der Schlag traf zuerst seine hochgezogene Schulter, dann seine Schläfe. Jared fiel nach hinten, stieß dabei den Tisch um und spürte, wie kaltes Bier sein Hemd bis zum Kragen durchnässte. Er lag auf dem Boden, die Hände zu dem Tisch über ihm ausgestreckt, und nahm verschwommen war, dass sich Beine in seiner Nähe sammelten. Ein umgekippter Stuhl lag neben seinem Gesicht.

Stimmen flossen wie Wellen über ihn hin; eine davon war lauter und näher.

»Dein Vater hat mich meinen Job gekostet, Neaton! Dieser Mistkerl!«

Ein Handgemenge folgte; dann rutschte die Stimme eine Oktave höher, während sie sich gleichzeitig entfernte. *»Was willst du jetzt noch, Neaton? Unsere Bank kaputtmachen? Verschwinde …!«* Schritte verhallten und verschwanden die Treppe hinauf, bis die Stimme nicht mehr zu hören war.

Hände schoben sich unter Jareds Arme, zogen ihn hoch und setzten ihn an den Tisch. Er war wie betäubt.

In dem Raum voller Menschen waren mittlerweile alle auf den Beinen und sprachen aufgeregt miteinander. Ein Gesicht, das von Victor, tauchte ihm gegenüber am Tisch auf, und ein anderes kam in sein Blickfeld – der Barkeeper?

»Soll ich die Polizei rufen?«

»Nein.« Die Stimme war seine eigene. Er winkte mit einer Hand, die ihm nicht zu gehören schien. »Nein.«

Von irgendwoher kehrte Harry zurück. »Ich habe ihn rausgeschafft. Greg fährt ihn heim«, sagte er in Victors Richtung.

Jared erhob sich langsam. Sein Kopf hämmerte schmerzhaft. »Ich bringe Sie raus«, sagte Harry.

Jared schüttelte den Kopf und zuckte zusammen, als er einen heftigen Schmerz im Nacken spürte. »Nein.« Er stolperte zur Treppe, stieg sie langsam hinauf und verschwand nach draußen in die Nacht.

15

Am Sonntagnachmittag saß Jared auf der grauen Holztribüne des Baseballplatzes im Skyler-Park am westlichen Rand von Ashley. Behutsam massierte er die Beule an seiner Schläfe, die immer noch schmerzhaft pulsierte, wenn er sich zu schnell bewegte.

In Jareds Hosentasche begann eine Melodie zu dudeln. Er zog das Telefon heraus und meldete sich, ohne auf die Nummer zu schauen.

»Mr Neaton«, drang eine leise Stimme aus dem Telefon.

»Ja. Mr Towers?«

»Richard. Ja. Ich habe Informationen für Sie.«

Jared hatte den Privatdetektiv schon fast vergessen. Er lehnte sich zurück und schloss die Augen. »Was gibt's?«

»Die Dokumente, die Sie mir geschickt haben, sind völlig nichtssagend. Nichts über die Einzahlung oder das Konto, das auf dem Beleg angegeben ist. Und nichts, was mit der Notenbank zu tun hätte.«

Jared wartete darauf, dass Towers weitersprach. Obwohl er nicht gewusst hatte, wonach er suchen sollte, war er mit seinen eigenen Recherchen zu einer ähnlichen Schlussfolgerung gelangt.

»Aber«, fuhr Towers fort, »ich habe mit jemandem ... über die Dokumente der Notenbank geredet.«

»Und?«

»Die Ashley State Bank hat in der Zeit um das Datum, das auf dem Beleg angegeben ist, keinen Scheck über auch nur annähernd zehn Millionen bei der Notenbank eingereicht.«

»Sind Sie sich da ganz sicher?«

Ein leises Seufzen.

»Mr Neaton, zehn Millionen Dollar sind eine Menge Geld für eine ländliche Bank. Mein Kontakt ... ich bin mir sicher. Wahrscheinlich hat die Ashley State Bank in ihrer ganzen Firmengeschichte keine so große Summe eingezahlt.«

»Und was jetzt?«

»Sie müssen jemanden in der Bank finden, der die Einzahlung bezeugen kann - oder davon gehört hat.«

»Das ist die einzige Möglichkeit?«

»Es sei denn, die Bank liefert mehr Unterlagen, die bestätigen, dass dieses Konto existiert hat und das Geld dort eingezahlt wurde, ja.«

Jetzt war es an Jared zu seufzen. »In Ordnung. Danke für Ihre Hilfe, Richard. Darf ich Sie anrufen, wenn noch andere Fragen auftauchen?«

»Natürlich.«

Noch eine Sackgasse. Kein Beweis, dass die Einzahlung stattgefunden hatte; und *falls* sie stattgefunden hatte, keine Spur, wohin sie gegangen war. Wo sollte er jetzt weitermachen?

Towers hatte es gesagt. Er musste eidesstattliche Erklärungen von Bankangestellten aufnehmen und einen Zeugen für die Einzahlung finden.

Jared zog Mrs Huddlestons Mitarbeiterliste aus der Tasche und wählte dann Jessies Nummer auf seinem Mobiltelefon.

»Ich hatte mich schon gefragt, ob du heute anrufen würdest«, meldete sich Jessie gleich beim ersten Klingeln. »Hast du dich wegen der eidesstattlichen Erklärungen entschieden?«

»Ja.« Zunächst erklärte Jared sein Gespräch mit dem Privatdetektiv. »Towers hat recht. Wir haben dreißig aktuelle und ehemalige Angestellte auf Mrs Huddlestons Liste, die etwas über diese Einzahlung wissen könnten. Ich weiß nicht, wen ich auslassen soll, also sollten wir alle befragen. Stanford wird wahrscheinlich schon Einspruch erheben, wenn ich *fünf* eidesstattliche Aussagen beantrage, also stellen wir doch den Antrag für alle, und wenn sie Theater machen, streiten wir uns eben mit dem Richter darüber, wie viele wir genehmigt bekommen.«

Jessie schaltete das Telefon auf den Lautsprecher um, während Jared ihr die Namen vorlas.

»Ich hab sie«, sagte sie schließlich und nahm den Hörer wieder in die Hand.

»Gut. Bitte informiere Stanford und Whittier am Montag gleich als Erstes über den Antrag zur Aufnahme eidesstattlicher Erklärungen von allen diesen Personen. Wir beginnen morgen in zwei Wochen und setzen eine pro Tag an, bis wir durch sind.«

Er versuchte, eine Selbstsicherheit zu vermitteln, die er nicht empfand. Vielleicht hatte er in dem Fall ein paar Pluspunkte bei Richter Lindquist, aber er wusste, dass die Entscheidung nicht bei ihm lag.

Der Richter konnte ihn ohne Weiteres auf die fünf Aussagen beschränken, die er Jessie gegenüber erwähnt hatte. Und was sollte er dann bloß tun?

Eines war sicher: Es war an der Zeit, zurückzuschlagen. Ein Gerichtsprozess folgte einem gewissen Rhythmus. Wenn man sich das Tempo von der gegnerischen Seite vorgeben ließ, verwendete man sein ganzes Geld und seine ganze Zeit darauf, zu reagieren. Jared hatte es noch nie gemocht, nur zu reagieren.

Er hatte weniger als zwölf Wochen, um seine Beweise zu finden, und er brauchte irgendeinen Ansatz. Und zwar bald.

»Und noch etwas, Jessie«, setzte er hinzu, »bitte schick auch einen Brief an Paisley, dass wir von ihnen verlangen, uns jedes Dokument auszuhändigen, dessen Herausgabe das Gericht bereits für Goering angeordnet hatte. Ich will vor den Aussagen jeden Fetzen Papier von der Bank haben.«

Sie einigten sich, dass Jessie den Brief und die Informationen zu den eidesstattlichen Aussagen am Montag an Paisley schicken und am Dienstag noch einige weitere Angelegenheiten abwickeln würde, bevor sie anschließend nach Ashley kam. Erin, die wusste, dass die Kosten damit steigen würden, hatte zugestimmt, sie bei sich unterzubringen. Jessie fragte, wo sie die »Einsatzzentrale« einrichten würden. Jared antwortete, er würde sich bald zurückmelden und ihr Bescheid sagen.

Er steckte das Telefon zurück in seine Tasche. Der Wind frischte auf, die Sonne verkroch sich hinter den Wolken und es wurde kühler. Trotzdem blieb Jared auf der harten Zuschauertribüne sitzen.

Er war an diesem Nachmittag in den Skyler-Park gekommen, weil ihm durch den Kopf ging, was Mrs Huddleston bei ihrer Verabschiedung am Vortag gesagt hatte. Er hatte immer angenommen, sein Vater sei nach dem Gefängnis aus reinem Trotz zurück nach Ashley gekommen, oder weil er schlichtweg stur war – um zu beweisen, dass niemand ihn aus seiner Heimatstadt vertreiben konnte. Mrs Huddlestons Kommentar brachte ihn zum ersten Mal dazu, die Sache aus einer anderen Perspektive zu betrachten.

Doch welchen Sinn hatte es, darüber nachzudenken? Es war ein Rätsel, das er nicht lösen musste – die Gründe, warum sein Vater zurückgekehrt war, kannte nur er selbst, und sie änderten nichts. Diesen Weg hatte Jared hinter sich - und er wollte ihn nicht noch einmal gehen.

Jareds Blick wanderte durch den Drahtzaun und über den leeren Baseballplatz. Seine Erinnerung ging zurück zu heißen Sommerabenden auf dem steinharten Boden des Infield. Er konnte die Rufe von Eltern hören und die Wolken von Zigarrenrauch von der Zuschauertribüne her riechen. Als sein Blick von der leeren Spielerbank zum Schlagmal glitt, spürte er wieder die Schmetterlinge im Bauch, die er früher immer bekam, wenn er sich bückte, um seine Hände mit der losen Erde griffig zu machen, bevor er den Schläger mit beiden Fäusten packte und an den Abschlag trat.

Am Abschlag war ihm immer bewusst, dass sein Vater irgendwo hinter der überfüllten Tribüne war und hin und her lief wie ein Tiger im Käfig. Doch dieses Bewusstsein trat stets in den Hintergrund, wenn er den Schlag ausführte: Er spürte, wie der harte Aufprall durch seine Unterarme und Schultern zuckte, wenn das Holz auf den Ball traf. Er rannte so schnell er konnte an der Baseline entlang, und sein Herz hämmerte vor Aufregung, wenn er sah, wie neun Körper sich in einer Choreografie bewegten, die er in Gang gesetzt hatte. Wenn der Schlag sicher gewesen war und der Wind günstig stand, schlitterte er mit dem Kopf voran auf das Segeltuchkissen der Second Base zu, das vom Schuh des Baseman an Ort und Stelle gehalten wurde. Er hörte, wie der Ball mit einem dumpfen Geräusch im Handschuh landete, und packte das Segeltuchkissen mit seinen ausgestreckten Fingern, während der Schiedsrichter sein »Safe« verkündete.

Erst dann, wenn er sich den Staub von der Hose klopfte und die Kappe tief in die Stirn zog, wanderte sein Blick unaufhaltsam zu seinem Vater, der im Schatten der Zuschauertribüne stand - endlich regungslos und ein angespanntes Lächeln im Gesicht.

Diesen einen Augenblick lang legte sich ein herrlicher Frieden über die Welt. Jared wünschte, er könnte sich für immer in diesen Frieden hüllen.

* * *

»Mrs Spangler«, begann die emotionslose Männerstimme am anderen Ende der Leitung, »wir wollen Sie auf keinen Fall belästigen, aber wir würden sehr gern Kontakt zu Ihrer Tochter Cory aufnehmen. Dies ist eine wunderbare Gelegenheit, und es wäre schade, wenn sie sich dieses Stipendium entgehen lassen würde.«

Andrea Spangler schnaubte ins Telefon und ihre Stimme wurde tiefer - wie immer, wenn sie langsam ärgerlich wurde. Was sollte das überhaupt, dass diese Leute sie am Sonntagabend anriefen?

»Ich habe Sie jetzt schon dreimal in der Bank angerufen, um Ihnen zu sagen, dass ich Cory nicht erreichen kann. Sie studiert im Ausland. Und außerdem macht sie bereits ihren Master; es dürfte wohl ein bisschen spät für ein Stipendium sein.«

»Ich verstehe«, fuhr die Stimme beflissen fort. »Aber dieses Stipendium ist befristet; allerdings lässt es sich auch im Nachhinein beantragen. Es wäre doch eine Schande, wenn sich Ihre Tochter die Chance entgehen ließe, ihren Studienkredit zu reduzieren - oder sogar auf den Abschluss hin etwas Geld übrig zu haben.«

»Tja, das spielt alles keine Rolle, weil ich sie nicht erreichen kann.«

Am anderen Ende der Leitung entstand eine Pause. »Sind Sie sich absolut sicher, dass Ihre Tochter nicht zu erreichen ist? Denn wir können das Stipendium nur bis zum 1. Februar für sie reservieren, Mrs Spangler.«

»Nein. Sie ist mindestens drei Monate unterwegs«, erwiderte Andrea und nutzte die Gelegenheit, dieses Gespräch zu beenden. »Absolut nicht zu erreichen.«

»Haben Sie die ganze Zeit über keine - gar keine Möglichkeit, Kontakt mit ihr aufzunehmen?«

Das war zu viel. »Sie hat kein Telefon, und sie ist die ganze Zeit unterwegs und nicht zu erreichen!«

»Wenn das so ist, Mrs Spangler, tut es mir sehr leid. Wir werden Sie nicht mehr stören«, lenkte die Stimme ein. »Vielen Dank, dass Sie sich Zeit für uns genommen haben.«

Andrea legte mit einer knappen Verabschiedung auf. Lieber Himmel, dachte sie, was für Nervensägen. Sie hatten mittlerweile zweimal angerufen und geschrieben, und sie hatte ihnen bereits gesagt, dass Cory dieses Jahr im Ausland studierte und gerade während der vorlesungsfreien Zeit eine Reise machte.

Ein Stipendium? Cory hatte nur drei Monate lang ein Praktikum in dieser Bank gemacht, und das war – liebe Güte, über drei Jahre her. Sie hatte inzwischen ihr Studium fast abgeschlossen. Und außerdem, was erwarteten die von ihr? Dass sie sich ins Flugzeug setzte und auf die Suche nach ihrer Tochter machte? Cory hatte eindeutig gesagt, dass sie, während sie unterwegs war, die ganze Zeit über nichts von ihr hören würden. Vielleicht würden die Leute von der Bank sie ja jetzt in Ruhe lassen.

* * *

Am frühen Sonntagabend zwang Jared sich endlich, zu seinem Vater zu fahren. Er hatte gerade die Hand gehoben, um an die Tür zu klopfen, als diese sich öffnete. Samuel stand mit einem breiten Lächeln auf der Schwelle, als seien Jareds letzte harte Worte schon vergessen. Er winkte Jared herein.

»Schön, dich wiederzusehen, mein Sohn!«, sagte Samuel und bedeutete ihm mit einer Handbewegung, auf der Couch Platz zu nehmen.

Als Jared das Wohnzimmer durchquert und sich gesetzt hatte, war sein Vater bereits in der Küche. »Ich habe Kakao gemacht!«, rief er hinüber.

Samuel tauchte mit einer dampfenden Tasse für Jared auf und setzte sich mit seiner eigenen ihm gegenüber in den Fernsehsessel. Jared nahm einen vorsichtigen Schluck von dem Kakao, der aus löslichem Pulver gemacht und unter schaumiger Sprühsahne versteckt war. Die Flüssigkeit war kochend heiß. Jared zuckte zurück und einige Tropfen landeten auf seinem Schoß.

»Tut mir leid, Jedee«, sagte sein Vater und sprang auf, um Papierhandtücher aus der Küche zu holen. »Ich hatte das Wasser gerade erst vom Herd genommen.«

Der Klang seines alten Spitznamens, des Spitznamens, den nur sein Vater benutzte, berührte Jared unangenehm. Er würde es normalerweise niemals über sich bringen, die Bitte auszusprechen, die er jetzt an seinen Vater richten wollte. Aber er hatte keine andere Wahl, wenn er den Fall durchziehen wollte.

Jared stellte die Tasse ab, als sein Vater zurückkam. Es hatte keinen Sinn, die Sache aufzuschieben.

»Dad, ich weiß, es ist eine große Zumutung, aber wäre es möglich, dass ich in den nächsten Monaten von deinem Haus aus arbeite, während ich einen Fall in Mission Falls betreue?«

Der Gesichtsausdruck seines Vaters war unerträglich. Einen Moment lang dachte Jared, seinem Vater würden die Tränen kommen. »Aber Jedee ...«

»Ich habe keine Wahl, Dad«, unterbrach ihn Jared. »In diesem Fall ist das Geld sehr knapp.«

Sein Vater nickte. »Natürlich. Das verstehe ich. Natürlich.« Doch in seinen Augen lag immer noch eine Spur von freudiger Aufregung.

»Ich kann dir Miete zahlen«, begann Jared.

»Nein«, unterbrach nun sein Vater ihn, und einen Augenblick lang hörte Jared den unverkennbaren Kommandoton, der früher immer in seiner Stimme gelegen hatte. »Ich meine, das könnte ich nicht annehmen.« Der Ton war verschwunden.

Jared wollte nicht lockerlassen. Er wollte sich diesem Mann gegenüber nicht schuldig *fühlen*, und er wollte ihm niemals etwas schuldig *sein*. Doch ein Blick in Samuels Augen, und ihm blieben die Worte im Hals stecken. Diesen verletzten Blick konnte er nicht ertragen – nicht heute Abend.

»Jedee, wir könnten das Wohnzimmer ausräumen und du könntest es als Büro benutzen, und schlafen könntest du im Gästezimmer.«

Jared hasste den Gedanken, sich von seinem Vater helfen zu lassen, aber er wusste, dass er keine Wahl hatte. »Danke, Dad, aber der Keller reicht als Büro.«

»Zum Arbeiten ist es ziemlich kalt dort unten, und ...«

»Der Keller reicht ganz bestimmt aus, Dad. Schauen wir doch mal runter.«

Widerstrebend führte Samuel Jared die Holztreppe hinunter, die von der Küche in den Keller führte. Der Keller war nicht ausgebaut und hatte einen nackten Betonboden. Er war offen und leer, bis auf eine

Waschmaschine und einen Trockner in der Ecke. Der Raum war feucht, bot aber reichlich Platz für ihre Zwecke.

»Das passt schon«, überging er den letzten Protest seines Vaters und ging wieder nach oben und zur Haustür.

»Ich freue mich, dich in den nächsten Wochen öfter zu sehen«, sagte Samuel und folgte ihm auf die Stufen vor der Tür.

Jared fragte sich wieder, ob er den Fall angenommen hätte, wenn er gewusst hätte, dass dies nötig werden würde. »Ja, Dad. Das wird gut«, war seine ganze Antwort.

16

Mick beugte sich über den Vordersitz des Taxis in Washington und reichte dem Fahrer drei Zwanziger für die Fahrt und zehn Prozent Trinkgeld, weder zu viel noch zu wenig. Er wollte nicht, dass man sich an ihn erinnerte.

Das Taxi stand vor einem weißen, sechsgeschossigen Bürogebäude. Mick lehnte das Wechselgeld, das der Fahrer ihm hinhielt, mit einer Handbewegung ab und trat auf den Bürgersteig. Mit einem raschen Rundumblick schulterte er seine Tasche und ging an dem Bürogebäude vorbei auf einen Coffeeshop an der anderen Ecke des Blocks zu. Der Laden war fast leer, und Mick warf einen Blick auf die Uhr. Sein Kontakt sollte jeden Augenblick hier sein.

Weiter hinten im Lokal, in der Nähe des Hinterausgangs, befanden sich einige Plätze in einer Nische. Von dort aus hatte Mick freien Blick auf den Haupteingang auf der Straßenseite, die dem Bürogebäude am nächsten war. Er bestellte an der Theke eine Tasse Kaffee und setzte sich in die Nische, um zu warten.

Es dauerte nicht lange. Sein Kontakt betrat den Laden fünf Minuten später. Es war ein großer, schlanker Mann mit einem bleichen Gesicht, langen Fingern und einem dünnen Hals, der aus einem Hemd mit gestärktem Kragen hervorragte. Der Mann nahm besorgt Blickkontakt auf und ging direkt auf Micks Ecke zu.

»Was ist los?«, fragte er und glitt auf die Bank, die dem Privatdetektiv gegenüberstand.

Mick wollte die Sache schnell über die Bühne bringen - geschäftsmäßig. Darum hatte er einen öffentlichen Ort für dieses Gespräch ausgesucht. Er blies in den Dampf über seiner Tasse. »Geduld«, erwiderte er.

Das Gesicht seines Gegenübers rötete sich. »Geduld? Wovon reden Sie? Sind über drei Jahre nicht Geduld genug?«

Mick schüttelte peinlich berührt den Kopf. »Nicht so laut. Noch drei Monate. Das ist alles.«

»Das haben Sie schon vor sechs Monaten gesagt.«

Mick antwortete nicht, sondern beugte den Kopf vor, um einen Schluck von seinem Kaffee zu nehmen.

»Sie sind den ganzen Weg hierhergekommen, um mir das zu sagen? Geduld? Woher soll ich überhaupt wissen, dass das Geld nicht schon weg ist?«

»Ich bin doch hier, oder nicht? So dumm ist niemand.«

Der Kontakt schüttelte heftig den Kopf. »Das würde ihnen auch schlecht bekommen. Ich habe alle Unterlagen über den Scheck. Mehrere Kopien. Ich *werde* meinen Anteil kriegen.«

»Ja, Sie werden Ihren Anteil bekommen. Es dauert nur noch ein bisschen länger.«

Der Mann schüttelte ungläubig den Kopf. »Sie sagten, das Ganze wäre innerhalb eines Jahres erledigt. Inzwischen sind es fast vier!«

»Nur noch drei Monate.«

Der Kontakt erhob sich, einen einzelnen Finger auf den Tisch gedrückt. »Drei Monate. Nicht mehr. Drei Monate. Oder meine nächste Buchprüfung wird etwas detaillierter ausfallen.«

* * *

Marcus stand im Wohnzimmer seiner Hütte am See. Er schaute in den Himmel, der sich, nachdem die Sonne hinter dem Bergrücken verschwunden war, von einem leuchtenden Orange zu einem tiefen Violett verfärbte. *Wunderschön,* dachte er.

Whittier saß auf der Couch hinter ihm, las in einer Akte und ließ Marcus seine Ruhe. Gut. Vielleicht würde er es doch eines Tages schaffen, seinem Potenzial gerecht zu werden.

Marcus dachte darüber nach, wie selten er in letzter Zeit in diesem Raum stand – oder in seine Hütte fuhr, die nur eine Stunde südlich von Ashley lag. Er schaute hinaus in den breiten Garten, der bis zum Seeufer hinunterging und jetzt im Schatten versank. Unwillkürlich fiel sein Blick auf die Ecke des Gartens, wo früher die Schaukel gestanden hatte.

Er hatte nie verstanden, warum seine Frau bei der Scheidung nicht die Hütte verlangt hatte. Hatte sie Angst, dass er darum kämpfen würde, wie er um alles andere im Leben kämpfte?

Er sagte sich, dass er das nicht getan hätte. Dieses Gefühl der Großzügigkeit passte zu diesem Ort, mit dem unendlich viele Erinnerungen an ihre beiden Kinder verbunden waren. Ihre Tochter und ihr Sohn waren vier und zwei, als die Scheidung rechtskräftig wurde. Er würde wohl nie erfahren, was seine Ex-Frau sich gedacht hatte. Sie hatte nicht um viel gebeten, und er hatte ihr nicht mehr angeboten, als sie haben wollte. Hauptsächlich wollte sie die Kinder. Er hatte zugestimmt. Das war der einzige Kampf in seinem Leben, vor dem er zurückgeschreckt war. Warum? Das einzige Mal, dass er die Fäden aus der Hand gegeben hatte. Und wie hatte es geendet? Jetzt waren sie weg.

Marcus spürte, wie die bedrückenden Gedanken wieder auf ihn einzustürmen begannen. *Nicht jetzt,* sagte er sich und wehrte die lange Reihe von Bildern ab, die um seine Aufmerksamkeit kämpften. Er musste sich konzentrieren.

Marcus räusperte sich. »Ich habe beschlossen, dass wir für Neaton einen anderen Ansatz brauchen als für Goering.«

»Inwiefern?«

Marcus drehte sich um und ging zu dem Tisch, der vor Whittier stand. Dort lag Neatons Brief, und er nahm ihn zur Hand. Darin aufgelistet waren dreißig Bankangestellte, von denen sein Prozessgegner ab kommender Woche eidesstattliche Aussagen aufnehmen wollte. Der Brief verlangte auch die Herausgabe von allen Dokumenten, die die Bank zuvor an Goering geschickt hatte.

»Wir geben Neaton bei den Dokumenten, was er will«, sagte Marcus. »Genau genommen werden wir ihm jedes Dokument geben, das wir finden können, das auch nur im Entferntesten mit diesem Fall zu tun hat.«

Whittier schüttelte den Kopf. »Ich dachte, unsere Strategie wäre, Zeit zu schinden - sie um alles kämpfen zu lassen, was sie haben wollen?«

»Das war die Strategie bei Goering. Neaton ist anders. Aber ich habe nicht gesagt, dass er die Zeugen einfach so bekommt. Ich sagte, wir geben ihm die Dokumente.«

Franklins Gesicht blieb verständnislos. »Warum sollen wir es bei Neaton anders machen? Er hat bei Paisley gekündigt. Sein Vater ist ein Verbrecher. Wirkt auf mich nicht besonders einschüchternd.«

Marcus schluckte seine wachsende Ungeduld herunter. Er hasste es, sich erklären zu müssen. »Ich sagte nicht, dass er mich einschüchtert,

Franklin. Ich sagte, er ist anders als Goering. Gestern Abend habe ich mit zwei Anwälten geredet, mit denen Neaton bei Paisley zusammengearbeitet hat. Sie sagten beide, dass Neaton ein Arbeitstier ist. Er bereitet sich akribisch vor, delegiert nur selten etwas. Jedes Dokument in einem Fall liest er selbst - er verlässt sich nie auf die Recherchen anderer. Er bereitet sogar seine eigenen Zeugen vor.«

»Also hat er ein Ego-Problem.«

Marcus schüttelte den Kopf. »Ich glaube eher, Jared Neaton ist ein Perfektionist. Also benutzen wir das gegen ihn. Wir geben ihm alle Dokumente, die er will; wir fahren ihm mit einem Laster jedes Stück Papier vor die Haustür, das wir auftreiben können. Er wird in Arbeit schwimmen und darin ertrinken - besonders, wenn er noch mit dem Wheeler-Fall zu tun hat.«

Ein zufriedenes Lächeln erschien auf Whittiers Gesicht. »Eine Papierlawine.«

»Genau. Such mit Sidney die Dokumente der Bank zusammen. Alles, was du zwischen die Finger bekommen kannst. Lass sie kopieren und nummerieren, und dann schicken wir sie Neaton ein paar Tage, bevor die eidesstattlichen Aussagen beginnen.«

»Weißt du«, begann Franklin vorsichtig, »ich habe nicht genug Zeit, alle Dokumente durchzusehen, bevor wir sie Neaton übergeben. Was, wenn ich etwas Wichtiges übersehe?«

Marcus schüttelte den Kopf. »Ich habe dir doch schon gesagt, da gibt es nichts zu übersehen. Lass ihm einfach die Dokumente zukommen. Die Zeugen - das ist eine ganz andere Geschichte. Schreibe Neaton, dass wir so vielen Zeugen so kurz vor dem Prozess nicht zustimmen. Liefern wir ihm einen Kampf an *dieser* Front.«

Der Juniorteilhaber nickte. »Verstanden.« Whittier räusperte sich. »Ähm, Marcus, ich hatte noch eine andere Idee.«

»Und die wäre?«

»Bei Paisley gibt es eine Sekretärin, Yvonne Taylor, die noch mit Jessie Dickerson befreundet ist - der Anwaltsgehilfin, die vor zwei Jahren mit Jared die Kanzlei verlassen hat. Dickerson ist sehr loyal gegenüber Neaton. Yvonne denkt, sie hat vielleicht ein Auge auf ihn geworfen. Auf jeden Fall hat Yvonne einigen Bemerkungen, die Jessie in letzter

Zeit gemacht hat, entnommen, dass Neaton momentan finanziell auf sehr dünnem Eis steht.«

»Und?«

»Nachdem wir alles unternommen haben, um Neaton von Clay Strong zu isolieren, hatte ich eine Idee, die ich bei der Debitorenbuchhaltung nachgeprüft habe. Neaton hat damals einige Paisley-Mandanten mitgenommen, unter anderem einige Geschäftsmandanten. Was, wenn wir der Geschäftsabteilung in der fünfundzwanzigsten Etage auftragen, diese Mandanten zurückzuholen? Sie könnten ihnen einen Sonderpreis anbieten. Wenn Neaton seit dem Wheeler-Prozess immer noch Löcher stopft, könnte es doch sein, dass wir ihm ein paar verärgerte Mandanten abluchsen können. Den Druck auf ihn erhöhen.«

Marcus war beeindruckt. »Ausgezeichnet, Franklin. Mach das.«

Als Whittier seine Papiere einsammelte, dachte Marcus, dass er wie ein Hündchen aussah, dem man gerade ein Leckerli zugeworfen hatte. Gut. Er hatte ein paar lange Tage vor sich, in denen er Dokumente zusammenstellen und sich auf Neatons unvermeidlichen Antrag auf Zulassung der Zeugen zu eidesstattlichen Aussagen vorbereiten musste. Vielleicht war er ja jetzt motiviert genug, um das alles ohne allzu viel Gejammer durchzuziehen.

Zehn Minuten später konnte Marcus hören, wie Whittiers Autoreifen über den Kies in der Einfahrt rollten. Das Geräusch verhallte bald. Er trat wieder an das Fenster im Wohnzimmer und schaute hinaus in die Dunkelheit.

Den Druck aufrechterhalten. Neaton nicht zum Luftholen kommen lassen. Seine Stärken gegen ihn verwenden. Lektionen eines Lebens als Prozessanwalt. Alles würde gut werden.

Aber würde es genügen? Wenn alles vorbei war und er den Sieg in der Tasche hatte, würde das reichen, um sich darauf zu konzentrieren, alles andere wieder in Ordnung zu bringen?

Marcus schaute hinaus in die mondlose Nacht, in die Bäume hinter dem schwachen Licht, das durch das Panoramafenster auf sie fiel. In Gedanken hörte er das Geräusch der Wellen, die ans Ufer plätscherten. Seine Aufmerksamkeit verlor sich einen Augenblick lang und weitere Laute tauchten auf – das Lachen von Kindern an einem schon lange nicht mehr genutzten Feuerplatz hinter den Bäumen. Wieder legte sich der vertraute Schmerz wie eine Decke über ihn, die ihm die Luft zu rauben drohte. Nur kämpfte er dieses Mal nicht dagegen an, sondern ließ es geschehen - das war besser als seine schmerzhafte Einsamkeit.

Nur noch ein Weilchen, beruhigte er sich selbst. Nur noch ein Weilchen; dann hatte er, was er brauchte, um alles in Ordnung zu bringen, um das Einzige zurückzuholen, von dem er bereute, dass er es sich hatte durch die Finger gleiten lassen.

Es war nie zu spät, wenn man den Willen zum Handeln hatte. Er würde sie davon überzeugen, dass sie im Unrecht war. Er würde sie überzeugen zurückzukommen.

17

In völliger Stille fuhr Jessie die dunkle Straße entlang. Normalerweise hörte sie beim Autofahren Radio. Aber hier, außerhalb von Ashley, hatte sie trotz fünfzehnminütiger Suche keinen einzigen Sender gefunden, der ihr zusagte. Schließlich gab sie auf und konzentrierte sich darauf, wo sie auf ihrem Weg zur Larson-Farm das nächste Mal abbiegen musste. Außerdem gab ihr die Stille Zeit, über die Situation nachzudenken.

Die Sache geriet mit unglaublicher Geschwindigkeit außer Kontrolle. Als Jared ihr mitgeteilt hatte, dass er plante, sie bei Erin unterzubringen, war ihre erste Reaktion im Stillen ... Wut. Heftige Wut. Aber sie hatte ruhig geantwortet, dass sie *es* verstand. Nur *ihn,* Jared, verstand sie nicht.

Jessie hatte schon seit sie Anfang zwanzig war mit Anwälten zusammengearbeitet. Die meisten Anwälte rangierten irgendwo in dem schmalen Spektrum zwischen banal und langweilig - meistens durchschaubar, selten interessant. Bei Paisley *hielten* sich alle für interessant, weil sie zielstrebig und ehrgeizig waren. Doch Ehrgeiz war nicht interessant. Ehrgeiz hatte lediglich seine eigenen Maßstäbe von Konformität und Konventionalität.

Jared war für Jessie die eine Ausnahme - ein *un*durchschaubarer Anwalt. Jessie kannte nicht viele *un*durchschaubare Männer. Sie hatte immer gut voraussagen können, wie Männer reagierten. Jared war weniger leicht zu durchschauen. Und in all den Jahren, in denen sie nun schon mit ihm zusammenarbeitete, hatte Jared sie in seinem Umgang mit Mandanten nie ernsthaft enttäuscht - eine weitere Seltenheit bei Paisley. Doch den Grund dafür hatte sie noch nicht herausgefunden.

Trotzdem waren es weder seine Integrität noch seine Undurchschaubarkeit, die Jared für Jessie attraktiv machten. Jared war attraktiv, weil er *echt* war.

Bei Paisley hatte sie durchaus den einen oder anderen Verehrer gehabt. Sie war jung und sie wusste, dass sie auch recht hübsch war. Die Männer fühlten sich von ihrer Energie angezogen, ebenso wie von ihrem ausgesprochenen Mangel an Ehrfurcht vor den Machthabern.

Aber Jared war anders. Er arbeitete hart unter seinem Mentor Clay.

Doch sein Ehrgeiz war direkter, aufrichtiger. In ihrem Bemühen, möglichst bald Teilhaber in der Kanzlei zu werden, verbogen sich die anderen zu gesichtslosen Erfolgsmaschinen, um den Teilhabern zu imponieren. Jared blieb mehr er selbst, so als wären Geld und Status ein Mittel und nicht das Ziel. Er war ... echt.

Das handgemalte Schild erschien im Scheinwerferlicht und Jessie bog auf den Schotterweg zum Haus ab. Das helle Licht hob das Farmhaus zwischen den grauen und braunen Feldern hervor. Es wirkte auf sie wie ein von einem Burggraben umgebenes Schloss. Jared hatte erwähnt, dass Erin hier als Kind mit ihrem Vater ein einsames Leben geführt hatte, und schon dieser kurze Eindruck ließ Jessie die Isolation, in der Erin gelebt haben musste, deutlich nachempfinden.

Erin begrüßte Jessie an der Tür und bat sie freundlich herein. Die Mandantin war zuvorkommend, schlank - und natürlich sehr hübsch. Sie brachte Jessie ins Büro, das gleichzeitig das Gästezimmer war und in der zweiten Etage direkt neben ihrem eigenen Schlafzimmer lag. Jessie verstaute ihre Tasche, bevor sie hinunter in die Küche kam, wo Erin gerade (entkoffeinierten) Kaffee machte.

Jessie entschuldigte sich erneut für die Unannehmlichkeiten, und Erin winkte ab. Immerhin sparte es Kosten, nicht wahr? Jessie fragte sich einen Augenblick lang, ob Erin auch nur einen blassen Schimmer davon hatte, wie schnell Jareds Mittel aufgebraucht sein würden, sobald die eidesstattlichen Aussagen begannen.

Während sie sich beim Kaffeetrinken am Küchentisch mit Erin unterhielt, suchte Jessie nach Hinweisen darauf, was Jared an dieser Mandantin und ihrem Fall so fasziniert hatte. Sicher, sie wirkte etwas verletzlich - und sie strahlte eine Aufrichtigkeit aus, die er sicher anziehend fand. Aber es konnte doch sicher nicht nur an Äußerlichkeiten liegen, oder?

Sie unterhielten sich fast eine Stunde lang. Schließlich, als Erin Jessie noch einen Kaffee anbot, lehnte sie ab und sagte, sie müsse langsam ins Bett. Jessie entschuldigte sich und zog sich ins Gästezimmer zurück.

All das - Verletzlichkeit, Aufrichtigkeit, Schönheit - war viel zu einfach, dachte sie, als sie die Zimmertür hinter sich schloss. Jared fand diese Frau nicht einfach attraktiv. Er setzte für sie alles aufs Spiel und ignorierte dabei sämtliche Warnzeichen. Ja, vielleicht wollte er gern Geld mit diesem Fall machen, aber er hatte schon früher finanziell interessante Fälle abgewiesen, wenn sie zu riskant waren.

Nein, irgendetwas an dieser Frau - oder an diesem Fall - war besonders für Jared. Jessie setzte sich aufs Bett und fühlte sich den Tränen nahe. Sie schüttelte das Gefühl ab. Selbst wenn sie allein war, gab sie sich selten solchen Emotionen hin.

Vielleicht war es das Beste, wenn sie hier wohnte. Vielleicht würde sie hier Hinweise finden, um zu verstehen, was Jared wirklich antrieb. Bevor alles unwiederbringlich verloren war. Wenn es nur nicht schon zu spät war.

18

»Laut Clausewitz ist Krieg die Fortsetzung der Diplomatie mit anderen Mitteln«, hatte Clay gesagt. An dem Tag war er in Hochform gewesen. Lebhaft und mitteilsam. Mitten in der Vorbereitung auf einen großen Prozess, erinnerte sich Jared.

»Ich sage dir, ein Prozess ist nur ein Krieg mit anderen Mitteln. Ein Krieg um die Herzen und Köpfe von Richter und Jury. Natürlich wird im Gerichtssaal kein Blut vergossen«, hatte er geendet. »Wenigstens keines, das auf den Boden tropft.«

Nach dem, was Clay sich geleistet hatte, fragte sich Jared, warum seine Worte ihm immer in Momenten wie diesem einfielen. Weil er Jared das meiste von dem beigebracht hatte, was er über die Arbeit als Prozessanwalt wusste, lautete die offensichtliche Antwort. Die Erinnerung an Clay mochte jetzt zwar durch den erlittenen Verrat befleckt sein, aber Jared würde, wenn er sich mit den verschiedenen Aspekten eines Falles beschäftigte, immer wieder unwillkürlich an seinen Mentor denken müssen.

Vor drei Tagen hatte Jared den Brief von Whittier bekommen. Darin hieß es, die Bank würde nicht freiwillig die dreißig Zeugen zur Verfügung stellen, die Jared wollte. Die Formulierungen kündigten eine heftige Auseinandersetzung an: *»Der Umfang Ihres Antrags auf die Aufnahme eidesstattlicher Aussagen stellt eine unzumutbare Belastung dar« … »unzureichende Frist« … »zu kurz vor Verfahrenseröffnung«* und so weiter.

Es hatte etwas Anstrengung gekostet, aber innerhalb weniger Tage hatte Jared erfolgreich diesen Eilantrag auf einen Gerichtsbeschluss in die Wege geleitet, der die Bank zwingen sollte, ihre Angestellten zu eidesstattlichen Aussagen zur Verfügung zu stellen. Der Richter würde ihm niemals alle beantragten Angestellten zugestehen, also hatte er die Liste von vornherein etwas umfangreicher abgefasst. Wahrscheinlich konnte Jared sie gefahrlos auf fünfundzwanzig, vielleicht sogar auf zwanzig zusammenstreichen. Bei weniger riskierte er, dass der »Hauptpreis« nicht dabei war: der ehrliche Zeuge, der etwas über die Einzahlung wusste.

Nun saß er an seinem Anwaltstisch und schaute hinauf zu Richter Lindquist, der in seine amtliche schwarze Robe gehüllt war. Langsam begann er den Stil dieses Richters zu durchschauen. Lindquist überblickte das Schlachtfeld seines Gerichtssaals wie ein mürrischer Napoleon. Wenn man seine Ruhe mit einem Antrag störte, sollte es tunlichst ein guter sein, und man sollte tunlichst gut vorbereitet erscheinen, oder der Richter würde einem deutlich die Meinung sagen. Es war wichtig, das zu berücksichtigen, denn der Richter war der Einzige im Raum, der die Macht hatte, eine Entscheidung zu fällen - oder eine Strafe zu verhängen.

Jared schaute sich müde im Gerichtssaal um, während er auf das Signal des Richters wartete, dass er sein Plädoyer beginnen konnte. Abgesehen von der Vorbereitung auf diesen Gerichtstermin hatte er den größten Teil der letzten zweiundsiebzig Stunden damit verbracht, Dokumente zu sichten. Es war klar, dass er es nicht schaffen würde, alle Kisten durchzugehen, bis die Aufnahme der Aussagen begann. Egal, wie viele Aussagen das Gericht zuließ, er würde damit weitermachen und einfach versuchen, die Dokumente so schnell wie möglich durchzusehen.

Nach der Aktensichtung und der Vorbereitung dieses Antrags hatte Jared die letzten verbleibenden Stunden genutzt, um mit Zeugen zu sprechen und zu versuchen, seine Suche einzugrenzen - ohne Erfolg. Niemand konnte ihm einen Hinweis geben, wo er Beweise für die Einzahlung finden konnte. Wie weit würde ihn Richter Lindquist also ohne die Bankzeugen gehen lassen?

Er warf einen Blick hinüber zu Stanford, der konzentriert seine Notizen durchging. Jared nahm an, dass er seinen Arbeitsplatz für den Fall in seine Hütte am Silbin-See verlegt hatte, die sich etwa eine Autostunde südlich von hier befand. Jared war einmal zu einer Firmenfeier dort gewesen, und der Ort passte zu dem Mann: umgeben von Kiefern auf einem mehrere Hektar großen Gelände, das ziemlich isoliert lag, war die Hütte wie eine einsame Festung.

Der Richter nickte Jared zu, der sich erhob und entschlossen aufs Sprecherpult zuging. »Immer optimistisch aussehen, so als könnten Sie es gar nicht abwarten, Ihren Fall zu präsentieren«, hatte Clay alle jungen Anwälte ermahnt. Jared holte rasch noch einmal Luft, bevor er sein Plädoyer eröffnete.

Während der nächsten fünfzehn Minuten brachte Jared seinen Standpunkt nachdrücklich zum Ausdruck, während Richter Lindquist zuhörte, den Kopf auf die Hände gestützt, das Gesicht angespannt, aber unverbindlich. Jared legte einen letzten Punkt dar und fasste dann seine Argumente zusammen:

»Euer Ehren, ich bin erst seit einem Monat mit diesem Fall betraut. Wir sind fest entschlossen, den Zeitplan einzuhalten, den das Gericht für den Prozess festgelegt hat. Doch ohne die Aussagen, die wir hier beantragen, ist die Nachlassverwaltung von Paul Larson gezwungen, unbesehen zu glauben, was die angeklagte Bank bezüglich der Kenntnisse ihrer Angestellten zu der Zehn-Millionen-Einzahlung behauptet. Unserer Meinung nach ist es *höchst unwahrscheinlich*, dass die Bank ihre eigenen Angestellten *gewissenhaft* zu dieser Angelegenheit befragt hat – mit Sicherheit nicht so gewissenhaft, wie wir es tun werden.«

In Juristenjargon verklausuliert hatte Jared die Bank und ihre Rechtsvertretung soeben beschuldigt, bezüglich der Kenntnisse der Bankangestellten zu lügen. Er studierte das Gesicht des Richters, ob er irgendeine Reaktion darin erkennen konnte – eine Geste, ein Nicken oder Lächeln, das Jared zeigte, wie er über seine Argumente dachte. Doch Lindquists Gesicht blieb undurchdringlich.

Jared verspürte eine Mischung aus Befriedigung und Furcht, als er sah, dass Stanford sich zu einem Gegenplädoyer erhob. Whittier, der offenbar nicht als der Aufgabe gewachsen betrachtet wurde, blieb am Anwaltstisch sitzen, hielt den Blick demonstrativ von Jared abgewandt und schaute hinauf zur Richterbank. Das Negative an der Sache war, dass Stanford so viel besser war als er.

»Euer Ehren, es tut mir leid, dass Mr Neaton sich genötigt sieht, die Aufrichtigkeit der unbescholtenen Bürger anzuzweifeln, die die älteste Bank in diesem Landkreis leiten«, begann er und deutete mit einer Handbewegung auf Sidney Grant, der hinten im Gerichtssaal saß. »Sicher ist Mr Neatons Bedauern, diesen Fall angenommen zu haben, das Motiv für seine ungerechtfertigten Anschuldigungen. Da er keine Beweise für diese *angebliche Einzahlung* hat, will der Herr Ankläger jetzt die

Aussage jedes einzelnen Bankangestellten aufnehmen, in einem fruchtlosen Versuch, Beweise zu finden, die nicht existieren. Euer Ehren ist sicher bewusst«, fuhr Stanford mit gequälter Stimme und ausgestreckten Armen fort, »dass ein Offenlegungsverfahren kein Angelausflug sein kann, bei dem ein Anwalt die Angel auswirft und hofft, dass etwas anbeißt. Mr Neaton hat diesen ungerechtfertigten Fall übernommen und bittet nun dieses Gericht um Genehmigung, im Trüben fischen zu dürfen, in der vergeblichen Hoffnung, dass er fündig wird. Das sollte man ihm nicht gestatten.«

Mit ähnlichen Argumenten sprach Stanford noch einige Minuten weiter, bevor er innehielt und sein Gesicht den Ausdruck verbindlich-emotionsloser Vernunft annahm. »Und so schlagen wir vor, Euer Ehren, dass dieses Gericht Mr Neaton fünf eidesstattliche Aussagen zuerkennt. Das sollte mehr als ausreichen, um zu bestätigen, worüber Mr Neaton bereits informiert wurde: dass die Einzahlung schlichtweg nicht existiert.«

Als Stanford zu seinem Platz zurückkehrte, erhob sich Jared zu einer Entgegnung – aber der Richter, der nun endlich doch aktiv zu werden schien, bedeutete ihm mit einer Handbewegung, sich wieder zu setzen.

»Mr Neaton, ich glaube, ich kann Ihnen die Erwiderung abnehmen«, begann der Richter. »Sie werden wiederholen, dass Sie nicht gezwungen werden sollten, einfach hinzunehmen, was Ihnen die Bank über die Kenntnisse ihrer Angestellten sagt. Das ist schön und gut – aber Mr Stanford hat ebenfalls recht: Ein Prozess ist kein Freibrief, einen Fall erst von Grund auf aufzubauen. Sie sollten eine Grundlage für Ihre Behauptungen haben, *bevor* Sie einen Prozess anstrengen – andernfalls kennen Sie die Konsequenzen.«

Jared zuckte innerlich zusammen. Er wusste, dass der Richter auf Stanfords Drohung anspielte, Sanktionen nach Richtlinie 11 gegen ihn und Erin zu beantragen.

»Deswegen will ich es ganz kurz und schmerzlos machen«, fuhr der Richter fort. »Mr Neaton, ich habe immer Mitgefühl für einen Anwalt, der einen begonnenen Fall weitergereicht bekommt. Also genehmige ich Ihnen zehn – nicht fünf, nicht dreißig, sondern zehn – eidesstattliche Aussagen, um diesen Fall zu einem Abschluss zu bringen. Und Sie, Mr

Stanford …« Der Richter drehte sich zum Tisch der gegnerischen Seite um. »… Sie werden jede nötige Kooperation leisten, damit Mr Neaton diese Aussagen in den nächsten *drei Wochen* aufnehmen kann.«

Jared sah die Befriedigung in Stanfords Gesicht, als dieser Anstalten machte, sich von seinem Platz zu erheben. »Nein, Mr Stanford«, sagte Richter Lindquist mit einer weiteren Handbewegung, »Ihnen kann ich den Gang zum Sprecherpult ebenfalls ersparen. Sie wollen mir sagen, dass Sie beantragen werden, Mr Neatons Ansprüche vor Verfahrenseröffnung im Schnellverfahren abzulehnen.« Stanford nickte.

Der Richter winkte seinem Assistenten, der ihm ein dickes, gebundenes Buch reichte. »Nach einem Blick in meinen Kalender sage ich hiermit, dass Sie Ihren Antrag jederzeit bis zwei Wochen vor Verhandlungsbeginn stellen dürfen.« Er gab das Buch seinem Assistenten zurück und schickte einen durchdringenden Blick in Jareds Richtung.

»Mr Neaton, ich habe Ihnen die Offenlegung genehmigt. Vielleicht nicht in dem Umfang, den Sie gern hätten, aber mehr bekommen Sie nicht. Nutzen Sie Ihre Ressourcen weise. Denn wenn Sie bis zum Datum dieses Antrags auf ein Urteil im Schnellverfahren keine zulässigen Beweise für Ihre Ansprüche haben, brauchen Sie sich keine Sorgen mehr um die Verhandlung zu machen, weil in diesem Fall Ihr Fall zu Ende ist.«

* * *

Jared schaute zu Mrs Huddleston, die auf der anderen Seite des Zimmers auf ihrer Couch saß und sich leise mit Shelby Finstrude zu ihrer Rechten unterhielt.

Zehn eidesstattliche Aussagen. Das war viel schlimmer, als Jared erwartet hatte.

Wen sollte er auswählen? Jemanden, bei dem eine einigermaßen große Wahrscheinlichkeit bestand, dass er über die Einzahlung Bescheid wusste, und der zudem genug Charakter besaß, um auch unter Druck die Wahrheit zu sagen. Bei Letzterem, hatte Jared beschlossen, konnte ihm sicher Mrs Huddleston helfen – die wiederum ihre Freundin Shelby zu Rate gezogen hatte.

»Carol, Shelby«, sagte er, und sie wandten ihm ihre Aufmerksamkeit zu. »Wir haben zehn Bankangestellte, die wir befragen können. Die Liste, die Sie uns bereits geschickt haben«, erklärte er und nickte Shelby mit einem Lächeln zu, »habe ich auf zwanzig Namen eingegrenzt. Diese Zwanzig sind alles Mitarbeiter, deren Position und Beschäftigungszeitraum sie zu möglichen Zeugen der Einzahlung machen.«

Shelby hörte besonders aufmerksam zu. Mrs Huddleston hatte Shelby als »außerordentliche Freundin« bezeichnet – eine, die jederzeit ein Geheimnis für sich behalten konnte. Mrs Huddleston hatte zudem behauptet, ihre Freundin wäre eine Kreuzung aus Hamster und Elefant – sie behielt alles und vergaß nichts. Sie und ihr Mann hatten dreißig Jahre lang den *Mayfair Drug Store* an der Main Street geführt, bevor sie ihn verkauft und sich zur Ruhe gesetzt hatten. Somit hatten sie buchstäblich mit jedem in der Stadt schon einmal zu tun gehabt. Dieses Wissen hoffte Jared sich nun zunutze machen zu können.

»Von diesen zwanzig muss ich wissen, wer am ehesten die Wahrheit sagen würde. Sie müssen bedenken, dass die Anwälte der Bank versuchen werden, die Zeugen zu unseren Ungunsten zu beeinflussen. Sie werden Angst um ihre Arbeitsplätze haben. Man wird ihnen beibringen, wie sie den Beleg betrachten und meine Fragen interpretieren sollen. Wir suchen nach Personen, die unter Druck ihr Gewissen sprechen lassen. Wir suchen nach den aufrichtigen Männern und Frauen, die uns die Wahrheit sagen werden, ganz gleich, wie viel Druck sie von dem Anwalt bekommen, der neben ihnen steht.«

Shelby nickte ernsthaft und nahm die Liste zur Hand. Während Jared sich durch eine Kiste voller Dokumente arbeitete, die er mitgebracht hatte, berieten Shelby und Mrs Huddleston sich eine halbe Stunde lang wie alte Meisterspione.

»Ich glaube, wir haben's«, sagte Mrs Huddleston schließlich. Jared nahm die Liste von ihr entgegen und überflog sie.

Zwischen gestrichenen und ausradierten Personen waren zehn Namen mit einem Häkchen versehen und unterstrichen. Neben einigen der Namen fanden sich persönliche Notizen und Bemerkungen in der Handschrift der beiden Frauen. Jared sah, dass die ausgewählten Personen von einfachen Angestellten bis zu stellvertretenden Direktoren reichten, von Mitgliedern der Personalabteilung bis zu einer in der Nachtschicht arbeitenden Reinigungskraft.

»Sie kennen all diese Leute? Und glauben, dass sie auf meine Beschreibung passen?«

Beide nickten. »Manche passen besser als andere, Jared«, sagte Mrs Huddleston. »Aber keiner von ihnen ist ein Unbekannter.«

»Also gut«, sagte er und legte die Liste mit einer Geste feierlicher Endgültigkeit beiseite. Mrs Huddleston und Shelby wirkten zufrieden; – sie waren sich sicher, dass sie ihre Sache gut gemacht hatten. Über den Tisch hinweg streckte er ihnen die offenen Handflächen zu einem doppelten »High Five« entgegen. Die Frauen schlugen ein.

»Gut, es kann losgehen!«

* * *

Marcus überflog Neatons Liste der zehn Zeugen ein letztes Mal, als Whittier sein Büro betrat.

»Marcus?«

»Setz dich, Franklin. Grant hat gerade von der Bank aus angerufen. Er hat sich heute Morgen Neatons Liste angeschaut. Ich möchte, dass du nach Ashley fährst und morgen anfängst, die Bankzeugen vorzubereiten.

»Ich versuche immer noch, den Schriftsatz für den Antrag auf das Urteil im Schnellverfahren fertigzubekommen.«

Marcus nickte. »Ich will die Bälle am Fliegen halten. Neaton soll nicht genug Zeit haben, um die Dokumente komplett zu sichten. Er will nächsten Montag mit der Aufnahme der Aussagen beginnen, also tun wir ihm den Gefallen. Nimm die Papiere für den Antrag mit und arbeite nachts daran.«

Marcus ignorierte den gequälten Blick des Juniorteilhabers.

»Ach, und Franklin«, setzte er unvermittelt hinzu, als Whittier sich erhob und gehen wollte, »es gibt da eine Zeugin – Sylvia Pokofsky. Ruf mich an, bevor du den Termin mit ihr hast. Für ihre Aussage müssen wir noch ein paar Dinge durchsprechen.«

19

Jared saß an einem Tisch bei *Orsi & Greens* und hatte ein gutes Gefühl, wenn er an seine Vorbereitung für die Aussagen dachte, an der er die Woche über gearbeitet hatte. Es war Freitagmorgen - fast zwei Wochen, nachdem er ins Haus seines Vaters eingezogen war. Jared hatte alle Dokumente gesichtet, die Goering im Frühjahr geliefert worden waren. Die Kisten enthielten nicht viel Munition zur Befragung der Zeugen, aber jetzt verstand er den Fall und die Bank besser. Das würde ihm zugutekommen, wenn er am Montag mit der Aussagenaufnahme begann, und das Risiko mindern, dass sie ihm Sand in die Augen streuten.

Mrs Huddleston lieferte ihm jeden Morgen die Namen von weiteren möglichen Zeugen - Leuten, die ihrer Ansicht möglicherweise etwas über Paul Larson wussten. Jeden Nachmittag brachte er Stunden damit zu, sie zu besuchen. Traktoren- und Futtermittelverkäufer, örtliche Anlagenberater, Anwälte in der Stadt ... jeden, der eine Ahnung haben könnte, ob Paul Larson vor seinem Tod zu Geld gekommen war. Bisher hatte sich noch keine Spur ergeben.

Draußen vor dem Restaurant hielt Jessies Auto. Erin winkte durch die Windschutzscheibe und Jared nickte zurück. Jessie hatte Erin von der Farm mitgebracht, um den Fall zu besprechen. Nach dem Mittagessen würden Jessie und Erin die Beweisunterlagen für die Aussagenaufnahme aus Samuels Haus abholen und sie bei *Kinko's* kopieren lassen.

Die ersten zwei Wochen im Haus seines Vaters waren spannungsfreier verlaufen, als Jared erwartet hatte - hauptsächlich, weil er seinen Vater nur selten sah. Samuel behandelte den Keller wie ein Sperrgebiet und hielt sich fern. Samuels offensichtliche Bemühungen, Jared seine Privatsphäre zu lassen, bewirkten nur, dass dieser sich noch schuldiger dafür fühlte, dass er da war. Doch in Wahrheit hatte er es nicht eilig, den Kontakt mit seinem Vater zu vertiefen.

Sein Telefon summte und Jared zog es aus der Tasche. Er verzog das Gesicht und meldete sich: »Ja, Dad?«

»Jared, du solltest sofort nach Hause kommen.«

»Dad, ich habe zu tun. Es wird nicht lange dauern -«

»Jared, hier ist ein Lkw mit mehreren hundert Kisten, die sie abladen wollen. Sie sagen, sie kommen von der Bank.«

Jared legte auf und erhob sich vom Tisch. »Ich muss gehen«, sagte er zu Jessie und Erin, als er an der Tür an ihnen vorbeieilte. »Ich muss nach Hause.«

* * *

Jareds Atem hing in weißen Wölkchen in der Luft, als er auf dem bereiften Rasen stand und in den Laderaum des Lkws starrte, der in der Einfahrt seines Vaters geparkt war. Die Heckklappe war hochgefahren und gab den Blick auf die Kisten frei, die über die ganze Länge und Breite der Ladefläche jeweils vier Kisten hoch gestapelt waren. Er ignorierte seinen Vater, der, in eine Windjacke gehüllt, an der Seite stand und ihn mit besorgten Augen betrachtete.

Unbändiger Zorn brodelte in Jared hoch. Eine Papierlawine. Drei Tage, bevor die Aussagenaufnahme beginnen sollte. Er wusste nicht genau, worüber er wütender war: über die Dokumente oder die Tatsache, dass er es nicht vorhergesehen hatte. Es war die übliche Praxis bei Paisley, besonders, wenn der Prozessgegner zu wenig Personal oder Geld hatte. Auf ihn traf beides zu. Er hätte damit rechnen sollen.

»Mister«, rief ihm eine Stimme zu. Jared schaute den Fahrer an, der neben dem Führerhaus stand. »Sie müssen die Kisten abladen, damit ich den Lkw wieder zurückbringen kann.«

Jared schaute zurück in den Anhänger. Sollte er Beschwerde beim Richter einreichen – ein Ordnungsgeld beantragen, weil diese Dokumente nicht im Sommer geliefert worden waren, als Goering sie verlangt hatte? Sollte er um mehr Zeit bitten?

Er schüttelte den Kopf. Beides war keine Option – nicht jetzt, nachdem Clay ihm seine Unterstützung entzogen hatte. Jared pfiff finanziell auf dem letzten Loch. Er wusste ohnehin nicht, wie er den Prozess überleben sollte. Eine Verzögerung war unmöglich. Jared begann zu frösteln.

»Junge?«, fragte sein Vater behutsam.

Vor dem Haus hielt ein Auto. Jessie und Erin stiegen aus.

»Was willst du machen?«, fragte sein Vater.

Jared schüttelte den Kopf, zog die nächstbeste Kiste aus dem Anhänger und ging damit in Richtung Haustür.

Hinter sich hörte er, wie sein Vater die nächste Kiste aus dem Anhänger hievte, und sah aus dem Augenwinkel, wie Erin und Jessie sich daranmachten, das Gleiche zu tun.

Das Einzige, was er empfand, war Frustration, die sich gefährlich nahe an der Grenze zur Verzweiflung bewegte.

20

Jared saß im Besprechungsraum der Ashley State Bank und wartete darauf, dass die Zeugen eintrafen. Er rieb sich das Gesicht mit beiden Händen und schaute dann mit trüben Augen auf seine Notizen. Das Fazit bisher waren viereinhalb Tage Aussagenaufnahme, vierzig Stunden Zeugenaussagen, vier Zeugen, und alles zusammen ergab … nichts. Niemand wusste etwas über die Einzahlung. Müde starrte er auf den Tisch und sehnte sich danach, einfach seinen Kopf dort hinlegen und die Augen schließen zu können.

Niedergeschlagen dachte Jared an die Kisten in seinem Keller, die er noch durchgehen musste. Noch mehr Zahlen: zweihunderteinundsechzig Kisten säumten die Wände. Bisher hatte er achtzig durchgeschaut. Er hatte Jessie und Erin erlaubt, die Kisten grob zu ordnen, aber er konnte es nicht über sich bringen, ihnen die Aufgabe zu übertragen, Zusammenfassungen der darin enthaltenen Dokumente zu erstellen. Seine vage Schätzung war, dass er es in der vergangenen Woche auf vielleicht zwanzig Stunden Schlaf gebracht hatte.

Die Tür zum Besprechungszimmer öffnete sich. Whittier trat ein, mit perfekt frisiertem Haar und einem frisch aufgebügelten Anzug. Er wirkte ausgeruht und kampfeslustig. Auf ihn folgte die Gerichtsschreiberin und dann die nächste Zeugin. – Ihre eine Hand klammerte sich um ihre Handtasche, und ihre Augen zuckten nervös.

Jared setzte sich auf. »Fangen wir an«, sagte er ohne Zögern und hoffte, dass in seiner Stimme mehr Energie lag, als er verspürte.

* * *

Jessie schaute hinaus auf die leere Koppel. »Hier hatten Sie also Ihr Pferd?«

Erin nickte. Es war Freitag, früh am Nachmittag. Jessie hatte auf dem Rückweg nach Minneapolis an der Larson-Farm haltgemacht, um ihre Tasche zu holen. Sie wollte zurück ins Büro, um übers Wochenende einige Brände zu löschen, und plante, am Sonntagnachmittag zurückzukommen, um weiter an den Zusammenfassungen für die Akten zu arbeiten. Zu ihrer Überraschung war Erin daheim und bot ihr an, ihr die Farm zu zeigen.

In den Wochen, die Jessie nun schon auf der Larson-Farm übernachtete, hatten sich ihre Wege selten gekreuzt. Kurz nach Jessies Ankunft hatte Erin mehrere Tage lang ihre Tante Karen in den Twin Cities besucht. Selbst nach ihrer Rückkehr sahen sie sich kaum, weil Jessie meist bis spätabends in Samuels Haus Inhaltsangaben tippte. An den wenigen Abenden, an denen sie zeitiger zurückgekommen war, um die restlichen Schreibarbeiten an ihrem Laptop zu erledigen, tauchte Erin nur lange genug auf, um sie ins Haus zu lassen. Dann verschwand sie in ihrem Zimmer. Sie erledigte »Papierkram für den Nachlass ihres Vaters«.

All das hatte dazu geführt, dass sie erst heute Zeit für eine Farmbesichtigung gefunden hatten – und dass Jessie ihren Plan, Erin besser kennenzulernen, bisher noch nicht in die Tat hatte umsetzen können.

Zuerst gingen sie am Feldrand entlang. Die weiten Flächen vor sich, auf denen im Hintergrund ein Traktor ein benachbartes Feld bearbeitete, beschrieb Erin, was ihr Vater jedes Jahr dort angebaut hatte, erklärte, welches Feld brach lag und welches verpachtet war und zum Heuanbau genutzt wurde.

Als Nächstes hatte Erin sie zu einem kleinen Wäldchen aus hohen Bäumen geführt, das einen Hügel an der Westseite des Hauses bedeckte und als Windschutz diente. Es war größer als üblich, sagte Erin, weil ihr Vater Wälder geliebt hatte und es nicht übers Herz bringen konnte, die Bäume zu fällen, obwohl ihm das vielleicht ein oder zwei Morgen bestellbares Land mehr eingebracht hätte. Das Wäldchen hatte sich in ihrer Kindheit herrlich zum Baumhäuser-Bauen und Umherstreifen geeignet, erklärte Erin.

Dann kamen sie zur Scheune und gingen auf die dahinterliegende Koppel zu. Erin erwähnte, dass sie die Scheune gerade erst leer geräumt hatte. Sie verkaufte, was sie konnte, und ordnete den Rest. »Früher bin ich immer in die Scheune gegangen, wenn ich meine Ruhe haben wollte«, erklärte sie, während sie mit Jessie vorbeiging. »Ich hatte eine Ecke auf dem Heuboden, wo Dad nie hinkam. Ich glaube, er wusste, wenn ich dort war, ließ mich aber immer in Ruhe. Wenn ich mich einsam fühlte, nahm ich ein Buch mit.«

Als sie bei der Koppel angekommen waren, hob sich Erins Stimme zum ersten Mal. »In dem Sommer, bevor ich in die Mittelschule kam, kaufte Dad mir ein Pferd«, sagte sie. »Ein Quarterhorse. Ich nannte ihn Strider. Ich schätze, es war eine Art Bestechung. Vielleicht versuchte Dad, mich vom Heuboden herunterzubekommen.«

»Eine Bestechung?«

Erin zuckte die Schultern. »Er wusste schon damals, dass ich nicht besonders glücklich war.«

»Hat es funktioniert?«

»Eine Weile.« Erin lächelte. »Ich habe meine Aufgaben erledigt und dann den ganzen Nachmittag mit dem Pferd gearbeitet. Ich wollte eigentlich Turniere reiten, doch das Geld war knapp. Aber, ja, ich war beschäftigt.«

»Was ist aus Strider geworden?«

»Als ich nach Minneapolis zog, verkaufte Dad das Pferd. Er sagte, er hätte keine Zeit, sich um ihn zu kümmern. Ich dachte immer, er wollte mich bestrafen, weil ich weggezogen war. Aber das stimmte nicht. Er hatte einfach schon genug Probleme damit, die Farm am Laufen zu halten, ohne dass er sich noch um ein Pferd kümmern musste. Und vielleicht erinnerte Strider ihn daran, dass ich nicht da war.«

In Erins Stimme lag ein vertrauter Unterton, aber Jessie wusste nicht, wo sie ihn schon einmal gehört hatte.

Sie folgte Erin zu einem Obstgarten, der etwas weiter hinten auf dem Grundstück lag.

Der Garten war zugewachsen; niemand hatte ihn gepflegt. Wurmstichige Äpfel lagen in Haufen auf dem Boden unter leeren Ästen, genau dort, wo sie vom Baum gefallen waren. In der Herbstsonne bot der Garten einen traurigen Anblick. »Das ist alles«, erklärte Erin schließlich.

Das Tuckern des Traktors verhallte langsam, während sie zurück zum Farmhaus gingen. Erin zog ihre Jacke fester um sich. »Was meinen Sie, ist das Ganze entmutigend für Jared?«, fragte sie Jessie.

Nicht entmutigend genug, dachte Jessie. Trotzdem war es kein guter Stil, einem Mandanten zu sagen, dass sein Anwalt die Hoffnung verlor. »Ich weiß nicht. Er ist daran gewöhnt, dass es in solchen Fällen auf und ab geht.«

Jessie stakste durch das hohe Gras, das den Weg zurück zum Haus säumte. »Sicher sind Sie froh, wenn der Prozess vorbei ist?«

Erin ging einen Moment lang schweigend neben ihr her, bevor sie antwortete. »Ich bin froh, wenn ich endlich weiß, woran ich bin.«

Jetzt erkannte Jessie den Unterton in Erins Stimme. Sie hatte ihn in ihren Gesprächen mit Sam Neaton gehört, die sie in der vergangenen Woche in den nachmittäglichen Pausen geführt hatten, während Jared bei der Aussagenaufnahme war. Ihre vorsichtigen Gespräche hatten die gefährliche Grenze zu wichtigen Themen gestreift und waren ihr jeden Tag näher gekommen, bis Jessie ihm schließlich ihre Angst um Jared und den Fall gebeichtet hatte – und Sam ihr daraufhin von seinen eigenen Ängsten erzählt hatte. Das waren die Augenblicke, in denen Jessie diesen Unterton erst kürzlich gehört hatte. Er lag in Sams Stimme, bevor er ihr letztes Gespräch zu einem raschen Ende gebracht hatte, weil er »noch etwas fertigmachen« musste.

Es war der Unterton von Schuld und Bedauern.

* * *

Mehrere hundert Meter entfernt, auf der anderen Seite der frisch umgepflügten Erde, beobachtete Joe Creedy die beiden Frauen, die im Seiteneingang des Larson-Hauses verschwanden. Er brachte den Traktor zum Stehen, stellte den Motor ab und zog die Handschuhe von seinen Händen.

Die Mobiltelefonnummer war in der Wahlwiederholung gespeichert; immerhin hatte er sie heute schon dreimal angerufen und sechsmal während der vergangenen Woche. Er drückte die Wahltaste. »Ich muss mit Mr Grant sprechen«, sagte er, als die Stimme der jungen Frau sich meldete. »Joe Creedy.«

Einen Augenblick später war er überrascht, Grants schroffe, leise Stimme am anderen Ende der Leitung zu hören.

»Ja, Joe.«

»Mr Grant«, sagte Joe und richtete sich auf dem Sitz auf, »ich rufe nur an, um mich zu erkundigen, ob wir uns wegen der Hypothek treffen können, wie Sie versprochen haben.«

»Es ist noch alles in der Schwebe, Joe.«

»Schauen Sie, Mr Grant, jeden Monat gerate ich bei Ihrer Bank mehr in den Rückstand. Es macht mich wirklich nervös, dass wir das immer noch nicht erledigt haben. Und meine Frau wundert sich schon, was los ist. Ich habe alles getan, worum Sie gebeten haben, und das nun schon seit beinah einem Jahr.«

»Bis jetzt. Aber ich habe Ihnen gesagt, dass wir darüber reden, wenn alles erledigt ist.«

Der Farmer zog mit der freien Hand seine Mütze vom Kopf und rieb sich über die Stirn. Er wünschte, er hätte die Flasche mitgebracht; er war plötzlich sehr durstig.

»Joe, Sie haben doch Ihren Freunden nicht von unseren Gesprächen erzählt, oder?«

»Nein, Mr Grant. Wie Sie gesagt haben. Sie sind so schon sauer genug. Sie müssen nicht wissen, dass ich mit Ihnen darüber geredet habe, Ms Larson zuzusetzen.«

»Gut. Schauen Sie mal, ob Sie sie nicht einstweilen beruhigen können. Lassen Sie Ms Larson erst einmal in Ruhe. Es sieht so aus, als ob sich die Sache von selbst regelt, und wir wollen nicht, dass der Sheriff seine Nase noch tiefer hineinsteckt.«

»Okay. Aber wir werden über die Hypothek reden, ja, Mr Grant?«

»Ja, Joe. Wie versprochen. Wenn alles erledigt ist.«

Am anderen Ende der Leitung wurde es still. Joe steckte das Telefon in die Tasche und beugte sich über das Lenkrad.

Gestern Abend hatten seine Eltern wieder aus Florida angerufen. Hatte sein Vater besorgt geklungen, als sie nach der Farm gefragt hatten? Warum hatte er sich geräuspert, bevor er die Frage gestellt hatte? Warum stellte er bei jedem Anruf die gleiche Frage?

Sie wussten nichts. Sie konnten nichts wissen. Susie hatte nie ein Wort gesagt. Niemand sonst hatte eine Ahnung, wie tief die Farm in der Tinte steckte. Und sie konnten nichts von dem Unfall wissen. Niemand wusste davon.

Er schaute auf die Uhr. Gleich vier. Susie war sicher noch bei ihrer Schwester. Er ließ den Traktor wieder an und lenkte ihn auf die Scheune zu. Vielleicht würde er heute etwas früher in die Legion Hall gehen.

21

Jared schleppte sich die Kellertreppe hinauf in die Küche. Es war Sonntag, kurz vor Mitternacht. Er hatte sich dagegen entschieden, einmal zeitig ins Bett zu gehen, und stattdessen weiter die Kisten durchforstet. Er griff sich einen Energydrink aus dem Kühlschrank, bevor er ins Wohnzimmer stolperte und sich auf die Couch fallen ließ.

Jessie saß über den Computer gebeugt und tippte Jareds Dokumentzusammenfassungen. Erin war schon vor Stunden gegangen, nachdem sie den ganzen Nachmittag geholfen hatte, die Kisten nach Themen zu sortieren. Jared bemerkte die leere Kaffeetasse auf dem Tisch neben Jessie.

»Also, Captain, willst du die Aussagenaufnahme wirklich fortsetzen, oder willst du einen Gang zurückschalten und zuerst die restlichen Dokumente durchgehen?«, fragte Jessie über die Schulter hinweg.

Sie klang müde. In der letzten Woche hatte sich Jared diese Frage selbst mehrfach gestellt. Gab es in diesen Kisten irgendeine wichtige Information, die er für die Aussagenaufnahme brauchte – eine Information, die eine Verschiebung der Verhandlung wert war? Oder war das alles bloß unnützes, geduldiges Papier?

Er hatte die weniger wichtigen Zeugen zuerst drangenommen und sich in dieser Woche mit ihnen beschäftigt. Das machte er immer so, um sich aufzuwärmen.

Doch ab morgen ging es um die Zeugen, auf die er mehr Hoffnungen setzte – stellvertretende Direktoren, Kundenberater. Vielleicht sollte er die letzten fünf Aussagen verschieben.

Nein, befahl er sich selbst. Es waren nur noch sieben Wochen bis zum Prozess; eine Verzögerung um ein bis zwei Wochen war unmöglich.

»Ich glaube nicht, Jessie.«

»Und wie wäre es, wenn du mich helfen lässt?«

Noch ein Nein. Aber laut sagte er: »Vielleicht. Schauen wir mal, wie es heute Abend läuft. – Wie ist es bei Erin?«

Jessie tippte weiter und antwortete nicht sofort. »Gut«, sagte sie schließlich.

Jared nahm einen großen Schluck von seinem Energydrink. Es klopfte an der Tür.

Vic Waye, in einen khakifarbenen Parka gehüllt, stand im schwachen Schein des Verandalichts.

»Könnte ich bitte kurz mit Ihnen sprechen, Mr Neaton?«, fragte er leise und stampfte gegen die Kälte mit den Füßen. Jared zögerte, trat dann beiseite und winkte ihn herein.

Jessie war aus dem Zimmer verschwunden, sah Jared, als er sich umdrehte und ihm folgte. Vic strich die Füße auf dem Vorlegeteppich ab, bevor er zur Couch ging. Jared setzte sich auf Jessies leeren Klappstuhl.

»Ich bin aus freien Stücken hier, Mr Neaton. Denken Sie bitte nicht, dass mich jemand geschickt hat.«

»Okay.« Jared sah, wie Vics Hände auf seinen Beinen entlangglitten und sich dann fest um seine Knie legten. Fleischige Hände mit vernarbten Fingerknöcheln.

»Schauen Sie, Verne - Verne Loffler - der Kerl, der Ihnen neulich in der Legion Hall eine verpasst hat ... aber das wissen Sie wahrscheinlich.«

Jared schüttelte den Kopf. »Nein.«

Vic sah überrascht aus, fuhr aber fort. »Verne - er ist kein schlechter Kerl. Ich weiß, das klingt dumm nach dem, was er gemacht hat. Aber er ist kein schlechter Kerl. Er ist Vietnamveteran - wie Paul.« Vic suchte in Jareds Gesicht nach irgendeinem Anzeichen, dass ihn dieser Appell erweicht hatte. Als Jared nicht antwortete, fuhr er fort.

»Also, Verne hat bei der Getreidebörse gearbeitet, als Ihr Vater das Geld ... als er das Problem dort hatte. Kurz danach hat die Börse Stellen gestrichen und Verne verlor seine Arbeit. Er hat zwei Jahre gebraucht, um wieder eine feste Stelle zu finden. Er hat die Stellenstreichungen immer auf das Problem geschoben, das Ihr Vater hatte.«

»Warum erzählen Sie mir das?«, fragte Jared.

Vic hatte seine Jacke nicht ausgezogen, und nun begann ein leichter Schweißfilm auf seiner Stirn zu glänzen. »Weil Verne an dem Abend ein paar Bier intus hatte, und Greg - er saß mit uns am Tisch, als Sie hereinkamen - hat ihm gesteckt, wer Sie sind, und dann ist Verne auf

Sie losgegangen. Jetzt kann Verne nicht mehr schlafen. Er ist überzeugt davon, dass Sie ihn verklagen werden.«

Vic schwieg und starrte Jared an.

Ihn verklagen? Das wäre mal eine Idee … nichts brauchte er dringender als noch einen Prozess in Ashley.

»Er hat ein Kind am College, das er unterstützen muss«, fuhr Vic fort. »Er und seine Frau wohnen in einem kleinen Haus; er hat kein Geld –«

»Sagen Sie Verne«, unterbrach Jared ihn, »dass es dazu nicht kommen wird.«

Vic schaute Jared unsicher an. »Ich habe gehört, dass Sie eine Klage gegen ihn vorbereiten.«

»Ich weiß nicht, wo Sie das gehört haben, aber ich werde Verne nicht verklagen.«

Vic saß stocksteif auf der Couch, als weigere er sich, sich mit Jareds Antwort abspeisen zu lassen. Er blickte sich im Raum um und dann wieder in Jareds Gesicht. »Wirklich?«

Jared nickte.

»Okay.« Vics Hände lösten sich von seinen Knien. »Okay. Ich sag's ihm.«

Mit vorsichtigen Schritten durchquerte Vic das Zimmer. Er sah so aus, als hätte er Angst, Jared aufzuschrecken, sodass dieser seine Meinung wieder ändern würde. Als er auf die Verandatreppe trat, drehte er sich plötzlich noch einmal um und ergriff Jareds Hand. Er wirkte erleichtert, auch wenn in seinem Blick noch eine Spur von Zweifel lag. »Danke«, sagte er, als würde er Jared ein Versprechen abnehmen.

Jared drehte sich um und ging wieder ins Wohnzimmer. Jessie stand neben der Küchentür.

»Ihn verklagen? Wovon redet er? Und was meint er mit ›eine verpasst‹?«

Jared legte einen Finger auf die Lippen und deutete auf die Schlafzimmertür seines Vaters. »Ich hatte ein kleines Problem in der Legion Hall.«

Jessie verschränkte die Arme. »Kommunizieren wir nicht mehr miteinander?«

»Ich weiß nicht«, antwortete Jared, ließ sich wieder auf den Stuhl fallen und schaute zu Jessie hoch. »Dann erzähl mir mal, wie *ist* es denn nun bei Erin?«

Jessie starrte ihn mürrisch an.

»Raus damit, Jessie«, murmelte er.

Jessie schritt demonstrativ zur Couch und ließ sich ebenfalls fallen. »Okay. Was ist los?«

»Was meinst du?«

»Diesen Fall. Was ist da los?«

»Es ist ein Fall, Jessie. Wie jeder andere. Viele Überstunden, harte Arbeit.«

Jessie schüttelte den Kopf, und Jared bemerkte, wie tief die Schatten waren, die unter ihren Augen lagen. »Nein, ist es nicht. Du bist noch nie so ein Risiko eingegangen.«

»Großer Gewinn, großes Risiko«, sagte er und wusste, dass seine Worte hohl klangen – und schlimmer noch, unehrlich.

»Dumme Entscheidungen, dumme Ergebnisse«, erwiderte sie sarkastisch. Eine ärgerliche, entschlossene Falte zog sich um ihren Mund. Als Jared nicht gleich antwortete, sprach sie weiter. »Geht es um sie?«

Er beherrschte sich, bevor er *Um wen?* fragen konnte.

»Nein«, antwortete er, wusste aber nicht, ob das wirklich stimmte.

Jessie wandte den Blick ab, und Jared verspürte einen Stich des Bedauerns, als er ihre Enttäuschung über sein Ausweichmanöver sah.

Er stieß einen tiefen Seufzer aus. »Wirklich nicht, Jessie. Jedenfalls nicht so, wie du es meinst.«

Jessie sah ihn wieder an und wartete auf mehr. »Egal, was es ist, Jared, du solltest es klären. Denn es bringt uns um.«

»Wir schaffen das schon.«

»Ach ja?« Sie stand auf und schnappte ihre Jacke, die sie über die Stuhllehne geworfen hatte. »Sag das mal *Stanhope Printing*.«

Jareds Magen verkrampfte sich. »*Stanhope*?«

»Ja. Einer unserer letzten Mandanten. Du erinnerst dich? Denn sie haben letzte Woche angerufen und eine Nachricht hinterlassen – eine von den zwei Dutzend Nachrichten, die ich letztes Mal aus Minneapolis mitgebracht habe und die du dir nicht die Mühe gemacht hast zu beantworten. Ich habe es nicht übers Herz gebracht, es dir persönlich zu sagen, aber es steht auf dem Nachrichtenzettel. Sie haben ein anderes Angebot bekommen. Rate mal von wem. Unsere Freunde bei Paisley wollen sie plötzlich zurück. *Stanhope* ist nur noch einen Schritt davon entfernt, das Angebot anzunehmen. Und sie sind nicht die Einzigen. Das ist noch schlimmer als der Wheeler-Fall. Und von dem hatten wir uns ja noch nicht einmal richtig erholt, bevor du dich in den neuen Fall gestürzt hast.«

Jessie durchschritt das Wohnzimmer, bevor sie sich an der Tür umdrehte. »Jared, ich hoffe, du weißt, was du von diesem Fall erwartest. Ich hoffe, dass er *das alles* wert ist. Denn das ist der Preis, den du dafür zahlst.«

Jessies Worte hallten in der Stille nach, die dem Schließen der Tür folgte. *Stanhope*? Wenn Paisley auf diesen Mandanten abzielte, hatten sie es auch auf *Pleasance Motors* und ein halbes Dutzend anderer Mandanten abgesehen, die er nach seiner Kündigung aus der Kanzlei mitgenommen hatte. Wenn Paisley Erfolg hatte, würden auch die dürftigen Honorare, die er mit ihnen in den letzten Monaten verdient hatte, versiegen.

Jared fühlte sich elend angesichts der Kluft, die sich zwischen ihm und Jessie aufgetan hatte - hinsichtlich dieses Falls, im Büro und ganz besonders wegen Erin. Doch mittlerweile schien all dies unvermeidlich, so als hätte er gar keinen Einfluss mehr darauf.

Er redete sich ein, dass es ums Geld ging. Doch er wusste schon seit Wochen, dass es nicht das Geld sein konnte, was ihn an diesen Fall band. Nachdem er jedem möglichen Hinweis nachgegangen war und die Hälfte der zugelassenen Zeugen befragt hatte, stieg die Wahrscheinlichkeit, dass er diesen Fall verlor. Außerdem hatte er, wie von Marcus versprochen, einen Brief mit der Androhung von Sanktionen nach Richtlinie 11 erhalten - noch etwas, wovon er Jessie nichts erzählt hatte.

Wenn es nur ums Geld ginge, hätte er inzwischen längst eingepackt und sich auf den Rückweg nach Minneapolis gemacht. Und es ging auch nicht darum, dass er sich von Erin angezogen fühlte, wie Jessie vermutete.

Vor zwei Nächten hatte er wieder den altbekannten Traum von seinem Vater gehabt, in dem dieser mit ausgestreckten Armen am Boden lag. Der Traum kam immer häufiger, seit er hierher gezogen war. Wie zuvor hörte er seine Mutter schreien, sprang von seinem Stuhl auf und lief über den Flur. Aber dieses Mal - zum ersten Mal - war das Gesicht des Mannes auf dem Boden nicht das seines Vaters. Es lag im Schatten, war unkenntlich. Und die Stimme, die seiner Mutter etwas vom Boden aus zurief, war ihm auch fremd.

Seit er Ashley vor Jahren verlassen hatte, hatte er alles fest im Griff gehabt - seinen Ehrgeiz, seine Ziele, das, worauf er den Blick gerichtet hielt. Aber nun, durch die Rückkehr in seine Heimatstadt, den Einzug bei seinem Vater, die Bearbeitung dieses Falles ... begann ihm alles durch die Finger zu gleiten.

»Du hattest eine Auseinandersetzung in der Legion Hall?«

Aufgeschreckt drehte sich Jared um. Es war sein Vater, der im Bademantel im Flur stand, mit verschlafenen Augen und wirrem Haar.

Jared schüttelte den Kopf. »Nein. Es war nichts weiter, Dad. Geh wieder ins Bett.«

Sam blieb im Flur stehen. »Warum hast du mir nicht gesagt, dass du diesen anderen großen Fall verloren hast, Jedee?«

Woher wusste er das denn? Jessie. Sie hatte rund um die Uhr hier gearbeitet, mit seinem Vater in der Nähe. Jared fühlte sich hintergangen - wieder einmal.

»Du arbeitest die ganze Nacht«, fuhr Sam fort. »Du siehst erschöpft aus; Jessie sagt, dass du im Büro noch einen Haufen anderer Arbeit hast ...«

»Dad.« Er wusste, dass in seiner Stimme ein ärgerlicher Unterton lag. »Ich kann ausziehen, wenn du willst. Aber halt dich aus meinen Angelegenheiten raus.«

»Hast du den Artikel gesehen?«, fragte sein Vater.

»Welchen Artikel?«

Sein Vater verschwand kurz in seinem Schlafzimmer und kehrte gleich darauf mit einer Zeitung in der Hand zurück, die er Jared reichte.

Es war die *Ashley Gazette* von dieser Woche. Jared las die dicke Schlagzeile: *Prozess könnte Aus für örtliche Bank bedeuten.*

»Wann ist das erschienen?«

»Montag.«

Jared überflog den Artikel. Er beschrieb den Gerichtsprozess und die »Risiken«, die er für die Ashley State Bank darstellte. Der vierte Absatz berichtete über Jareds letztes Highschooljahr. Dann folgte ein kurzer Abriss über seine juristische Karriere. Die nächsten drei Absätze waren der Verhaftung, Verurteilung und Gefängnisstrafe seines Vaters gewidmet.

»Das ist lächerlich.«

Sam nickte. »Ich weiß.«

Marcus hatte diesen Artikel angestoßen. Es hatte jede Menge Artikel über den Fall gegen die Bank gegeben. Der Unterschied bei diesem lag darin, dass er das Vergehen seines Vaters hervorhob. Marcus versuchte, Verwirrung zu stiften und potenzielle Geschworene gegen den Fall einzunehmen. Gleichzeitig machte er es Jared schwerer, wohlgesonnene Zeugen zu finden, die zu einer Aussage bereit waren.

»Ich möchte helfen, wenn ich kann«, sagte Samuel behutsam.

In Jared stieg eine Mischung aus lauter explosiven Gefühlen auf. »Ich habe viel zu tun«, war alles, was er davon herausließ. Er ging an seinem Vater vorbei in die Küche und zur Kellertreppe.

Als er die Holzstufen hinunterstieg, hatte Jared wieder jenes seltsame Gefühl im Magen wie damals, als er als Junge von den fünfzehn Meter hohen Klippen in den reißenden St. Croix River gesprungen war. Jener Augenblick, in dem aus dem Nervenkitzel Angst wurde, als er immer tiefer fiel – tiefer, als er je zuvor gefallen war.

Er konnte sich nur fragen: Wann würde er bei diesem Sprung landen?

* * *

Jared erwachte abrupt und setzte sich auf. Das kalte Metall des Stuhlrückens drang durch sein Sweatshirt, während er versuchte, sich aus dem verwirrenden Nebel des Schlafs zu befreien. Eine Lampe auf dem Rand eines Tisches, auf dem Bankunterlagen verstreut lagen, erhellte den Raum. Der Wecker auf dem Tisch zeigte vier Uhr dreißig. Es war still in dem kalten Keller, abgesehen vom Surren eines kleinen Heizlüfters, der warme Luft über seine in Wollsocken steckenden Füße blies.

Jared rieb sich die Augen und schaute sich um. Aktenkartons säumten eine Wand, bis unter die Decke gestapelt und drei Reihen tief. Der schmalere Stapel von Kisten, die er bereits durchgeschaut hatte, säumte die andere Wand. Es war ein ebenso entmutigender wie unausgewogener Anblick: Der fertige Stapel wuchs, aber bei den unbearbeiteten Reihen machte er nicht annähernd genug Fortschritte.

Jareds Rücken schmerzte; er streckte sich und warf einen weiteren Blick auf die Uhr. Zwei Stunden hatte er geschlafen. Er verzog das Gesicht, als er den faden Nachgeschmack des Energydrinks in seinem Mund wahrnahm, und ging nach oben, um sich ein Glas Wasser zu holen.

Seit der Konfrontation mit seinem Vater war er im Keller geblieben und hatte versucht, ihr Gespräch zu vergessen. Es spielte keine Rolle, was sein Vater dachte, sagte sich Jared trotz eines leicht unbehaglichen Gefühls. Es spielte keine Rolle, welche Auswirkungen das alles auf seinen Vater hatte. Die kleine Wiedergutmachung, die sein Vater damit leistete, dass er ihn in seinem Haus wohnen und arbeiten ließ, war bedeutungslos.

Jared wanderte ins dunkle Wohnzimmer. Ein Stapel von Jessies getippten Dokumentenzusammenfassungen lag neben dem Computermonitor. Jared nahm das oberste Blatt zur Hand und hielt es sich in der Dunkelheit dicht vor die Augen.

Morgen - nein, heute - war Montag. Noch fünf Zeugen. Vielleicht würde diese Woche besser werden.

Selbst im Stehen merkte Jared, wie er wieder einschlief, und schüttelte den Kopf. Es gab noch zu viel Arbeit, als dass er schon wieder schlafen könnte. Vielleicht noch eine Stunde, dann konnte er noch ein bisschen schlafen, bevor er unter die Dusche ging und sich auf die heutige Aussagenaufnahme vorbereitete.

Als er sich umdrehte, um wieder nach unten zu gehen, wurde Jareds Blick von einem schmalen Lichtstreifen angezogen, der auf den Teppich im Flur zwischen den Schlafzimmern fiel. Er ging darauf zu. Das Licht kam aus dem Schlafzimmer seines Vaters. Die Tür stand einen winzigen Spalt offen, und Jared stieß sie behutsam etwas weiter auf.

Im schwachen Licht einer Nachttischlampe lag sein Vater schlafend quer auf dem Bett. Sein Kopf war kapitulierend nach hinten auf ein Kopfkissen gesunken. Über das Bett verstreut lagen ein halbes Dutzend Akten, alle ordentlich sortiert und mit Haftnotizen bedeckt. Ein Notizblock lag neben der Hand seines Vaters, ein Stift war ihm von den Fingerspitzen gerollt. In der Nähe lag aufgeschlagen eines der Bilanzierungshandbücher seines Vaters.

Unten neben dem Bett standen vier Aktenkisten; auf dreien davon lagen maschinengeschriebene Papiere. Die vierte war offen und leer; offensichtlich hatte sie die Papiere enthalten, die jetzt auf dem Bett lagen.

Jared stand eine ganze Minute lang dort, verwirrt von dem Anblick, der sich ihm bot. Schließlich wandte er sich ab und ging zurück zur Kellertreppe.

Im Keller schritt Jared die Reihe der unbearbeiteten Aktenkartons ab. In der hintersten Ecke schaute er hinter den vordersten Stapel.

Hier, in der dunkelsten Ecke des Kellers, fehlten aus den hinteren Reihen mindestens dreißig Kisten. Jared warf einen Blick auf die andere Seite des Raumes, wo die fertigen Kisten standen.

Wie viele Tage ging das schon? Wie sehr hatte er bereits die Kontrolle verloren?

Auf beide Fragen hatte er keine Antwort.

Mühsam schleppte sich Jared die Kellertreppe hinauf und ging zu Bett.

22

Einige Stunden später duschte sich Jared und schnappte sich ein kaltes Toastertörtchen als Frühstück. Bevor er hinaus zu seinem Auto ging, warf er einen Blick ins Schlafzimmer seines Vaters. Sein Vater - und die Kisten - waren verschwunden.

In der Nacht hatte Jared seine Konfrontation mit seinem Vater für diesen Morgen geplant. Je mehr er darüber nachdachte, desto mehr nagte das Bild von seinem Vater und den Kisten an ihm. *Nein.* Er würde diesem Mann nicht dankbar sein. Er würde *nicht* zulassen, dass dieser Mann sich auf diese Weise wieder in sein Leben einschlich. Heftige Feindseligkeit regte sich und er beschloss sofort, seinem Vater wenn nötig mit seinem Auszug zu drohen - obwohl ihm im nächsten Moment klar wurde, wie leer eine solche Drohung war. Er wusste, dass ihm das Geld zum Ausziehen fehlte. Dafür hatte Clays Verrat gesorgt. Nun nutzte sein Vater seine Notlage aus.

In seiner Verwirrung, Frustration und Verunsicherung war Jared hauptsächlich erleichtert, dass Sam schon weg war, bevor er aufgestanden war. Das bedeutete, er konnte die Auseinandersetzung mit seinem Vater auf später verschieben.

Zehn Minuten später parkte Jared seinen Geländewagen vor der Bank. Von diesen eidesstattlichen Aussagen hing zu viel ab, sagte er sich. Er musste sich konzentrieren. Aber später würde er die Sache mit seinem Vater ausdiskutieren.

* * *

Zum dritten Mal innerhalb von drei Minuten räusperte Fred Carrington sich laut. »Nun«, begann er mit seiner Antwort, »wie gesagt, die Nummer auf diesem Beleg gehört zu keinem Konto der Ashley State Bank.«

Jared lauschte, wie die Finger der Gerichtsschreiberin leise auf den Tasten ihrer Stenografiermaschine klapperten, während sie Carringtons Antwort mitschrieb. Er warf einen Blick auf die Kopie von Beweisstück 1 - dem Einzahlungsbeleg -, die er in den Händen hielt. Was hatte er hier übersehen?

»Ist es richtig, Mr Carrington, dass die Nummer die gleiche Anzahl von Ziffern hat wie eine typische Kontonummer der Ashley State Bank?«

Der ältliche stellvertretende Direktor strich sich mit der linken Hand über seinen ergrauenden Schnurrbart und nickte dann zustimmend. »Ja.«

»Und dass die Form des Einzahlungsbelegs - die Informationen, die darauf aufgeführt sind - denen eines Einzahlungsbeleges Ihrer Bank entsprechen?«

»Ja.«

»Haben Sie sowohl laufende als auch geschlossene Konten überprüft?«

»Ja, das habe ich.«

Jared starrte auf das Blatt in seiner Hand, als könnte er es mit reiner Willenskraft zum Sprechen bringen.

Shelby und Mrs Huddleston hatten bisher mit ihren Einschätzungen richtig gelegen. Obwohl diese Zeugen nervös wirkten und offensichtlich eingeschüchtert worden waren, hatte er noch bei keiner Aussage den Eindruck gewonnen, dass der Zeuge log - Mr Carrington eingeschlossen.

Aber wenn dies keine aktuelle oder alte Kontonummer war, was war es dann? Und wie war dieser Beleg erstellt worden?

»Mr Carrington«, begann Jared, als ihm ein anderer Gedanke kam, »könnte jemand eine Kontonummer eingetragen haben, nur in der Absicht, diesen Beleg auszudrucken, selbst wenn diese Kontonummer nicht - oder nicht mehr - in der Datenbank der Bank existierte?«

Diesmal hustete der Zeuge laut, bevor er antwortete. »Ich nehme an, das wäre möglich.«

»Ohne einen permanenten Eintrag zu hinterlassen?«

»Ja.«

»Wie?«

»Keine Spekulationen«, warf Whittier ein und beugte sich zum Zeugen hinüber.

Mr Carrington zuckte zusammen, sprach aber weiter. »Derjenige müsste eine Kontonummer in die Dokumentvorlage eintragen, sie aber - entgegen den Anweisungen - nach dem Drucken löschen statt abzuspeichern. Außerdem dürfte man das Ganze auch nicht im System speichern oder eine Kopie für die Akten drucken.«

»Und könnte der Einzahler - der Bankkunde - irgendwie nachprüfen, ob seine Einzahlung tatsächlich im System der Bank gespeichert wurde, nachdem der Einzahlungsbeleg mit dieser Nummer generiert wurde?«

»Einspruch«, begann Whittier, »Spekulation!«

»Ich … nun … wahrscheinlich nicht«, platzte Mr Carrington heraus.

Jared schwieg einen Moment lang und versuchte dann einen anderen Ansatz. »Wie lange werden die Nummern von geschlossenen Konten im System gespeichert?«

»Ich verstehe nicht.«

»Nachdem ein Konto geschlossen wurde, wie lange wäre in Ihrer Datenbank ein Hinweis darauf gespeichert, dass die Nummer einmal in Gebrauch war?«

»Zehn Jahre.«

Jared wandte sich Whittier zu. »Wir machen eine kurze Pause.«

Auf dem Rasen vor dem Eingang zur Bank, unter der amerikanischen Flagge, die im Wind flatterte, rief Jared Jessie an.

»Ja?«, meldete sich Jessie. Jared hörte den kühlen Unterton in ihrer Stimme.

»Jessie, könntest du bitte Erin anrufen? Frag sie bitte, ob sie Unterlagen über geschlossene Konten ihres Vaters gefunden hat, die älter als zehn Jahre sind.«

»Okay.« Jessie legte auf, ohne nach dem Grund für seine Bitte zu fragen.

Jessie klang ungefähr so freundlich wie Whittier. Das würde eine sehr lange Woche werden …

* * *

Auf der Heimfahrt hörte Jared sich die Nachricht an, die Erin auf seinem Mobiltelefon hinterlassen hatte. Sie hatte keine Unterlagen für geschlossene Konten ihres Vaters gefunden - nicht einmal einen Hinweis darauf. »Dads Hauptkonto bei der Ashley State Bank, das Farmkonto, das er bei seinem Tod hatte, stammt aus den Siebzigern«, sagte sie. »Soweit ich sagen kann, hat er kein anderes eröffnet oder geschlossen. Tut mir leid.«

Noch eine Sackgasse. Als er vor dem Haus seines Vaters parkte, sah Jared Licht im Wohnzimmer und spürte, wie seine Laune noch weiter absackte.

Während der Aussagenaufnahme hatte er beinahe seinen Entschluss vergessen, seinen Vater zur Rede zu stellen. Einen Moment lang überlegte er, ob er es noch einen Tag aufschieben sollte. Nein. Das hatte keinen Sinn. Es ging nicht nur um gestern Nacht. Das war ein Gespräch, das sie schon vor Jahren hätten führen sollen.

Jared ging über den dunklen Rasen zur Haustür und ins leere Wohnzimmer. »Dad!«, rief er. »Zieh dir 'ne Jacke an! Wir gehen essen!«

* * *

Das *Cellar Restaurant* befand sich im Keller eines Gebäudes an der Main Street, das früher einmal als einziges Hotel der Stadt gedient hatte. Wie so viele Geschäfte in der Innenstadt von Ashley gab es das Hotel nicht mehr; das halb leere zweistöckige Haus war zu einem Bürogebäude umfunktioniert worden.

In all den Jahrzehnten der Veränderungen an der Main Street von Ashley war das *Cellar* geblieben, das einzige »schicke« Restaurant in der Stadt – und vielleicht im ganzen Landkreis. Weiße Tischtücher und Leinenservietten zierten die Tische. Um neunzehn Uhr wurde das Licht gedämpft. Die Kellner, tagsüber ganz normale Mitbürger, wirkten in ihren glänzenden Lacklederschuhen und schwarzen Fliegen völlig verändert.

Auf Jared in seiner düsteren Stimmung wirkte es kleiner, als er es in Erinnerung hatte, die förmliche Atmosphäre künstlicher, die Dekoration der Mode ein Jahrzehnt hinterher. Er fragte sich, wie es all die Jahre überlebt hatte.

Jared zwang sich, sich darauf zu konzentrieren, warum er mit seinem Vater hier saß. Doch dann fragte er sich, warum er seinen Vater überhaupt hierher gebracht hatte. *Ausgerechnet hierher*, ins *Cellar*. In diesem Restaurant hatte seine Familie immer Hochzeitstage und Geburtstage gefeiert, besondere Ereignisse wie eine Gehaltserhöhung oder Beförderung seines Vaters oder Jareds Homeruns.

Das war der Grund, wurde ihm klar. Hier wurden wichtige Momente im Familienleben der Neatons begangen. Und dies war einer jener Momente. Es war das letzte Kapitel in der Beziehung zu seinem Vater.

Diese Beziehung war an jenem Wintertag in seinem letzten Schuljahr gestorben, als er die Schule geschwänzt, sich das Auto eines Freundes geliehen und zum Gericht in Mission Falls gefahren war. Von seinem Platz hinten im Raum aus hatte er gesehen, wie sein Vater in einem orangefarbenen Overall am Arm eines Polizeibeamten in den Gerichtssaal geführt wurde. Der Kopf seines Vaters war gebeugt gewesen. Er schaute sich nicht um, schaute nicht die Farmer und Banker, Rentner und Hausfrauen, Fremden und Nachbarn an, die den Raum füllten. Jared hörte, wie der Richter fragte, ob er sich schuldig oder nicht schuldig bekenne.

Seine Mutter hatte ihm verboten zu gehen. Sie verstand nicht, dass er dort sein musste. Wenn er nicht gegangen wäre, hätte er nie geglaubt, dass sein Vater sich mit gepresster Stimme »schuldig« bekannt hatte. Dieses eine Wort hatte allen Vorträgen, aller Frömmigkeit, allen Lektionen seines bisherigen Lebens die Existenzgrundlage entzogen. Sie in sich zusammenfallen lassen wie eine leblose Hülle. Jetzt blieb nur noch die Beerdigung.

»Ich war schon jahrelang nicht mehr hier«, sagte sein Vater.

»Warum nicht?«, fragte Jared. Er war nur halb bei der Sache, weil er überlegte, wo er beginnen sollte.

»Ich gehe nicht so oft aus, Jedee«, antwortete sein Vater und schaute sich im Raum um.

Jared folgte dem Blick seines Vaters. An diesem Montagabend saßen nur ein Dutzend Paare und Gruppen im Restaurant. Die meisten unterhielten sich oder waren schweigend über ihr Essen gebeugt. Doch er sah, wie einer - dann zwei - wegschauten, als Jareds Blick sie traf.

Jared hatte einen ganzen Vortrag geplant. Doch müde, wie er war, konnte er sich zu keiner Vorrede überwinden. Also wandte er sich wieder seinem Vater zu und fragte einfach: »Warum hast du es getan?«

»Was getan, Junge?« Sam schaute Jared ins Gesicht. »Oh.«

Der Kellner kam mit ihrem Essen und stellte die Teller auf den Tisch. Als er sich zurückzog, blickte Jared wieder seinen Vater an. Sein Gesicht war aschfahl.

Jared gab ihm einige Minuten und sah zu, wie sein Vater schweigend auf seinem Teller herumstocherte.

»Wenn du mir diese Frage im Gefängnis gestellt hättest«, begann Samuel langsam, »hätte ich dir eine großartige Antwort geben können. Ich habe jeden Tag daran gefeilt.«

Er schob seinen Teller weg von sich. »Aber heute habe ich keine Antwort, Jedee, außer dieser einen: Ich wollte das Geld. Ich wollte Geld, das ich auf keinem anderen Weg bekommen konnte, oder wenigstens nicht so schnell. Nicht nur für dich und deine Mutter. *Sam Neaton* wollte das Geld.«

Er schüttelte den Kopf und seufzte, als würde er eine schwere Last ablegen. »Du hast nie gefragt. Deine Mutter auch nicht. Zuerst empfand ich es als Gnade. Dann erschien es mir grausam. Schließlich erkannte ich, dass es ein Geschenk war. Denn die Jahre vergingen und ich vergaß die Antwort, an der ich so lange gefeilt hatte. Und als ich die verloren hatte, war nur noch die Wahrheit übrig.«

Das war die letzte Antwort, die Jared von seinem Vater erwartet hatte – jenem stolzen Mann, der stets harte Arbeit und Selbstbeherrschung gepredigt hatte, als wäre es das Evangelium. Und noch etwas war ungewöhnlich: Der Mann, der sich nie erklärte, hatte einfach Luft geholt und losgelegt.

Menschen ändern sich nicht, oder? Gestern war Jared sich dessen noch so sicher gewesen. Ganz gleich, was Mrs Huddleston sagte, hätte Jared geantwortet, dass Menschen sich nur eine Weile verbogen und verdrehten, aber im Grunde niemals änderten.

Jared hatte es die Sprache verschlagen, und so aßen die beiden Männer schweigend. Was auch immer Jared zu fühlen erwartet hatte – das war es nicht. Hauptsächlich fühlte er sich noch erschöpfter als zuvor.

Gegen Ende der Mahlzeit ging Jared zur Toilette. Als er zurückkam, sah er im gedämpften Licht des Raumes einen Mann neben ihrem Tisch stehen. Er sah aus wie einer der Männer, die Jared dabei ertappt hatte, wie sie sie angestarrt hatten. Er stand dicht über seinen Vater gebeugt.

Als Jared den Raum durchquerte, sah er den feindseligen Gesichtsausdruck des Mannes. Ein Finger schnellte dicht vor Sams Brust durch die Luft.

Samuels Gesicht war ruhig. Er schwieg und nickte leicht. Der Mann schaute auf. Er sah Jared kommen und richtete sich auf. Mit einem letzten Fingerstochern drehte er sich um und kehrte zu seinem eigenen Tisch an einer anderen Seite des Raumes zurück.

Jared zahlte und die beiden gingen. Auf dem ganzen Heimweg hing bedrückendes Schweigen im Auto. Zuhause angekommen, verschwand Samuel in sein Zimmer und Jared ging ebenfalls gleich zu Bett. Es war das erste Mal seit fast zwei Wochen, dass er nicht in den Keller hinunterging. Trotz aller Arbeit, die ihn dort erwartete, brachte er es heute Abend nicht über sich, diese Treppe hinunterzusteigen.

23

»Was sagten Sie?«, fragte Jared.

Der achte Tag der Aussagenaufnahmen neigte sich endlich seinem Ende zu. Der Zeuge war, ebenso wie die Gerichtsschreiberin, zur Toilette gegangen, und so saß Jared allein mit Whittier im Raum. In den acht Tagen der Aussagenaufnahmen hatten sie keine Konversation betrieben – außer den protokollierten Äußerungen hatten sie kaum ein Wort gewechselt.

»Ich sagte: Amüsieren wir uns gut?«, wiederholte Whittier von der anderen Seite des Konferenztisches aus. Auf seinem Gesicht lag ein überhebliches Grinsen.

Jared kannte diesen Blick. Er hatte ihn auf den Fluren, in der Bibliothek und in den Konferenzräumen von Paisley oft gesehen. Es war ein Blick überlegenen Selbstbewusstseins – geboren aus der Sicherheit seines Trägers, dass das Leben schon für ihn sorgen würde. Der Blick sagte, dass sein Träger seine Schäfchen bereits im Trockenen hatte – durch Geburtsrecht und Stand, aber im Hintergrund letzten Endes immer durch Geld.

Ungebeten tauchte eine weitere Erinnerung an Clay auf.

Er hatte sich in der Paisley-Bibliothek an Jared herangeschlichen und ihn mit einer Frage aufgeschreckt. »Du beobachtest Nicholas Planter dort drüben, oder?«

Jared hatte es leugnen wollen, wusste aber, dass das zwecklos war.

»Ich habe gesehen, wie fasziniert du von diesen Paisley-Robotern wie Nicholas bist«, fuhr Clay fort und schaute an Jareds Schulter vorbei in Planters Richtung. »Die sind gnadenlos. Ich nenne sie gern unsere ›Gockel‹. Ich weiß nicht, ob es anerzogen oder angeboren ist, aber diese Söhne und Töchter aus wohlhabenden Familien haben einfach ein Talent für Selbstbeweihräucherung, nicht wahr?«

Jared war überrascht. Clay sprach selten in der Wir-Sie-Form, so als gehörten er und Clay zu einer Paisley-Bruderschaft, dessen einzige Mitglieder sie selbst waren.

»Lass dich von ihnen nicht ärgern, Jared. Du brauchst nicht, was sie haben – oder zu haben meinen. Du hast es nicht nötig, herumzustolzieren. Zeig's ihnen und ihresgleichen im Gerichtssaal. Mit der richtigen Anleitung können die Geschworenen sie durchschauen.« Er hatte sich zum Gehen gewandt, Jared aber noch einmal auf die Schulter geklopft. »Und das solltest du auch.«

Damit endete die Erinnerung. Whittiers Blick hatte sich nicht abgewandt. Der Mann glaubte tatsächlich, dass der Fall schon von Anfang an entschieden war, weil er Paisleys Ressourcen hinter sich hatte. Denn so war es immer.

Jetzt wartete er nur darauf, dass Jared es auch zugab. Dass er das Handtuch warf und sich zurück in sein Büro schlich.

Jared wollte Empörung und Wut empfinden, aber keine Leidenschaft der Welt konnte das Nichtvorhandensein von Beweisen wettmachen. Trotzdem würde er seine Müdigkeit und Entmutigung nicht zeigen. Nicht jetzt, nicht mitten in einer Aussagenaufnahme, und nicht, wenn Whittier ihm grinsend am Tisch gegenübersaß.

»Holen Sie Ihren Zeugen rein, Frank«, sagte Jared, als die Gerichtsschreiberin den Raum betrat. »Ich will anfangen.«

* * *

Die Aussagenaufnahme an diesem Tag endete ungewöhnlich früh. Niedergeschlagen wie er war, wollte Jared heute Abend auf keinen Fall wieder gezwungen sein, allein zu essen, und griff zum Telefon, um Jessie anzurufen. Doch dann fiel ihm ein, dass sie heute in Minneapolis war. Er wählte Erins Nummer und schlug ihr vor, gemeinsam zu Abend zu essen – unter dem Vorwand, dass er sie bezüglich des Falls auf den neuesten Stand bringen wolle. Sie stimmte zu, fragte aber, ob er auf die Farm kommen könnte.

Als er über die Landstraße zur Larson-Farm fuhr, fiel ihm auf, dass der Herbst inzwischen endgültig vorbei war. Er war in den letzten Monaten so beschäftigt gewesen, dass die Jahreszeit vergangen war, ohne dass er es richtig zur Kenntnis genommen hatte. Die Bäume waren kahl, zottelige Pferde standen zusammengedrängt in einem Pferch neben einer windschiefen Scheune. Bald würde der Winter seine eisigen Finger ausstrecken. Jared fragte sich, wie viele Jahreszeiten er noch verpassen würde, weil die Sorge um diesen oder den nächsten Fall auf ihm lastete oder er vor lauter Arbeit nicht mehr klar sehen konnte.

Beim Abendessen berichtete Jared über die Aussagenaufnahme des Tages, während Erin still dasaß, nickte oder eine kurze Frage stellte. Er versuchte, den Fall positiv darzustellen, merkte aber bald, dass er seine Entmutigung oder das Fehlen von guten Neuigkeiten kaum verbergen konnte.

Das war eine schlechte Idee, wurde ihm bewusst, als sie den Tisch abräumten. Er konnte es an Erins Gesicht und Schultern ablesen. Auf keinen Fall hätte er so deprimiert, wie er im Moment war, hierherkommen sollen.

»Ich sollte heimfahren und an den Akten arbeiten«, brach Jared schließlich das unbehagliche Schweigen.

Eine lange Minute lang starrte Erin an Jared vorbei, dann stand sie abrupt auf und nahm ihre Jacke vom Haken. »Kommen Sie mit«, sagte sie. Bevor Jared »Warum?« fragen konnte, war sie aus der Küchentür.

Jared nahm seine eigene Jacke und folgte in einigem Abstand ihren schnellen Schritten die Einfahrt entlang. Sie verschwand durch die Scheunentür und er folgte. Sofort fand er sich in trübem Licht in einen schweren Dunst aus Heu, Motorenöl und von seinen Schuhen aufgewirbelten Staub gehüllt. Sie gingen in den hinteren Teil des Gebäudes, in dem sich da und dort ein paar Überreste der verwaisten Farm befanden: Sattel- und Zaumzeug in einer Ecke, einige modernde Heuballen in einer anderen.

In den Schatten, die die einzelne Glühlampe über ihnen warf, sah Jared, wie Erin die Rückwand der Scheune erreichte und sich über etwas beugte, das dort lag. Sie hob es hoch, drehte sich um und hielt es Jared mit ausgestreckten Armen entgegen.

Es war eine kleine Fensterscheibe, die noch in ihrem Rahmen saß. Im Glas war ein rundes Loch, von dem sich mehrere Risse nach außen zogen wie rheumatische Finger.

Es dauerte einen Augenblick, bis Jared begriff, was er hier sah: ein Loch, das von einer Kugel stammte.

»Das ist nicht das Einzige«, sagte Erin und hielt es höher in das schwache Licht. »Ich habe noch drei, die genauso aussehen.«

* * *

»Ich habe sie gefunden, als ich die Scheune vor ein paar Monaten ausgeräumt habe. Wahrscheinlich stammen sie vom letzten Winter und Dad hat sie ausgewechselt.«

Sie waren wieder im Wohnzimmer und saßen neben dem leeren Kamin, Erin auf der Couch und Jared ihr gegenüber.

»Warum haben Sie mir das nicht früher gesagt?«, fragte Jared.

Sie schüttelte den Kopf. »Weil ich dachte, dass kein Anwalt diesen Fall aus einem anderen Grund als dem Geld übernehmen würde. Ich dachte, wenn ich die Sache mit Geschichten über Drohungen noch komplizierter mache, schrecke ich sie nur ab.«

»Drohungen gegen Ihren Vater.«

»Ja. Jemand bedrohte meinen Vater wegen dieses Geldes – er sollte den Mund halten. Diese Löcher in den Fenstern beweisen es. Jemand von der Bank oder jemand anders wollte ihn davon abbringen, weiter über das Geld zu reden.«

Jared dachte einen Moment lang darüber nach, was ihre Worte zu bedeuten hatten. »Warum erzählen Sie mir ausgerechnet jetzt davon?«, fragte er schließlich.

»Weil Sie aussehen, als wollten Sie den Fall jeden Moment hinwerfen. Ich kann es an Ihrer Stimme hören.« Sie streckte die Arme aus und nahm Jareds Hände in ihre. »Sie haben mich vor einer Weile gefragt, warum ich zurück nach Ashley gekommen bin. Der eine Grund war, wie gesagt, dass ich meinem Anwalt helfen wollte. Aber ich bin auch zurückgekommen, weil ich an nichts anderes als an Dads Tod denken konnte. Ich habe darüber meine Arbeit verloren. Meinen Freund.«

Sie holte tief Luft. »Jared, Sie dürfen diesen Fall nicht hinwerfen. Ich habe sonst niemanden, der ihn übernehmen könnte. Es geht nicht um das Geld. Verstehen Sie mich nicht falsch: Wenn die Bank das Geld hat, das Dad eingezahlt hat, will ich es haben, ehe sie es bekommt. Aber Sie können davon behalten, so viel Sie wollen. Ich bitte Sie nur, befreien Sie mich von dieser quälenden Ungewissheit. Helfen Sie mir herauszufinden, wo ich ihn verloren habe – und warum.«

Ihre Geschichte ging ihm an die Nieren – aber das war ihr klar, oder?

Darin hallte alles wider, was er so viele Jahre bezüglich seines eigenen Vaters empfunden hatte - Gefühle, die er vor diesem Fall für begraben gehalten hatte.

Er schaute ihr in die Augen. Sie waren offen und unverschleiert, und er wollte glauben, dass sie ihm die Wahrheit über das sagte, was sie durchmachte. Er wollte sich an dieser Wahrheit festhalten und aus ihr die Kraft gewinnen, diesen Kampf durchzuziehen. Dann hörte er Clays Warnung, man müsse wissen, wo das Persönliche endete und das Berufliche begann. *»Man kann Mandanten nicht retten, man kann sie nur vertreten«*, hatte er immer gesagt. Aber wenn er sich weigerte, in diesem Krieg zu kapitulieren - wenn er ihn tatsächlich gewann -, wen hatte er dann in Wirklichkeit gerettet?

Er schaute Erin an, und plötzlich kam ihm ein anderer Gedanke, etwas, über das er nicht nachgedacht hatte, bevor er die Fenster in der Scheune gesehen hatte.

»Glauben Sie, der Tod Ihres Vaters war ein Unfall?«, fragte er leise.

Erin ließ seine Hände los, verschränkte die Arme über der Brust … und schüttelte den Kopf.

* * *

Jared bog von der Einfahrt zur Larson-Farm auf die Landstraße 3 ab. Inzwischen war es dunkel, und er war so in Gedanken versunken, dass er fast zwei Kilometer gefahren war, bis er merkte, dass er vergessen hatte, die Scheinwerfer einzuschalten.

Erin hatte keinen echten Beweis, dass der Tod ihres Vaters vorsätzlich herbeigeführt worden war. Als er nachhakte, konnte sie ihm nur das sagen, was er ohnehin schon wusste - dass ihr Vater drei Kilometer von seinem Haus entfernt in einem schweren Schneesturm von der Straße abgekommen und gegen einen Baum gefahren war. Der Tod war sofort eingetreten, und es gab keine Schleuderspuren oder Anzeichen dafür, dass ein anderes Fahrzeug beteiligt gewesen war. Damit war ihre Schlussfolgerung reine Spekulation - wie bisher alles andere in diesem Fall.

Es wäre leichter, wenn er sich sicher sein könnte, dass sie ihm heute

Abend die Wahrheit gesagt hatte - die ganze Wahrheit. Aber so sehr er das auch glauben wollte, so sehr er sich mit dem identifizierte, was sie durchmachte, konnte er die Augen doch nicht vor der riesigen Lücke schließen, die in ihrer Erklärung zu den Fenstern klaffte.

Jared wählte eine Telefonnummer, und Richard Towers' leise Stimme meldete sich.

»Richard, kennen Sie irgendjemanden, der uns Anrufnachweise besorgen kann? Gut. Ich brauche die Gesprächsnachweise für Paul Larsons Festnetz- und Mobiltelefon aus dem Monat vor seinem Tod.« Er sagte dem Privatdetektiv noch einmal das Datum des Unfalls. »Ja, alle ein- und ausgehenden Telefonate, wenn möglich.«

Als der Detektiv aufgelegt hatte, legte Jared das Telefon auf den Beifahrersitz. Erin war sich zu sicher gewesen, dass ihr Vater bedroht wurde - das hatte sie nicht nur aus den vier zerschossenen Fensterscheiben in der Scheune geschlossen. Vielleicht zeigte das nur, wie sehr sie daran glauben wollte - dass ihr Vater bedroht wurde, weil er versuchte, in Bezug auf das Geld das Richtige zu tun. Doch Jared fragte sich auch, ob diese Glasscheiben etwas bestätigten, das Paul Larson ihr vielleicht selbst erzählt hatte.

Als er weiter in Richtung Stadt fuhr, erinnerte sich Jared an seinen letzten Gedanken, bevor er sich am Farmhaus von Erin verabschiedet hatte. Er hatte sich an die Augen seines Vaters in der Nacht seiner Verhaftung erinnert. Als er heute Abend Erins Schmerz gesehen hatte, hätte er sie am liebsten gewarnt. Vor den Qualen, die ihr vielleicht bevorstanden, wenn sie weiterhin so verzweifelt darum kämpfte, die Wahrheit herauszufinden. Eine Wahrheit, die sie möglicherweise nie erfahren würde.

24

Das Kino war still und fast leer. Jared saß in der Dunkelheit, spielte mit seinem Mobiltelefon und warf nur hin und wieder einen Blick auf die Leinwand.

Auch am Donnerstag hatten die Aussagenaufnahmen zu keinem Ergebnis geführt. Zu allem Überfluss hatte ein unterkühltes Gespräch mit Jessie ihm bestätigt, dass ihre Beziehung immer noch im Argen lag.

Er hatte ihr nicht erzählt, worüber er am Dienstagabend im Farmhaus mit Erin gesprochen hatte. Dass Erin ihm nicht von Anfang an die Wahrheit gesagt hatte, würde Jessie nur in ihrer Meinung bestärken, dass Jared den Fall abgeben sollte. Außerdem hatte sich der Privatdetektiv noch nicht wegen der Gesprächsnachweise gemeldet.

Entmutigt, wie er war, hatte Jared - was sonst nicht in seiner Natur lag - beschlossen, heute Abend auszugehen. Er hatte nur kurz beim Haus seines Vaters angehalten, um ihm eine Nachricht zu hinterlassen, dass er ins Kino gegangen war.

Jared schaute sich um. Das Kino sah nicht viel anders aus als in seiner Highschool-Zeit, als er und seine Kumpels regelmäßig samstagabends hierher kamen. Sie verhielten sich gerade ruhig genug, um nicht von verlegenen Klassenkameraden, die hier im Kino jobbten, rausgeworfen zu werden. Die Wände waren immer noch mit verschrammten geschnitzten Holzpaneelen verkleidet, die sich bis zur mit einem griechischen Motiv verzierten Decke hochzogen, und auch die gesprungenen Vinylsitze waren noch dieselben von damals. All das waren Erinnerungen an die Zeiten, als dieses Kino - wie die Stadt selbst - noch jung und modern war.

Jared ließ sich tiefer in seinen Sitz rutschen. Sein Gehirn war wie warme Götterspeise, und er konnte sich eines bangen Gefühls der Aussichtslosigkeit nicht erwehren. Er hatte gehofft, dass die Abwechslung ihm helfen würde, den Kopf freizubekommen, aber bisher war der Film nur eine entfernte Quelle von Tönen und Bildern, die ihn kaum ablenken konnten.

Er erstarrte, als ihm jemand auf die Schulter klopfte. »Jared?«, fragte eine flüsternde Stimme.

Vic Waye saß in der Reihe hinter ihm und beugte sich dicht zu ihm vor. »Kann ich mit Ihnen reden?«

Jared nickte und folgte dem Veteranen den Gang hinauf, vorbei an den wenigen Kinobesuchern. Als sie das leere Foyer erreicht hatten, drehte Vic sich um.

Ein entschlossener Blick lag in seinen Augen, als er seine Daumen in seine Gesäßtaschen hakte und zu reden begann. »Ihr Vater sagte, Sie seien hier. Ähm, ich habe nachgedacht. Über das, was Sie für Pauls Tochter zu tun versuchen. Ich glaube, das ist eine gute Sache.«

Jared schwieg und wartete, dass Vic zur Sache kam.

»Verne ist dankbar ... dass Sie ihn nicht verklagen, meine ich. Es tut ihm leid, was er getan hat.«

Jared nickte und Vic schaute sich um, bevor er weitersprach.

»Was ich Ihnen neulich in der Legion Hall erzählt habe - was *wir* Ihnen erzählt haben ... das war nicht alles wahr. Ich meine, wir haben nicht direkt gelogen. Aber, na ja, Paul war schon anders in den letzten Monaten vor seinem Tod.«

»Inwiefern?«

Vic wiegte den Kopf und suchte nach Worten. »Er war sehr still geworden - sogar für seine Verhältnisse. Als ob er an einer Sache zu kauen hatte. Und dann, eines Tages, war er wie umgekrempelt. Richtig ... gut gelaunt, als hätte er eine Entscheidung getroffen. Er fing wieder an zu reden.«

»Hat er Ihnen gesagt, was sich verändert hatte?«

Der Veteran schüttelte den Kopf. »Nein. Wir haben auch nicht nachgefragt. Aber ich konnte es sehen. Etwas Wichtiges hatte sich verändert.«

Jared verspürte dumpfe Enttäuschung. Was nützte ihm das? Der Pastor hatte vor Wochen im Prinzip das Gleiche gesagt. »Danke«, erwiderte er.

»Aber«, fuhr Vic fort, »vielleicht hat er es jemand anderem erzählt. Paul war in Vietnam schwer verwundet worden. Er versuchte immer, sein Hinken zu kaschieren, und er sprach nicht viel darüber. Aber es war da. Ich weiß nicht, wie er diese Farm am Laufen hielt. Er hat sich nie beklagt. Aber wir wussten, dass es schwer war.«

Jared erinnerte sich daran, dass Mort ihm von Pauls Verwundung erzählt hatte. »Okay.«

»Vor etwa drei Jahren fing er an, als Freiwilliger im Veteranenkrankenhaus in Mission Falls zu arbeiten. Er hatte dort jemanden kennengelernt, jemanden, zu dem er gleich einen Draht hatte. Ich denke nicht, dass er es irgendjemandem sonst gesagt hat, aber vor ungefähr einem Jahr, als wir allein in der Legion Hall waren, hat er mir davon erzählt. Ein junger Soldat, der in Afghanistan verwundet wurde. Sie haben sich wirklich gut verstanden.«

»Wissen Sie den Namen?«

»Nein.«

Jared streckte die Hand aus. »Nochmals danke.«

»Ich hoffe, es hilft Ihnen.«

Als der Veteran das Kino verließ, wartete Jared nur einen Moment, bevor er ihm nach draußen folgte und zu seinem Auto ging.

25

Es hätte schwierig sein können, Carlos zu finden. Das Veteranenkrankenhaus von Mission Falls war eine große Einrichtung, die einen großen Teil des nördlichen Minnesota versorgte. Jared war sich nicht sicher, ob er den Veteranen, den Vic Waye beschrieben hatte, allein aufgrund seiner Verbindung zu Paul Larson finden konnte.

Aber es war gar nicht so schwer. Jareds erster Anruf, nachdem er das Kino am Abend zuvor verlassen hatte, war an Jessie gegangen. Er hatte eine Nachricht hinterlassen, sie möge bitte die für heute vorgesehene Aussagenaufnahme verschieben. Dann hatte er Pastor Tufts daheim angerufen. Jared hatte kaum den verwundeten Veteranen erwähnt, mit dem Paul Larson eventuell im Veteranenkrankenhaus gearbeitet hatte, als der Pastor ihn auch schon unterbrach. »Carlos Navarrete«, sagte er. »Das ist der Mann, den Sie suchen.«

Völlig überrascht sagte Jared nichts weiter, sondern dankte dem Pastor einfach und legte auf. Jetzt war er auf dem Highway 63 in östliche Richtung zu diesem Krankenhaus unterwegs und fragte sich, ob Carlos etwas zu sagen hatte - und wenn ja, was.

* * *

Carlos Navarrete saß in seinem Rollstuhl in einer Flut von Sonnenlicht, das durch das Fenster des Aufenthaltsraums im Veteranenkrankenhaus von Mission Falls fiel. Schon als er den Raum betrat, konnte Jared sehen, dass er in einem Buch las, das auf seinem Schoß lag.

»Carlos?«, fragte Jared, als er näher kam. Der Mann schaute auf. Er trug eine Jeans und ein T-Shirt, das mit großen Buchstaben quer über die Brust mit »101st Airborne« bedruckt war. Sein dunkles Haar war mittellang, und er hatte ein jugendliches, aber ernstes Gesicht mit hohen Wangenknochen. Er hätte ein Footballspieler sein können, dachte Jared, so wie sein Brustkorb und seine muskulösen Schultern gebaut waren.

»Ja, Sir.«

»Ich bin hier, um mit Ihnen über Paul Larson zu sprechen.«

Carlos nickte und Jared setzte sich. In den nächsten fünfzehn Minuten erklärte Jared, wer er war, und beschrieb den Fall. Carlos hörte ihm zu, ohne Fragen zu stellen, bis Jared eine Pause eintreten ließ.

»Was wollen Sie wissen, Sir?«, fragte er.

Nach zwei Wochen Befragungen von Zeugen, die ihn entweder mit grimmigem oder leerem und ängstlichem Blick anstarrten, staunte Jared über die Offenheit, die in seiner Stimme lag.

»Woher kannten Sie Paul?«

»Er hat als Freiwilliger hier im Veteranenkrankenhaus ausgeholfen. Vor einem Jahr und ein paar Monaten kam er hier in diesem Raum direkt auf mich zu und begann, mit mir zu reden.« Er klopfte leicht auf das Rad seines Rollstuhls. »Paul hatte meinen Rollstuhl gesehen und wohl jemanden nach mir gefragt.«

Die Sonne war ein Stück weitergewandert und schien dem jungen Mann jetzt direkt in die Augen, sodass er den Rollstuhl rasch und geschickt umdrehte, bis er mit dem Rücken zum Fenster saß. Jared sah, wie er die Schultern entspannte und tief Luft holte.

»Ich wollte nicht mit ihm reden. Damals wollte ich mit niemandem reden.« Carlos schloss beide Hände um seinen linken Oberschenkel, und irgendwo über dem Knie fiel das Hosenbein in sich zusammen.

»In meinem letzten Monat bei einem Einsatz in Kandahar habe ich mein Bein verloren, als ein Sprengsatz Marke Eigenbau explodierte. Mein anderes Bein wurde so schwer verletzt, dass ich nun schon zwei Jahre in der Reha bin. Auf jeden Fall wachte ich in Deutschland auf und landete schließlich hier. Meine Familie lebt in Duluth.«

Jared konnte den Blick nicht von dem leeren Hosenbein abwenden. Beschämt schaute er auf in Carlos' Gesicht.

»Keine Sorge«, sagte Carlos und schüttelte den Kopf. »Ich habe heute mein ›Superbein‹ nicht dran. Aber das stört mich nicht. Nicht mehr.«

»Wie war Paul Larson?«, fragte Jared und lenkte das Gespräch wieder auf sein eigentliches Thema.

»Als Paul mich fand, war ich ziemlich weit unten. Paul merkte das.« Er deutete auf die Tür. »Ich sah ihn durch den Raum kommen. Er lief wie ein verletzter Stier. Große Schritte, aber man merkte, dass er das Bein nachzog.«

Carlos lächelte. »Ich schwöre, Paul benahm sich die ersten fünf, sechs Mal, als er mich besuchte, als würde er mein fehlendes Bein gar nicht bemerken. Wir redeten über alles andere, nur nicht darüber. Die Tankstelle meines Vaters. Das 101st. Seine Farm. Meine Ausbildung. Ach ja, und über seine Tochter. Sehr viel über seine Tochter.«

»Hat er über seine eigenen Verletzungen geredet?«

»Irgendwann, ja. Aber es dauerte eine Weile. Eines Tages merkte ich, dass er darüber sprach, wie er fast *sein* Bein verloren hatte, und über die Schmerzen und Einschränkungen, die er seitdem hatte.«

Jared wollte das Gespräch auf das Geld lenken, aber er war wie gelähmt von diesen Bildern von Paul Larson in den letzten Monaten seines Lebens.

»Er erzählte mir, dass er lange versuchte, es zu verstecken«, fuhr Carlos fort. »Dass er es immer noch versuchte zu verstecken. Und was für ein Fehler das in seinen Augen war. ›Du hast keine Ahnung, was du kannst oder was wirklich wichtig ist‹, sagte er einmal – fast wie zu sich selbst.«

Carlos faltete die Hände in seinem Schoß. »Meine Familie sagte das Gleiche. Sie erklärten mir, wie stolz sie auf mich waren. ›Es gibt nichts, was du nicht tun kannst‹, sagten sie. Aber von ihnen waren das nur *palabras,* nur Worte. Doch er hatte das Gleiche durchgemacht. Er hatte sich tagein, tagaus gefragt, warum es ausgerechnet ihn getroffen hatte. Er sagte, das sei Zeitverschwendung. Und sogar noch mehr. Er sagte, *›Du darfst nicht zulassen, dass es eine Rolle spielt. Du musst dafür sorgen, dass es nicht von Bedeutung ist.‹«*

»Und hat das geholfen?«

Carlos klopfte auf die Armlehnen seines Rollstuhls. »Ja, Sir. Besonders weil es, wie ich versucht habe zu erklären, fast so war, als würde Paul es gerade erst selbst begreifen. Es war beinahe, als würden wir es gemeinsam entdecken.«

Eine Krankenschwester kam auf die beiden Männer zu. »Carlos, es ist Zeit für Ihre Therapie.«

Er lächelte. »Nur noch einen Augenblick, Ma'am.« Die Schwester erwiderte sein Lächeln und zog sich zurück.

Sie hatten nicht mehr viel Zeit für dieses Gespräch. »Carlos, hat Paul

Ihnen gegenüber irgendwelche Probleme mit seiner Bank erwähnt? Oder vielleicht Geldprobleme?«

Wieder legte sich der ernste Blick auf Carlos' Gesicht. »Sir, wird irgendetwas davon Paul in Schwierigkeiten bringen? Denn ich habe ihm unheimlich viel zu verdanken.«

»Nein«, antwortete Jared sofort, ohne eine Miene zu verziehen - und ohne zu wissen, ob das stimmte. Er würde sich diese Information nicht entgehen lassen.

»Tja, Paul hat mich völlig umgekrempelt. Und irgendwann war er für mich wie die Kameraden aus meiner Einheit. Wir haben uns *ausgetauscht.* - Ich erinnere mich, dass Paul eines Tages erwähnte, dass er mit einer bestimmten Situation schlecht umgegangen war. ›Ich habe meine Dämonen für mich sprechen lassen‹, das waren seine Worte. Er hatte eine falsche Entscheidung getroffen. Er erzählte mir aber, dass er über die Sache nachgedacht und mit seinem Pastor darüber geredet hatte, und dass er beschlossen hatte, alles in Ordnung zu bringen. An dem Tag habe ich ihn einfach reden lassen, weil er das brauchte. Aber als er sich von mir verabschiedete, war er fest entschlossen, etwas zu unternehmen.«

»Erwähnte er, was er unternehmen wollte?«

»Ja, Sir«, erwiderte Carlos zögernd. »Er sagte, es hätte mit Geld zu tun. Mit einem Scheck, den er erhalten hatte. Er hat keine Einzelheiten erwähnt. Irgendwann hätte er es mir aber vielleicht doch erzählt. Ich glaube, er wollte sich erst sicher sein, dass alles funktioniert hatte. Oder vielleicht dachte er, er müsste mich beschützen. Und am Ende unseres Gesprächs sagte er noch etwas anderes. Er deutete auf meinen Rollstuhl und sagte: ›Fang gar nicht erst an, dir einzureden, dass dich das zu irgendwas berechtigt.‹«

* * *

»Jemand daheim?«, hörte Jessie Mrs Huddlestons Stimme durch das Insektengitter hinter der offenen Haustür rufen. Für einen Tag im Spätherbst war es ein milder Freitagmorgen, und Jessie genoss die frische Luft.

Es war schön, dass Jared nicht da war. Nicht, dass er seit Beginn der Aussagenaufnahmen oft daheim gewesen wäre. Seit er sie wegen Erin so schroff abgewiesen hatte, hatten sie weniger als zehn Sätze miteinander geredet, hauptsächlich über geschäftliche Dinge. Trotzdem – es war Jessie gerade recht zu wissen, dass er erst später am Tag zurückkehren würde.

»Kommen Sie rein!«, rief sie. Mrs Huddleston schaute regelmäßig vorbei, um etwas für Jared abzugeben – Notizen zu einem Zeugen oder eine Dose Plätzchen.

Mrs Huddleston trat ein. Trotz der Wärme draußen war sie in einen Pullover und eine dicke Jacke gehüllt. Die Augen der Bibliothekarin glitten über den unordentlichen Raum, bis sie an dem Stapel getippter Dokumentenzusammenfassungen hängen blieben, den Jessie produziert hatte.

Selbst Samuel hatte es in der letzten Woche aufgegeben, das Wohnzimmer in Ordnung zu halten; sie hatten in ihrem Kampf einen kritischen Punkt erreicht, und Teller, Tassen und Papiere lagen überall verstreut wie Granatsplitter.

»Jessie, Sie kommen jetzt mit«, verkündete sie.

»Ich kann wirklich nicht, Mrs Huddleston«, erwiderte Jessie entschuldigend. »Ich habe noch ein halbes Dutzend Bänder für Jared zu bearbeiten.«

Mrs Huddleston schüttelte den Kopf. »Muss ich mir eigentlich meinen Vornamen auf die Stirn schreiben, um von irgendjemandem hier *Carol* genannt zu werden? Ich sag Ihnen was. Ich bin selbst eine ziemlich gute Sekretärin. Sie kommen mit und machen mal zwei Stunden Pause, und ich bringe nachher meinen Laptop mit und helfe Ihnen, die Bänder fertig abzutippen, wenn wir wiederkommen.«

Jessie wusste, dass sie eigentlich ablehnen sollte. Sie wusste, wie dringend Jared diese Zusammenfassungen fertigstellen wollte. Sie hatten längst die Hoffnung aufgegeben, sie für die Aussagenaufnahmen nutzen zu können – die waren inzwischen fast vorbei. Aber der Prozess kam bedrohlich nahe; es waren nur noch wenige Wochen Zeit, und der »Captain« wollte diese Unterlagen rechtzeitig fertig haben.

Trotzdem – der Gedanke an einen freien Nachmittag war nett, trotz des Drucks, den Jared machte ... oder vielleicht gerade deswegen. Jessie lächelte Mrs Huddleston an. »Wohin gehen wir?«

* * *

Der wöchentliche Bauernmarkt von Ashley war für einen Freitag im November gut besucht. Zwar gab es nur wenig frisches Gemüse, aber die Holzbuden am Stadtrand waren gefüllt mit Marmeladen-, Gelee- und Honiggläsern, Rauchfleisch und einer bunten Mischung von Handarbeiten. Seit den 1970er-Jahren war der Markt eine feste Institution in Ashley, erklärte Mrs Huddleston. Er schloss erst mit dem ersten Schnee und eröffnete nur wenige Wochen, nachdem der letzte Schnee getaut war.

»Ich denke, Sie sehen«, sagte Mrs Huddleston, während sie das Etikett auf einem Glas eingeweckter Heidelbeeren studierte, »dass der Markt ebenso sehr ein gesellschaftliches Ereignis ist wie ein wirtschaftlicher Faktor. Vielleicht ist es in den Twin Cities anders, aber hier kennt jeder die Verkäufer und könnte sie einfach anrufen und etwas bestellen, wenn er will.«

Die beiden Frauen bewegten sich in gemächlichem Tempo zwischen den Marktständen hindurch. Jessie kaufte eine handgearbeitete Ledertasche und ein Glas regionalen Honig. Mrs Huddleston schaute sich hauptsächlich um und grüßte die Verkäufer, die sie zum größten Teil persönlich kannte.

»Ich bin neugierig, Jessie«, sagte Mrs Huddleston auf ihrem Weg zwischen den Ständen hindurch. »Können Sie mir etwas über diese Anwälte erzählen, mit denen Jared es zu tun hat? Stanford und ... wie hieß er doch gleich?«

»Whittier.«

»Ja. Sind sie so schwierig, wie sie wirken?«

Jessie dachte einen Augenblick lang nach. »Ja. Paisley war eine ziemlich hartgesottene Truppe, aber Stanford war der Schlimmste von allen. Frank – Franklin Whittier – erschien mir immer als einer von Marcus' Lakaien. Ich weiß nicht, wozu er fähig ist.«

»Nichts, was die beiden etwas sympathischer machen würde?«

»Nein. Ich meine, ich kannte sie nicht persönlich. Es gab das Gerücht«, setzte sie hinzu, »dass Marcus früher eine andere Seite hatte. Ein gut gehütetes Geheimnis, dass er in der Vergangenheit eine Menge Pro-Bono-Fälle bearbeitet hat. Aber das ist mir in der Kanzlei nie aufgefallen.«

Mrs Huddleston blieb stehen, um einen Stand mit Bildern zu bewundern. Die dargestellten Szenen waren so regional wie der Künstler: Farmansichten und strömende Bäche.

»Und was halten Sie von den Neatons?«

Jessie widerstand der Versuchung, auf dieses Thema einzugehen. »Ich denke, Sam ist ein sehr guter Mensch.«

»Nicht wahr?«, nickte die Bibliothekarin. »Allerdings hätten Sie ihn in seinen jüngeren Jahren kennen sollen. Ehrgeizig wie ein Rennpferd. Man wollte ihm nicht im Weg stehen, wenn der Startschuss fiel.«

Jessie versuchte, sich einen solchen jungen Sam Neaton vorzustellen. In den vergangenen Wochen war ihr besonders sein sanftes Wesen aufgefallen.

Ihre Gespräche mit Sam hatten sich hauptsächlich um ihre gemeinsame und wachsende Sorge um Jared gedreht. Sam hatte sie behutsam über seinen Sohn ausgefragt – über seine Kanzlei und sein Leben. Jessie war erschrocken, wie wenig Jareds Vater über seinen Sohn wusste, und hatte sich über ihre Beziehung gewundert, die so distanziert war, dass *sie* sich wie die Insiderin fühlte.

»Ich bin froh, dass er Sie als Freundin hat«, sagte Mrs Huddleston abwesend, während sie einen dekorativen Stand mit Ziermais betrachtete.

»Na ja, er ist mein Arbeitgeber«, antwortete Jessie vorsichtig.

Mrs Huddleston lächelte. »Vielleicht ist Ihnen aufgefallen, dass Jared nicht allzu vielen Menschen vertraut. Ihnen vertraut er.«

»Da bin ich mir nicht so sicher«, antwortete Jessie und fühlte sich plötzlich unsicher. »Aber ich glaube, er vertraut Erin mehr«, sagte sie und wusste sofort, dass sie das nicht hätte sagen sollen.

Mrs Huddleston warf Jessie einen Blick zu. »Oh, das sollten Sie besser wissen!« Die Bibliothekarin hakte Jessie unter und führte sie behutsam den Gang zwischen den Ständen entlang. »Und ich habe so eine

Ahnung, dass Erin mehr ein Anlass als das Ziel ist. Die beiden haben viel gemeinsam, wissen Sie.«

Jessie staunte über diese Aussage – und merkte, wie sich Bruchstücke von Bildern zusammenfügten, die ihr selbst in den letzten Wochen durch den Sinn gegangen waren.

»Auf jeden Fall bin ich froh, dass Jared Sie hat«, sprach Mrs Huddleston weiter und tätschelte ihre Hand. »Man macht so leicht Fehler, wenn man keine guten Freunde um sich hat, die einen beraten können.«

Jessie überlegte, ob sie wirklich so leicht zu durchschauen war. Wie konnte Mrs Huddleston wissen, wie kurz Jessie davor stand zu kündigen?

Die letzten Wochen waren immer schwieriger geworden, und Jared war verschwunden und wollte über nichts mehr mit ihr reden. Er wollte nicht mehr über die Finanzen der Kanzlei sprechen, und Jessie hinterließ ihm mittlerweile nicht mehr als eine Telefonnummer, wenn Mandanten sich beschwerten. Abgesehen davon, als sie vor zwei Tagen eine halbe Stunde lang zusammengesessen und Pizza gegessen hatten, hatte er den Fall kaum mit ihr besprochen. Eine solche Hängepartie hätte Jessie sich nie träumen lassen, als sie Paisley verlassen hatte, um für Jared zu arbeiten.

Sie hatte beschlossen, ihm noch ein paar Tage zu geben, wenigstens, bis die Dokumente durchgesehen und alle eidesstattlichen Aussagen aufgenommen waren. Aber danach?

Sie hatte ihm durch den Wheeler-Fall geholfen und insgeheim gejubelt, als Jared erklärt hatte, er würde so schnell nicht wieder einen solchen Fall annehmen. Sie konnte nicht bleiben und mit ansehen, welche Folgen der Bruch dieses Versprechens hatte. Das war etwas, das sie nicht ertragen konnte.

* * *

»Richard?«

»Ja«, antwortete der Privatdetektiv am anderen Ende der Leitung.

Jared hatte gerade seine Rückfahrt vom Veteranenkrankenhaus angetreten. Er hatte das Telefon auf Lautsprecher geschaltet und aufs Armaturenbrett gelegt. »Haben Sie schon die Verbindungsnachweise für Pauls Telefon?«

»Nein«, erklärte Richard, »aber ich arbeite daran.«

»In Ordnung. Ich habe noch etwas anderes für Sie zu tun, das eine höhere Priorität hat. Ich habe Ihnen doch erzählt, dass Goering anfangs nach einer Überzahlung vom Landwirtschaftsministerium gesucht hat?«

»Hmhmm.«

»Finden Sie bitte heraus, ob Paul Larson Schecks von der Veteranenbehörde bekam. Invalidenrente wegen seiner Kriegsverletzungen. Besonders in den letzten drei Jahren seines Lebens.«

»Okay«, antwortete die leise Stimme. »Hat Mr Larsons Tochter Informationen darüber?«

»Nein«, antwortete Jared. Er hatte auf dem Weg vom Krankenhaus zu seinem Auto eine SMS an Erin geschrieben. Ihre Antwort war fast sofort gekommen: Ihr war nichts darüber bekannt, dass ihr Vater je Invalidenrente von der Veteranenbehörde bekommen hätte. Trotzdem hätte ein Mann wie Paul Larson - der sein Leben lang versucht hatte, seine Kriegsverletzung zu verstecken - auch eine Invalidenrente vom Staat verschweigen können, sogar vor seiner Tochter.

»Und was, wenn ich herausfinde, dass er Invalidenrente bekam?«

»Dann folgen Sie dem Geld. Finden Sie heraus, wer für die Schecks verantwortlich war und wer wissen würde, wenn Larson eine Überzahlung bekommen hätte. Folgen Sie dem Geld, ganz gleich, wo es hinführt - Minneapolis, Washington, egal.«

Und, dachte Jared, beten Sie, dass wir uns das leisten können.

26

Jared verbrachte den Freitagabend im Keller und versuchte, die letzten Akten durchzusehen. Jessie war nicht da. Wahrscheinlich arbeitete sie auf der Larson-Farm an den Zusammenfassungen. Also war er ins Aktenzimmer hinabgestiegen, um die letzten Kisten zu sichten.

Es war fast zehn, als sein Mobiltelefon klingelte. Er sah, dass es Towers war.

»Ich habe den Rest des Nachmittags am Telefon zugebracht«, sagte der Privatdetektiv. »Für die Informationen, die ich über die Invalidenrente brauche, ist es am besten, wenn ich über Washington gehe. Ich brauche eine Vollmacht von Erin als Nachlassverwalterin, aber ich habe das Büro in D.C., wo man die Rentenzahlungen an Paul Larson nachvollziehen kann. Sind Sie sich ganz sicher, dass ich hinfliegen soll, statt das Ganze am Telefon zu regeln? Das wäre viel billiger.«

Jared zögerte. »Ich weiß, dass ich Ihnen die Arbeitszeit vergüten muss, Richard.«

»Darüber können wir reden. Aber ich spreche von den Reisekosten. Ich kann das Geld nicht auslegen, Mr Neaton. Sind Sie sich sicher, dass Sie diese Ausgaben auf sich nehmen wollen?«

Als Jared neulich abends das Farmhaus verlassen hatte, hatte er Erin nicht gesagt, dass er den Fall weiterführen würde. Er hatte auch nicht gesagt, dass er ihn hinwerfen würde. Angesichts ihrer flehentlichen Bitte weiterzumachen, konnte er ihr nicht sagen, dass ein Faktor, der quasi danach schrie, dass er den Fall niederlegte, das Geld war. Der Brunnen war ausgetrocknet.

Jared hatte Anfang der Woche einen Blick auf seine geschäftlichen und privaten Konten geworfen. Nach den Zahlungen für seine Kanzlei in Minnesota, Jessies Gehaltsscheck und der Hypothek für sein Stadthaus war nicht einmal genug von Clays Geld übrig, um den Flug für Towers zu bezahlen. Er hatte die Bank angewiesen, das Geld von seiner restlichen Paisley-Betriebsrente auf die Konten aufzuteilen, aber das würde einige Wochen dauern – und selbst das würde nur für Jessies nächstes Gehalt und ein paar ganz dringende Rechnungen reichen.

Als Prozessanwalt ging es Jared gründlich gegen den Strich, strategische Entscheidungen in einem Fall nach finanziellen Aspekten zu fällen. Natürlich wäre es vernünftig, Towers das Problem telefonisch lösen zu lassen. Aber Jared wusste, dass man sich wesentlich schneller durch die Bürokratie von Washington manövrieren konnte, wenn man es höchstpersönlich und vor Ort tat. Man geriet immer in irgendwelche Sackgassen, und vor Ort konnte man Druck ausüben. Am Telefon wurde man nur in die Warteschleife geschoben. Außerdem hatte Clay immer gesagt, ohne einem Zeugen in die Augen zu schauen, weiß man nie, ob er einem *alles* gesagt hat.

Es gab noch eine sehr riskante Variante, die schon seit Tagen an Jared nagte. Das Geld von Olneys Kaution und andere Mandantengelder. Die Kaution war erst in ein paar Tagen fällig, und das Geld war noch auf dem Mandanten-Treuhandkonto. Jessie nervte ihn alle paar Tage damit und wollte wissen, wann er die Kaution einreichen würde.

Missbrauch von Treuhandgeldern. Das konnte ihn seine Anwaltslizenz kosten - oder Schlimmeres. Jared überschlug rasch die ausstehenden Honorare für einige Fälle in Minneapolis, die er vor einigen Wochen bearbeitet hatte. Die sollten für die Olney-Kaution reichen - wenn sie eingingen. Aber es war riskant, sich auf diese Quelle zu verlassen.

Jared konnte die Wahrheit in diesem Fall spüren wie heißen Atem in seinem Nacken - er war *so nah dran!* Er sah wieder Whittiers überhebliches Grinsen während der Aussagenaufnahme vor sich und wusste, dass er in diesem Fall keinen Fehler machen durfte - würde -, nur weil ihm das Geld ausgegangen war.

Das Olney-Geld würde ihm zwei Wochen Luft verschaffen, dachte Jared entschlossen, und er würde es mit dem nächsten Honorar zurückzahlen, das bei ihm einging.

»Nein, fliegen Sie nach D.C. - Montagmorgen, wenn Sie können. Rufen Sie mich an, wenn Sie wissen, wie hoch die Auslagen sind, dann schicke ich Ihnen gleich morgen einen Scheck.«

27

Richard saß in einem Büro mit Fenster und schaute mit ausdruckslosem Gesicht zu, wie die langen Finger des blassen Mannes sich mit der Geläufigkeit eines Konzertpianisten über die Tastatur bewegten.

»Da haben wir's. Paul Eric Larson. Gedient im Marine Corps von 1971 bis 1974. Verwundet 1973 während seines zweiten Einsatzes. Invalide. Erhielt eine Invalidenrente, die bis zu seinem Tod gezahlt wurde.«

Der Mann drückte eine weitere Taste. »Ich mache Ihnen eine Kopie von der Übersicht über seine Rentenzahlungen.«

Richard beobachtete Anthony Carlson, den Leiter der Rentenabteilung der Veteranenbehörde, wie er geschäftig am Computer arbeitete. Eine Kugelkette lag über Mr Carlsons Schultern, an der ein Ausweis befestigt war, der in der Brusttasche seines frisch gestärkten weißen Hemdes steckte. Sein Schreibtisch war übersichtlich und ordentlich. Jeder Tastenanschlag war präzise. Auf dem Aktenschrank hinter ihm befanden sich akkurate Stapel von offiziellen Informationsblättern, ein Drucker, ein Telefonladegerät und daneben ein Mobiltelefon.

Anthony Carlson war höflich, effizient und kooperativ gewesen, seit man Richard am späten Vormittag in sein Büro geführt hatte. Also was stimmte hier nicht?

»Mr Towers«, begann Carlson, indem er den Ausdruck aus dem Drucker hinter sich zwischen sich und Richard auf den Schreibtisch legte. »Wie Sie sehen können, hat Mr Larson seit den 1970er-Jahren ununterbrochen Invalidenrente erhalten. Diese Rente wurde der Inflationsrate angepasst. Offenbar wurden die Schecks seit Mitte der 70er monatlich immer an das gleiche Postfach in Mission Falls, Minnesota, geschickt.«

Carlson hatte manikürte Finger, bemerkte Richard. Lange, schmale, glatte Hände mit sorgfältig bearbeiteten Nagelhäuten. Hände, die wahrscheinlich regelmäßig eingecremt wurden.

Als Richard vor zwölf Jahren gezwungen gewesen war, eine andere berufliche Laufbahn einzuschlagen, hatte er sich entschieden, Privatdetektiv zu werden. Das hatte er getan, weil er wusste, dass er einen Instinkt hatte, der oft seinen bewussten Gedanken vorausging. So lange er sich erinnern konnte, hatte er immer wieder Situationen erlebt, in denen er mit Sicherheit wusste, dass irgendetwas nicht stimmte - dass irgendwelche Dinge oder Ereignisse in sich nicht schlüssig waren. Er kämpfte oft mit diesem Gefühl, das ausgelöst wurde, wenn er seine Klassenkameraden beobachtete, wenn er Vorgänge in einem Raum oder auf der Straße miterlebte oder wenn Menschen auf dem Flur an ihm vorbeigingen, weil er sich nicht erklären konnte, woher es kam. Oft verfluchte er das Eintreten dieser seltsamen Empfindung, die manchmal war wie ein unerklärliches Jucken an einer Stelle, an der man sich nicht kratzen kann.

Meist durchzuckte ihn die Lösung Minuten oder Stunden später, gepaart mit einer Welle der Erleichterung. Leider gab es auch Situationen, in denen er die Lösung nicht fand. Aber gleichgültig, ob er das Rätsel lösen konnte oder nicht, er hatte schon lange aufgehört, an seinem Instinkt zu zweifeln.

Was also stimmte nicht mit Anthony Carlson?

Der Abteilungsleiter am Schreibtisch drehte sich um und griff nach einer Broschüre auf einem ordentlichen Stapel an der Ecke des Aktenschranks. »Das«, sagte er und legte das Heft parallel zu dem Computerausdruck auf den Schreibtisch, »erklärt die Hinterbliebenenrechte für Angehörige von invaliden Veteranen, mit Angabe der jeweiligen Rechtsgrundlage.«

Richard warf einen Blick durch die Glaswand, die das Büro des Abteilungsleiters von dem Großraumbüro trennte, das den größten Teil der Etage einnahm. Die Angestellten bewegten sich mit gemessenem Schritt. Neben jedem Schreibtisch stand ein Besucherstuhl. Auf einigen davon saßen Personen, an deren Hemden oder Blusen weiße Schilder mit der Aufschrift »Besucher« geklemmt waren.

»Und aus den Unterlagen geht mit Sicherheit hervor, dass Mr Larson nie eine Überzahlung bei seinen Rentenzahlungen erhalten hat?«, fragte Richard leise.

»Mit ziemlicher Sicherheit«, erwiderte Mr Carlson mit einem Lächeln. »Diese Konten werden regelmäßig von dieser Behörde geprüft, und jede Überzahlung wäre innerhalb von sechs bis achtzehn Monaten bemerkt worden.«

Ein dunkler Streifen unter seinem Ärmelansatz. Leiter der Rentenabteilung.

»Kann ich sonst noch etwas für Sie tun, Mr Towers?«

Richard riss sich aus seinen Gedanken. »Ich glaube nicht.«

Ein smaragdgrüner Schimmer über dem Mobiltelefon.

Richard erhob sich und streckte die Hand aus. »Danke, dass Sie mich so kurzfristig empfangen haben.«

Draußen überquerte Richard die vielbefahrene Straße und ging in einen Park. Er setzte sich auf den Sockel eines mit Taubenkot übersäten Denkmals und wählte eine Nummer auf seinem Telefon.

»Jared, bitte rufen Sie mich an, wenn Sie diese Nachricht abhören. Ich hatte ein Treffen mit dem Leiter der Abteilung für Invalidenrenten. Er hat mir versichert, dass Paul Larson keine Überzahlung erhalten hat, aber ich glaube, er hat gelogen.«

Es würde einige Minuten dauern, dem Auftraggeber seine Vermutung zu erklären, das wusste Richard. Vielleicht wäre er nicht beeindruckt, aber für Richard war das Bild, das sich ergab, wenn sich die unstimmigen Einzelteile zusammenfügten, stets glasklar.

Als er am Morgen angekommen war und den Auskunftsantrag ausgefüllt hatte, hatte man Richard am Empfang gesagt, dass der nächste freie Sachbearbeiter sich um ihn kümmern würde. Zehn Minuten später saß er beim Abteilungsleiter. Warum sollte der Abteilungsleiter sich um seine Anfrage kümmern, obwohl das ganze Büro voller verfügbarer Sachbearbeiter saß – wenn diese spezielle Akte nicht einen Vermerk trug, dass sie nur vom Abteilungsleiter gehandhabt werden sollte?

Vielleicht war Mr Carlson heute nur nach dem Kontakt mit Otto Normalbürger zumute gewesen.

Aber warum saß dann dieser gepflegte, äußerst sorgfältig frisierte Mann in seinem klimatisierten Büro und schwitzte sein Hemd durch, wenn er nur eine Routineanfrage bearbeitete?

Vielleicht hatte er einen schlechten Tag.

Richard schaute auf sein Mobiltelefon hinunter, das er immer noch in der Hand hielt. Ein neueres Modell, aber ansonsten identisch mit dem von Mr Carlson, das auf dem Aktenschrank in seinem Büro lag. Das Telefon hatte neben dem Ladegerät gelegen – in einem Raum, an dem alles andere an Ort und Stelle war. Richard drückte aufs Display seines Telefons, rief die Anrufeinstellungen auf, wählte eine beliebige Nummer und stellte das Telefon auf »Lautsprecher«. Er sah, wie das Display grünlich aufleuchtete.

Mr Carlsons Telefon war die ganze Zeit, als Richard im Büro war, auf einen laufenden Anruf und Lautsprecher geschaltet. Der Leiter der Rentenabteilung der Veteranenbehörde hatte eine dritte Partei zu ihrem Gespräch eingeladen.

* * *

»Aussagenaufnahmen sind einfach. Unkompliziert.«

Clays Worte kamen Jared in Erinnerung, als er Sylvia Pokofsky anschaute. Die kräftige Frau mit den roten Ringellocken arbeitete seit elf Jahren als stellvertretende Leiterin der Personalabteilung für die Ashley State Bank. Whittier saß auf einem Stuhl zu ihrer Rechten und starrte Jared mit einem Blick an, der ihn eindeutig aus der Ruhe bringen sollte.

Jared erwiderte den Blick nicht.

Die langen Nächte ohne Schlaf waren jetzt vergessen, die Müdigkeit von einem Adrenalinstoß überlagert. Nach so vielen Tagen, an denen er scheinbar im Trüben gefischt hatte, um etwas - irgendetwas - zu finden, das mit der Einzahlung zu tun hatte, hatte er endlich das Gefühl, dass etwas am Haken zappelte. Sylvia Pokofsky hielt Beweisstück Nr. 164 in der Hand. Es war die Angestelltenliste, die die Bank Goering im Sommer zur Verfügung gestellt hatte.

Wie bei allen anderen Zeugen hatte Jared Sylvia gebeten, sich die Liste anzuschauen und zu sagen, ob irgendwelche Namen von Angestellten darauf fehlten. An diesem Montagmorgen, zum ersten Mal seit Beginn der Aussagenaufnahmen, hatte die Zeugin nicht einfach Nein gesagt. Ebenso bedeutungsvoll war, dass Whittier nervös wirkte.

»Lassen Sie mich die Frage wiederholen, Mrs Pokofsky. Gibt es Angestellte, die im Februar 2008 für die Ashley State Bank arbeiteten, die Sie auf Beweisstück 164 *nicht* aufgelistet sehen?«

Die meisten Bankangestellten, die während der letzten zwei Wochen auf Sylvias Stuhl gesessen hatten, waren nervös oder vorsichtig gewesen und hatten versucht, den Anwalt an ihrer Seite zufriedenzustellen – aber sie alle hatten Shelbys und Mrs Huddlestons Erwartung entsprochen, ehrlich zu sein.

Das traf auch auf Sylvia zu, obwohl sie vielleicht etwas arroganter als die anderen war.

Bis jetzt. Jetzt waren Sylvias Augen weit geöffnet, ihre Nasenflügel aufgebläht, und sie fuhr sich mit der Zunge über die Lippen. *Erstaunlich, was eine einzige Frage bewirken kann,* dachte er.

»Mrs Pokofsky?«, fragte Jared leise.

Sylvia wand sich, schaute abwechselnd ihren Anwalt und dann wieder Jared an. Whittier schaute sie aus dem Augenwinkel missbilligend an. Jared richtete sich auf seinem Platz auf und sah Sylvia fest an.

»Ich … nun, ich …«, begann Sylvia.

»Mrs Pokofsky, bitte achten Sie darauf, dass Sie keine vertraulichen Informationen weitergeben«, unterbrach Whittier.

Die Worte ließen bei Jared eine Alarmglocke losschrillen. Clay hatte ihn gelehrt, was jeder Anwalt wusste: dass Verteidiger bestimmte »Einsprüche« benutzten, um die Zeugen für die Antworten auf sensible Fragen zu trainieren. Codewörter waren eigentlich nicht zulässig, doch selbst die anständigsten Anwälte bereiteten ihre Zeugen darauf vor, gewisse Einsprüche als vorsichtige Ermahnungen zu erkennen. »Denken Sie nach, bevor Sie antworten«, zum Beispiel, oder, »Achten Sie genau auf die Fragestellung.«

»Aber wenn du merkst, dass dein Gegner seinen Zeugen anweist, zu lügen oder zu leugnen, etwas Bestimmtes zu wissen, obwohl er es in Wirklichkeit weiß, dann« – Clay hatte Jared düster angelächelt – »dann, mein junger Freund, musst du dem Feind entschlossener entgegentreten.«

Whittiers »Geheimsprache« während der anderen Aussagen war einfach gewesen und hatte aus zwei Signalwörtern bestanden: Wenn er einwandte, dass eine Frage »unklar« sei, sollten die Zeugen genau auf die Formulierung der Frage achten. »Unbegründet« erinnerte den Zeugen daran, dass Whittier andere besser auf die Beantwortung dieser Frage vorbereitet hatte.

Das waren die typischen harmlosen Codes, die Clay gemeint hatte, und Jared hatte sie durchgehen lassen. Aber das war die Höhe. »Vertrauliche Informationen«, das war das Signal, nichts mehr zu sagen. Und es funktionierte. Bei diesen Worten nahm Sylvias Gesicht einen unbehaglichen Ausdruck an. Sie lehnte sich auf ihrem Stuhl zurück und fuhr sich noch einmal mit der Zunge über die Lippen.

»Ich kann mich momentan nicht daran erinnern«, sagte sie leise.

»Mrs Pokofsky« – Jared erhob sich halb von seinem Platz –, »wissen Sie, welche Strafe auf Meineid steht?«

Die Zeugin wurde bleich. »Ich weiß es einfach nicht genau«, platzte sie heraus.

»Denn Meineid ist eine Straftat, auf die eine Geld- oder Freiheitsstrafe steht –«

»Drohen Sie meiner Zeugin?«, bellte Whittier.

»Mrs Pokofsky«, sagte Jared, ignorierte Whittier und änderte seinen Ansatz. »Was wissen Sie nicht genau?«

»Nun, ich weiß nicht genau«, stotterte sie, »was Sie … ähm, was Sie mit ›Angestellter‹ meinen.«

»Mrs Pokofsky, bitte geben Sie keine vertraulichen Informationen weiter!« Whittier hob die Stimme und legte eine Hand auf ihren Unterarm.

Wie weit war Whittier bereit, dies zu treiben? Denn nachdem er sich tagelang zurückgehalten hatte, war Jared kurz davor, über den Tisch zu springen. *Außerdem,* dachte er, *wenn du so weitermachst, wird dich der Richter darauf festnageln, wenn er das Protokoll liest.*

Sylvia schob ihre Zunge über ihre Lippen, als wäre sie kurz vor dem Verdursten. Ihre Angst füllte den Raum; ihr Atem ging rasch und flach. *Sie will die Wahrheit sagen,* wurde Jared klar. *Sie will Whittiers Anweisungen nicht folgen.*

Jared milderte seinen Ton ab und sagte freundlicher: »Was ich meine, Mrs Pokofsky, ist einfach Folgendes: Gibt es Personen, die – egal in welcher Funktion – in der Bank gearbeitet haben, die auf dieser Liste fehlen?«

Mit einem Schlag kehrte die Farbe in Sylvias Gesicht zurück. Sie schüttelte Whittiers Hand ab und schürzte entschlossen die Lippen. »Es gab eine Praktikantin.«

»Und ihr Name war …?«, erwiderte Jared augenblicklich.

Sylvia wirkte erleichtert und atmete aus, bevor sie antwortete. »Cory. Cory Spangler.«

* * *

»Ich konnte nichts machen, Marcus. Wenn ich sie einfach angewiesen hätte, nicht zu antworten, hätte der Richter sie trotzdem im Prozess aussagen lassen. Als klar wurde, dass sie etwas wusste, und Neaton nachhakte, konnte ich nichts mehr machen.«

Ausreden. Nichts als Ausreden, dachte Marcus. Selbst nachdem er Whittier eingebläut hatte, wie wichtig diese Zeugin war, und ihm erklärt hatte, wie er sie vorbereiten sollte, hatte er Mist gebaut und sie verloren. Als sie zur entscheidenden Frage kamen, war es Neaton, vor dem sie die größere Angst hatte. Marcus schluckte seinen Abscheu herunter und sagte nichts.

Er hatte in Betracht gezogen, diese Zeugin nicht auf der ursprünglichen Angestelltenliste aufzuführen, die sie Goering geschickt hatten. Das Risiko bestand darin, dass dadurch Mrs Pokofsky erst recht als jemand mit wichtigem Wissen erscheinen würde, wenn Goering – oder Neaton – aus einer anderen Quelle von ihr erfuhr. Als Sylvia Pokofsky auf Neatons endgültiger Liste auftauchte, hätte es *eigentlich* ausreichen sollen, ihr einzuschärfen, dass ein Praktikant theoretisch nicht unbedingt als Angestellter definiert werden musste, und sie konnte wahrheitsgemäß antworten, wenn Neaton ihr die unvermeidliche Frage stellte.

Niemand sonst in der Bank erinnerte sich an Cory Spangler. Cory hatte während eines Vorstudiums zwölf Wochen lang in der Bank gearbeitet, *vor drei Jahren*, und hauptsächlich nach Feierabend. Aber die Dame aus der Personalabteilung hatte ein Gedächtnis wie ein Computer. Wenn irgendjemand in der Bank sich an Cory erinnern würde, dann sie.

Also hatte Whittier, statt zu vermeiden, dass Mrs Pokofsky ins Rampenlicht geriet, mit seinem ungeschickten Versuch, ihre Zeugenaussage abzuwürgen, den Scheinwerfer nun direkt auf Cory Spangler selbst gerichtet.

Sein Mobiltelefon gab einen Piepton von sich, als ein anderer Anruf einging. Marcus hielt das Telefon auf Armeslänge vor seine Augen und sah, dass es Mick war. »Frank, ich rufe dich zurück«, sagte er und schaltete dann auf die andere Leitung um, bevor der Juniorteilhaber antworten konnte.

»Marcus, wir haben ein Problem«, sagte der Privatdetektiv, kaum dass er in der Leitung war.

* * *

Marcus hatte fast eine Minute lang geschwiegen, bevor er Micks fragende Stimme in der Leitung hörte. »Sind Sie noch dran?«

Marcus war wie betäubt. Er hätte es ahnen müssen – dass Neaton auf die Möglichkeit gestoßen war, dass Larson eine Überzahlung aus anderen staatlichen Quellen als Landwirtschaftssubventionen erhalten hatte. *Reiß dich zusammen.*

»Sie haben das ganze Treffen über sein Mobiltelefon mitgehört?«

»Ja.«

»Wie hat Anthony sich gemacht?«

»Wie ein Profi. Er klang natürlich, geschmeidig. Ich habe nichts gehört, was mir Sorgen machen würde, Marcus. Er hat diesen Towers sauber abgefertigt.«

Wie konnte das nur am gleichen Tag passieren, an dem Cory Spanglers Name aufgetaucht war? Marcus berichtete Mick von der eidesstattlichen Aussage, die Sylvia Pokofsky heute gemacht hatte.

Jetzt war es Marcus, der nichts mehr aus der Leitung hörte. »Mick, sind Sie sicher, dass sie wirklich nicht an diese Spangler-Zeugin herankommen?«

»Ausgeschlossen«, antwortete Mick eilig. »Ihre Mutter hat mir fast den Kopf abgerissen, als ich sie drängte, ihre Tochter zu kontaktieren. Sie sagte, Cory sei drei Monate lang völlig unerreichbar. Auf einer Reise durch Europa, und ohne Kontakt nach Hause. Ihre Worte.«

»Okay. Sprechen Sie noch einmal mit Anthony. Sorgen Sie dafür, dass er stillhält. Fliegen Sie noch einmal nach Washington, wenn es sein muss. Aber hauptsächlich will ich, dass Sie jetzt Neaton auf den Fersen bleiben. Ich will wissen, mit welchen Zeugen er sich in Ashley und Umgebung trifft. Ich will keine weiteren Überraschungen.«

»Okay«, sagte der Privatdetektiv und legte auf.

Marcus lehnte sich in seinem Schreibtischsessel zurück. Er schloss die Augen und zwang sich, sich zu entspannen, seinen rasenden Herzschlag unter Kontrolle zu bringen.

Hatte er die Dinge noch in der Hand? Lag er in diesem Spiel immer noch vorn?

Das Dröhnen in seinen Ohren ließ nach. Ja, antwortete er sich selbst, während sich seine Rücken- und Beinmuskeln entspannten. Neaton hatte mit der Schwäche von Pokofsky einen Glückstreffer gelandet, aber nur einen kleinen, überschaubaren.

Was Washington betraf, hatte sein Mann vor Ort alles im Griff. Der Scheck war so tief vergraben, dass er quasi revisionssicher war.

Einen Moment lang hatte Marcus untypische, heftige Angst verspürt. Angst führte zu schlechten Entscheidungen, zu Überreaktionen. Er hatte hier nichts zu fürchten. Nichts hatte sich geändert. Sie würden das Ganze durchstehen und alles würde gut ausgehen. Nur noch ein paar Wochen.

* * *

Nach der Zeugenaussage über die Praktikantin Cory Spangler hatte Jared Mrs Pokofsky den Rest des Tages über vernommen, in der Hoffnung, dass sie noch weitere nützliche Hinweise liefern würde. Whittier hatte kurz nach ihrer Bemerkung über Spangler um eine Pause gebeten und sie wohl im Flur ziemlich zusammengestaucht, denn den Rest der Aussage brachte sie kaum lauter als im Flüsterton vor. Das Einzige, was sie noch verriet, war, dass Cory Spangler nie formell als aktive Praktikantin aus den Akten gestrichen worden war. Offenbar wollte man ihr Gelegenheit geben zurückzukehren - was sie nicht getan hatte.

Nach der Aussagenaufnahme ging Jared zu seinem Auto, rief Mrs Huddleston an und fragte sie, ob sie Cory Spangler ausfindig machen könnte. »Die Spanglers«, murmelte sie leise. »Ihre Mutter ist immer ein bisschen gereizt, aber ich werde es versuchen.«

Erst nachdem er aufgelegt hatte, bemerkte er die Nachricht von Towers.

Jareds Hände schlossen sich fest um das Lenkrad, als er Towers sagen hörte, dass der Beamte von der Veteranenbehörde seiner Ansicht nach log. Er versuchte, Richard Towers zurückzurufen, aber er nahm nicht ab. Wahrscheinlich saß der Privatdetektiv mittlerweile in einem Flugzeug zurück nach Minneapolis.

Jared rief Jessie an und bat sie, die für den folgenden Tag geplante Aussagenaufnahme um einige Tage zu verschieben. »Sag ihnen, ich bin krank, ist mir egal«, sagte er und berichtete ihr von der Aussage über Cory Spangler und der Nachricht von Towers. Jessie klang nicht begeistert, sagte jedoch, sie würde sich darum kümmern.

Jared ließ den Motor an und verspürte neue Energie. Heute Abend würde er sich noch einmal über die Kisten im Keller hermachen.

28

Am nächsten Morgen saß Jared im Wohnzimmer seines Vaters am Computer, als das Festnetztelefon auf der anderen Seite des Raumes klingelte.

Er schaute auf die Uhr - zehn Uhr. Jessie war am Abend zuvor nach Minneapolis zurückgekehrt, um die Post aus dem Büro zu holen. Sie hatte gesagt, sie würde heute Nachmittag wiederkommen. Warum sollte sie anrufen?

Als er aufstand, um ans Telefon zu gehen, wurde ihm plötzlich bewusst, dass er automatisch angenommen hatte, dass der Anruf für ihn war. In all den Wochen, seit er hier eingezogen war, hatte er noch keinen Anruf für seinen Vater entgegengenommen.

Die Anrufererkennung zeigte an, dass es Mrs Huddleston war.

»Ich habe sie gefunden!«, sagte sie ohne Vorrede.

»Cory Spangler?«

»Genau!« Ihre Stimme klang triumphierend.

»Wo ist sie?«

»Athen.«

»Griechenland? Wie haben Sie sie gefunden?«

»Ich habe mich Freitagabend mit ihrer Mutter Andrea getroffen. Sie hat nachdrücklich erklärt, dass ihre Tochter durch Europa reist und ihr gesagt hat, sie ›würde monatelang mit niemandem Kontakt haben‹.«

»Und?«

»Nun, da ich Andrea ein bisschen kenne, kam mir der Gedanke, dass ›mit niemandem Kontakt haben‹ wahrscheinlich bedeutete, keinen Kontakt mit Andrea haben. Also habe ich Diana Grahams angerufen; ihre Tochter Lindsey hat zusammen mit Cory den Schulabschluss gemacht und war mit ihr am St.-Olaf-College. Wie ich vermutet habe, hat Cory einen kleinen Freundeskreis, mit dem sie über Facebook in Verbindung steht - darunter auch Lindsey. Cory hat sie alle zum Schweigen verpflichtet, damit ihre Mutter nicht davon erfährt. Ich habe Lindsey gesagt, wie wichtig es ist, dass wir mit Cory Kontakt aufnehmen. Sie hat mir keinen Zugriff auf Corys Facebook-Seite gegeben, aber sie hat mir Corys E-Mails aus Europa weitergeleitet.«

Jared hätte sie am liebsten umarmt. »Sie sagten, Cory war vor einer Woche in Athen?«

»Nicht so ganz. Cory ist mit einem Studienprogramm von St. Olaf in Europa, das seinen Sitz in Barcelona hat. Vor einigen Wochen ist sie zu einer mehrmonatigen Europarundreise aufgebrochen – zunächst allein, aber sie trifft sich später mit Freunden. Sie hält mit ihren Freunden Kontakt, indem sie Fotos auf Facebook postet – sie sollen raten, wo sie gerade ist und wohin sie als Nächstes geht. Das aktuellste Foto war die Hagia Sophia in der Türkei. Der Hinweis auf ihr nächstes Ziel war: ›Zwei Wochen in Athenes Heimat‹. Ich glaube, damit war der Parthenon in Athen gemeint.«

Das bedeutete, sie würde noch eine Woche lang in Athen sein. »Aber selbst wenn sie noch dort ist, wie sollen wir sie aufspüren?«, fragte Jared.

»Lindsey sagte, Cory ist mit einem Eurail-Pass unterwegs und übernachtet in Jugendherbergen«, erwiderte Mrs Huddleston. »Ich habe schon nachgeschaut. In Athen gibt es sechzehn Unterkünfte, die sich *Jugendherberge* nennen.« Sie machte eine Pause. »Jared, so begeistert ich auch bin – wahrscheinlich hat Lindsey Cory schon eine Nachricht geschickt, dass ein paar Anwälte versuchen, sie zu erreichen. Ich weiß nicht, ob das gut ist.«

Jared stimmte ihr zu. Es war schwer zu sagen, ob sie sich verstecken oder helfen würde, wenn sie wusste, dass sie ihre Reise abbrechen sollte, um vor Gericht auszusagen.

Solange sie nicht mit Cory gesprochen hatten, konnten sie nicht wissen, ob sie irgendetwas von Bedeutung zu sagen hatte. Aber sie mussten schnell handeln, wenn sie sie davon überzeugen wollten, auszusagen, was sie wusste.

»Es gibt noch etwas, Jared. Jemand von der Bank hat Andrea gedrängt, für sie Kontakt mit Cory aufzunehmen.« Mrs Huddleston erzählte Jared von den Briefen und dem Anruf. »Andrea nannte es Belästigung.«

Jared wurde noch aufgeregter. »Was wissen die Leute von der Bank?«

»Nur das, was Andrea mir auch gesagt hat – dass Cory monatelang nicht zu erreichen ist.«

Gut. Marcus war der Ansicht, dass es sich lohnte, Kontakt mit Cory Spangler aufzunehmen. Und vielleicht war er immer noch einen Schritt hinter ihm. Er hatte ja keine Mrs Huddleston.

Es läutete an der Tür. »Einen Moment bitte, Carol; jemand ist an der Tür.

Er öffnete und sah sich einem jungen Mann Mitte zwanzig gegenüber. »Mr Neaton?«

Als Jared nickte, reichte er ihm einen dicken Umschlag. Er kam von Paisley. Jared klemmte sich das Telefon zwischen Ohr und Schulter, schloss die Tür und riss den Umschlag auf.

»Jared, bist du noch dran?«

»Ja, Carol. Mir wurde gerade etwas Offizielles zugestellt.«

»Was denn?«

Jared überflog die Papiere, die aus dem Umschlag glitten. »Es ist der Antrag auf ein Urteil im Schnellverfahren, den Stanford angedroht hat.« Er ließ den Umschlag auf die Couch fallen und spürte, wie seine Begeisterung verpuffte.

»Was bedeutet das?«

»Es bedeutet, dass wir ihnen innerhalb von neunzehn Tage mitteilen müssen, dass wir Beweise für die Einzahlung liefern können.«

»Und was, wenn du das nicht kannst?«

»Dann wird der Fall ›rechtskräftig abgewiesen‹.«

»Das heißt?«

Jared ließ sich neben den Unterlagen auf die Couch fallen. »Endgültig.«

* * *

Jessie kam am Nachmittag wieder. Sie betrat das Haus, in der Hand eine große Aktentasche aus dem Büro. Jared nahm sie ihr ab und stellte sie neben die Couch. Sie fühlte sich voll an.

Er erklärte ihr, was Mrs Huddleston über Cory Spangler herausgefunden hatte, erzählte ihr von Towers' Anruf und berichtete von den Papieren, die ihm zugestellt worden waren. Er brachte es noch immer nicht über sich, ihr von seinem Gespräch mit Erin zu erzählen, besonders weil Jessie so wenig beeindruckt von dem gewesen war, was Carlos Navarette zu sagen hatte.

Tatsächlich meinte er, für einen flüchtigen Augenblick Erleichterung bei ihr zu erkennen, als er ihr von dem Antrag auf ein Urteil im Schnellverfahren berichtete. Doch dann war der Ausdruck in ihren Augen auch schon wieder verschwunden.

»Wir müssen uns sofort treffen – alle zusammen«, sagte er, als Jessie sich auf die Couch setzte und die Dokumente von Paisley überflog. »Ich rufe Towers an und sehe zu, dass wir ihn hierher bekommen. Planen wir doch ein zeitiges Abendessen.«

Jared erreichte Towers. Er klang müde nach dem kurzfristigen Ausflug nach Washington, hatte aber Zeit und würde nach Ashley kommen. Als Jared nach weiteren Einzelheiten des Termins bei der Veteranenbehörde fragte, bat Towers, das Ganze beim Abendessen zu besprechen. Jared willigte ein. Damit der Privatdetektiv es nicht ganz so weit hatte, machten sie aus, sich in einem Perkins-Restaurant dreißig Kilometer südlich von Ashley zu treffen, wo die Landstraße 7 und die Schnellstraße sich kreuzten. Towers sagte, er würde eine blaue Windjacke tragen.

»Jared«, fragte Jessie, als er auflegte, »was hast du vor?«

Jared ärgerte sich über den rauen Ton der Frage. »Ich habe vor, einen von uns nach Europa zu schicken, um Cory Spangler zu finden und sie zur Rede zu stellen.«

Jessies Gesicht verzog sich vor Überraschung. »Du machst Witze!«

»Nein«, erwiderte er gereizt. »Wir müssen sie finden, und wenn sie etwas zu sagen hat, müssen wir sie überzeugen zurückzukommen. Mir würde eine eidesstattliche Erklärung reichen, aber Marcus wird schreien, dass wir das nicht benutzen können, um gegen das Schnellverfahren vorzugehen, wenn er keine Gelegenheit hatte, ihre Aussage aufzunehmen.«

Jessies Gesicht war rot geworden. »Nach Europa fliegen! Wie viel von Clays Geld hast du noch übrig?«

»Genug«, erwiderte er.

Jessie deutete auf die Aktentasche. »Willst du wissen, was hier drin ist?«

Er schüttelte den Kopf. »Später.«

Jessies Finger deutete noch immer auf die Tasche. »*Stanhope Printing* hat uns gefeuert. *Pleasance Motors* auch. Zwei andere Mandanten stehen kurz davor. Selbst der geduldige Phil Olney fragt, wann wir mit den Bankunterlagen fertig sind und anfangen, seinen Bruder unter Druck zu setzen.«

In Jared stieg Wut auf. »Ich sagte: später!«

»Unser Telefonanbieter droht uns.«

Jared schnappte sich seine Jacke und ging zur Tür. »Ich muss ein paar Erledigungen machen.«

»Kannst du mir wenigstens einen Scheck für das Treuhandkonto ausstellen, damit ich die Kaution im Olney-Fall zahlen kann?«

Ihm schnürte sich der Hals zu. »Später, Jessie. Wir haben noch etwas Zeit.«

Als er die Tür erreichte, warf er einen kurzen Blick über die Schulter. Jessie schaute ihn mit benommen-verblüffter Enttäuschung an.

Er ging, bevor sie auch nur noch ein Wort sagen konnte.

* * *

Das Perkins-Restaurant an der Landstraße 7 war von der Schnellstraße nach Minneapolis aus gut zu erkennen. Jared – mit Jessie, Erin und Mrs Huddleston im Auto – fuhr auf den Parkplatz und parkte in der Nähe des Eingangs, zufrieden darüber, dass sie genau pünktlich waren. Die vier gingen hinein und platzierten sich an einem Tisch in der Nähe der Tür.

Fünfundzwanzig Minuten vergingen. Gerade als Jared anfing, sich Sorgen zu machen, trat Richard Towers ein – in seiner blauen Windjacke.

Der Privatdetektiv kam auf sie zu und schüttelte allen die Hand, mit einem Handschlag, der so weich war, als wollte er sich für seine Existenz entschuldigen.

Er war ein untersetzter Mann mit schütterem grauem Haar und einem Gesichtsausdruck, der einsame Nachdenklichkeit ausstrahlte. Towers stellte eine uralte Aktentasche mit einer kaputten Schnalle und einem geklebten Griff auf den Tisch und ließ sich dann sachte auf seinem Platz nieder.

Die Ausstrahlung des Privatdetektivs diente nicht dazu, Jared Vertrauen einzuflößen, und er spürte, dass auch die anderen am Tisch über Towers' Auftreten überrascht waren. Dennoch – der Mann hatte ihnen inzwischen zweimal entscheidend geholfen, und Jared beschloss, erst über ihn zu urteilen, nachdem er den Bericht über seinen Besuch in Washington gehört hatte.

Zunächst erzählte Jared von Sylvia Pokofskys Aussage, einschließlich der fruchtlosen Befragung am Nachmittag. Während er sprach, bemerkte Jared mehrmals, dass Towers' Blick durch das Restaurant wanderte, und fragte sich insgeheim, ob sein Verhalten auf eine Aufmerksamkeitsstörung hinwies. Als Jared seinen Bericht beendet hatte, wandte er sich als Nächstes an Mrs Huddleston:

»Bitte erzählen Sie doch allen Ihre Neuigkeiten, Carol.«

Als Mrs Huddleston zum Sprechen ansetzte, hob Towers seine große Hand. »Mr Neaton«, sagte er leise, »ich müsste kurz zur Toilette. Vielleicht sollten Sie eben mitkommen.«

Jared schwieg verblüfft, doch Towers sprach weiter. »Mrs Huddleston, könnten Sie bitte mit Ihrem Bericht warten, bis wir zurückkommen?«

Die Bibliothekarin nickte mit einem verdutzten Stirnrunzeln. Mit einem Blick auf die anderen am Tisch, die ihn verständnislos anschauten, folgte Jared dem Privatdetektiv zur Herrentoilette hinten im Restaurant.

Als die Tür sich hinter ihnen schloss, wandte sich Towers an Jared. »Mr Neaton, in Hörweite von uns sitzt ein Mann an einem Tisch, der uns, glaube ich, belauscht.«

Jared wusste nicht genau, wie er darauf reagieren sollte. »Sie meinen absichtlich?«

»Ja. Genau genommen glaube ich, er ist Ihnen hierher gefolgt.«

Jared spürte, wie Unbehagen in ihm aufstieg – nicht wegen der unwahrscheinlichen Möglichkeit, dass jemand ihn verfolgte, sondern weil er sich zunehmend Sorgen darüber machte, in was für einen Mann er solches Vertrauen gesetzt hatte. »Was bringt Sie zu dieser Annahme?«

»Ich saß draußen und sah, wie Sie auf den Parkplatz fuhren. Noch bevor ich aus meinem Auto aussteigen konnte, bog hinter Ihnen ein blauer Subaru ein. Er parkte am Ende der Reihe neben dem Restaurant. Das fand ich seltsam, weil direkt neben ihnen andere Parkplätze frei waren, die näher am Eingang lagen. Der Mann beobachtete, wie Sie vier ins Restaurant gingen, bevor er aus dem Subaru ausstieg und Ihnen hineinfolgte.«

»Nachdem wir angekommen waren, haben Sie noch fünfundzwanzig Minuten auf dem Parkplatz gewartet?«, fragte Jared ungläubig.

Towers nickte.

Jared hatte diesen Mann nach Washington geschickt, hatte Hoffnung auf seinen »Eindruck« gesetzt, dass der Abteilungsleiter in der Veteranenbehörde log, und war sogar davon ausgegangen, dass Towers' erster Bericht bezüglich der Notenbank korrekt war. Bei dem Gedanken daran, wie viel kostbare Zeit, Geld und Vertrauen er vielleicht mit diesem Mann verschwendet hatte, stieg Panik in ihm auf.

»Wir sind direkt an der Schnellstraße, Richard. Das könnte einfach irgendjemand sein.«

»Vielleicht«, sagte Towers. »Aber der Mann sitzt seit nunmehr fünfundvierzig Minuten *allein* an einem Vierertisch. Die ganze Zeit über sitzt er mit dem Rücken zu uns, damit wir sein Gesicht nicht sehen können. Und er hat nichts weiter als eine Cola bestellt.«

»Vielleicht wartet er auf jemanden.«

»Fünfundvierzig Minuten, Mr Neaton. Und er sitzt mit dem Rücken zur Tür und zum Fenster.«

Das Ganze klang lächerlich. »Und was sollen wir Ihrer Meinung nach tun?«

»Wenn Sie herausfinden wollen, was es mit dem Mann auf sich hat, können wir etwas ausprobieren und sehen, wie er reagiert.«

Obwohl er es mit Paisley zu tun hatte - *obwohl er es mit Marcus zu tun hatte* -, war Jared nie auch nur der Gedanke gekommen, dass sie ihn observieren lassen würden.

Jared überlegte kurz, ob er Nein sagen, Towers berichten lassen und dieses Treffen rasch beenden sollte. Doch der bescheiden-überzeugte Unterton in der Stimme des Privatdetektivs war schwer zu ignorieren.

»Okay. Und was jetzt?«

Als Jared und Towers von der Toilette zurückkamen, registrierten die Damen überrascht, dass Towers am Tisch vorbei in Richtung Ausgang ging. Jared setzte sich und sagte deutlich vernehmbar: »Er hat einen Anruf bekommen. Ich erzähle ihm später, was wir besprochen haben.«

Dann sprach Jared über allgemeine Prozessvorbereitungen, während er Mrs Huddleston einen handgeschriebenen Zettel zuschob. Sie las ihn und gab in weiter an Jessie und Erin. Schließlich schauten alle Jared verwirrt an.

Jareds Telefon klingelte. Er meldete sich und sagte: »Okay.« – »Das war Peterson«, erklärte er den verblüfften Frauen am Tisch. »Er hat gefragt, ob wir uns eine halbe Stunde eher treffen können. Reden wir doch im Auto weiter.«

Sie standen auf, Jared legte einen Zwanzig-Dollar-Schein auf den Tisch und ging dann vor den Frauen her aus dem Restaurant.

Towers' Anweisungen folgend, zwang Jared sich, nicht zurückzuschauen, als er in sein Auto einstieg. Erin setzte sich vorn neben ihn, während Jessie und Mrs Huddleston es sich hinten bequem machten.

Jared drehte den Schlüssel im Zündschloss und legte rasch den Rückwärtsgang ein. Seine Hand lag noch auf dem Schaltknüppel, als jemand an seiner vorderen Stoßstange vorbeilief. Der Mann trug eine Baseballkappe und hielt das Gesicht fast vollständig abgewandt. Er schaute durch das Fenster ins Restaurant, doch selbst das Wenige, was Jared vom Gesicht des Mannes sah, kam ihm vage bekannt vor.

Jared schaltete die Automatik auf »Fahren« und rollte langsam an der Restauranttür vorbei zur Ausfahrt des Parkplatzes. Im Rückspiegel sah er, wie drei Plätze neben Jareds Platz ein kastenförmiger blauer Subaru aus der Parklücke schoss.

Mit offenem Mund verdrehte der Fahrer den Kopf und brachte den Subaru abrupt zum Stehen, bevor er ganz aus der Lücke fahren konnte. Ein alter grauer Honda Accord war im gleichen Augenblick direkt hinter dem Subaru aufgetaucht und gerade so dicht aufgefahren, dass dieser nicht wegkonnte.

Als Jared auf die Ausfahrt zufuhr, verschwand die Szene aus seinem Rückspiegel. Die Straße war frei, also drehte er das Lenkrad nach rechts und bog auf die Landstraße 7 Richtung Ashley ein.

Der Motor heulte widerstrebend auf und beschleunigte. Jareds Blick kehrte zum Rückspiegel zurück. Wann würde der Subaru die Straße erreichen? Etwa hundert Meter später bog die Straße nach rechts ab. Die Reifen von Jareds Geländewagen quietschten auf der kalten Straße und Erin neben ihm schnappte hörbar nach Luft. Dann war das Restaurant außer Sichtweite, abgeschirmt von einer Farm, an der sie jetzt vorbeifuhren.

Jared hielt das Gaspedal durchgedrückt. Vierhundert Meter hinter der Kurve tauchte eine Seitenstraße auf – ein längerer und langsamerer, aber, was am wichtigsten war, ein *anderer* Weg nach Ashley. Jared nahm den Fuß gerade genug vom Gas, um nicht noch einmal zu schlittern, lenkte das Auto auf die Seitenstraße und drückte dann das Pedal wieder bis zum Anschlag durch. Die Seitenstraße schlängelte sich in einer weiten Gabelung von der Landstraße weg, bis eine Anhöhe die beiden Routen voneinander trennte.

Erst als Jared einen Schmerz in den Lungen verspürte, merkte er, dass er die Luft angehalten hatte. Nach und nach nahm er den Fuß vom Gaspedal. Er entspannte seine Finger, die sich um das Lenkrad gekrampft hatten, und atmete leise aus.

* * *

Towers betrat das Besprechungszimmer der Bibliothek von Ashley zwanzig Minuten nachdem Jared und die anderen eingetroffen waren.

»Was ist aus dem Subaru geworden, nachdem wir von dem Restaurant abgefahren sind?«, fragte Jared.

Der Privatdetektiv räusperte sich. »Ich habe ihn eingekeilt, bis Sie außer Sichtweite waren. Genau genommen habe ich gewartet, bis der Fahrer sich daranmachte, aus dem Auto zu steigen. Dann bin ich weggefahren – in Richtung Schnellstraße. Hoffentlich hat er mich bloß für einen miserablen Fahrer gehalten.«

»Ist er uns gefolgt?«

Towers nickte.

»Das sagt uns nichts weiter, als dass er in nördliche Richtung gefahren ist«, bemerkte Jessie sarkastisch.

»Ich glaube, er ist uns gefolgt«, entgegnete Erin. »Ich glaube, ich habe dieses blaue Auto schon ab und an in Ashley gesehen. Vielleicht sollten wir die Polizei informieren.«

»Na klar. Wir teilen ihnen die erschreckende Nachricht mit, dass wir in einem Restaurant in der Nähe der Schnellstraße waren, und als wir abfuhren, fuhr ein anderes Auto in die gleiche Richtung«, erwiderte Jessie lakonisch.

Jared warf ihr einen langen Blick zu. »Wir werden darauf achten, ob uns jemand beschattet«, sagte er und bat dann rasch Mrs Huddleston, zu erzählen, was sie herausgefunden hatte.

Als sie berichtet hatte, was sie über Cory Spangler in Erfahrung gebracht hatte, hob Jared die Hand, um weitere skeptische Bemerkungen von Jessie abzuwehren. »Ich weiß, es gibt keine Garantie - weder dafür, dass Cory entscheidende Beweise hat, noch dafür, dass wir sie aufspüren können«, sagte er, »aber etwas Besseres haben wir an dieser Front nicht.« Er wandte sich an den Privatdetektiv. »Erzählen Sie uns von Ihrem Ausflug nach Washington.«

Towers berichtete von seinem Besuch bei der Veteranenbehörde und erklärte ausführlich, warum er glaubte, dass Anthony Carlson log. Während Jared seiner zurückhaltenden, klangvollen Stimme zuhörte, dachte er, ein einziges lautes Wort könnte den Privatdetektiv aus dem Raum verjagen.

Doch wieder einmal fand er dessen Beobachtungen faszinierend - selbst wenn sie nicht handfest genug waren, um als Beweise in einem Prozess zu dienen.

Als Nächstes meldete sich wieder Jared zu Wort. »Ich habe dieses Treffen angesetzt, weil mir heute der Antrag auf ein Urteil im Schnellverfahren zugestellt wurde. Bisher hatten wir noch sechs Wochen, um unsere Beweise zu finden. Jetzt haben wir noch neunzehn Tage. Bis dahin müssen wir unsere Entgegnung auf den Antrag einreichen, und zwar mit handfesten Beweisen, um zu vermeiden, dass die Forderungen der Klägerin endgültig abgewiesen werden. Wenn wir bis dahin nicht wenigstens *irgendwelche* zulässigen Beweise für die Einzahlung liefern können, *wird* der Richter den Fall nächsten Monat schon beim Eröffnungsplädoyer abweisen. In Anbetracht der Situation, in der wir uns befinden«, schloss Jared, »habe ich beschlossen, nach Europa zu fliegen und Cory Spangler aufzuspüren.«

»Und wer soll dann die Erwiderung schreiben?«, fragte Jessie mit einem interessierten Blick auf ihre Hände, die auf dem Tisch lagen.

»Das mache ich, wenn ich zurückkomme. Ich bin nur ein paar Tage weg.«

»Der Schriftsatz von Paisley ist vierzig Seiten lang!«, schoss sie sofort zurück. »Hin- und Rückreise kosten dich jeweils einen ganzen Tag. Dann noch ein paar Tage, bis du sie gefunden und alles arrangiert hast - das ist mindestens eine Woche!«

»Dann holen wir uns einen Rechtsanwaltsgehilfen, der die Recherchen und einen groben Entwurf macht.«

»Und woher nehmen wir den so schnell - noch dazu hier in Ashley?«

Alle anderen folgten dem Wortwechsel wie gebannt.

»Ruf in Mort Goerings Büro an«, erwiderte Jared, und seine Stimme begann sich zu überschlagen. »Vielleicht kann er jemanden empfehlen.«

Einer von beiden würde gleich platzen, und Jared nahm an, dass es wahrscheinlich Jessie war. Ihre Augen blitzten und er machte sich auf ein Donnerwetter gefasst - doch da schaltete Mrs Huddleston sich ein. »Wann willst du los, Jared?«

»Ich plane, nächsten Montag zu fliegen. Wenn ich Erfolg habe, komme ich mit Cory im Schlepptau zurück.«

Die Spannung zwischen Jessie und Jared, wenn auch etwas abgemildert durch Mrs Huddlestons Einschreiten, hatte alle anderen sprachlos gemacht. Jared schaute sich im Raum um. Erins Gesicht war angespannt, Jessies ausdruckslos. Mrs Huddleston beobachtete die beiden anderen Frauen aus dem Augenwinkel.

Jared fiel wieder Jessies Blick ein, als er heute Morgen das Haus verlassen hatte - ein unverkennbar schmerzlicher Ausdruck, der ihm sagte, dass sie wusste, was er mit Olneys Geld gemacht hatte. Die Erinnerung an ihre Augen stach ihm ins Herz, und zum ersten Mal fragte er sich, ob er ihrer Beziehung gerade dauerhaften Schaden zufügte.

Er würde sich damit befassen, redete er sich ein, sobald er alles andere unter Kontrolle hatte. Nach Europa. Dann würde er alles aufklären, alles wiedergutmachen. Wenn er mehr Beweise hatte - Beweise, die Jessie zeigen würden, dass er den Fall gewinnen konnte – dann würde alles in Ordnung kommen.

Jared wandte sich an den Privatdetektiv. »Richard, gibt es noch *irgendwelche* anderen möglichen Quellen, um die Herkunft dieses Geldes zu belegen? Andere Banken? Steuerunterlagen? Es wird langsam knapp.«

Der Privatdetektiv saß stumm da und ließ sich von den Blicken der anderen nicht aus der Ruhe bringen. »In Bezug auf das Geld habe ich keine Ahnung, wo wir noch suchen könnten«, erwiderte er zerknirscht. »Sie haben keine Zeit, die Auskunft der Veteranenbehörde anzufechten, und ich habe keine Ahnung, wo das Geld sonst sein könnte.«

Das hatte Jared befürchtet. Doch bevor er antworten konnte, fuhr Towers in seinem gewohnt ruhigen Ton fort. »Aber, Mr Neaton, ich habe das hier.«

Er öffnete seine Aktentasche und zog ein Mobiltelefon heraus. Nach ein paar Eingaben auf dem Display hielt er es hoch, damit es alle anderen am Tisch sehen konnten.

Das Display zeigte ein Foto, digital vergrößert und optimiert. Es war durch eine Glasscheibe hindurch aufgenommen worden und überbelichtet, aber deutlich genug zu erkennen: unbändiger Zorn auf dem Gesicht des Mannes, der aus seinem blauen Subaru ausstieg.

29

Jareds Füße wirbelten das raschelnde Herbstlaub auf, das auf dem Bürgersteig lag. Ein Terrier kam hinter einem weißen einstöckigen Haus hervor und schoss auf ihn zu, schlitterte über die Wiese, bis er vor dem Gartenzaun zu stehen kam, und kläffte aufgeregt los. Genauso fühlte sich dieser Fall an, dachte Jared.

Über eine Stunde lief er nun schon durch die Stadt, und er konnte immer noch nicht ganz akzeptieren, dass Stanford und Whittier ihn observieren ließen. Es war ein potenziell großer Fall, aber bis vor Kurzem hatte es nach einem sicheren Sieg für Paisley ausgesehen. Wenn Paisley so besorgt war, dass man ihn überwachen ließ, was hatte das dann zu bedeuten?

Nach dem Treffen in der Bibliothek Anfang der Woche hatte ihm Erin alle paar Stunden SMS geschickt, Mrs Huddleston hatte versprochen, sich weiter nach Zeugen umzuhören, und Towers hatte sich darangemacht, den Mann aus dem Subaru zu identifizieren. Jared hatte außerdem eine Gelegenheit gefunden, lange genug unter vier Augen mit Towers zu sprechen, um sich zu vergewissern, dass dieser Paul Larsons Anrufnachweise immer noch nicht hatte auftreiben können. Was Jessie betraf, hatte Jared ihr einfach aufgetragen, in Goerings Büro anzurufen, um einen Rechtsanwaltsgehilfen für die Erwiderung auf Paisleys letzten Antrag ausfindig zu machen.

Ein kalter Windhauch kroch unter Jareds Kragen. Als er stehen blieb, um den Reißverschluss seiner Jacke zuzuziehen, drang der Klang von Trommeln einer Marschkapelle über die Bäume. Warum sollte jetzt – so spät im Herbst – an einem Samstagnachmittag ein Footballspiel beginnen?

Dann erinnerte er sich daran, dass er auf der Heimfahrt am Abend zuvor Dekorationen an den Straßenlaternen und Parkschildern gesehen hatte. Es war das Stadtjubiläum von Ashley. Alle Anzeichen für das bevorstehende Ereignis waren völlig an Jared vorbeigegangen.

In seiner Kindheit war das immer ein großer Tag gewesen. Man zog mit seinen Freunden durch die Menschenmassen, die die Main Street säumten, sammelte von den Wagen geworfene Süßigkeiten ein und kostete Brathähnchen und Bratwürste im Stadtpark, wo die Parade endete. Später begriff Jared, dass es noch mehr war: man feierte die letzten Herbsttage, bevor der Winter die Familien hinter verschlossene Türen vertrieb, wo man sehnlichst auf die Ankunft des Frühlings wartete.

Er überlegte, ob er sich die Parade anschauen sollte, und wie wahrscheinlich unliebsame Begegnungen mit Leuten waren, die er kannte. Sein eigenes Zögern ließ ihn wieder über all die Jahre nachdenken, in denen sein Vater schon in diesem feindlichen Territorium lebte.

Jared bog in die Richtung ab, aus der der Lärm kam. An der Main Street entlang standen die Menschen in dichten Reihen an der Bordsteinkante. Immer wieder jagten Kinder auf die Straße, um die Süßigkeiten aufzusammeln, die von den Umzugswagen und aus den Autos geworfen wurden. Viele der Erwachsenen saßen dick eingemummelt auf Klappstühlen, während andere in Grüppchen zusammenstanden und sich über Dinge unterhielten, die interessanter waren als die Parade.

Es hatte sich nur wenig geändert. Jared lehnte sich an einen Schaufenstersims und schaute zu, wie die Marschkapelle der Mittelschule von Ashley dem Umzugswagen des örtlichen Kiwanis-Clubs folgte. Wer zum Umzug gehörte und wer zuschaute, war für Jared kaum zu unterscheiden. Dieser Umzug *war* Ashley - Kinder, Eltern, Freunde und Geschwister. Sie waren nur durch ein paar Meter Asphalt voneinander getrennt. Die Parade würde sich im Stadtpark auflösen; die Zuschauer würden folgen, und dann würden sich alle wieder treffen und vermischen. Was für ein lebendiger Organismus so eine Kleinstadt doch war.

»Hi.«

Es war Vic Waye. »Hallo Vic«, sagte Jared.

Vic stellte sich zu Jared auf den Bürgersteig. »Das da drüben ist mein Sohn«, sagte er und streckte einen Finger in Richtung einer kleinen Gruppe von Jungen, die ein Spruchband mit der Aufschrift *Ashley High Schwimmermannschaft* trug.

Jared wusste nicht genau, auf welchen der Jungen Vic zeigte. »Sieht genau aus wie Sie«, erwiderte er.

Einige Minuten später gab Vic seiner Schulter einen kleinen Stoß und deutete mit dem Kinn auf die andere Straßenseite und ein wenig nach rechts. »Das ist Verne Loffler«, sagte er und zeigte auf einen Mann, der dort mit einer Frau und einem älteren Jungen stand.

Jared fand, dass er in seinem grünen Sweatshirt und den Jeans ziemlich unauffällig wirkte: einfach ein Nachbar oder Freund. Verne sah, dass Jared zu ihm herüberschaute, und nickte leicht. Jared erwiderte die Geste und wandte den Blick dann wieder zur Parade.

Er hörte den Tumult, noch bevor er ihn sah; er drehte sich zu Vic um, als der Veteran ein »O nein« ausstieß. Vic schaute über die Straße zur Mitte des nächsten Blocks und Jared folgte seinem Blick.

Es dauerte einen Augenblick, bis Jared dort drüben die Gestalt von Joe Creedy erkannte. Seine Schritte waren unsicher und er hielt sich mit einer Hand an der Hauswand fest. Mit jedem zweiten Schritt torkelte er in die Menschenmenge.

Vic ging über die Straße und schlängelte sich um einige Paradepferde herum. Jared folgte ihm.

Kaum hatten sie die Bordsteinkante auf der anderen Straßenseite erreicht, rannten sie los. Vic war nur einen Meter entfernt, als Joe Creedy schließlich stolperte und hart auf dem Gehweg aufschlug, bevor Vic ihn festhalten konnte.

»Hey, komm schon, Kumpel«, sagte Vic, legte seine starken Hände unter die Achsel und den Arm des anderen Mannes und half ihm hoch. Joes Gesicht war ramponiert: Blut strömte aus seiner Nase, als er vom Gehweg aufstand.

Jared half, den Farmer auf seine schwankenden Beine zu stellen. Der Mann machte kaum mit. Als Jared sah, dass Vic sich Joes einen Arm über die Schulter legte, tat Jared dasselbe.

»Braucht ihr Hilfe, Vic?«, fragte jemand hinter ihnen.

»Nein, schon gut«, rief Vic, »aber jemand sollte hier sauber machen. Kümmerst du dich drum?«

Sie zogen den Farmer zur Ecke und eine Straße weg von der Parade. Einen halben Block später blieben sie stehen, gerade als Jareds Beine, die heftig unter der Last schmerzten, nachzugeben drohten. Jared folgte Vics Beispiel und half, Joe auf eine Bank vor der Post zu setzen. »Bleiben Sie mit ihm hier, ich hole mein Auto«, brummte Vic und verschwand in eine Seitengasse.

Joes alkoholischer Atem ging in kurzen, übelriechenden Stößen, und er spuckte das Blut aus, das immer noch aus seiner Nase und über seine Lippen strömte. Jared zog eine Papierserviette aus der Jackentasche, die er dem Farmer unter die Nase presste. Sie war augenblicklich durchnässt. Er legte eine Hand auf Joes Brustkorb, drückte ihn gegen die Rückenlehne der Bank und zog behutsam seinen Kopf in den Nacken, um die Blutung zu stillen.

Die Augen des Farmers öffneten sich, als sein Kopf nach hinten rollte, und fixierten sich glasig und passiv auf Jared. Dann schien er sein Gegenüber zu erkennen. »Neaton«, murmelte er.

Jared hörte hinter sich, wie trockene Blätter unter Autoreifen zermalmt wurden, als der Farmer plötzlich hochschoss und Jareds Hand wegschob. Er beugte sich vornüber und erbrach seinen mit Blut vermischten Mageninhalt auf den Gehweg unter ihren Füßen.

»Hau ab, Neaton«, lallte der Farmer. »Du bist der Tod für diese Stadt. Du und Larson, ihr macht alles kaputt. Daraus wird nichts, Neaton. Ihr gewinnt diesen Prozess nicht.« Er versuchte vergeblich aufzustehen und sackte zurück auf die Bank.

Jared bekam den Ärmel von Joes Jacke zu greifen, bevor er von der Bank auf den Gehweg rollen konnte. »Ab ins Auto mit ihm«, sagte Vic über Jareds Schulter. »Ich bring ihn heim zu Susie.«

Vic murmelte etwas, das deutlich seine Abscheu zum Ausdruck brachte, als er und Jared sich wieder Joes Arme über die Schulter legten. Sie zogen ihn zur Ladefläche des Pick-ups, wuchteten ihn hinauf und legten ihn dann auf den Bauch, bevor Vic eine Plane über den hingestreckten Körper zog.

»Soll ich mitkommen?«, fragte Jared und wischte sich an einem Lappen, den Vic ihm aus der Fahrerkabine zuwarf, die Hände ab.

»Wahrscheinlich keine gute Idee.«

Vic setzte zum Einsteigen an, rief Jared aber noch zu: »Hey – hören Sie nicht auf Joe. Er steht kurz vor der Zwangsversteigerung und er liest zu viel Zeitung. Nur ein paar Hitzköpfe glauben, was in den Artikeln steht, dass die Bank schließen könnte. Keine große Sache.«

Jared nickte dankbar. Als der Pick-up wegfuhr, dachte er über Creedys Worte nach und fragte sich, wie viele die »paar Hitzköpfe«, wie Vic sie genannt hatte, tatsächlich waren. Er schaute die Straße hinunter in Richtung Parade, drehte sich um und trat den Heimweg an.

* * *

Jared ging die Kellertreppe hinunter, als stiege er in eine Gruft hinab. Unten an der Treppe warf er einen einzigen Blick auf die wenigen Kisten, die er noch durchgehen musste, schüttelte den Kopf und schleppte sich zurück nach oben in die Küche.

Er hatte seine Jacke noch an, als er sein Schlafzimmer betrat und überlegte, ob er ein Nickerchen machen könnte. Auf dem Bett, gegen das Kissen gelehnt, stand ein weißer Briefumschlag.

Jared nahm ihn in die Hand und wanderte zurück ins Wohnzimmer. Dort stand sein Vater, das Haar noch wirr von dem böigen Wind draußen.

»Was ist das da auf deiner Jacke?«, rief Samuel aus. Jared schaute auf die dunkelroten Tropfen, die sich dunkel über seine Brust und Schultern zogen.

»Nichts«, erwiderte er und setzte sich auf die Couch.

Sein Vater beobachtete ihn scharf und setzte an, etwas zu sagen. Als Jared den Kopf zurücklegte und die Augen schloss, begann sein Vater zu sprechen. »Jedee, ich würde gern mit dir reden.«

Angesichts dieser altvertrauten Worte konnte Jared ein Stöhnen nicht unterdrücken.

»Jedee, ich weiß, dass du nichts von mir hören willst - nicht zu diesem Thema und auch zu keinem anderen -, aber wie weit bist du bereit, in dieser Sache zu gehen?«

»In welcher Sache?«, murmelte Jared.

»Dem Fall. Diesem Prozess gegen die Bank.«

Jared öffnete ein Auge und schaute seinen Vater an. »Hast du wieder mit Jessie geredet?«

Sein Vater schwieg. Jared wünschte, er hätte die Energie, sich auf die Diskussion einzulassen, aber war zu müde, um auch nur seine Stimme über seinen augenblicklich monotonen Tonfall zu erheben. »Dad, das ist meine Sache. Ich weiß, was ich tue.«

»Wirklich, Jedee? Ich weiß doch, dass du fast kein Geld mehr hast. An den meisten Tagen kannst du vor Müdigkeit kaum aus den Augen schauen. Und du stehst kurz davor, eine wunderbare Mitarbeiterin und Freundin zu verlieren, der wirklich etwas an dir und deiner Kanzlei liegt.«

»Hat sie dir das so gesagt?«

»Nein. Aber du bist so ziemlich der Einzige, der es nicht erkennt.«

Jared rappelte sich so weit auf, dass es ihm gelang, sich vorzubeugen und die Augen zu öffnen. »Sie arbeitet für mich, nicht andersherum.«

Sein Vater schüttelte den Kopf. »Das spielt keine Rolle. Wenn jemand, dem du wichtig bist, wegen deines Verhaltens aus deinem Leben verschwinden will, solltest du vielleicht in dich gehen.«

Nun loderte das Feuer doch auf. »Du sprichst wohl aus Erfahrung, was?«

»Ja, tue ich«, antwortete sein Vater, ohne auch nur mit der Wimper zu zucken.

Als Jared nicht reagierte, setzte sich Samuel in den Sessel ihm gegenüber. »Ist es wegen dem Geld? Weil es so ein … ›Ausbruchsfall‹ ist?«

»Durchbruchsfall.«

»Okay, Durchbruchsfall. Bitte sag mir, dass du nicht nur wegen dem Geld deine Bankkonten leerräumst und deine Karriere aufs Spiel setzt, Junge.«

Wie viel hatte Jessie seinem Vater erzählt? Jared spürte, wie ihm das Blut in den Schläfen pochte.

»Du liegst total falsch, Dad. Vergiss es einfach.«

»Genau das denkt Jessie nämlich«, fuhr Samuel fort.

Natürlich dachte Jessie das. Jared hatte nicht einmal versucht zu erklären, was bei diesem Fall alles für ihn auf dem Spiel stand. Sie konnte es nicht verstehen, und es würde dazu führen, dass sie nur noch nachdrücklicher verlangte, dass er den Fall niederlegte.

Bevor er etwas sagen konnte, sprach sein Vater weiter. »Jessie denkt, es geht um das Geld, aber ich bin mir da nicht so sicher. Es ist dir doch klar, Jedee, dass es *unsere* Beziehung nicht in Ordnung bringt, wenn du diesen Fall für Paul und Erin gewinnst?«

Jared schaute seinem Vater in die Augen. »Wenigstens müsste sich

Erin dann nicht zehn Jahre lang fragen, warum ihr eigener Vater seine Familie, seine Stadt und alles, wofür er angeblich stand, betrogen hat.«

Er sah, dass seine Worte seinen Vater verletzt hatten, und erwartete, dass er wie früher auf die Konfrontation hin zurückschoss. Stattdessen lag in seinen Augen nur Besorgnis.

»In Ordnung, Jedee«, erwiderte Samuel leise. »Aber selbst wenn der Kampf sich dafür lohnt, solltest du dir Gedanken machen, wo deine Grenzen liegen, und wo du in diesem Fall die Grenze ziehen solltest. Egal, wie wichtig es für dich ist - wenn du keine Grenze hast, die du nie überschreiten würdest, dann sage ich dir, dass du irgendwann genauso enden wirst wie ich.«

»Nein. Ich bin nicht du«, entgegnete Jared. »Daran habe ich die letzten zehn Jahre intensiv gearbeitet.«

Bei diesen Worten verschwand das letzte Leben aus dem Gesicht seines Vaters. Er blieb noch eine Minute unbeweglich sitzen, legte dann die Hände auf die Knie und erhob sich langsam.

»Du hast recht, Sohn«, sagte er, bevor er sich abwandte. »Du bist nicht ich. Du bist ein besserer Mensch, als ich war, und du bist das Letzte, worauf ich in dieser Welt noch stolz bin. Ich bitte dich nur um eines … versuch, so zu bleiben.«

30

Am Montagmorgen betrat Jared das Wohnzimmer mit seinem Reisepass in der Hand. Er hatte nicht viel Gepäck, nur seinen Rucksack, der bereits im Kofferraum seines Autos lag. Der Flug ging um vierzehn Uhr ab Minneapolis-St. Paul International; wenn er jetzt losfuhr, sollte er noch Zeit für ein schnelles Mittagessen am Flughafen haben, bevor er ins Flugzeug stieg.

Auf der Couch lag der ungeöffnete Umschlag, den er am Nachmittag zuvor dort hatte liegenlassen. Er wollte ihn gerade öffnen, als er draußen einen rostigen VW vorfahren sah.

Eine junge Frau stieg auf der Fahrerseite aus. Ihr kurz geschnittenes blondes Haar schaute unter der Skimütze hervor, die sie tief über Ohren und Stirn gezogen hatte. In der linken Hand schwenkte sie eine Aktentasche.

Kannte er sie? Dann fiel es ihm ein: Das war die junge Frau aus Mort Goerings Büro, die ihm damals geholfen hatte, Erins Akte zusammenzustellen, als er nach Ashley gekommen war. Die Jurastudentin, die sich Geld für ihren Abschluss verdienen wollte.

Er öffnete die Tür. Die junge Frau lächelte Jared an, beklommen, wie er fand.

Vielleicht war sie nervös. Sie streckte ihm die Hand entgegen, die in der Kälte leicht zitterte.

»Rachel Langer. Wir haben uns in Mort Goerings Büro kennengelernt. Jessie rief an und meinte, Sie brauchen Hilfe?«

* * *

Es war beinahe ein Uhr nachts, als Micks Telefon klingelte. Der Klingelton musste schon drei- oder viermal vollständig durchgelaufen sein, bevor er sich dazu bringen konnte, genügend aufzuwachen, um nach dem Telefon zu greifen. Mit seinen schläfrigen Augen konnte er die Ziffern nicht erkennen, also drückte er einfach nur auf »Anruf annehmen«.

»Ja?«, ächzte er.

»Ich bin's, Rachel.«

Nicht sie! Weswegen rief sie denn um diese Uhrzeit an? Wollte sie mehr Geld aus ihm herausholen? War sie wirklich so dumm?

»Was willst du, Rachel?«

Er meinte, ein Zittern in ihrer Stimme zu hören. »Jared Neatons Kanzlei hat mich gerade eingestellt, um an dem Larson-Fall mitzuarbeiten.«

Hatte er das richtig verstanden? »Im Ernst?«

»Ja.«

Micks Gedanken überstürzten sich, und plötzlich war er ganz wach. Konnte das wirklich wahr sein? So viel Glück konnte doch keiner haben.

»Ich weiß nicht genau, ob ich das will«, fuhr sie fort.

Ja, das war der Grund, warum sie anrief. »Doch. Du willst das auf jeden Fall, Rachel«, antwortete Mick behutsam. Wie hieß ihr Verlobter doch gleich? Blair. »Du und Blair - habt ihr schon einen Termin festgelegt? Sicher könnt ihr doch für die Hochzeitsvorbereitungen eine kleine Finanzspritze gebrauchen, Rachel.«

Er lauschte dem Schweigen.

»Was soll ich machen?«

Mick atmete aus. »Wann fängst du an?«

»Ich habe mich heute Morgen mit Mr Neaton getroffen.«

Unglaublich. »Gut. Ich rufe dich morgen an und wir machen einen Termin für ein Gespräch aus.«

»Okay«, erwiderte sie resigniert.

Mick lächelte, aber er bemühte sich, nicht triumphierend zu klingen. »Kopf hoch, Rachel«, sagte er beflissen-fürsorglich, bevor er auflegte. »Du und Blair, ihr werdet noch sehr froh darüber sein, dass du mich angerufen hast.«

31

Marcus nahm den Hörer ab und unterbrach damit die Freisprechfunktion. »Also, wo ist sie?«

»Athen.«

»*Wo ... in ... Athen?*«, fragte Marcus leise und kämpfte um seine Selbstbeherrschung.

Er hörte die Sorge in Micks Stimme, als dieser rasch antwortete: »Das wissen sie nicht. Wahrscheinlich in einer Jugendherberge. Neaton ist gestern Nachmittag geflogen.«

Mick konnte Marcus' Wut deutlich spüren und seine Stimme wurde unsicher. »Ich kann Sie informieren, sobald Neaton seine Assistentin anruft«, fuhr er fort. »Oder ich kann nach Athen fliegen, wenn Sie wollen.«

»Und was tun? Ihm durch die Stadt folgen?«

War es zu spät? Zum ersten Mal, seit diese ganze Sache begonnen hatte, spürte Marcus, wie die kalte Faust echter Panik sein Inneres packte. *Ruhig*, ermahnte er sich selbst und bedauerte seinen Ausbruch Mick gegenüber. Angst war ein Zeichen von Schwäche - und ansteckend.

»Nein, Mick. Bleiben Sie in enger Verbindung mit ihrer Kontaktperson in Ashley. Informieren Sie mich darüber, was die machen. Vor allem muss ich wissen, was dabei herauskommt, wenn Neaton sich tatsächlich mit dem Spangler-Mädchen trifft.«

Mick knurrte bestätigend.

»Ach, und Mick. Ich brauche noch einmal die Nummer von Ihrem Mann in New York, dem, über den wir letzten Winter geredet haben. Ich habe seine Kontaktdaten verlegt.«

»Marcus, ich weiß nicht, ob das eine gute Idee ist ...«

»*Mick*«, platzte Marcus heraus, »*sagen Sie mir ganz einfach nur den Namen!*«

Er fing sich wieder, atmete aus und sprach dann ruhiger weiter. »Und sagen Sie mir alles, was ich ihm erklären muss, damit er bereit ist, mit mir zu reden.«

Mick gab ihm die Informationen durch, Marcus schrieb sie auf den gelben Block auf seinem Schreibtisch und legte dann den Telefonhörer wieder auf.

* * *

»Ich kenne Sie nicht«, sagte die Stimme am Telefon noch einmal.

Es war schon spät am Dienstagvormittag, als Marcus nach New York telefonierte. Da Neaton bereits in Griechenland war, war keine Zeit zu verlieren.

»Nein«, erwiderte Marcus, »aber wie ich bereits erklärt habe, haben wir gemeinsame Freunde. Von denen habe ich die Informationen, die ich brauchte, um Sie zu kontaktieren.«

»Ja, das sagten Sie bereits. Aber ich kenne Sie trotzdem nicht.«

Marcus schwieg.

»Rufen Sie mich von einem Mobiltelefon an?«, fragte der Kontakt.

»Nein, aus dem Festnetz. Ich habe eine Telefonkarte benutzt.«

»Meine Kunden wissen, dass sie mich nicht anrufen sollen. Ich mache diese Dinge nur im persönlichen Kontakt.«

»Für ein Treffen ist keine Zeit. Wie Sie sicher merken, ist dies ein Notfall.«

Schweigen. Dann: »Sie wollen also denjenigen einfach von seinen Plänen abbringen. Nichts weiter.«

»Ja.«

»Fünfundzwanzigtausend. Plus Spesen. Sagen wir dreißigtausend.«

Um ein Haar hätte Marcus den Hörer fallen lassen. »Sie machen Witze.«

»Ganz und gar nicht. Sie sagen mir, ich soll dieser Dame Angst einjagen. Wenn die Sache so einfach wäre, würden Sie es selbst machen. Nein. Was Sie wollen, ist, jemanden zwischen sich und dieser Dame zu haben, der das Risiko eingeht, geschnappt zu werden. Und das ist das andere, sehen Sie? Ich werde *nie* geschnappt. Dafür sorge ich. Verstehen Sie mich?«

»Das habe ich gehört. Sie werden nie geschnappt.« Marcus spürte, wie er von Zweifeln gepackt wurde.

»Egal, was ich zu tun habe – es ist nicht Ihre Sache.«

»Ich verstehe«, antwortete Marcus ohne Überzeugung.

»In Ordnung. Schreiben Sie mit.« Micks Kontakt ratterte eine Kontonummer herunter, gefolgt von einigen zusätzlichen Anweisungen. Als Marcus bestätigte, dass er alles aufgeschrieben hatte, sprach der Kontakt weiter. »Mailen Sie mir die Informationen, die ich für diesen Auftrag brauche, an diese Nummer, und überweisen Sie das Geld auf das Konto, das ich Ihnen genannt habe. Dann können Sie beide Nummern wegwerfen, denn keine von beiden wird noch einmal funktionieren. Das nächste Mal nehme *ich* mit Ihnen Kontakt auf. Da der Zeitdruck so hoch ist, werde ich gleich mit den Vorbereitungen beginnen – aber es wäre besser, wenn ich spätestens heute Abend die Informationen und das Geld habe, sonst hat dieser Anwalt Ihre Zeugin in der Tasche und ich kann Ihnen nicht helfen. In dem Fall behalte ich das Geld trotzdem.«

Marcus sagte, er würde alle Bedingungen erfüllen, und legte auf.

Das hätte besser laufen können.

Er langte über den Schreibtisch zum Telefon und zog den Stecker seines digitalen Diktiergeräts heraus, mit dem er gerade sein Gespräch mit Micks Mann aufgezeichnet hatte. Es war nur vernünftig, sich abzusichern, dachte er, wenn man mit jemandem wie dem Mann am anderen Ende der Leitung zu tun hatte.

Er hörte ein Geräusch an der Tür. Überrascht schaute Marcus auf und sah, dass die Tür einen Spalt weit geöffnet war. Wie lange war das schon so? »Komm rein.«

Franklin erschien. In der Hand hielt er eine juristische Zeitschrift, und ein besorgter Ausdruck lag in seinen Augen. »Was ist los, Marcus?«

»Was meinst du?«

»Marcus, ich habe dein Telefonat gehört. Stimmt das, dass die Spangler in Griechenland ist? Und wer ist der Kerl, mit dem du telefoniert hast? Was hast du vor?«

Es wäre dumm, das Ganze abzustreiten. »Frank, du wirst mir vertrauen müssen.«

Das Gesicht des Juniorteilhabers blieb teilnahmslos. »Was ist hier los?«

Marcus wägte im Stillen seine Optionen ab. »Ich meinte, Frank, dass du mir noch etwas länger vertrauen musst.«

»Wie lange?«

Marcus unterdrückte seine Wut über Whittiers Tonfall. »Morgen früh, Frank. Wir reden morgen früh darüber.«

* * *

Es war spät am Nachmittag, und die letzte halbe Stunde war miserabel verlaufen. Marcus hatte überlegt, ob er Sidney Grant verschweigen sollte, dass Neaton die Spangler gefunden hatte. Am Ende entschied er, dass das nicht möglich war.

Marcus hielt das Telefon einige Zentimeter vom Ohr weg, während Grant seine Tirade fortsetzte. Er ließ den Banker noch zehn Minuten weitertoben. Als er sich langsam beruhigte, ging Marcus zum nächsten schwierigen Thema über. »Sidney, ich will Whittier einweihen.«

»Sie wollen *was*?«

»Neaton wird Cory Spangler wahrscheinlich in Athen nicht finden. Es ist eine große Stadt, und Spangler wird vermutlich jedem Kontakt aus dem Weg gehen. Aber die ganze Sache wird zu kompliziert, als dass ich ihn weiterhin heraushalten könnte. Whittier ist zu klug und er wird dahinterkommen.«

»*Nein! Auf keinen Fall!* Unser Deal war, dass Whittier außen vor bleibt, Marcus. Sie haben mir *versprochen*, dass Sie die Sache im Griff haben!«

»Die Dinge haben sich geändert«, sagte Marcus leise und versuchte, Sidney Grant nicht noch wütender zu machen. »Jetzt brauche ich seine uneingeschränkte Mitarbeit.« Marcus war froh, dass Grant nicht hier im Raum war, sonst hätte er gesehen, wie fest er den Stift in seiner Hand umklammerte.

»Das ist zu gefährlich. Ich kenne Whittier nicht. Ich *vertraue* Whittier nicht.«

Marcus konnte Grant nicht die Wahrheit sagen – dass Whittier heute Morgen zu viel von seinem Gespräch mit Micks Kontakt in New York mitgehört hatte, um noch außen vor gelassen zu werden. »Die Sache ist komplizierter geworden.«

»Die Sache ist Ihnen aus der Hand geglitten, Marcus! Man wird Sie schnappen. Sie haben den Karren so tief in den Dreck gefahren, dass Sie –«

»Halten Sie den Mund, Sidney!« Es entstand ein Moment schockierter Stille. Dann sprach Marcus weiter. »Ich sage Ihnen jetzt, was wir tun werden, Sidney, und Sie werden zuhören. Ich werde Whittier ins Boot holen. Ich werde ihm so viel sagen, wie ich muss. Und Sie werden den Mund halten. Sie werden meinen Anweisungen folgen. Wir werden diese Sache durchstehen, aber Sie werden anfangen, auf mich zu hören.«

»So können Sie nicht mit mir –«

»Ich kann, Sidney, weil ich hier nicht Ihr Anwalt bin. Ich bin seit dem Tag nicht mehr Ihr Anwalt, als Sie mir den Scheck gebracht haben. Seit jenem Tag bin ich Ihr Partner, Sidney – *Ihr Partner.* Und als Ihr Partner werde ich tun, was am Besten für uns beide ist. Ich hole Whittier ins Boot.«

Das Schweigen hämmerte in Marcus' Ohr. »Wann?«

»Heute Abend.«

Erneutes Schweigen. »Das bezahlen Sie aus Ihrem Anteil«, sagte der Banker schließlich.

Behutsam legte Marcus das Telefon auf.

* * *

Franklin Whittier III. saß ihm gegenüber auf einem der beiden Zweisitzer-Sofas in dem Hotelzimmer, das Marcus für Aufgaben angemietet hatte, die besser außerhalb der Kanzlei erledigt wurden. Marcus hatte bereits erklärt, welche Informationen Whittier an Micks Mann schicken musste. Während der Juniorteilhaber seinen Laptop öffnete, um zu gehorchen, rief Marcus eine Bank im Ausland an, um die Überweisung vornehmen zu lassen.

Zehn Minuten später, als die Überweisung erledigt war, betrachtete Marcus Whittier prüfend, der immer noch am Laptop arbeitete. Der junge Anwalt hatte ihre vorausgegangene Diskussion bemerkenswert mühelos weggesteckt. Als er das Hotelzimmer betreten hatte, hatte er verdutzt gewirkt. Marcus hatte ihm so viel wie nötig zu dem Fall erklärt – Informationen, die er Whittier zum größten Teil seit dem Frühjahr vorenthalten hatte. Er hatte die Geschichte langsam und vorsichtig entfaltet, bereit, jederzeit zurückzurudern, falls der andere Paisley-Anwalt Einwände gehabt oder gezögert hätte, sich an der Sache zu beteiligen. Nichts davon war der Fall.

»Was bietest du mir an?«, war seine ganze Frage, nachdem Marcus geendet hatte.

Marcus reichte ihm einen Computerausdruck, auf dem eine Zahl stand. »Und meine Unterstützung für eine volle Teilhaberschaft nächstes Frühjahr.«

»In Ordnung«, erwiderte Whittier auf der Stelle.

Marcus staunte über den jungen Mann. Kein Zögern, kein Hauch von Zweifel. Beeindruckend.

Whittier beendete die E-Mail und packte seinen Laptop ein. Er nickte Marcus zu, weiter nichts, nahm seinen Mantel und verließ den Raum.

Marcus blieb noch einen Augenblick länger. In dem leeren Hotelzimmer zog er ein Blatt Papier aus der Tasche – das, auf dem die Telefonnummer für Micks Mann in New York stand. Er ließ einen Finger über die Nummer gleiten und erinnerte sich, wie kurz er letzten Januar davor gestanden hatte, diesen Mann zu kontaktieren, als Sidney Grant ihn jeden zweiten Abend anrief. »Ich erledige meinen Teil«, hatte der Banker gejammert, »aber Sie müssen mehr tun.« Grant hatte sogar gedroht, Paul Larson von ihm zu erzählen und ihm zu verraten, welche Rolle er beim Verstecken des Geldes spielte.

Gegen Ende hatte Marcus sogar die Geduld mit dem Farmer verloren. Jeden Abend, bevor er aus dem Büro nach Hause ging, hatte Marcus die verschlossene Schublade in seinem Schreibtisch geöffnet und das Blatt studiert, auf dem die Telefonnummer dieses Mannes stand. Jeden Abend hatte er letztendlich die Schublade wieder zugeschoben und mit der festen Absicht abgeschlossen, sie nicht mehr zu öffnen – bis er es am nächsten Abend doch wieder tat.

Er hatte so kurz davorgestanden, dieses Telefonat zu führen.

Der Kreislauf war erst an jenem Abend unterbrochen worden, als Sidney Grant anrief und heiser vor Aufregung und mit einer Mischung aus Neugier und Schadenfreude erklärte: »Larson hatte einen Unfall.« Am nächsten Tag hatte Marcus die Nummer weggeworfen.

Nach Paul Larsons Tod hatte Marcus *Mick* die Wahrheit gesagt - dass er den New Yorker Kontaktmann nie angerufen hatte. Doch er hatte auch nie auf die Anspielungen reagiert, die der Banker in den letzten neun Monaten immer wieder hatte fallen lassen - dass Marcus den Farmer aus dem Weg geräumt hatte. Er ließ diese Möglichkeit schwer im Raume stehen und hatte nie zugegeben, dass Paul Larsons Tod tatsächlich ein Unfall gewesen sein musste: ein wunderbares, rechtzeitiges Geschenk des Schicksals. Wenn Grant annehmen wollte, dass der Vorfall Marcus zuzuschreiben war, dann bitteschön.

Als er sich erhob, um nach Hause zu gehen, spürte Marcus, wie erleichtert er war, dass er diese Grenze nie überschritten hatte. Den Mann aus New York das Problem Paul Larson beseitigen zu lassen, wäre eine Verzweiflungstat gewesen. Die jetzige Situation war anders. Dass Neaton Cory Spangler ausfindig gemacht hatte, war beunruhigend und erforderte sofortiges Handeln - aber man brauchte nicht zu so extremen Mitteln greifen, wie der überdrehte Banker offenbar dachte. Micks Mann aus New York würde die Sache mit viel mehr Feingefühl erledigen. Schließlich brauchte alles das rechte Maß.

32

Jared saß vor einem kleinen Café, eine Tasse süßen Kaffee vor sich auf dem Tisch. Das Café lag in unmittelbarer Nähe des Zaunes, der die Ruinen des antiken Marktplatzes im Schatten der hoch aufragenden Akropolis abgrenzte. Es war ungewöhnlich warm für diese Jahreszeit, und auf Jareds Gesicht und Armen, die der Mittagssonne ausgesetzt waren, standen Schweißperlen.

Er war vor drei Tagen in Athen angekommen. Die ersten beiden Tage hatte er damit verbracht, die Athener Jugendherbergen mit einem Foto von Cory zu durchforsten - einem Foto, das Mrs Huddleston aus dem Bibliotheksexemplar von Corys Highschool-Jahrbuch eingescannt hatte. Die meisten Leiter der Jugendherbergen akzeptierten Jareds Erklärung, er sei Corys Bruder, und sagten ihm bereitwillig, dass sie nicht bei ihnen wohnte.

Bei zweien von ihnen musste Jared für die gleiche Information jeweils fünfzig Euro springen lassen.

Am Morgen dieses dritten Tages hatte er die siebente Jugendherberge erreicht, die nur ein paar Meter entfernt lag. Dort war er hundert Euro losgeworden - wahrscheinlich, weil der junge Manager Cory sofort erkannt hatte. Es dauerte mehrere Minuten, in denen die beiden verhandelten und Jared den Mann beruhigen musste, bevor der vorsichtige Manager die Banknote aus Jareds Hand nahm. Er rieb sich den Bart, deutete mit einem nervösen Nicken auf das Bild und setzte in fast perfektem Englisch hinzu: »Sie hat bis heute Abend bezahlt, aber sie ist unterwegs.«

Seit diesem Gespräch hatte Jared sich den Rest des Vormittags mit Kaffee und Snacks über Wasser gehalten. Hin und wieder war er ein paar Schritte gegangen und hatte sich die Schaufenster neben der Jugendherberge angeschaut, traute sich aber nicht, länger wegzubleiben, als für eine kurze Toilettenpause nötig war.

Trotz der Aussage des Managers, sie würde bis heute Abend bleiben, ließ sein Zögern Jared befürchten, dass er gelogen hatte - oder dass er Cory warnen würde, dass Jared hier war. Er würde in der Nähe des Eingangs zur Jugendherberge bleiben, bis er sie zurückkommen sah.

Diese Reise hatte zu viel gekostet, um zu riskieren, sie jetzt zu verpassen.

* * *

Die Spätnachmittagssonne stand tief am Horizont und warf lange Schatten über die Terrasse. Jared, der immer noch in dem Café saß, begann zu frösteln. Ohne den Sonnenschein war seine Kleidung – die in der Morgensonne viel zu warm gewesen war – jetzt klamm und kalt. Er schaute sich um, ob eines der Geschäfte Sweatshirts verkaufte.

Da war sie endlich. Sie eilte die Straße entlang, einen kleinen Rucksack über die Schulter geworfen und eine Einkaufstasche in der rechten Hand. Mit dem Unterschied, dass sie jetzt weniger Make-up trug, sah sie ganz so aus wie auf dem Jahrbuchfoto.

Jared legte einen Fünf-Euro-Schein auf seinen Tisch und joggte die kurze Strecke bis zum Eingang der Jugendherberge. »Cory?«

Schon fast an der Tür, schaute sie mit einem erstaunten Gesichtsausdruck über die Schulter, der sich rasch in Bestürzung verwandelte. »Ich habe zu tun«, sagte sie. »Ich meine, ich habe es eilig.« Sie betrat das Gebäude.

Jared kam näher. »Cory, Athen ist weit weg von Minnesota. Ich bin von dort hierhergekommen, nur um mit Ihnen zu reden. Ich brauche nur eine halbe Stunde Ihrer Zeit. Bitte.«

Er konnte sehen, dass sie ein nettes Mädchen und nicht gewohnt war, eine höfliche Bitte abzulehnen. Sie starrte Jared an und versuchte ihm zu vermitteln, wie unangenehm ihr die Situation war. Aber er rührte sich nicht und sagte auch nichts, und bald verschwand die Abwehr aus ihren Augen. »Nur eine halbe Stunde«, sagte sie mit einem Tonfall widerstrebender Kapitulation.

Jared hatte seinen kleinen Vortrag wie ein Schlussplädoyer vorbereitet – die Fallgeschichte, Paul und Erin Larson, und schließlich Sylvia Pokofskys Zeugenaussage. Die beiden saßen an einem zugigen Restauranttisch, die Schatten wurden länger und einige Gäste erschienen zum Abendessen, und die Erklärung dauerte länger als die versprochene halbe Stunde. Als er geendet hatte, schaute Jared Cory in die Augen und hoffte, dass sie in seinen nicht erkennen konnte, wie nah am Rand der Verzweiflung er stand.

Corys Gesicht blieb völlig gleichmütig - bis Jared Sylvia Pokofsky erwähnte. Bei ihrem Namen wechselte der Ausdruck in ihren Augen und er fragte sich, ob sie sich versuchte zu erinnern, ob Mrs Pokofsky so viel wusste, dass weiteres Abstreiten zwecklos war.

Sie schaute über Jareds Schulter zur Akropolis, wo in der zunehmenden Dunkelheit die Abendbeleuchtung anging. »In Ordnung«, lenkte sie schließlich seufzend ein. »Was wollen Sie wissen?«

»Waren Sie an dem Abend, als Paul Larson seinen Scheck einzahlte, in der Bank?«, fragte er und versuchte zu verbergen, unter welchem Druck er stand.

»Ich war an dem Abend in der Bank, als er kam, und ... etwas Seltsames passierte.«

»Erzählen Sie mir davon.«

Die junge Frau lehnte sich auf ihrem Stuhl zurück und nippte an ihrem Kaffee. Jared beobachtete sie nervös. Er hatte vergessen, wie jung alle Collegestudenten heute für ihn aussahen und dass sie ihre Emotionen dicht an der Oberfläche trugen. Cory fing nicht gleich an zu reden, und einen Moment lang fürchtete Jared, sie würde sich zurückziehen und eine neue Abwehr aufbauen. Doch dann begann sie.

* * *

Werktags waren die Abende in der Bank normalerweise ruhig, erzählte Cory. Meistens waren nur sie, Cheryl Morrow und Leigh Kramer damit beschäftigt, die Transaktionen des Tages zu bearbeiten, nach Fehlern zu suchen und die Schecks zum Transfer an die Notenbankfiliale zusammenzustellen. Am Anfang ihres Praktikums fand Cory es ein bisschen unheimlich, abends in der kühlen Stille des alten Bankgebäudes zu arbeiten. Versteckt hinter dem kleinen Schreibtisch, den man für sie in einer Ecke hinter der Tresortür aufgestellt hatte, umgeben von Marmor und übergroßen Massivholzschreibtischen, fühlte sie sich, als würde sie in einer Gruft arbeiten.

Doch es war ja nur für drei Monate. Eine Chance, mit diesem unbezahlten Praktikum ihren Lebenslauf etwas aufzubessern, während sie ihr Vorstudium abschloss – bevor sie sich am St.-Olaf-College bewarb.

An jenem Montagabend waren sowohl Cheryl als auch Leigh krank gewesen. Glücklicherweise war es ein Abend nach einem ruhigen Tag. Cory hatte um sechzehn Uhr ihre Schicht angetreten und seitdem nach und nach die Transaktionen des Tages abgearbeitet. Normalerweise waren sie damit gegen zweiundzwanzig Uhr fertig, aber da Cory heute Abend allein war, war es beinahe halb zwei nachts, als sie endlich den letzten Scheck bearbeitet hatte.

Als sie die Umschläge mit den Schecks in den Wagen für den Kurier legte, schreckte Cory plötzlich auf, als sie die Schritte von mehreren Personen im hinteren Flur hörte. Die Schritte der einen Person waren schwer, langsam und unregelmäßig; die der anderen eilig und abgehackt.

Zwei Männer kamen um die Ecke aus dem Flur und traten in das Licht, das den Bereich hinter dem Schalterraum erhellte. Der Erste zog seinen Mantel aus, von dem eine ganze Schneewolke zu Boden fiel, als er sich ihn über den Arm legte. Es war Sidney Grant, der Bankdirektor. Der andere Mann war ähnlich groß, hatte aber breite Schultern, die fest zurückgezogen waren. Er trug eine pelzgefütterte Jeansjacke und hinkte. Cory kannte ihn nicht.

Corys Ecke war dunkel und, wie sie bemerkte, für die näher kommenden Männer unsichtbar. Sie fühlte sich unbehaglich und wusste nicht, wie sie sich bemerkbar machen sollte.

»Das ist nicht nötig, Paul«, sagte Sidney Grant und blieb zwischen den Schreibtischen stehen. »Es ist bei solchen Sachen besser, wenn es nicht allzu viele Unterlagen gibt.«

»Ich will eine Quittung«, entgegnete Paul. Aus Corys Blickwinkel lag sein Gesicht im Schatten, aber seine tiefe, schwere Stimme konnte sie deutlich hören. Sie erinnerte sie an die ihres Vaters, wenn er sehr müde war. »Ich will nicht mehr darüber diskutieren.«

Die spürbare Spannung zwischen den Männern bewirkte, dass Cory sich noch weiter hinter ihrem Schreibtisch verkroch.

Der Bankdirektor ging zu einem der Schalterfenster und schaltete den Computermonitor ein. Nach einem Augenblick bewegte er die Maus und klickte mehrmals, bevor er etwas auf der Tastatur eingab. »Gib mir noch mal die Kontonummer, die du willst«, sagte er über seine Schulter hinweg. Paul zog ein Blatt Papier aus seiner Tasche und las eine achtstellige Nummer vor, während der Banker auf der Tastatur herumtippte.

Als er fertig war, begann Mr Grant den Arbeitsplatz am Schalter zu durchsuchen und in den Fächern und Schränken herumzukramen, die sich darunter befanden. Er richtete sich auf und drehte sich mit verdutztem Gesicht um - als er sie sah. »Cory?«, rief er und seine Stimme schwankte. »Wie lange sind Sie schon hier?«

»Meine Schicht hat um sechzehn Uhr begonnen«, sagte sie, weil sie nicht wusste, was sie sonst antworten sollte.

Der andere Mann - Paul - starrte sie ebenfalls an. Seine Arme hingen schlaff an seiner Seite. Als er Cory anschaute, sah sie die Bartstoppeln auf seinem Gesicht. Seine Augen waren sanft, fand Cory, aber auch unsicher.

»Gehen Sie nach hinten und holen Sie mir ein paar Einzahlungsformulare, Cory«, sagte der Banker knapp.

Cory ging um ihren Schreibtisch herum und stolperte über ihre Tasche. Ihr Magen verkrampfte sich, als sie ins Lager ging und mit einem Stapel Formulare zurückkam. Mr Grant riss sie ihr aus der Hand und kehrte an den Schalter zurück. Er schob eines der Formulare in den Drucker und klickte auf den Cursor. Cory sah, dass Paul einen Schritt in ihre Richtung gemacht hatte und sie besorgt anschaute.

»Kennen Sie meine Tochter?«, fragte er.

»Ich, ich weiß nicht.«

»Erin Larson. Sie hat ihren Schulabschluss vor vier Jahren gemacht.«

Cory konnte nicht klar denken, doch der Name kam ihr bekannt vor. »Ja, ich glaube schon. Sie war ein paar Jahre über mir.«

»Paul«, unterbrach sie der Banker, »komm schon. Wir erledigen den Rest in meinem Büro.«

Paul lächelte Cory an, bevor er sich umdrehte und dem Banker folgte. Sie konnte sehen, dass Mr Grant jetzt einen Einzahlungsbeleg in der Hand hielt. Mit einem grimmigen Blick auf die junge Frau führte der Banker Paul in sein Büro und schloss die Tür nachdrücklich hinter ihnen.

Verstört nahm Cory ihre Jacke und ihre Tasche. Schweigend ging sie durch den Raum zum rückwärtigen Flur, der zu ihrem Auto führte.

* * *

Cory hatte ihre Geschichte beendet – oder unterbrochen, Jared wusste es nicht genau. »Haben Sie gesehen, was auf dem Einzahlungsbeleg stand?«, fragte er.

Sie schüttelte den Kopf.

Jared betrachtete sie einen Moment schweigend. Ihm war schwindelig, und plötzlich traf ihn die Erkenntnis, wie wenig er selbst an die Einzahlung geglaubt hatte. Er hatte Fragen zu Corys Geschichte – und einige davon waren ernst. Aber das war es; das musste es sein.

Er öffnete den Mund, um nachzuhaken, doch dann ließ er es bleiben. So nervös, wie Cory gerade wirkte, hatte er Sorge, dass ein falsches Wort sie dazu veranlassen könnte, alles zurückzunehmen. Trotzdem musste er den Mut aufbringen, die nächste Bitte zu äußern; all das war bedeutungslos, wenn Cory nicht bereit war, eine Zeugenaussage zu machen.

»Cory«, begann er behutsam, »was Sie an jenem Abend in der Bank gesehen haben, ist unglaublich wichtig für Erins Fall gegen die Bank. Ohne das wird es wahrscheinlich nicht einmal zu einem Prozess kommen. Ich kann mir vorstellen, dass diese Reise sehr wichtig für Sie ist. Ich werde einen Weg finden, Sie dafür zu entschädigen und Ihnen eine neue Reise zu ermöglichen. Aber ich möchte Sie bitten, mit mir zurück nach Minnesota zu kommen und vor Gericht auszusagen, was Sie gesehen haben.«

Sie verzog überrascht das Gesicht. »Aber ich sagte doch, dass ich den Einzahlungsbeleg nicht *gesehen* habe.«

»Das spielt keine Rolle. Was Sie gesehen haben, zählt als ›Indizienbeweis‹ dafür, dass der Beleg erstellt wurde. Es ist der einzige Beweis dafür, dass der Beleg, der uns vorliegt, echt ist. Unsere einzige echte Chance, diesen Fall zu gewinnen.«

Noch eine Halbwahrheit, das wusste Jared. Corys Aussage konnte verhindern, dass der Fall im Schnellverfahren abgewiesen wurde, aber allein damit war der Fall nicht zu gewinnen: Es existierte kein Beweis dafür, welchen Betrag der Banker an jenem Abend auf dem Formular eingetragen hatte. Aber wenn er Cory nicht eindeutig klarmachte, welch ungeheure Bedeutung ihre Aussage hatte, lief sie ihm vielleicht davon.

Ihr Blick blieb unverbindlich.

Jared spürte, wie seine Chancen schwanden. »Cory, in diesem Fall geht es nicht nur um den Einzahlungsbeleg. Erin Larson versucht zu beweisen, dass ihr Vater Paul nicht allein in die Sache verwickelt war und vielleicht sogar dazu gezwungen wurde, das Geld zu behalten. Sie sind jetzt die einzige Zeugin, die die Einzahlung mit Sidney Grant und der Bank in Verbindung bringen kann.«

Er sah, dass die Erwähnung von Erins Vater - oder vielleicht die negative Erwähnung von Sidney Grant - etwas in Cory anrührte. »Wie lange?«, fragte sie widerstrebend.

»Eine Woche. Lange genug, um Ihre eidesstattliche Aussage aufzunehmen.« *Und lange genug* - doch das sagte er nicht -, *dass Marcus Sie im Kreuzverhör in Stücke reißen kann.*

Cory seufzte kapitulierend und beinahe überschwängliche Begeisterung durchzuckte Jared wie ein Blitz. Er würde sie dafür entschädigen, sagte er sich. Sie würde noch mehr Gelegenheiten haben zu reisen. Aber das war es. *Schauen wir doch mal, ob die Jungs von Paisley angesichts dieser Beweise immer noch ihr Schnellverfahren bekommen.*

»Ich buche unsere Rückflugtickets«, sagte Jared, ohne dass seine Stimme auch nur im Entferntesten seine Euphorie verriet

33

Das Licht in seinem winzigen Zimmer war ungedämpft und hell. Die Farbe der Wände war ein ausgewaschenes Rosa. Im Raum befanden sich zwei schmale Doppelstockbetten, ein Waschbecken und in der Ecke ein Haken für Kleidung – weiter nichts. Glücklicherweise hatte Jared das kleine Jugendherbergszimmer wenigstens für sich allein.

Er versuchte, das steinharte Kopfkissen zurechtzuklopfen, und legte sich dann hin, um sich vor dem Abendessen noch ein bisschen auszuruhen. Der Flug von Athen nach Minneapolis ging morgen Abend um neunzehn Uhr. Jared war in Corys Jugendherberge umgezogen, sobald sie zugestimmt hatte, mit ihm zu kommen. Die Übernachtung kostete nur vierzig Euro pro Tag, was seinem leeren Portemonnaie guttat, doch vor allem fürchtete er, dass sie ihre Meinung ändern könnte. Nach Corys Gesichtsausdruck zu schließen, als er ihr seine Entscheidung mitteilte, war ihr das ebenfalls klar.

Da sie nur noch einen Tag hatte, um die Stadt zu genießen, plante Cory für morgen, einige Sehenswürdigkeiten zu besichtigen. Dann würden sie sich gegen fünfzehn Uhr an der Jugendherberge treffen, ihr Gepäck holen und gemeinsam den Zug zum Flughafen nehmen.

Jared überlegte, Cory den ganzen Tag zu folgen, um sicherzustellen, dass sie nicht einfach verschwand. Doch wie sollte er sie aufhalten? Indem er ihr Gepäck entführte? Er hatte heute Abend an ihre Zimmertür geklopft, um ihr zu sagen, dass er die Flugtickets reserviert hatte, in der Hoffnung, dass dies ihren Entschluss, mitzukommen und auszusagen, stärken würde. Darüber hinaus lag es nicht in seinen Händen.

Jared griff in seine Handgepäcktasche, die auf dem Boden neben dem Bett stand, und zog die zweiseitige Aussage hervor, die Cory unterschrieben hatte, bevor sie zu Bett gegangen war. Jared hatte den Text nach Corys Beschreibung entworfen. Er war kurz und nüchtern und zählte einfach die wichtigen Dinge auf, die Cory in jener Nacht vor drei Jahren gesehen und gehört hatte. Für diesen Fall hatte Jared seinen Notarstempel mitgebracht und das Dokument beglaubigt. Es war nicht ganz koscher, etwas im Ausland zu beglaubigen, aber vielleicht genügte es ja den Anforderungen des Richters. Vor allem aber wusste Jared, dass sich die Aussage eines Zeugen normalerweise verfestigte, nachdem sie einmal schriftlich festgehalten worden war.

Aus der Seitentasche lugte die Ecke eines Briefumschlags hervor. Jared erkannte ihn als den, den er in Ashley auf seinem Kopfkissen gefunden hatte. Er erinnerte sich, dass er ihn auf dem Weg zum Flughafen in die Tasche geschoben hatte.

Er nahm an, dass er von seinem Vater war - eine Art Vorrede zu ihrem Gespräch, das sie an dem Nachmittag, als er den Umschlag gefunden hatte, geführt hatten. Jared riss ihn auf und zog ein einzelnes Blatt Hartpostpapier hervor.

Der vertraute Schwung von Jessies Handschrift floss über die Seite. Die Notiz war kurz, weder formell noch innig. Es war ein freundschaftlicher Abschiedskuss auf die Wange.

Sie kündigte. Sie würde warten, bis Jared aus Athen zurückkam, um gemeinsam mit der neuen Rechtsanwaltsfachgehilfin die Erwiderung auf den Antrag von Paisley zu erarbeiten, aber das war alles. Die Nachricht war höflich, doch ohne Sentimentalität oder Erklärung.

Jared ließ sich auf das harte Kissen fallen. Was für eine Erklärung brauchte er auch? Er sollte nicht überrascht sein; selbst sein Vater hatte ihn gewarnt, dass das passieren würde. Er versuchte, ärgerlich zu sein, konnte es aber nicht.

Er hatte ihren täglichen Optimismus und ihre Energie als selbstverständlich betrachtet, und das, seit er Paisley verlassen hatte. Seit sie *beide* Paisley verlassen hatten, korrigierte er sich.

Er konnte ihr die Neuigkeiten von Cory mailen, die es heute gegeben hatte, aber es würde nichts ändern. Vielleicht konnte er sie überreden, nicht zu gehen, wenn er zurückkam. Doch das erschien ihm unwahrscheinlich. Es ging nicht nur um einen weiteren potenziellen Fehlschlag wie im Wheeler-Fall. Es ging auch um die Macht, die ihn dazu getrieben hatte, Mandantengeld zu leihen, um nach Athen zu reisen und eine Zeugin aufzutreiben.

Neben seiner Enttäuschung über Jessies Kündigung kamen auch die latenten Schuldgefühle wegen seines Vaters wieder an die Oberfläche. Sie hatten ihn seit ihrem letzten Streit verfolgt, und trotz großer Anstrengungen war es ihm nicht gelungen, die Worte zu verdrängen, die sein Vater an jenem Abend als Letztes zu ihm gesagt hatte. Alles, was er sich über diesen Mann eingeredet hatte, glitt ihm durch die Finger – und Jared begann sich zu fragen, warum er es so krampfhaft festhielt. Und nach ihrem Zerwürfnis fragte sich Jared auch zum ersten Mal, wie lange er es noch durchhalten konnte, den Mann zu bestrafen.

Er zog eine Kopie des Einzahlungsbeleges aus seiner Tasche. Er hatte ihn mitgebracht, um ihn falls nötig Cory zu zeigen und sie dadurch zu einer Zeugenaussage zu überreden. Jared hielt ihn über seinen Kopf und folgte mit den Augen seinen Konturen. In den letzten zwei Monaten hatte er jeden Umriss und jedes Detail des Beleges verinnerlicht. Der obere Rand war breiter als die anderen. Die Schrift war leicht schief gedruckt, so als wäre das Formular hastig in den Drucker geschoben worden. Die letzten beiden Ziffern der Einzahlungsnummer waren leicht verwischt. Der Betrag war zehn Millionen dreihundertfünfzehntausendvierhundert Dollar, keine Cents.

Er hatte die Situation mit Jessie schlecht gehandhabt. Vielleicht auch die mit seinem Vater. Er wusste nicht mehr, ob es in diesem Kampf um das Geld, Paisley, seinen Vater, Erin oder sie alle ging. Aber er wusste, dass er diesen Kampf nicht einfach vergessen und wieder aus Ashley weglaufen konnte.

Er ließ das Blatt zu Boden flattern und schaute sich abwesend im Zimmer um. Seine Leere war ... passend.

34

Sie wartete schon eine Ewigkeit darauf, dass der Wasserkessel anfing zu kochen, also bückte sich Jessie und blinzelte. Das Gas war aus. Sie zündete ein Streichholz an und hielt es an den Gasbrenner, bis die Flamme mit einem leisen Puffen wieder aufflackerte.

Vier Tage waren seit Jareds Abreise vergangen, und erst heute Morgen hatte Jessie die erste Nachricht von ihm bekommen. Es war eine SMS vom Vortag, in der stand, dass er die Jugendherberge gefunden hatte, in der Cory Spangler übernachtete.

Jessies Brief hatte er mit keiner Silbe erwähnt.

Sie hatte *irgendeine* Reaktion auf ihre Kündigung erwartet. Sein Schweigen war das stärkste Zeichen dafür, wie weit sie sich voneinander entfernt hatten - oder wie sehr Jared sich verändert hatte.

Jessie widerstand der Versuchung, Jared selbst eine SMS zu schicken - wenn auch nur um herauszufinden, was in Griechenland vor sich ging. Am Ende hatte sie es doch nicht getan. Dies war nicht mehr ihr Kampf. Er hatte die Regeln gebrochen und sie angelogen. Und jetzt ließ er sie ohne ein Wort gehen. Er war nicht der Mann, für den sie ihn gehalten hatte.

»Jessie?«

Das war Rachel, die auf der Wohnzimmercouch an ihrem Laptop arbeitete. Jessie hatte Rachel gesagt, sie könne ihre Arbeit ruhig in ihrer eigenen Wohnung erledigen, aber die Jurastudentin hatte darauf bestanden, tagsüber in Sams Haus zu arbeiten. Offen gesagt war sie im Weg, aber letztlich war es wohl Rachels Entscheidung.

»Ja?«

»Hat Jared sich gemeldet, ob er die Zeugin in der Jugendherberge gefunden hat?«

»Nein.«

Rachel fragte stündlich nach. Jessie hatte berichtet, dass Jared Corys Jugendherberge ausfindig gemacht hatte, doch die neue Angestellte fragte ständig, ob es Neuigkeiten gab. Wieso interessierte sie das, wenn sie noch nicht einmal einen Entwurf für das Memo für Jareds Bericht fertiggestellt hatte?

Die Gasflamme war wieder ausgegangen. Jessie warf die Streichholzschachtel entnervt auf den Herd, stellte die Gaszufuhr ab und ging hinunter in den Keller.

So wütend sie auch war, sie wurde noch bezahlt, und die Zeit verging schneller, wenn sie sich beschäftigte. Unten angekommen, beäugte sie die beiden ungeöffneten Kisten, die an der »unfertigen« Wand standen. Jared würde sie selbst durchgehen wollen, wie beim Rest der Akten.

Na wenn schon. Jessie zog die erste der beiden Kisten von der Wand und begann, die Dokumente durchzusehen.

Fünfundvierzig Minuten später fand sie etwas. Es war nur ein einzelnes Blatt Papier, ein Routine-Memo der Bank zur Anschaffung von Computerzubehör, das von Mitte der 1990er-Jahre stammte. Sie hätte es fast übersehen, aber etwas daran erregte ihre Aufmerksamkeit und sie las es sorgfältiger durch.

So sehr sie sich auch einredete, dass dies alles sie nicht mehr betraf, verspürte sie doch Spannung in sich aufsteigen. Es war kein eindeutiger Beweis, aber definitiv interessant. Sie ging nach oben, um eine Kopie davon zu machen.

35

Es ging auf sieben Uhr morgens zu, als Jared sich müde aus dem Bett wälzte, in seine Sachen stieg und sich auf den Weg zum Duschraum machte. Er hatte wenig und schlecht geschlafen.

Das heiße Wasser strömte über seinen Rücken und lockte das Leben zurück in seine Arme und Beine. Wieder in seinem Zimmer, kleidete er sich an, zog Jacke und Handschuhe über und ging den Flur entlang zum Foyer.

Der Empfang war nicht besetzt. Die Tür zur Jugendherberge stand einen Spalt offen und eine kalte Brise pfiff hinein.

Jared ging hinaus und hustete, als er die kühle, mit dem allgegenwärtigen Dieselgestank verpestete Luft einatmete. Die Sonne stand noch nicht hoch genug über den umliegenden Gebäuden und Hügeln, um ihre Strahlen in die enge Straße zu werfen. Mehrere Ladenbesitzer, in Sweatshirts und Handschuhe gehüllt, stellten bereits rund um die Jugendherberge ihre Auslagen und Warenständer auf.

Jared wünschte, er könnte aus seiner eigenen Identität herausschlüpfen. Der Tag war für ihn schon jetzt kaputt und trostlos. Er stand ohnmächtig vor der Situation mit Jessie und konnte auch nicht garantieren, dass Cory mit ihm nach Minneapolis zurückkehren würde. Das Ganze fraß an seinem Magen wie Säure.

Einen Block entfernt war ein Kiosk, an dem er am Vortag vorbeigekommen war. Dorthin machte Jared sich jetzt auf, um zu frühstücken.

An dieser Kreuzung war viel los; unzählige Kleinwagen und Motorräder krochen durch den Stop-and-go-Verkehr. Der Verkäufer war vollauf beschäftigt mit den vielen Kunden, die für Gebäck und Kaffee anstanden. Jared stellte sich in die Schlange von Geschäftsleuten in dunklen Anzügen und modisch gekleideten Frauen, deren Atem in weißen Wölkchen in die kalte Luft aufstieg, während sie warteten, bis sie an der Reihe waren.

Jared kaufte einen Kaffee und ein mit Walnüssen gefülltes und mit Honig glasiertes *Kataifi* - ein Gebäck, das er seit seiner Ankunft für sich entdeckt hatte. Dann bog er in eine Seitenstraße ab und ging zurück zur Jugendherberge.

Als er sich dem Eingang näherte, beugte Jared den Kopf, um einen Schluck von seinem Kaffee zu nehmen, spürte eine Bewegung und zuckte zurück. Ein Mann in einer braunen Lederjacke eilte an ihm vorbei durch die Tür und murmelte ein kurzes »Entschuldigung«, als er auf die Straße abbog.

Jared spürte, wie Kaffee seinen Handschuh durchnässte. Er stellte den Becher und die Tüte mit dem Gebäck auf dem Empfangstresen der Jugendherberge ab und suchte nach einer Serviette oder einem Papierhandtuch. Der Empfangsmitarbeiter war noch immer abwesend. Jared zog den nassen Handschuh aus, stopfte ihn in eine Tasche und schaute dann über den Tresen.

Auf dem Schreibtisch darunter lag ein einfacher brauner Umschlag. Darauf stand in Druckbuchstaben »Cory Spangler«.

Jared starrte auf den Umschlag. Keine Adresse, nur Corys Name. Wer würde etwas an Cory in Athen schicken?

Für einen kurzen Moment kamen in Jared Zweifel an ihren Absichten auf. Hatte sie ein Ticket bestellt, um die Stadt zu verlassen? Ein Auto gemietet? Jared schaute sich in der leeren Eingangshalle um, schob sich dann den Umschlag unter den Arm und ging zu seinem Zimmer.

Er setzte sich auf sein Bett und wägte den Umschlag in seinen Händen. Er war leicht und dünn. Außer Corys Name, der mit schwarzem Filzstift darauf geschrieben war, stand nichts darauf.

Jared schüttelte sein Unbehagen ab und riss ein Ende des Umschlags auf. Als er ihn mit der Öffnung nach unten hielt, fiel ein A4-Blatt heraus. Es sah wie Fotopapier aus und fühlte sich auch so an. Eine Seite war weiß und glänzend, die andere strahlend blau. Auf keiner der beiden Seiten war ein Bild zu sehen.

Jared nahm die blaue Seite näher in Augenschein. Die Farbe, sah er, kam von einer dünnen Plastikfolie, die eine Seite des Blattes bedeckte und an einer Kante überlappte.

Er wusste, dass er bereits zu weit gegangen war, um den Umschlag zurückzubringen; darum würde er sich später kümmern. Jared nahm den Rand der Folie zwischen Daumen und Finger und zog sie behutsam zurück.

Ein Bild wie von einer schlechten Fotokopie war unter der Folie auf dem weißen Papier angebracht. Es sah ein wenig aus wie ein Zeitungsartikel und ein dazugehöriges Foto.

Das Foto war ein Bild von Cory; es schien das gleiche wie das aus ihrem Jahrbuch zu sein, das Jared für seine Suche nach ihr benutzt hatte. Unter dem Bild befand sich eine maschinengeschriebene, fettgedruckte Schlagzeile:

Junge Frau aus der Region stirbt bei Unfall, bevor sie in Bankprozess aussagen kann

Jared schaute genauer hin und sah, dass unter der Schlagzeile ein Datum stand. Es war das Datum, an dem der Prozess um den Einzahlungsbeleg beginnen sollte.

Die Anordnung von Bild und Schrift war plump, so als wäre sie in großer Eile vorgenommen worden. Das änderte allerdings nichts an ihrer durchschlagenden Wirkung.

Jared fühlte sich, als hätte ihm jemand in die Magengrube getreten. Für einen Augenblick bekam er keine Luft. In ihm stiegen gegensätzliche Emotionen auf, aber er wusste, dass er etwas unternehmen musste. Er stand auf und lief in dem winzigen Raum hin und her. Er würde den Empfangsmitarbeiter finden und fragen, wer den Umschlag abgeliefert hatte. Er würde die Behörden informieren, das Papier zurückverfolgen lassen.

Würde Sidney Grant so etwas tun – wegen eines Zivilprozesses? An wen sollte er sich wenden? Die amerikanische Botschaft? Die Athener Polizei?

Die Türklinke lag bereits in seiner Hand, bevor es ihn wie ein Schlag traf: Der Umschlag sollte nicht einmal in seinem Besitz sein. Er war für Cory hinterlassen worden.

Jared holte tief Luft. *Langsam jetzt.* Er konnte mit niemandem reden, bis er Cory das Blatt gezeigt hatte. Und wenn er das tat, was würde *sie* tun wollen? Die Polizei rufen?

Wahrscheinlich nicht. Sie würde weg wollen.

Jared fixierte seinen Blick auf das Bild. Wenn er das Cory zeigte, würde sie gehen. Und er würde sie verlieren. Den Fall. Alles.

Das Bild verschwamm vor seinen Augen. Er blinzelte, um wieder klar sehen zu können, und schaute näher hin. Mit dem Papier stimmte etwas nicht. Das Bild schien … weniger deutlich zu sein. Lag es am Licht?

Nein. Bild und Text verschwanden.

Die Worte und das Foto verblassten langsam, als ob sie im Papier versickerten, bis Jareds Augen von dem Versuch schmerzten, sie festzuhalten, und er nur noch auf eine makellos weiße Seite starrte.

Er drehte das Blatt um und dann noch einmal. Er hielt es näher ans Licht, dann legte er es wieder auf seinen Schoß. Er ließ einen Finger über die Seite gleiten. Keine Linien, Erhöhungen oder Vertiefungen – von Bild und Schrift war keine Spur mehr zu sehen.

Sie waren verschwunden.

Sidney Grant konnte so etwas nicht. Jemand musste es für ihn erledigen. Jemand, der ein Experte dafür war, andere zu bedrohen und seine eigenen Spuren zu verwischen. Vielleicht auch ein Experte für die Ausführung dieser Drohungen. Sie versuchten, Cory zum Schweigen zu bringen. Konnten sie wissen, dass Jared sie bereits gefunden und ihr das Versprechen abgenommen hatte, mit ihm zurückzukehren?

Was erwarteten sie, wie sich die Situation jetzt weiterentwickeln würde?

Jared lehnte sich auf dem Bett zurück. Unter seiner Hand spürte er den Umschlag und die Kontur von etwas, das sich noch darin befand. Er hob ihn an und schüttelte ihn über dem Bett aus, bis das Objekt herausfiel.

Es war ein Zugticket von Athen nach Venedig für eine Person. Für diesen Nachmittag.

36

Cory kam lächelnd aus der Tür der Jugendherberge, ihren Reiserucksack auf den Schultern. Jared saß im gleichen Café, von wo aus er sie zum ersten Mal gesehen hatte. Sein Magen schmerzte von der dritten Tasse Kaffee an diesem Morgen, und er fürchtete die bevorstehende Begegnung.

Er musste es ihr sagen. Er konnte es ihr nicht sagen.

»Unentschlossenheit ist ein Kind der Schwäche«, hatte Clay gesagt und dabei seine Zigarre geschwenkt wie ein Dirigent den Taktstock vor einem unsichtbaren Orchester. Es war eine ihrer mitternächtlichen Sitzungen mitten in einem Prozess gewesen, nachdem sogar schon das Reinigungspersonal mit seinem Büro fertig und müde weitergezogen war.

»Meiner Erfahrung nach ist jede Entscheidung *meistens* besser als keine Entscheidung. Unentschlossenheit kann der mangelnden Bereitschaft entspringen, die Möglichkeit eines Fehlers zu akzeptieren. Oder«, hatte er gesagt und mit einem Auge in Jareds Richtung geschaut, »einfach die Weigerung bedeuten, zu akzeptieren, was getan werden muss.«

Heute saß Clay Strong in einem Gebäude, das mit seinem Namen geschmückt war, umgeben von Angestellten, deren erster und letzter Gedanke täglich war, wie sie ihn beeindrucken konnten. Der Mann hatte Jared in seine Umlaufbahn geschossen und ihm dann über Funk mitgeteilt, dass er keine lebenserhaltenden Systeme an Bord hatte. Was nützte ihm also jetzt sein Rat?

Cory kam näher; die widersprüchlichen Gedanken, die ihn den ganzen Morgen beschäftigt hatten, ließen sich nicht zum Schweigen bringen. Wenn er es ihr sagte, würde sie weglaufen – und sein Fall würde zusammenbrechen.

»Sie sind früh auf, Mr Neaton.«

»Ja. Ich habe noch immer einen kleinen Jetlag und nicht gut geschlafen.«

Wenn er ihr den Umschlag, den er in seiner Tasche hatte, nicht gab, würde vielleicht alles gut werden. *Vielleicht war es nur ein Witz – von jemandem an ihrem College.*

»Ich werde versuchen, alles zu sehen, was ich in Athen noch nicht besichtigt habe.« Sie machte eine Pause. »Wollen Sie mitkommen?«

Eine Collegestudentin würde so etwas nicht tun.

»Ähm ... ich sehe, Sie haben Ihr Gepäck schon dabei?«

»Ja. Ich wollte Ihnen eine Nachricht hinterlassen, für den Fall, dass ich Sie nicht persönlich sehe, um Ihnen zu sagen, dass wir uns einfach am Flughafen treffen könnten. Aber wenn wir heute zusammenbleiben, könnten wir gemeinsam zum Flughafen fahren, wenn wir fertig sind.«

Es war bestimmt ein Bluff. Niemand würde jemandem wegen eines Zivilprozesses körperlichen Schaden zufügen.

Aber was hatte sein Vater für ein paar zehntausend Dollar getan? Wie viel mehr würde jemand für zehn Millionen tun? War Sidney Grant dazu in der Lage? Jared wusste nichts über den Mann.

»Mr Neaton? Wollen Sie mitkommen?«

Aber er konnte die Sache immer kontrollieren. Sobald Cory wieder in Minnesota war, konnte er Kontakt mit Marcus aufnehmen und ihm sagen, seine Mandantin hätte den Verstand verloren. Marcus würde Grant und seinen »Experten« zurückpfeifen. Der Paisley-Anwalt würde seine Anwaltslizenz nicht für eine verrückte Mandantin riskieren.

Jareds Magen war immer noch wie verknotet, als er antwortete: »Okay. Ich hole nur meinen Rucksack.«

* * *

»Wie ist Erin Larson so?«

Am frühen Nachmittag machten sie eine kleine Pause in einem anderen Café in der Nähe der Jugendherberge, die sie am Morgen verlassen hatten. In den darauffolgenden Stunden waren sie in Serpentinen durch Gassen und Geschäfte, Kunstgalerien und T-Shirt-Stände, Tempelruinen und das erste Olympiastadion gezogen.

Cory hatte geredet und Jared hatte zugehört. Zunächst war sie recht wortkarg gewesen, doch dann wurde sie gelöster. Sie sprach vor allem über ihre Reisen. Jared bemühte sich sehr, entspannt und interessiert zu wirken, doch es war ihm nach keinem von beidem zumute.

»Erin ist sehr nett«, erwiderte er jetzt. »Sie erinnern mich an sie.«

Ihre Wangen röteten sich. »An jenem Abend in der Bank schien Mr Larson besorgt um mich zu sein. Ich glaube, ihm war peinlich, wie Mr Grant sich benahm. Da habe ich mich gefragt, wie seine Tochter wohl ist.«

Jareds Magen schmerzte immer noch. Cory war eine Zeugin, keine Freundin. Er wollte sie nicht kennenlernen. Er wollte sie in Minneapolis und ihre Aussage hinter sich haben. Dann würde er sich überlegen, wie er den ganzen Schlamassel in Ordnung bringen konnte.

»Ich kannte ihn nicht, aber ich habe den Eindruck, dass Mr Larson auch ein guter Mensch war«, entgegnete er.

Die Kellnerin kehrte mit ihrem Tee zurück. Jared ließ schweigend den Teebeutel in seine Tasse sinken und sah zu, wie das dampfende Wasser sich dunkel färbte.

Cory spielte nervös mit der Tasse in ihren Händen. »Mr Neaton, ich habe vor einer Weile von meiner Mutter von dem Prozess erfahren, und ich habe Mr Larsons Namen erkannt und wusste gleich, worum es ging.« Es klang wie eine Entschuldigung. »Ich habe keinem davon erzählt, weil ... na, ich dachte einfach, es würde sich schon regeln.«

»Niemand wird gern in eine solche Sache verwickelt, Cory«, antwortete Jared automatisch. »Sie konnten nicht wissen, wie wichtig jener Abend war.«

Cory nickte teilnahmslos. »Wollen Sie manchmal zurück nach Ashley ziehen?«, fragte sie dann.

Jared dachte sofort *Nein*, sagte es aber nicht. »Ich denke nicht oft darüber nach«, erwiderte er. »Ich habe damit abgeschlossen.«

Cory nickte zustimmend. »Ich gehe nicht wieder zurück. Denke ich jedenfalls. Ich möchte meinen Abschluss in Psychologie machen. Dann vielleicht in den Twin Cities arbeiten. Aber« – sie unterbrach sich – »wenn ich lange weg war, vermisse ich es. Hauptsächlich die Leute.«

Sie tranken ihren Tee aus, setzten ihre Rucksäcke auf und brachen auf. Es wurde allmählich spät, und bald mussten sie sich auf den Weg zum Flughafen machen. Cory hatte die Akropolis bereits besichtigt, fragte aber, ob sie noch ein letztes Mal zum Parthenon auf der Spitze des Hügels hinaufsteigen konnten. Jared willigte ein.

Die Fußwege, die zum Tor der Akropolis führten, waren lang und steil, besonders, wenn man einen schweren Rucksack auf dem Rücken trug. Trotz der Kälte begann Jared zu schwitzen. Schließlich erreichten sie einen Punkt, an dem die Wege sich teilten: Ein Schild gab an, dass der eine zum Areopag führte, während ein anderer sich weiter nach oben zur Akropolis zog. Der Areopag, erklärte Cory, war der Ort, an dem Paulus von Tarsus im ersten Jahrhundert gepredigt hatte. In der anderen Richtung, fuhr sie fort, fast am Ende des Akropolis-Weges, lag eine letzte Treppe, die durch ein Tor zu dem Plateau führte, auf dem sich der Parthenon und andere griechische Monumente befanden.

An dieser Weggabelung wimmelte es nur so von vorbeiziehenden Touristen. Die meisten von ihnen waren auf dem Weg zur Akropolis. Jared schaute auf die steile Steigung.

Die antike Sehenswürdigkeit hatte heute keinerlei Reiz für ihn. Während der Zeit, die er mit Cory verbracht hatte, war ihm immer unwohler geworden - inzwischen war ihm fast schlecht - und er wollte einfach nur noch zum Flughafen. »Cory, gehen Sie ruhig weiter. Wenn Sie zurückkommen, treffen wir uns dort drüben«, sagte er und deutete in Richtung Areopag.

Er konnte sehen, dass sie enttäuscht war, aber sie nickte nur, als sich ihre Wege trennten.

Der Areopag war ein Felsvorsprung, der sich, getrennt durch ein flaches Tal mit Bäumen und Sträuchern, etwa vierhundert Meter von der Akropolis entfernt befand. Jared fand einen Platz am höchsten Punkt des Felsens und setzte seinen Rucksack auf dem Boden ab. Die Sonne war hier oben wärmer und die leichte Brise war angenehm nach dem anstrengenden Aufstieg.

Überall auf dem Hügel waren Menschen, manche in geführten Gruppen, andere allein oder zu zweit, die fotografierten oder Bücher lasen. Jared zog seine Digitalkamera hervor und wandte sich zur Akropolis um. Auf der anderen Seite des Tales waren die letzten in den Fels gehauenen Stufen der Treppe zu sehen, die zum Tor führte. Jared schaltete seine Kamera ein und richtete sie darauf.

Mittlerweile schien die Sonne hell. Als die Linse sich öffnete, hielt Jared den Sucher vor sein Auge und zoomte auf die Personen, die die Treppe hinaufstiegen. Nach einem kurzen Moment kam Cory in Sicht, wie sie sich beharrlich nach oben kämpfte. Ihr roter Rucksack war selbst unter den Touristenmassen deutlich zu erkennen.

Er zoomte leicht weg, um ein Foto zu machen. Als er mit der Einstellung zufrieden war, trat plötzlich ein Mann in einer braunen Jacke in sein Blickfeld.

Jareds Gedanken flogen zurück zum Eingang der Jugendherberge und zu dem Mann in der braunen Lederjacke, der sich eilig an ihm vorbeigeschoben hatte. Das war, wie er sich erinnerte, nur wenige Minuten gewesen, bevor er den Umschlag gefunden hatte.

Der Mann in der braunen Jacke auf der Akropolis befand sich zwanzig Stufen unter Cory, von ihr getrennt durch eine Masse von anderen Touristen, die zum Tor hinaufstiegen. Sein Gesicht war nach vorn gerichtet, sein Kopf mit der Kapuze eines grauen Sweatshirts bedeckt, das er unter der Jacke trug.

Die Farbe und das Material waren weit verbreitet, sagte sich Jared. Er ist einfach nur ein Tourist, der die Treppe zur Akropolis hochsteigt.

Doch der Mann passte sich Stufe für Stufe genau Corys Schritten die Treppe hinauf an. Dann hob er den Kopf und schaute in ihre Richtung.

Jared sprang auf, schnappte seinen Rucksack und schob sich an einem Fremdenführer vorbei. Er rannte auf die Steinstufen zu, die vom Areopag hinunter zu der Wegkreuzung führten, wo sie sich getrennt hatten. Nur Augenblicke später bog er ab und folgte ihrer Route auf den Fußweg zur Akropolis.

Sein Rucksack lastete auf ihm wie ein Felsbrocken, als er die Steigung hinauftrabte. Seine Beine wurden schwer wie Blei und sein Schritt verlangsamte sich trotz der Dringlichkeit, die hinter seinen Schläfen pochte.

Die Stufen zur Akropolis, die er beim Verlassen des Areopags aus den Augen verloren hatte, kamen nun wieder in sein Blickfeld. Der Touristenstrom, der sich zum Tor hinaufwälzte, war noch dichter als vorhin, als Cory hinaufgestiegen war, und Jared kam nur noch quälend langsam voran.

Er schaute hinauf. Cory und der Mann mit der braunen Jacke waren nicht zu sehen.

Zehn Minuten vergingen, bevor Jared das letzte Tor passierte und auf das Akropolis-Plateau trat. Die Oberfläche des Hügels bestand aus Kies und Sand; in der Mitte befand sich auf der rechten Seite der Parthenon und auf der linken ein kleineres Marmormonument. Die größte Menschengruppe hatte sich um das Fundament des Parthenons versammelt, aber das ganze Plateau war mit Touristen und Fremdenführern übersät.

Jared ließ den Blick über die Menschen gleiten. Corys roter Rucksack war nirgendwo zu sehen.

Mit zunehmender Panik machte er sich zur Mitte des Plateaus auf und reckte dabei den Kopf in alle Richtungen. Die Unmenge von Touristen und die unzähligen Arten von Kleidung und Rucksackfarben raubten ihm fast die Hoffnung, sie zu finden. Ein Wachmann stand rauchend an der ihm nächstgelegenen Ecke des Parthenons. Jared überlegte, ob er ihn um Hilfe bitten sollte, doch er fürchtete, dass es zu lange dauern würde, ihm alles zu erklären.

Mittlerweile war er beinahe an der anderen Seite des Plateaus hinter dem Parthenon angekommen. Hier ragte ein unvollständiges Fundament für ein neues Gebäude aus dem Boden, umgeben von einem Bagger und anderen Geräten, die gerade nicht in Betrieb waren. Auf dem Gelände waren hier und da Tafeln mit historischen Erklärungen angebracht.

Plötzlich fiel ihm etwas Rotes ins Auge und er zwang seine müden Beine, in diese Richtung zu laufen. Es war ein Rucksack, aber die Person, die ihn trug, war teilweise von einer Gruppe japanischer Touristen verdeckt. Er sah den Fremdenführer winken und woanders hinzeigen, und die Gruppe bewegte sich langsam und geschlossen in diese Richtung.

Als die Touristen fort waren, stand nur noch Cory da und las eine Informationstafel. Jared spürte, wie ihn eine Welle der Erleichterung durchflutete.

Sie drehte sich um und lächelte überrascht, als Jared auf sie zukam. »Mr Neaton, Sie sind ja ganz rot im Gesicht! Haben Sie sich jetzt doch entschieden heraufzukommen?«

Schweiß strömte ihm über die Stirn. Er starrte die junge Frau an und spürte plötzlich den versteckten Umschlag in seiner Tasche, die gegen sein durchnässtes Hemd drückte. Die Erleichterung wich Beschämung.

»Was ist, Mr Neaton?«

Jared öffnete den Mund, um etwas zu sagen – als er sah, wie sich etwas Braunes bewegte. Er schaute über Corys Schulter zu dem Mann, der am Rand eines Menschenstroms auf den Parthenon zuschritt. Die Augen des Mannes waren hinter einer dunklen Sonnenbrille verborgen.

Als die Menschenmasse den Rand des Parthenons erreichte, drehte der Mann den Kopf zu Jared und Cory. Dann war er hinter dem Marmorbau verschwunden.

Auf der Brust der brauen Lederjacke, die der Mann trug, war in der Nachmittagssonne deutlich der dunkle Fleck von Jareds verschüttetem Kaffee zu erkennen.

* * *

Das Hupen der eiligen Taxis auf der angrenzenden Straße machte es schwierig, etwas zu hören. Der Strom von Menschen, die am Eingang zum Athener Bahnhof an Jared vorbeikamen, gab ihm das Gefühl, ein Stein mitten in einem reißenden Fluss zu sein.

Corys Gesicht war rot und überrascht. »Aber ich sagte Ihnen doch, dass es okay für mich ist, nach Hause zu fliegen und auszusagen.«

Jared schüttelte den Kopf. »Wie gesagt, die Nachricht, die ich bekommen habe, während Sie auf der Akropolis waren, hat ergeben, dass ich jetzt alles habe, was ich brauche. Es besteht keine Notwendigkeit, Ihre Reise zu unterbrechen.« Jareds Blick glitt an Cory vorbei zum Taxistand und den vorbeigehenden Menschen.

»Suchen Sie etwas?«, fragte sie.

»Nein, Cory. Ich dachte nur, da wäre jemand, den ich kenne. Dumm, ich weiß.«

Corys Gesicht wirkte enttäuscht. »Sind Sie sich ganz sicher, dass ich nicht mitkommen soll?«

»Ja.«

Er war hier, fünfzig Meter entfernt auf der anderen Seite der sechsspurigen Straße, die an den Bahnhof angrenzte, an einem Zeitungsstand. Die Hände hatte er in die Taschen geschoben, die Kapuze zurückgezogen. Seine Augen waren noch immer hinter der Sonnenbrille verborgen. Der Kaffeefleck auf der Brust seiner braunen Lederjacke war deutlich zu sehen.

Jared holte den immer noch feuchten Umschlag aus der Tasche und zog die Fahrkarte nach Venedig heraus. Sorgfältig darauf achtend, dass er gut zu sehen war, reichte er sie Cory. »Ich habe Ihnen eine Fahrkarte besorgt, für den Fall, dass ihre Aussage nicht mehr nötig sein sollte. Ein Ticket nach Venedig. Ich hoffe, das ist in Ordnung. Für Ihre Umstände. Für Ihre Bereitschaft zu helfen.«

Er wusste, dass es unlogisch war, aber seine Fantasie war ihm abhandengekommen.

Sie nahm ihm die Fahrkarte aus der Hand. »Danke«, sagte sie, obwohl ihre Stimme immer noch zögernd und verwirrt klang.

Er wusste nicht, wie er sich am besten verabschieden sollte, aber es musste jetzt sein, solange der Mann in der Jacke sie deutlich sehen konnte. Jared streckte die Arme aus, umarmte Cory kurz und trat dann wieder zurück. »Auf Wiedersehen, Cory. Danke.«

Sie griff in eine Tasche und zog einen Zettel hervor, den sie ihm reichte. »Das ist meine E-Mail-Adresse. Sagen Sie Bescheid, wenn sich etwas ändert.«

»Okay.«

Sie zögerte immer noch. »Mr Neaton, ich habe es gesehen.«

»Was meinen Sie?«, fragte er, obwohl er wusste, was sie meinte.

»Ich habe an dem Abend den Betrag auf dem Einzahlungsbeleg gesehen. Dass ich den Beleg selbst nicht gesehen habe, ist wahr, aber ich habe den Betrag gesehen.«

Er wollte es hören, aber er fürchtete, dass er sie nicht gehen lassen würde, wenn er es wusste.

»Nachdem er den Beleg gedruckt hatte, hatte Mr Grant es offensichtlich so eilig, dass er den Computerbildschirm nicht ausgeschaltet hatte; es war nur der Bildschirmschoner angesprungen. Als die beiden Männer in Mr Grants Büro gegangen waren, ging ich auf dem Weg nach draußen an dem Computer vorbei. Es war einfach so seltsam, dass der Bankdirektor nachts um halb zwei eine Einzahlung entgegennahm. Ich aktivierte den Bildschirm und die Anzeige wurde gerade sichtbar, als ich hörte, wie sich Mr Grants Bürotür öffnete. Ich warf einen kurzen Blick auf den Monitor; dann habe ich auf ›Löschen‹ geklickt und die Bank verlassen. Ich hatte wirklich Angst, sie wüssten, dass ich es gesehen hatte. Es tut mir so leid, Mr Neaton.«

»Wie viel?«

»Ich habe es nicht genau gesehen. Es war zehn-irgendwas. Zehn Millionen nochwas.«

Sie war den Tränen nahe. »Ich wusste, dass irgendetwas nicht stimmte. Dann hörte ich von dem Prozess. Ich hatte Angst, jemandem zu sagen, dass ich es gesehen hatte. Es tut mir so leid!«

Jared streckte noch einmal die Arme aus und umarmte sie. »Ist schon in Ordnung. Ich dachte mir schon, dass Sie etwas gesehen haben.«

Nach einem Moment schob er sie behutsam zurück. Sie lächelte ihm ein letztes Mal zu, bevor sie ihn verließ und den Bahnhof betrat.

Als er sie nicht mehr sehen konnte, schaute Jared wieder auf die andere Straßenseite. Der Mann in der braunen Jacke war verschwunden.

37

»Sie ist weg«, sagte die Stimme am Telefon.

»Ganz sicher?«

»Ja. Ich habe gesehen, wie sie in den Zug nach Venedig gestiegen ist.«

Marcus spürte eine Welle der Befriedigung.

»Sie sollten allerdings wissen, dass der Anwalt - Neaton - weiß, welchen Druck ich ausgeübt habe.«

»Was soll das heißen?«

»Neaton hat sie selbst in den Zug gesetzt. Kann sein, dass er sogar ihr Ticket in der Hand hielt.«

Die Befriedigung verflog. »Wie kann das sein?«

»Ich konnte nicht verhindern, dass sie mit Neaton spricht. Meine Aufgabe war, zu verhindern, dass sie nach Hause kommt. Das ist erledigt.«

Was würde Neaton jetzt tun? Zur Polizei gehen - oder schlimmer noch, zum Richter? Behaupten, dass eine Zeugin beeinflusst worden war?

»Er hat keinen Beweis dafür, dass sie kontaktiert wurde«, fuhr die Stimme fort, als hätte sie Marcus' Gedanken geahnt. »Garantiert.«

Wenn das stimmte, war es unwahrscheinlich, dass der Richter sich allein auf Neatons Wort verließ. Neaton hatte kein legales Mittel, die Spangler-Zeugin zur Rückkehr nach Minneapolis und zur Aussage zu zwingen. Jede Anschuldigung, dass sie bedroht worden war, würde klingen, als wäre er nur sauer über die Entscheidung einer Zeugin, sich nicht in die Sache verwickeln zu lassen.

Marcus bedankte sich und legte auf. Neaton hatte noch eine Woche, um auf den Antrag auf ein Urteil im Schnellverfahren zu reagieren, und keinen Beweis, den er vorlegen konnte.

Diese Ressource in Athen einzusetzen, war eine gute Idee gewesen. Der Fall war fast erledigt.

* * *

Sie trafen sich im *Fickle Pickle*, einem Imbiss, in dem sie öfter Mittag gegessen hatten, als Jessie noch bei Paisley war. Nachdem sie die Kanzlei verlassen hatte, hatte sie sich mit ihrer ehemaligen Kollegin Yvonne meistens irgendwo verabredet, wo es unwahrscheinlich war, andere ehemalige Kollegen zu treffen. Aber heute, als Jessie Yvonne bei einem kurzen Abstecher nach Minneapolis angerufen hatte, hatte Jessie zugestimmt, sich hier zu treffen.

Sie hatte ihre alte Freundin schon seit Wochen nicht mehr gesehen. Dafür hatte sie zu viel Zeit in Ashley verbracht. Und selbst wenn sie in Minneapolis war, hatte Jessie selten die Energie aufgebracht, zum Mittagessen in die Stadt zu gehen.

Die beiden Frauen umarmten sich zur Begrüßung, warteten geduldig in der Schlange und suchten sich dann Plätze in dem gut besuchten Restaurant. Bei einem Teller Salat ließ Jessie sich von Yvonne das Neueste von ihrer Familie und aus dem Büro erzählen.

Sie selbst hatte nicht viel Lust zum Reden – sie konnte es einfach nicht über sich bringen, über Jared und ihre Entscheidung zu kündigen zu sprechen.

»Also, kommst du zurück?«, fragte Yvonne.

Jessie war verblüfft. »Was meinst du?«

Yvonne zuckte die Schultern. »Du weißt schon. Als wir das letzte Mal zusammen Mittag gegessen haben, hast du erwähnt, wie die Dinge gerade mit Jared stehen. Dann haben wir eine Weile nicht mehr miteinander geredet. Als du heute angerufen und ein Treffen vorgeschlagen hast, dachte ich mir also, dass du vielleicht beschlossen hast, das sinkende Schiff zu verlassen.«

Jessie wusste nicht, was sie antworten sollte. Sie schaute sich im Restaurant um und sah bekannte Gesichter von Paisley. Jemand winkte ihr zu.

War das der Grund, warum sie einem Treffen hier zugestimmt hatte? Dachte sie insgeheim darüber nach, wieder zu Paisley zu gehen?

»Denn einer der Anwälte hat nach dir gefragt«, fuhr Yvonne fort.

»Wer denn?«

»Frank. Frank Whittier. Und er klang so, als wäre Marcus Stanford auch interessiert.«

Jessie legte ihre Gabel weg. »Was meinst du damit?«

»Frank hat sich nach dir erkundigt.« Yvonne lächelte und beugte sich vor. »Er kam zu mir und fragte, wie es dir bei Jared geht. Ich glaube, er hofft, er könnte dich wieder einstellen.«

Mit ungerührter Stimme fragte Jessie: »Und, was hast du ihm gesagt?«

»Ach, ich habe es offengelassen. Ich wollte ihn nicht entmutigen, also habe ich erwähnt, dass du ziemlich erledigt bist, so ganz allein in der Kanzlei – besonders nach dem großen Prozess, den ihr gerade beendet habt. Etwas in der Richtung. Ich glaube, er hat schon verstanden. Wie ist der Nudelsalat?«

Jessie antwortete nicht. »Wann hattet ihr dieses Gespräch?«

»Schon vor Wochen. Nicht lange nach unserem letzten Mittagessen.«

Plötzlich fühlte sich Jessie ganz krank.

»Er hat sich nicht bei dir gemeldet?«, fragte Yvonne.

»Whittier und Stanford sind Idioten«, platzte Jessie heraus.

Yvonnes Gesicht nahm einen besorgten Ausdruck an. »Habe ich irgendwas falsch gemacht?«

»Nein, ist schon in Ordnung.« Jessie nahm wieder ihre Gabel zur Hand und rang sich ein Lächeln ab.

»Denn weißt du«, sagte Yvonne mit beschwingter Stimme, »die Leute haben einen ganz falschen Eindruck von Marcus Stanford.«

Jessie hörte ihr nur halb zu. Wann hatte Frank mit Yvonne gesprochen? War das bevor oder nachdem Clay seine finanzielle Unterstützung zurückgezogen hatte? Oder als Paisley anfing, Jareds Mandanten zu umwerben?

»Das meine ich ernst, Jessie. Ich weiß etwas, das sonst kaum jemand weiß.«

War es möglich, dass Frank nach Informationen gefischt und sie in einem verwundbaren Moment gegen Jared verwendet hatte?

»Kate aus der Debitorenbuchhaltung hat mir etwas sehr Vertrauliches erzählt. Du weißt doch von diesen Gerüchten über Mr Stanfords Pro-Bono-Arbeit? Tja, Kate sagte, sie wüsste, wo das Gerücht herkommt. Offenbar war diesem kleinen Mädchen etwas *sehr* Schlimmes zugestoßen. Ich glaube, es ging um eine schreckliche Misshandlung. Offenbar hat Mr Stanford darauf bestanden, den Fall ohne Honorar – weder für sich selbst noch für Paisley – zu bearbeiten, damit das kleine Mädchen jeden Cent von dem Schmerzensgeld bekommt. Er hat dafür eine Sondergenehmigung von der Firmenleitung eingeholt. Offenbar haben sie sich geeinigt, ohne dass es überhaupt zum Prozess kam, und damit die Identität des Mädchens geheim blieb, bestand Mr Stanford darauf, die Sache ausschließlich selbst zu betreuen. Die Akte hat nicht mal einen Namen.«

»Hmhmm.« Fähig waren sie dazu auf jeden Fall. Zuerst kappten sie Clays Unterstützung, indem sie mit der Annullierung seiner Rentenansprüche drohten, dann nahmen sie Jared alle Mandanten weg. Jetzt wurde es Jessie richtig übel.

»Kate sagte mir, dass Mr Stanford sogar darauf bestanden hat, das Geld aus dem Vergleich persönlich auf das Treuhandkonto einzuzahlen.«

Jessie schaute ihre Freundin an und spielte im Kopf noch einmal durch, was Yvonne gerade gesagt hatte.

»Hörst du mir überhaupt zu?«, fragte Yvonne.

»Sagtest du, dass Stanford einen großen Fall bearbeitet und darauf bestanden hat, die Vergleichssumme persönlich auf ein Konto einzuzahlen?«

Yvonne nickte. »Verstehst du nicht? Mr Stanford hätte für so etwas jede Menge Anerkennung bekommen können. Wenn die anderen wüssten, was er getan hat, hätten sie einen ganz anderen Eindruck von ihm – in der Firma und außerhalb. Aber Mr Stanford hat darauf bestanden, die ganze Sache unter Verschluss zu halten; nur die Firmenleitung kennt die Einzelheiten. Und ich weiß nur davon, weil Kate jetzt die Stellvertreterin in der Debitorenbuchhaltung ist, und sie musste ein paar Fragen stellen, weil dieses ›geheime Treuhandkonto‹ immer noch in den Büchern ist.«

»Wie hoch war die Vergleichssumme?«

»Ich weiß nicht.« Yvonne schaute sich im Restaurant um. »Genau genommen *sollte* ich es nicht wissen. Keiner weiß es. Aber bei einer Kontenbereinigung hat Kate einen Eindruck davon bekommen. Die Summe ist angeblich *riesig*. Viele Nullen.«

»Und wann hat Marcus Stanford diese Einzahlung vorgenommen?«

»Kate wusste kein genaues Datum«, erwiderte Yvonne und genoss es, dass Jessie ihr nun wieder aufmerksam zuhörte.

»Wann ungefähr?«, drängte Jessie.

Yvonne zuckte die Schultern. »Vor ungefähr drei ... nein, nein, ich weiß es wieder ... vor ungefähr vier Jahren.«

* * *

In dem stillen Büro stellte Jessie ihre Tasche auf dem Schreibtisch ab. Sie schaute zu Jareds Bürotür und versuchte sich zu erinnern, wie lange es her war, seit sie das letzte Mal dort gewesen war.

Sie konnte sich kaum an die Fahrt von der Innenstadt hierher erinnern, die ihrem Mittagessen mit Yvonne gefolgt war. Was Yvonne ihr da erzählt hatte, war unglaublich. War es möglich, dass Stanford so tief in diesen Fall verwickelt war, dass er das Larson-Geld als Pro-Bono-Vergleichssumme auf dem Paisley-Treuhandkonto deponiert hatte?

Es war kaum vorstellbar, dass Stanford so weit gehen würde. Für einen Mandanten bestimmt nicht. Aber für sich selbst?

Jessie zog ihr Mobiltelefon aus der Handtasche, rief das Adressbuch auf und drückte auf eine Nummer. Die gedämpfte Stimme des Privatdetektivs Richard Towers meldete sich.

»Richard, haben Sie den Mann aufspüren können, den wir letzte Woche im *Perkins* gesehen haben?«

»Ja. Der Herr heißt offenbar Mick Elgart. Er ist ein teurer Privatdetektiv und arbeitet für Firmenkunden. Ich wollte Mr Neaton davon berichten, wenn er zurückkommt.«

»Paisley?«

»Elgart arbeitet extrem verdeckt, und er macht keine Werbung. Aber ja. Einige seiner Konkurrenten denken, dass er für Paisley arbeitet.«

»Wie zum Beispiel Marcus Stanford?«

»So detaillierte Informationen konnte ich nicht auftreiben. Ich arbeite noch daran.«

Jessie dankte ihm und legte auf.

Also *waren* es Stanford und Whittier, die Jared beschatten ließen, ihn von Clays Unterstützung abgeschnitten hatten und auch jede andere finanzielle Quelle versiegen ließen. Und jetzt konnte es auch noch sein, dass sie das Larson-Geld versteckten. Und ihre Strategie funktionierte, dachte Jessie. Jared riskierte seine gesamte Existenz, um den Fall weiterzuführen.

Die Erkenntnis, wie weit die Manipulationen von Paisley gegen Jared gingen, ließ einen Teil ihrer Wut auf ihn verpuffen. Ganz gleich, was sie über Jareds Gründe für die Übernahme dieses Falles dachte - was Stanford und Whittier veranstalteten, machte sie noch wütender. Wie konnte sie hier helfen?

Er brauchte Geld. Es musste eine Geldquelle geben, um diesen Fall am Laufen zu halten. Jessie hatte nicht annähernd genügend Ersparnisse dafür, Jareds Vater ebenso wenig. Welche anderen Quellen ließen sich noch anzapfen?

Ihr Blick fiel auf eine einzelne Aktenkiste hinter ihrem Schreibtisch, die inzwischen unter Überbleibseln eines außer Kontrolle geratenen Büros begraben war. Jessie legte die Kiste frei und stellte sie auf ihren Schreibtisch, nahm den Deckel ab und blätterte rasch durch die Finanzdokumente darin. Dann nahm sie den Telefonhörer zur Hand und wählte.

Es klingelte dreimal, bevor er sich meldete. »Ja, bitte?«

»Mr Olney?«

»Philip. Wer ist da?«

»Jessie aus Jared Neatons Kanzlei. Ich habe hier Ihre Bankunterlagen. Ich wollte Ihnen mitteilen, dass wir wahrscheinlich einen Experten für die Revision gefunden haben.«

»Oh, wunderbar! Das ist eine Erleichterung! Ich glaube, mein Dreckskerl von Bruder ist reif für einen Vergleich; er ruft mich jeden zweiten Tag an und ich kann hören, dass er Angst hat. Wir müssen nur noch wissen, wie viel er gestohlen hat.«

»Ja. Wir können die Buchprüfung sofort vornehmen lassen. Aber ich wollte Ihnen noch ein anderes Angebot machen - wenn Sie mit Ihrem Bruder zu einem Vergleich finden können. Eine Gelegenheit, in einen großen Fall unserer Kanzlei zu investieren. Ganz unverbindlich natürlich - nur, wenn Sie wollen. Aber das Angebot steht nur noch ein paar Tage.«

38

Jared hatte seine Heimreise verschoben. Nachdem er Cory zum Zug gebracht hatte, war es sowieso unmöglich, seinen Flug noch zu erwischen - wozu sollte er sich also beeilen? Ein oder zwei Tage mehr würden am Ausgang des Falles nichts ändern.

Er übernachtete in Corys Jugendherberge und streifte den folgenden Tag über durch Athen. Nicht als Tourist ... er wollte einfach nur laufen. Er hätte genauso gut durch die Straßen von Minneapolis gehen können - seine Umgebung nahm er ohnehin nicht wahr.

Er konnte seine Gedanken nicht ordnen und die Zeit rann ihm durch die Finger. Er fühlte sich wie im freien Fall. Welche Geister ihn auch in den letzten dreizehn Jahren angetrieben hatten - erst beim Jurastudium, dann bei der Fließbandproduktion von abrechenbaren Stunden und Prozessen bei Paisley -, in den letzten vierundzwanzig Stunden hatten sie ihn verlassen.

Am frühen Abend hatte er sich erneut auf dem Areopag wiedergefunden, ohne genau zu wissen, wie er dorthin gelangt war. Die Touristengruppen waren verschwunden, und nur noch einzelne Besucher saßen auf dem Hügel und warteten, wie Jared klar wurde, auf den Sonnenuntergang. Er suchte sich einen kalten, abseits gelegenen Felsbrocken und setzte sich.

Er hatte die entscheidende Zeugin für die Einzahlung gefunden - die einzige noch lebende Zeugin, die die Wahrheit über jene Nacht sagen würde -, und er hatte sie gehen lassen. Infolgedessen hatte er wahrscheinlich den Fall verloren. Dabei hatte er auch noch sein finanzielles Comeback vermasselt. Und Jessie verloren.

Eine beeindruckende Bilanz. Wenn das alles war, was er in diesem Fall erreicht hatte, wieso war er dann hier, nicht zu Hause, sondern auf der anderen Seite der Welt, und beobachtete einen Sonnenuntergang unter lauter Fremden? Was konnte er aus diesem Debakel überhaupt noch retten?

Die Sonne war inzwischen fast vollständig versunken; nur noch ein orangefarbener Schleier hielt sich am Horizont. Den Blick starr auf dieses Bild gerichtet, wanderten Jareds Gedanken zu seinem Vater und

Mrs Huddlestons immer noch unbeantworteter Frage - warum Samuel sich entschieden hatte, in dem von ihm produzierten Trümmerhaufen zu leben.

Er hatte immer noch keine gute Antwort darauf. Doch wie gestern in der Jugendherberge fragte er sich, ob es vielleicht an der Zeit war, die feindselige Haltung, die er diesem Mann gegenüber empfand, aufzugeben. Es war offensichtlich, dass er von den Leuten in Ashley ohnehin genügend Anfeindungen zu ertragen hatte.

Ein Teil von Jared protestierte, dass sein Vater keine Absolution verdiente, auch wenn er sich geändert hatte. Andererseits sagte ihm eine innere Stimme, dass es gar nicht darum ging, ob sein Vater Vergebung verdiente, sondern darum, was er selbst jetzt tun musste.

Außerdem, dachte er, während er einen Kieselstein aufhob und in eine Mulde neben dem Felsen warf: Nachdem er so nahe daran gewesen war, Cory in Gefahr zu bringen, um den Prozess zu gewinnen, schienen ihm die Verbrechen seines Vaters nicht mehr so unvorstellbar - oder unverzeihlich.

39

Nach einem schlaflosen Flug fühlte sich Jared vor lauter Jetlag wie im Wachkoma. Am Flughafen Minneapolis-St. Paul holte er seinen Rucksack vom Gepäckband und stolperte in Richtung Ausgang.

Obwohl es noch früh am Abend war, war es draußen bereits dunkel. Jared stand an der Tür zu der Etage im Parkhaus, auf der sein Auto stand, und versuchte sich zu erinnern, wo er geparkt hatte, als plötzlich sein Telefon klingelte. Die Anruferkennung zeigte *Jessie* an.

Er war sich nicht ganz sicher, ob er bereit für dieses Gespräch war, aber er schob seine Bedenken beiseite und meldete sich.

»Jared? Bist du wieder in deinem Stadthaus?«

»Noch am Flughafen. Tut mir leid, dass ich nicht aus Europa angerufen habe. Ich musste einfach über ein paar Dinge nachdenken.«

»Ich verstehe schon. Jared, wir müssen miteinander reden.«

»Ich weiß.«

»Nein, ich meine, über den Fall. Es ist etwas passiert. Wir müssen uns unterhalten.«

Selbst durch den Nebel in seinem Gehirn war Jared erschrocken über die Dringlichkeit in ihrer Stimme. Obwohl er viele Details verschwiegen hatte, hatte er Jessie bereits eine SMS geschickt, dass er Cory nicht mitbringen konnte, also konnte er sich nicht vorstellen, was sie so Dringendes zu berichten hatte. »Ich bin total erledigt, Jessie. Ich kann dich morgen früh anrufen.«

»Es ist wirklich wichtig. Wir müssen uns treffen.«

»In Ordnung«, kapitulierte er. »Ich muss morgen sowieso nach Ashley, um die Erwiderung auf den Antrag fertigzustellen und Erin alles zu erklären. Treffen wir uns gegen Mittag bei meinem Vater.«

* * *

Um zehn Uhr am folgenden Morgen betrat Jared das Haus seines Vaters und steuerte auf sein Zimmer zu, um seine Tasche abzustellen. Eine Nachricht von Samuel auf seinem Kopfkissen informierte ihn über etwas, das er bereits wusste – Jessie war in den Twin Cities.

Rachels Entwurf für die Erwiderung lag auf der Wohnzimmercouch. Jared überflog ihn. Nicht schlecht. Jedenfalls nicht schlecht in Anbetracht der Tatsache, dass er keine Beweise enthielt, mit denen er Stanfords Antrag abwehren konnte.

An Jessies Computermonitor war mit Klebeband ein Umschlag befestigt, auf dem in Jessies Handschrift Jareds Name stand. Auf dem einzelnen Blatt darin war eine Klebenotiz befestigt: »Das ist vielleicht etwas.«

Er überflog das Dokument. Es war interessant, aber es war zu wenig und kam zu spät, um Jareds sinkende Hoffnung wieder aufleben zu lassen. Das konnten nicht die Neuigkeiten sein, die Jessie für ihn hatte.

Mrs Huddleston brauchte für das heutige Treffen eine Mitfahrgelegenheit, fiel ihm ein. Sie war in diesem Fall quasi zu einer weiteren juristischen Assistentin geworden, und er wollte sie zur gleichen Zeit vom Scheitern des Falls informieren wie Jessie und Erin. Er ging wieder hinaus zu seinem Geländewagen, um sie abzuholen.

Langsam fuhr er durch die friedlichen Straßen der Stadt. Alle Blätter waren nun von den Bäumen gefallen und schon lange weggefegt worden. Da Schulzeit war, war nur hier und dort ein Erwachsener auf dem Bürgersteig zu sehen, der seinen Hund spazieren führte oder Besorgungen erledigte.

Seine Route führte ihn an der First Lutheran Church vorbei, und einem Impuls folgend, bog Jared in die Auffahrt zur Kirche ein. Als er Pastor Tufts das letzte Mal besucht hatte, war er zu Fuß gekommen und nicht ganz um das Gebäude herumgegangen, sodass er die Grünfläche dahinter noch nicht gesehen hatte. Jetzt war er neugierig auf das kleine Reich seines Vaters.

Er stellte sein Auto auf dem hinteren Parkplatz zwischen weiten Rasenflächen, einem gepflasterten Fußweg und einem Baseballplatz ab. Nur noch ein weiteres Auto stand dort. Sein Vater war gerade dabei, einige Hecken am Rand des Geländes zu verschneiden; ein Mann ging auf dem Fußweg in seine Richtung.

Der Rasen war makellos, die Grasnarbe am Weg scharf abgestochen. Die Linien auf dem Baseballplatz waren perfekt gezogen, auch wenn die Saison schon lange vorbei war. Nur einige wenige verirrte Blätter verunzierten die Rasenoberfläche.

All das von einem Mann, der in all den Jahren während Jareds Kindheit und Jugend kaum ein Gartengerät angerührt hatte. Hier, mitten im Herzen der Stadt, hatte er eine Landschaft aus Gras und Bäumen, Erde und Pflastersteinen geschaffen.

Durch die Windschutzscheibe sah Jared zu, wie der Mann auf seinen Vater zuging, der seine Heckenschere ablegte und sich aufrichtete. Der Besucher kam Jared bekannt vor. Er streckte eine Hand aus, die Samuel ergriff, und legte die andere Hand auf Samuels Schulter.

Die beiden Männer befanden sich in einiger Entfernung, aber jetzt erkannte Jared den Besucher als Verne Loffler, den Mann, der ihn in der Legion Hall niedergeschlagen hatte.

Noch einmal bestaunte Jared das Gelände. Mrs Huddleston musste hier jeden Tag vorbeikommen, wenn sie zur Bibliothek ging. Das Gelände lag nur wenige Straßenzüge von der Innenstadt entfernt und auf der Hauptroute zur Highschool. Die halbe Stadt kam täglich hier vorbei und sah seinen Vater arbeiten - auf Händen und Knien, mit Rasenmäher, Gartenschere und Schaufel.

Jared ließ den Motor an, um weiterzufahren.

40

Erin, Mrs Huddleston, Rachel und Jared setzten sich im Wohnzimmer seines Vaters zusammen und hörten zu, wie Jessie erzählte, was sie bei ihrem Mittagessen mit Yvonne erfahren hatte. Jared beobachtete Jessie aus Augen, die vor Müdigkeit ganz geschwollen waren. In seinem Inneren wechselten sich Wut und Erschöpfung ab.

So wenig er auch Stanford und Whittier leiden konnte, er hatte nie vermutet, dass sie persönlich in den Diebstahl des Schecks verwickelt sein könnten. Doch nun, seit seiner Abreise nach Athen, war alles anders geworden.

Es wurde still im Raum. Jared schaute auf und sah, dass Jessie ihren Bericht beendet hatte. Alle Augen waren auf ihn gerichtet.

Einen Moment lang war er versucht, eine unvollständige Geschichte von Athen zu erzählen. Dazu wäre nichts weiter nötig gewesen, als seine Entdeckung des Umschlags auf einen anderen Zeitpunkt zu verlegen. Doch er erzählte es so, wie es gewesen war. Erin, Jessie und Mrs Huddleston zuckten nicht mit der Wimper und schienen auch nicht überfordert, und darüber war Jared erleichtert.

Rachel jedoch reagierte anders. Ihr Gesicht verzog sich und ihre Schultern sackten nach unten, als Jared den Drohbrief und den Mann in der braunen Jacke beschrieb – bis ihre Hände sich in den Saum ihres Pullovers gruben und ihre Augen sich vor Entsetzen weiteten. Mrs Huddleston schien es ebenfalls aufzufallen, und sie beobachtete die junge Frau mit wachsendem Interesse aus dem Augenwinkel.

Als Jared mit seinem Bericht beim Bahnhof von Athen angekommen war, stöhnte Rachel auf, stolperte beim Aufstehen fast über ihre Füße und rannte zur Tür.

Erin wollte ihr folgen, doch noch bevor sie an Jared vorbei war, schlug eine Autotür zu. Einen Augenblick später heulte ein Motor auf und Rachel fuhr mit quietschenden Reifen aus der Sackgasse.

»Weiß irgendjemand, was das jetzt sollte?«, fragte Jessie.

Niemand antwortete, obwohl Jared den Eindruck hatte, dass Mrs Huddleston eher nachdenklich als überrascht aussah.

»Na, ich kann sie ja später anrufen«, sagte Jessie.

»Und was machen wir jetzt?«, fragte Erin und kehrte auf ihren Platz zurück. »Mit dem Fall, meine ich.«

Jared hatte nicht angedeutet, dass der Fall vorbei war - obwohl er wusste, dass diese Möglichkeit immer noch bestand. Er war heute mit der Absicht nach Ashley gekommen, den anderen zu erklären, warum sein Besuch in Griechenland das Ende des Falles bedeuten konnte. Jessies Neuigkeiten hatten diesen Entschluss wieder ins Wanken gebracht.

»Unser Problem«, begann er stattdessen, »ist, dass wir weiterhin nur Hinweise und keine Beweise haben.«

»Aber du hast doch Corys Aussage«, wandte Jessie ein.

Jared schüttelte den Kopf. »Die geht nicht weit genug. Was Cory mir über den Betrag der mitternächtlichen Einzahlung gestanden hat, ist in der schriftlichen Erklärung nicht enthalten. Und selbst wenn es so wäre, wäre es gefährlich, sie zu benutzen. Im Moment weiß die Bank - oder Stanford - wahrscheinlich nicht, dass wir die Aussage haben. Aber sobald wir sie mit unseren Unterlagen einreichen, könnten sie Cory aufspüren und sie bedrohen, damit sie die Aussage zurückzieht - oder Schlimmeres. Das können wir ihr nicht zumuten.«

»Was ist mit dem Dokument, das wir diese Woche gefunden haben?«, fragte Jessie.

Erin schaute verwirrt. »Welches Dokument?«

Jared griff nach Jessies Kopie. »Jessie hat das diese Woche in den Aktenkisten entdeckt.«

»Was ist das?«, fragte Erin.

»›Von: Ashley State Bank, Timothy Harley, stellvertretender Direktor. An: Penelope Strittmeyer, stellvertretende Direktorin. Datum: 1. März 1994‹«, las Jared laut vor. »›Bitte beginnen Sie mit der Zusammenstellung der folgenden Unterlagen zur elektronischen Speicherung vor ihrer Vernichtung, entsprechend den neuen Aufbewahrungsrichtlinien für Bankunterlagen, dass alle Unterlagen nach zehn Jahren zu vernichten sind.‹«

»Und wie hilft uns das weiter?«

»Zu den erwähnten Unterlagen gehören auch alle geschlossenen Bankkonten«, erklärte Jared. »Die Bank hat uns diese elektronischen Daten nicht zur Verfügung gestellt, und keiner der Zeugen hat ausgesagt, dort nachgeschaut zu haben. Also könnte es sein, dass es irgendwo noch ungeprüfte Unterlagen gibt, in denen die Kontonummer von unserem Einzahlungsbeleg aufgeführt sein könnte.«

Erin beugte sich auf der Couch vor, das Gesicht gerötet und ganz aufgeregt. »Das ist doch super! Sagen wir doch dem Richter, dass sie uns die elektronischen Unterlagen vorenthalten haben! Damit können wir noch etwas Zeit herausschlagen. Dann suchen wir die Beweise *und* die Unterlagen zu diesem Paisley-Treuhandkonto.«

Gerne hätte er Erin mit einem einfachen Ja eine Freude gemacht, doch stattdessen schüttelte er verneinend den Kopf. »Wir hatten acht Monate, um vor Gericht einen Antrag auf Herausgabe der elektronischen Unterlagen zu stellen – wenn wir die Zeit mitrechnen, in der Mort den Fall hatte. Wir haben die Dokumente aus Paisleys ›Papierlawine‹, dieses Blatt eingeschlossen, seit vier Wochen. Nachdem der Richter uns schon mehr Zeit für die Aufnahme der eidesstattlichen Aussagen und zur Vorbereitung auf die Anhörung zur Einleitung eines Schnellverfahrens gegeben hat, sehe ich kaum eine Chance, ihm noch eine Verzögerung abzuringen.«

»Und was die Unterlagen zu dem Treuhandkonto betrifft«, fuhr Jared ohne Unterbrechung fort, »das ist eine heilige Kuh. Die Wahrscheinlichkeit, dass dieser Richter uns per Gerichtsbeschluss erlaubt, noch vor der Anhörung das Mandanten-Treuhandkonto von Paisley einzusehen, nur weil eine Rechtsanwaltsfachgehilfin beim Mittagessen zufällig eine Bemerkung gemacht hat, ist gleich null. Nein, die Offenlegungsphase in diesem Fall ist erledigt.«

Erin ließ sich zurück auf die Couch sinken. Jared wollte sie trösten, aber für falsche Hoffnungen war keine Zeit mehr. Sie wirkte auf ihn vor allem extrem frustriert, aber in ihm kochte Wut, die nur von seiner Erschöpfung und seinen schwindenden emotionalen Kräften gedämpft wurde.

Wenn Cory die Wahrheit gesagt hatte, konnten sie jetzt davon ausgehen, dass Erins Vater das Geld bei der Bank in Ashley eingezahlt hatte, und dass die Bank – vielleicht gemeinsam mit Stanford – dieses Geld versteckt hatte. Sie wussten, dass Zeugen bedroht wurden, damit sie nicht aussagten. Doch was auch immer sie »wussten«, sie hatten noch viel zu wenig Beweise, um auf dieser Grundlage eine Abweisung des Falls zu verhindern.

Er warf einen Blick auf Jessie, die gekündigt hatte, weil er sich geweigert hatte, den Fall niederzulegen. Seit seiner Rückkehr hatte sie ihre Kündigung mit keiner Silbe erwähnt. Vielmehr meinte er, sie mit den Zähnen knirschen zu hören, so entschlossen war sie, diesen Fall zur Verhandlung zu bringen.

Den Fall zur Verhandlung bringen. Jared wurde bewusst, dass sie viel zu kurzfristig dachten. Ja, sie hatten nur noch ein paar Tage, um genügend Beweise zur Vermeidung einer Abweisung im Schnellverfahren zu finden - und dieser Richter würde ihnen nicht mehr Zeit einräumen, um diese Beweise zu finden. Aber wenn sie ihn überzeugen konnten, den Fall nicht abzuweisen, hatten sie neue Schlagkraft, um *für die Verhandlung* Zeugen vorzuladen und Dokumenteneinsicht zu fordern. Mit dieser neuen Schlagkraft für die nächste und letzte Phase des Falls konnten sie für die Verhandlung die Herausgabe der elektronischen Unterlagen und Einsicht in die Unterlagen für Paisleys Treuhandkonto fordern.

Natürlich würde das nichts bringen. Aber wenigstens hatten sie dann mehr Zeit zum Kämpfen.

So schnell ihn dieser Gedanke mit neuer Motivation erfüllte, so schnell ebbte die Begeisterung auch wieder ab. Sie steckten immer noch in dem Dilemma, diesen Richter davon zu überzeugen, den Fall *nicht* abzuweisen, sondern ihn zur Verhandlung kommen zu lassen. Corys Aussage blieb der einzige Beweis, mit dem sie auch nur die geringste Chance hatten, dieses Ziel zu erreichen - und diesen Beweis konnten sie nicht gefahrlos einsetzen. Sie waren wieder ganz am Anfang.

Als er seine Überlegungen laut aussprach, sah Jared, wie Erin und Jessie erst begeistert von dem Gedanken waren, die Einsicht der Dokumente für den Prozess per Gerichtsbeschluss einzufordern - und dann enttäuscht über das Ausgangsproblem, dass sie Corys Aussage nicht verwenden konnten.

Während Jared sprach, war Mrs Huddleston nachdenklich geblieben. In der Stille, die seinen letzten Worten folgte, hob sie die Hand. »Jared, was wäre, wenn wir Corys Aussage dem Richter zukommen lassen könnten, ohne dass die Paisley-Anwälte davon erfahren? Wäre es dann ungefährlich, sie einzusetzen?«

Mrs Huddlestons Frage verblüffte Jared. Während er noch darüber nachdachte, meldete sich Jessie zu Wort. »Ich weiß nicht, wie das gehen soll. Dann würden Stanford und die Bank in der Anhörung von der Aussage erfahren und könnten Cory bedrohen oder ihr etwas antun, um zu verhindern, dass sie im Prozess aussagt - oder sogar aus Rache.«

»Da wäre ich mir nicht so sicher«, erwiderte Jared. »Jedenfalls nicht, wenn Stanford dahintersteckt. Marcus ist unheimlich stolz auf seinen realistischen Pragmatismus. Wenn wir den Beweis an ihm vorbeischleusen könnten - wenn wir ihn in die Anhörung einbringen könnten, ohne Stanford Zeit zu geben, etwas gegen Cory zu unternehmen -, dann glaube ich nicht, dass er riskieren würde, ihr hinterher aus Rache etwas anzutun.«

»Würde er nicht trotzdem versuchen, Cory einzuschüchtern, damit sie nicht in der Verhandlung aussagt?«

»Vielleicht«, räumte Jared ein. »Aber sobald der Richter Corys schriftliche Aussage gesehen hat, ist die Wahrscheinlichkeit relativ hoch, dass er sie als Beweismittel im Prozess zulässt, falls es auch nur einen Hinweis darauf gibt, dass Cory etwas zustoßen oder sie eingeschüchtert werden könnte, um ihre Aussage in der Verhandlung zu verhindern. Außerdem ist, wenn es zum Prozess kommt, Corys Aussage gar nicht mehr so wichtig im Vergleich zu den Beweisen, die wir hätten, wenn wir zeigen könnten, dass auf dem Paisley-Treuhandkonto der gleiche Betrag liegt, der bei der Ashley State Bank eingezahlt wurde.«

Er wandte sich an Mrs Huddleston, die eingehend die Tapete studierte und offenbar ganz vergessen worden war, seit sie mit ihrer Frage diese Diskussion angestoßen hatte. »Carol, selbst wenn wir wüssten, dass all das zu unseren Gunsten funktionieren würde, sehe ich keine Möglichkeit, dem Richter die Aussage für die Anhörung zukommen zu lassen, ohne sie auch Stanford zustellen zu müssen. Wenn wir versuchen, dem Richter Corys Aussage an Paisley vorbei zuzuspielen, wird Stanford bei der Anhörung wegen Verletzung der Prozessregeln Zeter und Mordio schreien, und dann wird der Richter sie schon aus Prinzip wahrscheinlich nicht zulassen.«

Mrs Huddleston nickte. »Hmhmm. Nun, Jared, natürlich bist du der Anwalt. Aber lasst uns doch mal über Rachel reden.«

* * *

Durch das Wohnzimmerfenster beobachtete Jared, wie Mrs Huddleston für die Heimfahrt in Erins Auto stieg. Jessie stand am Fenster auf der Fahrerseite und unterhielt sich mit Erin.

Jared überdachte die Strategie, auf die sie sich geeinigt hatten. Sie war heikel und riskant – aber das galt für diesen ganzen Fall. Außerdem hatte Jared noch vor zwei Tagen gedacht, dass der Fall erledigt wäre. Jede Möglichkeit, ihm wieder Leben einzuhauchen, war einen Versuch wert.

Jessie kam wieder zur Haustür herein. Ohne ihre Jacke auszuziehen, ging sie zu Jared, der sich gerade auf die Couch setzte, und ließ ein gefaltetes Blatt Papier auf seinen Schoß fallen. Sie stand erwartungsvoll neben ihm, als er es zur Hand nahm und auseinanderfaltete.

Es war ein Scheck, ausgestellt auf ein Konto von Erin Larson. Die Summe betrug dreißigtausend Dollar.

»Was ist das?«, fragte er wie vor den Kopf gestoßen.

»Geld für Spesen«, erwiderte sie.

Jessie zog in Richtung Küche ab und Jared folgte ihr. »Das verstehe ich nicht. Woher hat sie dieses Geld?«

»Sieht so aus, als hätte Ms Larson einen Investor für ihren Fall gefunden.«

»Wen?«

»Philip Olney.«

»Und woher hat Phil plötzlich so viel Geld?«

Jessie versuchte, am Herd eine Gasflamme zu entzünden. »Tee, Captain?«

»Jessie, sag mir bitte, was hier los ist.«

Sie setzte den Wasserkessel auf die Flamme und drehte sich dann zu ihm um. »Es scheint, dass Philip Olney während deines Europaurlaubs zu einem Vergleich mit seinem Bruder gefunden hat. Es hat sich herausgestellt, dass nichts weiter nötig war, als seine Bankunterlagen in unserem Büro einer offiziellen Revision zu unterziehen, um seinen Bruder zum Aufgeben zu bewegen.

»Und wie kommt dadurch Geld auf Erins Konto?«

»Offenbar hat jemand Phil von dem Larson-Fall erzählt und einen Investitionsdeal mit Erin ausgehandelt: dreißigtausend Dollar für drei Prozent der Streitsumme.«

Unglaublich. Damit konnten sie es schaffen. »Und dieser Jemand wärst du?«

»Ja. Jared?«

»Ja.«

»Damit können wir doch alles wieder ausgleichen, nicht? Das Treuhandkonto?«

Jared nickte und sah die Erleichterung in Jessies Gesicht. »Wir haben noch über eine Menge zu reden«, sagte er.

»Du hast gerade so viel um die Ohren. Später reicht auch noch. Und ich arbeite natürlich weiter – es sei denn, du hast einen Ersatz für mich gefunden, während du in Athen warst.«

»Ich arbeite daran. Weißt du, Jessie, es geht nicht nur um das Geld.«

Jessie nickte. »Das begreife ich, glaube ich, auch langsam.«

Das Wasser im Kessel begann zu kochen und Jessie wandte sich ab.

»Eine so kurzfristige Buchprüfung«, sagte Jared. »Das muss viel gekostet haben. Wen hast du darauf angesetzt?«

Sie drehte sich wieder um, lächelte und reichte ihm eine Tasse Tee. »Deinen Vater.«

41

Am nächsten Morgen stand Jared am Fenster neben der Tür und schaute auf die Straße. Das fahle Licht, das von einem Himmel voller tief hängender Wolken herabschien, wirkte irgendwie deprimierend. Jared sah noch einmal auf die Uhr. Sie musste jeden Moment hier sein.

Ein Auto bog um die Ecke und kam auf das Ende der Sackgasse zu.

»Sie ist da«, rief Jared über seine Schulter hinweg.

»Okay«, antwortete Jessie, die hinter ihm auf der Couch saß. Er hörte, wie sie aufstand und durch die Küche zur Hintertür ging.

Jared kam Rachel an der Verandatreppe entgegen. Ihr Gesicht war starr und ihre Arme über der Brust verschränkt. »Hallo«, sagte sie knapp, als Jared ihr die Tür aufhielt.

Er winkte sie herein. »Es tut mir leid, dass es Ihnen gestern nicht gut ging. Ihr Laptop und ihr Gehaltsscheck sind in der Küche.«

Sie folgte Jared durchs Wohnzimmer zu ihrem Computer auf dem Küchentisch, auf dem ein weißer Umschlag lag.

»Der Schriftsatz war in Ordnung«, sagte er, nahm den unverschlossenen Umschlag und öffnete die Lasche. »Ich bezweifle nur, dass er uns etwas nützen wird.« Er zog den Scheck aus dem Umschlag und warf einen prüfenden Blick darauf. »Sieht aus, als wäre er in Ordnung.«

Rachel griff nach ihrem Laptop und dem Umschlag. »Tut mir leid, dass es nicht geklappt hat«, sagte sie.

Jared zuckte die Schultern. »Gerichtsverfahren sind immer riskant.«

Er folgte ihr zur Tür und schaute ihr nach, als sie zu ihrem Auto ging und ohne einen Blick zurück wegfuhr. Als sie um die Ecke bog und verschwand, hörte Jared, wie sich die Hintertür des Hauses öffnete und schloss.

»Wo hast du es platziert?«, fragte er.

Jessie stand Schulter an Schulter mit ihm. »Unter dem Beifahrersitz. Neben zwei Brezeln und einer leeren Limoflasche.«

»Dann hoffen wir, dass Mrs Huddleston recht hatte«, sagte Jared. »Und dass Rachel in den nächsten Wochen ihr Auto nicht aufräumt.«

* * *

»Bist du dir ganz sicher?«

»Ja«, antwortete Rachel. »Er sagte, sie wissen nicht, was sie machen sollen.«

Mick dachte, dass Rachel so klang, als hätte sie lange nicht mehr geschlafen.

»Also denke ich, dass an der Front alles erledigt ist«, sagte sie in sein Schweigen hinein.

Mick konnte die Angst hören, die Rachels Stimme durchzog. Log sie ihn an?

»Sieht so aus«, erwiderte er langsam. »Bist du dir sicher, dass du mir nicht noch irgendwas erzählen willst?«

»Nein. Neaton hat gesagt, dass er die Erwiderung vielleicht nicht einmal einreicht.«

»Okay. Ich schicke dir dein letztes Honorar«, sagte er und konnte förmlich die Erleichterung am anderen Ende der Leitung hören. »Aber wenn du irgendwas hörst, lässt du es mich wissen, ja?«

»Natürlich.«

Die Leitung verstummte. Mick lächelte vor sich hin. Wenigstens eine gute Nachricht, die er Marcus überbringen konnte. Wurde auch langsam Zeit.

42

Die Wartezeit vor dem Widerspruch gegen einen gerichtlichen Antrag erinnerte Jared immer an die Zeit kurz vor dem Einsatz auf dem Baseballfeld - man war nervös und voll angespannter Erwartung.

In wenigen Minuten würde er in diesem Gerichtssaal ans Sprecherpult treten, wo momentan Stanford stand und seine vollendete Präsentation zum Abschluss brachte, und dem Richter sein Plädoyer vorbringen. Richter Lindquist konnte Jared erlauben, seine Redezeit ohne Unterbrechung zu nutzen - oder ihm unerreichbare Bälle zuspielen, die den Untergang von Jareds Fall ankündigten. Jared war hier nicht in seinem Heimatstadion, sondern zu Gast auf dem Spielfeld des Richters - und Werfer und Schiedsrichter waren hier ein und derselbe. Er konnte nichts weiter tun, als mit beiden Beinen fest auf dem Boden zu stehen und den Schläger zu schwingen.

Beinahe eine halbe Stunde lang hatte der Paisley-Anwalt geredet und erklärt, dass Jared und die Nachlassverwalterin von Paul Larson keine Beweise hatten, die die Abweisung des Falles abwenden könnten. In wie vielen Varianten konnte man diese Aussage formulieren? Nur jemand, der so gut war wie Stanford, konnte hundert zusätzliche Nägel in einen Sarg schlagen, ohne die Geduld aller Beteiligten - einschließlich der Leiche - auf die Probe zu stellen.

Noch nie in seiner gesamten beruflichen Laufbahn war Jared sich so unsicher gewesen, wie eine Anhörung ausgehen würde, und noch nie war es ihm so wichtig gewesen. Es schmerzte ihn, dass Überraschungsmomente und Bluffs heute eine so große Rolle spielten, und dass er so auf die Intuition des Richters angewiesen war. Wenn diese unsicheren Faktoren sich heute in Richter Lindquists Gerichtssaal nicht günstig fügten, war alles, wofür sein Team gearbeitet hatte, verloren.

Erin saß an seiner Seite, bleich und unbeweglich. Direkt hinter ihr saß Jessie, wie immer voller - heute jedoch streng gezügelter - Energie. Stanford und Whittier waren zu seiner Rechten, Whittier am Anwaltstisch und Stanford am Sprecherpult.

Die größte Überraschung bot der Zuschauerraum. Fast dreißig Personen füllten die harten Holzbänke des Gerichtssaals. Mrs Huddleston und Verne Loffler waren gekommen, Vic Waye und sogar Carlos Navarrete, der erst vor wenigen Minuten in den Gerichtssaal gerollt war. Als der Richter den Saal betrat, konnte Jared in seinem ernsten Blick auf das Publikum Überraschung erkennen.

Jareds Vater war abwesend, aber das war besser so, hatte Samuel ihm versichert. Bei aller Aufmerksamkeit, die er bereits in der Presse erfahren hatte, würde seine Anwesenheit nur eine Ablenkung darstellen.

»Danke, Euer Ehren«, schloss Stanford.

»Mr Neaton?«, rief der Richter.

Wie immer sackte Jareds Magen kurz in Richtung Knie, als er aufstand und ans Sprecherpult trat. Er legte seine Notizen darauf, holte ein letztes Mal Luft, um sich zu sammeln, und begann.

In den ersten zehn Minuten beschrieb Jared den Hintergrund des Falls, betonte besonders den Einzahlungsbeleg und unterstrich seine herausragende Bedeutung.

Stanford hatte auf dem Punkt herumgehackt, dass der Beleg allein die Abweisung des Falles nicht verhindern konnte, aber Jared wusste, dass er ein zwingender Beweis war, und heute ein wichtiger Aufhänger für Jareds Argumentation.

»Natürlich«, räumte Jared ein und wechselte die Richtung, »muss die Einzahlung durch mehr Fakten belegt sein als allein das Formular. Es müssen Beweise beigebracht werden, die zeigen, dass die Bank den auf dem Beleg angegebenen Betrag erhalten und dafür verantwortlich gezeichnet hat. Das bringt mich zum nächsten Beweisstück, das ich hiermit einreichen möchte: die beglaubigte Aussage der ehemaligen Bankmitarbeiterin Cory Spangler.«

Jared konnte Stanfords Reaktion hinter sich spüren. Aufgebrachte Atemstöße und plötzliches Papierrascheln waren zu hören, ebenso wie unruhiges Flüstern zwischen Stanford und Whittier.

»Wie das hohe Gericht dieser Aussage entnehmen kann –«

»Einspruch, Euer Ehren!«, platzte Stanford ihm ins Wort.

Jared hörte, wie Stanford seinen Stuhl quietschend nach hinten schob.

»Euer Ehren, wir erheben *nachdrücklich* Einspruch dagegen, dass Mr Neaton auf ein Dokument Bezug nimmt, das uns nicht zugestellt wurde. In *keiner* der Unterlagen, die wir vom Kläger erhalten haben, liegt uns eine Aussage von einer Cory Spangler vor.«

Der Richter fixierte seinen Blick auf Jared. »Mr Neaton?«

Jared unterdrückte seine Beklommenheit und zwang sich zu einem Ausdruck gelassener Überraschung. »Euer Ehren, ich bin mir sicher, dass der Verteidigung das Dokument zugestellt wurde.« Er streckte Stanford sein eigenes Exemplar der Aussage entgegen. »Ich habe noch eine Kopie, falls die Verteidigung ihre Unterlagen heute vergessen hat.«

Die Adern an Stanfords Hals traten deutlich hervor, als er die Aussage überflog. Jared ging zu seinem eigenen Tisch zurück und begann, in einem Ordner zu blättern. Nach einem Moment zog er ein einzelnes Blatt hervor und hielt es in die Luft. »Hier ist es, Euer Ehren: die Zustellungsurkunde, die von meinem Personal attestiert wurde.«

Stanford lehnte sich vor, die Fäuste auf den Tisch gestützt, in der einen immer noch Corys Aussage und in der anderen die Dokumente, die er durchsucht hatte. »Euer Ehren, ich beharre auf meinem Einspruch. Wir haben diese Aussage *nicht* erhalten.«

»Wem bei der Kanzlei Paisley haben Sie der Zustellungsurkunde zufolge Ms Spanglers Aussage ausgehändigt, Mr Neaton?«, brummte der Richter ungeduldig in Jareds Richtung.

Jared studierte das Dokument sorgfältig, als lese er es zum ersten Mal. »Euer Ehren, hier heißt es, dass mein Personal die Aussage von Ms Spangler persönlich an eine Ms Rachel Langer ausgehändigt hat, die unter der Aufsicht des Paisley-Mitarbeiters Mick Elgart arbeitet.«

Die Papiere fielen aus Stanfords Hand und verteilten sich wie riesiges Konfetti über den Boden.

Jared erinnerte sich, wie Clay einmal in einem schwierigen Fall einen hochkarätigen Vergleich mithilfe eines Bluffs ausgehandelt hatte: Er hatte dem Anwalt der gegnerischen Seite vorgegaukelt, ihm läge ein überzeugendes Gutachten vor, das den Fall seines Mandanten stützte. Als Jared seinen Mentor gefragt hatte, warum der Bluff funktioniert hatte, hatte Clay geantwortet, dass der Gegner vom fahrlässigen Handeln seines Mandanten wusste und so angenommen hatte, Clay könne dies mit Beweisen belegen. »Sie werden noch sehen, Mr Neaton«, hatte Jareds Mentor mit einem befriedigten Lächeln gesagt, »dass das schlechte Gewissen stets eine weitaus lebhaftere Fantasie hat als das unschuldige.«

Also hatte Mrs Huddleston mit ihrer Theorie, dass Rachel für Paisley arbeitete, richtig gelegen, dachte Jared, während er beobachtete, wie Whittier sich eilig bemühte, die verstreuten Papiere vom Boden aufzulesen. Jede Pore in Stanfords bleichem Gesicht bestätigte es.

Jetzt erschien es logisch: Sie war jedes Mal anwesend gewesen, wenn Stanford eine Insiderinformation über den Fall erhalten hatte. Jared hatte keinen echten Beweis, dass sie unter Marcus arbeitete oder Informationen an Stanford und Whittier lieferte. Aber das wusste Marcus ja nicht.

Und wenn Marcus bezweifelte, dass sie Rachel tatsächlich Corys Aussage übergeben hatten, brauchte er nur in ihrem Auto nachzusehen – unter dem Sitz, neben der leeren Limoflasche.

Der Paisley-Anwalt blinzelte heftig, so als würde er gerade aus dem Tiefschlaf erwachen.

Also gut, Marcus. Was machst du jetzt?

»Ähm, Euer Ehren, diese Überraschungszeugin – wir hatten keine Gelegenheit, ihre Aussage aufzunehmen; daher sollte ihre Aussage als Beweismittel ausgeschlossen werden.«

Netter Versuch, Stanford, dachte Jared. Der Richter intervenierte und lieferte Jareds Argument, bevor dieser sich überhaupt zu Wort melden konnte.

»Herr Verteidiger«, entgegnete der Richter ungeduldig, »ich habe diese Aussage gelesen. Es ist eine Person, die bei der Bank gearbeitet hat. Wie können Kenntnisse einer ehemaligen Bankmitarbeiterin zu Bankangelegenheiten für Ihren Mandanten eine Überraschung darstellen?«

Stanford wirkte immer noch aus der Bahn geworfen, schlug aber gleich eine andere Richtung ein. »Herr Richter, ohne Gelegenheit, eine eidesstattliche Aussage aufzunehmen, sollte dieses Gericht das Dokument als unzulässigen Beweis vom Hörensagen abweisen.«

Jared konnte sehen, dass der Richter über diesen Antrag nachdachte. Er schaute zwischen den gegnerischen Anwälten hin und her und rieb sich das Kinn. »Mr Stanford, ich denke, das ist nur die Kehrseite des gleichen Arguments. Ich werde Mr Neaton erlauben, seine Präsentation heute zu Ende zu führen; dann werde ich über Ihr Argument nachdenken. – Kommen wir nun zurück zur eigentlichen Sache. Bestehen Sie auf Ihrem Einwand, dass das Dokument nicht ordnungsgemäß zugestellt wurde?«

Whittier kehrte auf seinen Platz zurück und Jared sah, wie Stanford ihm einen flehentlichen Blick zuwarf. Der Juniorteilhaber erwiderte den Blick mit den hilflosen Augen eines in die Ecke gedrängten Kaninchens. Stanfords Augen flogen zurück zu Jared und starrten ihn an, als könnte er so ein Loch in dessen Schädel bohren und herausholen, was er wissen wollte.

Dann rate mal schön, dachte Jared und erwiderte Stanfords Blick gelassen. *Rate mal, ob wir Beweise haben, dass Rachel euch durch Elgart Informationen geliefert hat. Bestehe auf deinem Einspruch – und finde heraus, ob ich dem Richter beweisen kann, dass du ein halbes Dutzend ethischer Grundsätze gebrochen hast, indem du einen bezahlten Maulwurf in mein Büro gesetzt hast.*

Stanford wandte den Blick ab und Jared wusste, was als Nächstes kam. »Ähm, Euer Ehren, der Name der Mitarbeiterin, an die Mr Neaton – ähm, Mr Neatons Mitarbeiter das Dokument angeblich übergeben haben, kommt mir nicht bekannt vor, aber ich … ähm, ich werde zu diesem Zeitpunkt seine Versicherung, dass uns die Aussage ordnungsgemäß zugestellt wurde … nicht anfechten.«

Der Richter wirkte verwundert über Stanfords gestotterte Antwort. Er zuckte die Schultern und wandte sich wieder an Jared. »Sehr wohl. Mr Neaton, bitte fahren Sie fort.«

Jared war versucht, erleichtert auf seinen Stuhl zu fallen. Aber er musste zügig weitermachen: Stanford würde sich erholen, und zwar schnell.

Zwanzig Minuten lang beleuchtete Jared Corys Aussage und deren Bedeutung. Als Vertreter der Partei, die der Abweisung des Falles widersprach, beharrte er auf dem Recht seiner Mandantin, dass alle Schlussfolgerungen, die sich aus den Beweisen ergaben, zu Erins Gunsten ausgelegt wurden. Die logische Schlussfolgerung aus Cory Spanglers Aussage war, dass die Einzahlung, die auf dem Beleg dokumentiert wurde – das Herz und die Seele dieses Falles –, in jener Nacht in Ms Spanglers Anwesenheit vorgenommen wurde. Immerhin bezeugte Corys Aussage, dass etwa an dem Datum, das auf dem Einzahlungsbeleg angegeben war, jenes seltsame Treffen zwischen dem Bankdirektor und Mr Larson stattgefunden hatte.

»Außerdem, Euer Ehren, deuten die seltsamen Umstände, unter denen die Einzahlung vorgenommen wurde - ein Treffen unter vier Augen zwischen Mr Larson und dem Direktor der Ashley State Bank nach Mitternacht -, auf die Absicht der Bank hin, die Einzahlung zu verheimlichen. Das würde auch die Abwesenheit der typischen Nachweise für eine solche Transaktion erklären.«

Jared wusste, dass dies alles nichts Handfestes war. Corys Aussage enthielt weder Angaben zur Höhe der Einzahlung, die an dem Abend vorgenommen wurde, noch zur Geschichte dessen, was nach der Einzahlung aus dem Geld geworden war - alles wichtige Fragen. Das Fehlen von soliden Beweisen spiegelte sich in Richter Lindquists grimmigem Stirnrunzeln wider, das sich während Jareds gesamter Präsentation hielt.

Doch Jared wusste sowieso, dass er diese Anhörung nicht aufgrund dieser mageren Indizienlage gewinnen konnte. Was er brauchte, war, dass der Richter hinter diesem Fall mehr erahnte: die beunruhigende Möglichkeit, dass sich hinter diesem einfachen Stück Papier und der kurzen, emotionslosen Beschreibung einer nächtlichen Einzahlung, die eine junge Frau geliefert hatte, noch mehr verbarg.

»Wir sind zuversichtlich«, kam Jared zum Ende, »dass die Beweise im Prozess unsere Behauptung untermauern werden, dass Ms Spangler an jenem späten Abend Zeugin einer Einzahlung von zehn Millionen Dollar wurde - zu einem Zeitpunkt, an dem kein anderer es sehen sollte, auf eine Art und Weise, die nie bekannt werden sollte. Wir glauben, dass wir unsere Ansprüche durch ein von einer Jury ausgesprochenes Haftungsurteil gegen die Bank durchsetzen können.«

Jared war völlig erledigt. Er sammelte seine Notizen ein, drehte sich um und setzte sich. Dabei spürte er immer noch das Stirnrunzeln des Richters im Nacken.

Stanford erhob sich zu einer Erwiderung und Jared krümmte sich innerlich. Der Paisley-Anwalt machte sich nicht einmal die Mühe, ans

Pult zu treten, sondern redete sich gleich an seinem Tisch in Rage. Während er sprach, wurden seine Ohren und sein Gesicht knallrot und er hielt seine neu geordneten Notizen umklammert wie eine Handgranate.

»Euer Ehren«, begann er, seine Stimme eine unterdrückte Explosion, »wir haben heute ein einzigartiges Eingeständnis dessen erlebt, was die Klägerin und Mr Neaton *nicht haben* - nämlich Beweise für diese *angebliche Einzahlung.* Wie viele Monate - *wie viele Jahre - muss die Ashley State Bank noch unter diesen verleumderischen Behauptungen leiden?* Die Anklage hat hier keinen Beweis geliefert, der die Abweisung des Falls verhindern könnte. Diese ›Aussage‹«, erklärte er und hob das Blatt mit Corys Worten zwischen zwei Fingern an, als wäre es radioaktiv verseucht, »ist *unverschämtes* Hörensagen. Selbst wenn sie ein zulässiger Beweis wäre, kann sie nichts von dem belegen, was die Klägerin behauptet. Es ist ein verzweifelter, fruchtloser Appell an die Emotionen dieses Gerichts - ein Versprechen, morgen zu liefern, was die Anklage heute nicht geliefert hat. *Dieser – Fall – ist – abzuweisen!*«

Stanfords letzter Satz war eine unverkennbare Forderung. Der Rest der Botschaft - wenn auch kurz, bündig und deutlich vorgetragen - zeugte nicht von Stanfords üblichem kühlem Intellekt, sondern von roher Gewalt. Jared war auf eine nachdrückliche Erwiderung eingestellt gewesen, aber diese Leidenschaft war fast schockierend.

Jared spürte, wie sich alle Augen im Gerichtssaal - seine eingeschlossen - gleichzeitig auf die Richterbank richteten. Richter Lindquist starrte Stanford, der mit immer noch hochrotem Gesicht wieder Platz genommen hatte, unbeweglich an. Schließlich wandte der Richter seinen Blick auf seine eigene Bank und begann, in den dort befindlichen Notizen zu blättern. Die Geste wirkte weniger wie eine Suche als vielmehr wie ein Versuch, Zeit zu schinden.

Dann lehnte sich Richter Lindquist zurück und schloss die Augen. Während der langen Minuten, in denen der Richter in dieser Haltung verharrte, wurde es völlig still im Gerichtssaal. Schließlich öffnete er die Augen wieder und beugte sich vor. Er wirkte plötzlich, dachte Jared, als wäre eine Last von ihm abgefallen.

»Meine Herren, ich bin zu der Schlussfolgerung gelangt, dass es …

ähm … beträchtliche Zeit kosten wird, diesen Antrag auf ein Urteil im Schnellverfahren zu prüfen. Die zu bedenkenden Fragen sind so komplex, dass es mir unmöglich sein wird, sie in den drei kurzen Wochen bis zum Prozessbeginn zu lösen. Daher werde ich die Angelegenheit gründlich durchdenken. Bereiten Sie sich darauf vor, Ihren Fall in einundzwanzig Tagen vor einer Jury zu präsentieren.«

* * *

»Was ist da gerade passiert?«, fragte Erin. Sie standen in einem Nebenflur des Gerichtsgebäudes, fernab von neugierigen Blicken. Jessie konnte kaum ein Grinsen unterdrücken.

»Richter Lindquist hat den Antrag von Paisley gerade durch die Hintertür auf Eis gelegt«, erklärte Jared, völlig erschöpft und gleichzeitig bester Laune.

»Was bedeutet das?«

»Das bedeutet«, übernahm Jessie die Erklärung, »dass der Richter den Antrag nicht abgelehnt hat – er hat Stanford nur mitgeteilt, dass er in den nächsten drei Wochen kein Urteil fällen wird.«

»Und das heißt?«

»Das heißt, wir müssen uns auf den Prozess vorbereiten«, antwortete Jared, und Erin umarmte ihn stürmisch.

* * *

Jared holte Stanford ein, als er gerade Whittier aus dem Haupteingang des Gerichtsgebäudes folgte. »Marcus.«

Der Anwalt drehte sich um.

Er wirkte benommen, aber sein Blick verhärtete sich, als er Jared erkannte.

Jared streckte ihm zwei Vorladungen entgegen. Nach kurzem Innehalten schnappte Marcus sie ihm aus der Hand.

Jared gestattete sich nicht das Vergnügen, das Grinsen zu zeigen, das er eigentlich empfand, sondern drehte sich einfach um und ging davon. In diesem Fall warteten noch viele Kämpfe auf ihn. Jared ging zurück ins Gerichtsgebäude, um seinen Aktenkoffer und seine Papiere zu holen. Dann würde er heimfahren.

* * *

Marcus stand auf der obersten Stufe der Treppe vor dem Gerichtsgebäude und las ungläubig die Vorladungen, die er in der Hand hielt. Er spürte Whittier neben seinem Ellenbogen. »Was ist das, Marcus?«

Wie hatten sie das herausgefunden?

»Marcus?«

Er reichte Whittier eine der Vorladungen, faltete die andere zusammen und schob sie in seine Tasche. »Eine Vorladung«, erwiderte er. »Lass uns später darüber reden.«

Der Juniorteilhaber nickte. Er hatte eindeutig Angst, nach dieser Anhörung noch weitere Fragen zu stellen. So zog er von dannen und ließ Marcus allein vor den Türen des Gerichts stehen.

43

Irgendetwas stimmte nicht mit der Uhr auf dem Kaminsims. Marcus wusste zunächst nicht, was es war. Sie war ... zu laut. Er starrte träge auf das Ziffernblatt und lauschte dem Knacken des Minutenzeigers, unfähig, seine Gedanken in den Griff zu bekommen.

Das Universum hatte sich heute auf den Kopf gestellt und seinen Inhalt in den Äther ergossen, und nun war nichts mehr an seinem Platz. Ein Mann konnte durch einen Raum gehen, den er sein Leben lang durchschritten hatte, und an jedes einzelne Möbelstück stoßen – jede Lampe und jeden Tisch. Wie ein betrunkener Narr würde er über eine Ritze im Teppichboden stolpern, die dort nicht sein sollte, und hinfallen – weil sich alles geändert hatte.

In diesem Augenblick hätte der Larson-Fall nichts weiter sein sollen als eine Akte, die seine Sekretärin ins Archiv von Paisley trug. Marcus hätte auf dem Flur die Glückwünsche der anderen Teilhaber hören sollen – oder an seinem Schreibtisch sitzen und stapelweise überflüssige Fallnotizen und Schriftsätze in den Müll werfen. Vielleicht hätte er auch den letzten Scheck für Mick Elgart unterschreiben und Sidney Grant per Telefon die guten Nachrichten mitteilen sollen. Einen Flug nach Baltimore planen, um seinen Kindern, die er monatelang nicht gesehen hatte, einen unangekündigten Besuch abzustatten – und endlich seinen Plan in die Tat umsetzen, seine Frau zu überzeugen, zu ihm zurückzukommen.

Neaton hatte keine Beweise und dieser Richter – der alte Thomas Lindquist – *verlangte immer Beweise*. Die Assistentin, Rachel Langer, ihre Geheimwaffe, war gegen sie selbst eingesetzt worden. Die Zeugin Cory Spangler, von der sein hochbezahlter Helfer ihm versichert hatte, dass sie nicht aussagen würde, war auf den Flügeln einer zweiseitigen Aussage in den Gerichtssaal geflattert. Und sogar Mick Elgart war vor aller Ohren vor Gericht entlarvt worden.

Trotzdem hätte er den Antrag gewinnen sollen. Hatte er aber nicht. Das Universum hatte sich heute auf den Kopf gestellt.

Auf der Heimfahrt von der Anhörung hätte er beinah einen Unfall gebaut. Da er sich nicht in der Lage fühlte, zurück in die Kanzlei zu fahren, war er zu seiner Hütte aufgebrochen und - abgelenkt, wie er war - in einer Kurve über die Mittellinie geraten. Dabei hätte er um ein Haar einen Lkw gestreift. Er hatte die Situation kaum registriert.

Sein Mobiltelefon auf dem Beistelltisch vibrierte. Er nahm es abwesend in die Hand, sah, dass es Sidney Grant war, drückte die entsprechende Taste und meldete sich.

»Marcus, ich habe gehört, wie die Geschichte heute ausgegangen ist. Ich hatte Charley von der Bank geschickt, um sich die Sache anzuhören.«

Die Ruhe in Sidney Grants Stimme war explosiver als das Donnerwetter, das Marcus erwartet hatte.

»Marcus, sind Sie dran?«

»Ich bin hier.«

»Sie haben Mist gebaut«, fuhr der Banker mit unnatürlich leiser Stimme fort. »Sie sagten, sie hätten alles unter Kontrolle, und es ist Ihnen aus den Händen geglitten. Sie sagten, das mit der Spangler hätte sich erledigt, aber das war nicht der Fall.«

Marcus erwiderte nichts, weil er nichts erwidern konnte. Sah denn Sidney nicht, dass sich *alles* geändert hatte? *Schau aus dem Fenster, Sidney. Der Horizont hängt schief.*

»Dieser Fall darf nicht vor Gericht gehen. Marcus, Sie müssen bei dieser Spangler andere Saiten aufziehen.«

Das war es also.

Der Banker wollte ihn zu etwas überreden, und er dachte, Ruhe wäre effektiver als Wut. Besonders, wenn er Marcus überreden wollte, etwas zu tun, von dem er annahm, dass Marcus es bereits Paul Larson angetan hatte.

Er schloss die Augen und holte tief Luft, um seine Lungen freizubekommen. Er versuchte, sich zu konzentrieren.

»Es ist zu spät, Sidney«, antwortete Marcus schließlich und war überrascht, wie geordnet und rational seine Worte klangen. »Die Spangler hat Neaton eine Aussage geliefert, auf deren Grundlage der Richter unseren Antrag abgelehnt hat. Wenn ihr jetzt etwas zustößt, würde er, denke ich, die Aussage als Beweismittel im Prozess zulassen. Und sie wissen auch über Rachel Langer und Mick Bescheid.«

Wann würde diese Bombe einschlagen?, fragte er sich. Wann würde Neaton dem Gericht die ganze Wahrheit über sie mitteilen? Im Prozess?

Über die Telefonleitung war das verärgerte Schnauben des Bankers zu hören. »Sie bemühen sich nicht genug, Marcus.«

Er merkte, dass es ihm zu schwer wurde, sich auf dieses Gespräch zu konzentrieren. »Sidney, ich muss über die ganze Situation nachdenken. Ich rufe Sie morgen früh an.«

»In Ordnung, Marcus.« Der Banker klang angespannt, aber immer noch kontrolliert. »Aber nicht später als morgen früh.« Es klickte und die Leitung war still.

Marcus legte das Telefon auf die Couch. Es wurde langsam kalt im Zimmer, dachte er, ohne dass es ihn kümmerte.

Was war das doch für ein Feigling. Zu meinen, Marcus würde für ihn die Drecksarbeit erledigen. Würde für ihn eine Zeugin *umbringen.*

Außerdem war die Aussage von Cory Spangler nicht mehr die größte Sorge in diesem Fall. Er schaute auf die Vorladung, die auf dem Tisch lag - eine der beiden, die Neaton ihm heute Morgen auf der Treppe vor dem Gerichtsgebäude überreicht hatte. Dieser farblose, selbstgerechte Depp, der nicht mal den Anstand hatte, Schadenfreude zu zeigen.

Die Vorladung, die Marcus an Whittier weitergereicht hatte, verlangte, dass ein Bankmitarbeiter am ersten Verhandlungstag mit Disketten vor Gericht erschien, auf denen Informationen über geschlossene Konten gespeichert waren. Das war zwar lästig, aber leicht zu lösen. Disketten wurden jeden Tag gelöscht.

Die zweite Vorladung - die er Whittier vorenthalten hatte - war ein ganz anderes Kaliber. Wie hatten sie das herausgefunden? Sie verlangten, dass der Chefbuchhalter von Paisley vor Gericht erschien - mit Kopien aller Schecks für das Paisley-Treuhandkonto, die in den letzten vier Jahren eingelöst worden waren und zehn Millionen Dollar überstiegen.

Niemand durfte diese Vorladung sehen. Nicht bei Paisley, nicht bei der Bank. Selbst wenn er die Sache vor Prozessbeginn abschmettern konnte, würde irgendjemand anfangen, Fragen zu stellen. Jemand bei Paisley würde sich an den Pro-Bono-Fall erinnern. Ein Teilhaber. Ein Angestellter.

Durchs Fenster sah er einen Schwarm Wildgänse über den kalten, blauen Himmel ziehen, so hoch, dass sie ebenso gut Flugzeuge hätten sein können. Marcus fühlte sich von seinem Körper getrennt, so als wäre er dort oben bei den Vögeln und schaute hinunter auf die winzige Gestalt eines Mannes, der durch die Glasscheibe nach oben blickte.

In einem Universum, das in seinen Grundfesten erschüttert war, konnten Grenzen, die Marcus für unverletzlich gehalten hatte, nicht mehr respektiert werden. Einzigartige Lösungen mussten in Betracht gezogen, neue Wege erschlossen werden. Dinge, die einst undenkbar waren, konnten kein Tabu mehr sein.

Einen Moment lang kämpfte er mit diesem Gedanken. Dies war eine Kluft, über die es, sobald sie einmal überquert war, keine Brücke zur Rückkehr gab. Konnte er das wirklich tun?

Er würde niemals für Grant töten. Für sich selbst? Aber nein, darum ging es gar nicht. Es ging um seine Kinder und seine Frau, die ihn brauchten.

Immerhin hatte nicht er diese Pattsituation herbeigeführt, oder? Der Farmer war derjenige, der den Scheck ursprünglich behalten hatte. Wenn Larson den Scheck nicht zu Grant gebracht und Grant ihn nicht angerufen hätte, würde Marcus jetzt nicht am zerklüfteten Rand dieses Abgrunds stehen. Und wenn Neaton den Fall einfach nicht angenommen hätte – *zwei Tage hatten gefehlt!* – wäre all dies unnötig. Er wäre nicht mit diesen Risiken für seine Karriere, seine Familie, seine *Freiheit* konfrontiert.

Als der Entschluss sich setzte, wurde er ruhig. Seine Gedanken klärten sich.

In Ordnung. Er würde die Sache durchziehen. Aber wenn er weitermachen wollte, musste er natürlich an der richtigen Stelle ansetzen. Cory Spangler war jetzt nicht mehr von Bedeutung. Der Nachlass und der Fall starben nur mit Paul Larsons einzig überlebender Verwandter, Erin.

Und vielleicht auch ihrem Anwalt.

* * *

Die Stimme des Privatdetektivs am anderen Ende der Telefonleitung zitterte. »Ich glaube, das ist eine *sehr* schlechte Idee, Marcus.«

Es war Abend geworden. Marcus hatte sich nicht die Mühe gemacht, das Licht anzuschalten. Er hatte sich nicht einmal von der Couch wegbewegt. Es hatte mehrere Stunden gedauert, bis er Mick erreicht hatte. Gerade als Marcus dachte, dass der Ermittler vielleicht absichtlich nicht auf seine Anrufe reagierte, hatte er zurückgerufen.

»Es ist nötig.«

Ein Seufzen drang an sein Ohr. »Marcus, ich habe Ihnen schon gesagt, dass es schon keine gute Idee war, sich überhaupt mit diesem Kerl einzulassen – und Sie haben ihn trotzdem für den Job in Athen engagiert. Schön und gut. Aber jetzt wollen Sie, dass ich Ihnen persönliche Informationen über den Mann verschaffe? Wenn er erfährt, dass ich auch nur danach *suche* … Marcus, das ist eine *ganz* schlechte Idee.«

»Mick, heute vor Gericht ist Ihr Name gefallen.«

Das Schweigen war lang. »Wie das?«

»Neaton weiß, wer Sie sind. Dass Sie für mich arbeiten. An diesem Fall.«

Er ließ die Stille schwer herabsinken.

»Sie stecken da mit drin, Mick. Sie haben die Ausflüge zu unserem Mann in Washington gemacht. Sie sind Neaton und Goering gefolgt. Sie haben arrangiert, dass Rachel Langer in ihren Büros arbeitet. Sie haben mich mit Ihrem New Yorker Kontakt für Athen bekannt gemacht.«

»Tun Sie das nicht, Marcus.«

»Ich brauche nur genug Informationen, um ein Gefühl für den Mann zu bekommen. Und ich brauche seine neue Nummer. Die alte funktioniert nicht.«

Micks Stimme wurde hart, als er antwortete. »Die Sache gefällt mir nicht. Aber ich werde sehen, was ich herausfinden kann.«

* * *

Die Fahrt zur Larson-Farm war ohne Eile, sanft und leicht – wie eine Reise auf einer Wolke. Jared schaute aus dem Fenster und konnte ein Lächeln nicht unterdrücken.

Mrs Huddleston an seiner Seite unterhielt sich mit seinem Vater auf dem Rücksitz, aber Jared hörte kaum zu. Er konnte nicht. Im Moment konnte er seine Aufmerksamkeit nicht auf etwas Banales richten.

Sie hatten die ungewinnbare Anhörung gewonnen. Der Fall kam zur Verhandlung.

Cory Spanglers Aussage war der ausschlaggebende Faktor gewesen. Die Aussage, die er nicht verwenden konnte. Bis Mrs Huddleston einen Weg vorgeschlagen hatte, wie sie das Risiko für Cory reduzieren konnten, indem sie Stanford das Dokument bis zur Anhörung konsequent vorenthielten.

Das Risiko war jetzt kleiner, aber nicht ganz beseitigt. Sie brauchten immer noch Corys Einverständnis. Das war der schwerste Schritt für Jared, denn er bedeutete, Cory das zu gestehen, was er ihr in Athen verschwiegen hatte.

Er hatte vorgehabt, Cory alles in einer E-Mail zu erklären - auch das Risiko, das mit der Fortführung der Verhandlung verbunden war - und sie um Erlaubnis zu bitten, ihre Aussage zu verwenden. Die Bibliothekarin machte den Vorschlag, dass es vielleicht besser war, wenn sie es tat. Es war der jungen Frau gegenüber fairer, wenn Mrs Huddleston ihr die Bitte mitteilte, als wenn es Jared tat.

Sie hatten Corys Zustimmung am folgenden Tag per E-Mail bekommen.

Eine halbe Stunde später bogen sie in die Auffahrt zur Larson-Farm ein und brachten die Lebensmittel aus dem Kofferraum in die Küche. Dort nahm Jared am Küchentisch Platz. Sam und Jessie standen bald darauf an der Spüle und wuschen Gemüse, während Erin und Mrs Huddleston Tortillas zubereiteten. In stillschweigendem Einverständnis erhielt Jared die Erlaubnis zuzuschauen.

Jared fand, dass die Gruppe, Ellenbogen an Ellenbogen in die kleine Küche des Farmhauses gepfercht, aussah wie eine Schar guter Freunde.

Die Stimmung war warmherzig und entspannt, und Jared hatte vor, sie zu genießen. Er wollte nicht daran denken, dass ihnen immer noch die Beweise fehlten, um eine Jury vom Dreh- und Angelpunkt ihres Falls zu überzeugen. Dass der Richter noch seine Meinung ändern und den Fall abweisen könnte, wenn er während des Prozesses hörte, wie begrenzt die Beweislage der Larson-Mannschaft war. Oder dass Geschworenenprozesse sich nie mit einem Bluff gewinnen ließen.

Denn der Fall würde zur Verhandlung kommen. Sie hatten drei Wochen gewonnen. Und noch wichtiger war, dass sie jetzt die Bank per Vorladung zwingen konnten, *mehr* Beweise für den Prozess zu liefern.

Für heute Abend war das genug. Er wusste, dass sie sich im Auge des Sturms befanden. Sie waren sicher durch die eine Seite des Sturms gekommen und steuerten in nur einundzwanzig Tagen geradewegs auf die andere Seite zu. Aber heute Abend wollte Jared in den blauen Himmel über sich schauen und so tun, als sei der Hurrikan vorüber.

44

Das Kaffeehaus war fast leer. Ein *Zu-verpachten*-Schild im Fenster zeugte davon, dass es seine letzten Tage erlebte. Marcus war klar, warum: Der Espresso war schrecklich. Mick hatte den richtigen Ort für ein Treffen ausgesucht, das Abgeschiedenheit verlangte.

Marcus hasste Greenwich Village. Es war gleichzeitig aufgeblasen und leichtlebig, und er verabscheute beide Eigenschaften. Doch Proctor Hamilton - so war der Name dieses New Yorkers, den Mick aus dem Hut gezaubert hatte - traf sich mit seinen Klienten ausschließlich in Manhattan, und dieses Viertel war besser als die meisten Alternativen.

Um die Informationen aufzutreiben, die Marcus über diesen Mann wollte, hatte Mick kurzfristig einen Ausflug nach New York gemacht, viele Gefälligkeiten eingefordert und im Gegenzug viele Gefälligkeiten versprochen. Aber die Belohnung waren eine echte Telefonnummer und ein rudimentärer Lebenslauf des Mannes, den sie - unbesehen - für den Auftrag in Athen engagiert hatten.

Proctor Hamilton lebte in Queens, obwohl er sich mit seinen Klienten nie in diesem Stadtteil traf. Er war ein ehemaliger Army Ranger mit Ausbildung für und Erfahrung mit Spezialoperationen.

Normalerweise beschränkte er sich auf Klienten, die er bereits kannte, oder Personen, die von diesen Klienten weiterempfohlen wurden. Normalerweise ließ er seine Honorare über eine von drei oder vier Auslandsbanken in der Karibik laufen. Und normalerweise bestand er auf einem persönlichen Treffen, um einen Auftrag auszuhandeln. Tatsächlich waren Micks Kontaktpersonen ziemlich überrascht, als er erklärte, dass Mr Hamilton seinen ersten Auftrag von Marcus telefonisch angenommen hatte.

Ein Blick auf die Uhr bestätigte Marcus, dass Proctor jetzt eine halbe Stunde Verspätung hatte. Marcus wusste, dass der Mann beim ersten Mal nur widerstrebend mit ihm zusammengearbeitet hatte, und befürchtete, dass er es sich vielleicht anders überlegt und beschlossen hatte, nicht zu kommen. Es begann so auszusehen, als wäre genau das passiert.

Die Türglocke läutete und ein Mann betrat das fast leere Kaffeehaus.

Er ließ einen prüfenden Blick über den Raum schweifen, bevor er auf die Nische zukam, wo Marcus saß.

Proctor Hamilton war Mitte dreißig, schätzte Marcus. Als er die Jacke auszog, sah der Paisley-Anwalt, dass er schlank, aber drahtig und muskulös war.

Ins Gesicht seines Gegenübers stand Feindseligkeit geschrieben. Marcus spürte, dass Höflichkeiten jeglicher Art unerwünscht wären. *In Ordnung. Kein Geplänkel. Kommen wir gleich zum Geschäft.* »Ich habe einen weiteren Auftrag für Sie.«

Proctor saß schweigend da. Wenn sein Gesichtsausdruck sich überhaupt änderte, konnte Marcus es nicht wahrnehmen. »Sie hatten letztes Mal keinen Erfolg. Das Mädchen hat ausgesagt. Der Fall gerät aus den Fugen.«

»Kommt sie zur Verhandlung?«, fragte der Mann und brach damit sein Schweigen.

»Ich weiß es nicht. Aber das spielt keine Rolle. Sie hat eine schriftliche Aussage gemacht.«

Proctor schaute auf den Tisch und schüttelte den Kopf. »Dafür haben Sie mich nicht engagiert. Sie haben mich beauftragt, ihre Rückkehr aus Europa zu verhindern. Sie ist immer noch dort. Wenn Sie andere juristische Pläne hatten, ist das Ihr Problem.«

Marcus kochte vor Wut über die kühle Verachtung in der Stimme des Mannes.

Aber er brauchte ihn, und mit einem Streit über den letzten Auftrag würde er nicht erreichen, was er brauchte.

»Die Hilfe, die ich jetzt von Ihnen brauche, macht das andere sowieso irrelevant«, sagte Marcus und machte dann eine Pause. Er erwartete, dass Proctor ihn fragte, worin diese »Hilfe« bestand - doch der Mann starrte ihn gleichmütig an, bis Marcus weitersprach.

»Sie müssen Erin Larson eliminieren, die Klägerin im vorliegenden Fall. Und wenn sich die Gelegenheit ergibt, auch den Anwalt.«

Der Mann schüttelte den Kopf, und ein sarkastisches Lächeln erschien auf seinem Gesicht. »Eliminieren. Ist das ein juristischer Begriff?«

»Sie wissen, was ich meine.«

»Stimmt. Aber ich habe kein Interesse. Vergessen Sie meine Nummer«, antwortete Proctor und begann, von seinem Platz in der Nische zu gleiten.

»Sie müssen es tun.« Da. Er hatte es gesagt. Marcus spürte, wie sein Hals trocken wurde.

Proctor hielt inne und schaute Marcus mürrisch an. »Was meinen Sie damit?«

»Ich habe unser erstes Gespräch über den Auftrag in Athen mitgeschnitten«, sagte Marcus und zwang sich, sich nicht mit der Zunge über seine ausgetrockneten Lippen zu fahren.

Proctors Augen zeigten keine Besorgnis. »Sie lügen.«

»Nein. Ich habe Sie aus meinem Büro angerufen. Mein Telefon ist dafür eingerichtet. Ich habe alles aufgezeichnet.«

»Und was bringt Ihnen das? Wenn Sie mich ans Messer liefern, sind Sie auch geliefert.«

»Sie hören mir nicht zu. Ich brauche Ihre Hilfe, weil ich bereits geliefert bin. Die Sache muss erledigt werden. Wenn Sie mir aus meinem Problem heraushelfen, verschwindet Ihr Problem ebenfalls.«

»Machen Sie's doch selbst.«

Seltsamerweise, erkannte Marcus, war ihm dieser Gedanke gar nicht gekommen. Doch andererseits, dachte er dann, war er Jurist. Er setzte sich nicht in den Zeugenstand, um auszusagen – er präsentierte die Geschichte. Machte sie schmackhaft und verkaufte sie. Und wenn er einen Experten brauchte, engagierte er ihn.

»Es muss wie ein Unfall aussehen. Ich brauche Ihr Know-how.«

»Tatsächlich?« Proctor schob sich wieder zurück in die Nische. Er stemmte seine Ellenbogen auf den Tisch und beugte sich so weit vor, dass Marcus seinen Atem auf seiner Wange spüren konnte.

»Nun, ich habe ebenfalls einige Erkundigungen angestellt, Mr Stanford«, sagte Proctor leise und monoton. »Und meine Erkundigungen haben ergeben, dass das, was Sie und diese Bank in dieser kleinen Stadt angerichtet haben, eine Schweinerei ist. Eine Schweinerei. Und jetzt wollen Sie, dass ich mir ebenfalls die Finger daran schmutzig mache.«

»Nein; Sie haben sich bereits die Finger schmutzig gemacht. Ich will, dass Sie mir beim Aufräumen helfen«, antwortete Marcus. »Und das hier ist kein Erpressungsversuch. Ich zahle Ihnen Ihr volles Honorar.«

Proctor zögerte. »Es geht nicht ums Geld. Ich habe Ihnen bereits gesagt: Das ist eine Schweinerei, und bei so was mache ich grundsätzlich nicht mit.«

»Es muss bald über die Bühne gehen«, drängte Marcus und ignorierte die letzte Bemerkung.

Ganze Minuten vergingen, in denen Proctor Marcus in die Augen starrte, und der Paisley-Anwalt wandte den Blick nicht ab. Es war kein Wettkampf. Marcus konnte sehen, dass Proctor seine Optionen abwog: die Risiken, das Geld - besonders das Geld.

Marcus wusste immer - im Gerichtssaal, in Verhandlungen -, wenn er die besseren Karten hatte. Das war jetzt der Fall. Micks Informationen machten deutlich, dass dieser Mann sich als Geschäftsmann betrachtete. Marcus' Drohung war bedeutungslos: Jetzt, da das Geld auf dem Tisch lag, ging es nur ums Geschäft. Sie konnten eine ganze Stunde hier sitzen, wenn Proctor das wollte, so dicht beieinander, dass sie sich fast berührten, aber am Ende würde Proctor zur gleichen Schlussfolgerung gelangen.

»Warum ist das alles nötig?«, fragte der Mann.

»Das soll nicht Ihre Sorge sein«, antwortete Marcus schnell, überrascht von der Frage.

»Sie haben es zu meiner Sorge gemacht. Warum haben Sie sich so tief in diesen Fall verstrickt? Sie sind ein erstklassiger Anwalt mit jeder Menge Geld.«

»Das geht Sie nichts an.«

»Sie wollen meine Dienste, Sie antworten.«

Marcus hörte die Endgültigkeit in Proctors Stimme. Dieses Geschäft - dieses Arrangement - war zum Greifen nah. Er beschloss zu antworten.

»Ich brauchte diese Gelegenheit, um auszubrechen. Ich brauchte die Freiheit, um einige Dinge in meinem Leben in Ordnung zu bringen. Und jetzt könnten diese Leute das verhindern.«

»Oh«, entgegnete Proctor in einem Ton, bei dem Marcus nicht wusste, ob es sich um Verständnis oder Spott handelte. »Dann ist es also etwas *Persönliches.*«

Marcus antwortete nicht, und schließlich sah er Proctor den Kopf schütteln. »Es wie einen Unfall aussehen zulassen, wenn ein Unfall Ihnen und Ihrem Mandanten so gelegen käme … das ist fast unmöglich.«

»Darum brauche ich ja Ihr Know-how.« Marcus' Hals fühlte sich an wie Watte.

»In Ordnung«, sagte Proctor und breitete die Hände auf dem Tisch aus, als wolle er ihn leerräumen. »Ich räume Ihre Schweinerei auf. Dreihunderttausend.«

»Hunderttausend.«

»Zweihunderttausend, und die Hälfte im Voraus.«

Würde er das durchziehen? Natürlich. Er war ein Profi.

»Okay.«

Proctor nannte eine neue Bank und eine neue Kontonummer. »Überweisen Sie das Geld bis morgen. Das Ganze ist ohnehin kurzfristig genug.«

Marcus notierte die Angaben rasch auf der Rückseite einer seiner Visitenkarten und nickte dann zustimmend.

»Und da es so kurzfristig ist, müssen Sie assistieren«, endete Proctor. »Ich habe keine Zeit, Ihre Ziele aufzuspüren, also müssen Sie mir helfen, das Ganze zu arrangieren.« Wieder stimmte Marcus zu.

Proctor gab ihm eine neue Handynummer, und dann war er verschwunden.

Als Marcus den Mann das Kaffeehaus verlassen sah, spürte er mit einem schwachen Gefühl der Verwunderung, dass seine rechte Hand zitterte. Nichts weiter, nur seine rechte Hand.

Die Information, dass er ihr Gespräch aufgezeichnet hatte, hatte den Mann am Tisch gehalten, aber das Geld hatte ihn überzeugt, sagte Marcus sich. Er griff nach seiner Hand, die ein letztes Mal sachte zitterte.

So, dachte er und unterdrückte einen vorübergehenden Anflug von Bedauern. Nun war es tatsächlich so weit gekommen.

* * *

»Es tut mir leid, Mr Grant, aber er ist immer noch außer Haus. Er hat mich gebeten, Ihnen mitzuteilen, dass er sein Versprechen, Sie anzurufen, nicht vergessen hat.«

Sidney Grant umklammerte seinen Stift wie einen Speer. »Ich rufe seit einer Woche jeden Tag an.«

»Ich weiß«, kam Whittiers aalglatte Stimme über die Telefonleitung. »Mr Stanford bedauert das *sehr*. Er weiß, wie wichtig es ist, Sie zurückzurufen. Er sagte, er müsse vor Ihrem Gespräch noch einige Vorbereitungen treffen.«

Sidney wusste, dass Whittier inzwischen eingeweiht war, aber wie viel wusste er tatsächlich?

Nein. Er würde nicht mit Whittier über diese Sache reden. Er würde sich selbst darum kümmern. Ohne ein weiteres Wort drückte Sidney auf seinem Telefon die Taste für die Gegensprechanlage und warf Whittier damit aus der Leitung. »Sharri, bitte schicken Sie jetzt Mr Creedy herein.«

Sidney war schockiert, als der Farmer den Raum betrat. Der Mann sah aus, als wäre er nur noch einen Schritt vom Grab entfernt. Das Haar unter der John-Deere-Mütze war verfilzt, seine vernarbten Hände ölig-schwarz von seiner Arbeit mit den Landmaschinen. Vor allem aber zeugten die Falten in seinem Gesicht und die gelbliche Hautfarbe davon, wie tief er gefallen war.

»Danke für den Termin«, murmelte Creedy.

»Schon gut, Joe«, erwiderte Sidney und wusste nicht genau, ob der Farmer seine Bemerkung ernst oder ironisch gemeint hatte. »Setzen Sie sich.«

Joes Blick ging in die Ferne. Er ließ sich in seinen Stuhl sinken und schaute Sidney mit verschwommenem Blick an.

Es war fast sechs Monate her, seit Sidney Joe Creedy zum letzten Mal gesehen hatte, obwohl der Farmer ihn mehrmals um ein Treffen gebeten hatte. Er fragte sich, ob Creedys Eltern wussten, dass er die Farm verlor. Seit sechzig Jahren war das Land im Familienbesitz, und sein Vater hatte keine einzige Zahlung versäumt. Der Mann wusste, wie man ein Geschäft führt. Doch Creedys Eltern hätten wissen sollen, dass ihr Sohn nicht in der Lage war, die Farm allein zu führen.

»Mr Grant, wir hatten eine Vereinbarung«, sagte der Farmer, zog seine Mütze vom Kopf und umklammerte sie fest.

Sidney schätzte Creedy auf Mitte dreißig. Doch der Mann, der ihm gegenübersaß, wirkte fünfzehn Jahre älter. »Joe, Sie wissen, dass ich jemand bin, der zu seinem Wort steht. Aber ich habe immer gesagt, dass wir uns um Ihre Hypothek kümmern, wenn alles andere geregelt ist.«

»Ich habe alles gemacht, was Sie wollten, Mr Grant. Sie haben mir nie gesagt, worum es geht, aber ich habe getan, worum Sie mich gebeten haben.«

»Ich weiß, Joe. Es ist …«

Der Farmer schüttelte den Kopf. Er schaute Sidney nicht an, als er weiterfaselte. »Ich bin hingegangen und habe Pauls Ausrüstung sabotiert. Ich habe seine Tiere aus den Ställen gelassen. Ich habe sogar seine Fenster zerschossen.«

»Nicht so laut.«

»Dann haben wir uns in den letzten Monaten sein Mädchen vorgenommen«, redete Creedy weiter. »Alles, was Sie wollten, habe ich getan.« Speichel sammelte sich in Joes Mundwinkel, und als er aufschaute, loderte es in seinen Augen.

»Beruhigen Sie sich, Joseph. Lassen Sie uns in Ruhe darüber reden. Ich weiß, dass Sie getan haben, worum ich Sie gebeten habe –«

»Nein, Mr Grant, das wissen Sie nicht. Es gibt Dinge, die passiert sind …« Der Farmer verstummte. »Sie wissen nicht alles.«

»Joseph, wir müssen …«, begann Sidney, verstummte aber ebenfalls, als ihm klar wurde, dass der Farmer nicht zuhörte. »Joe?«

»Nein, Mr Grant, Sie wissen nicht alles, was passiert ist.«

»Wovon reden wir hier?«

»Ich habe gemacht, was Sie gesagt haben. Habe nach Gelegenheiten Ausschau gehalten, ihm Angst einzujagen«, sagte er.

Sidney wünschte, der Farmer würde leiser sprechen, fürchtete sich aber, ihn zu unterbrechen.

»Ich hab Paul gesehen, als er die Legion Hall in dem Schneesturm verlassen hat, und ich bin ihm gefolgt. Ich wollte nicht, dass er meinen Truck erkennt, also hab ich die Scheinwerfer ausgeschaltet gelassen und bin seinen Rücklichtern gefolgt. Es hat wirklich sehr geschneit – man konnte keine zwei Meter weit sehen. Als wir in der Nähe seiner Farm auf den Highway 3 kamen, bin ich ganz dicht aufgefahren – um ihn zu erschrecken – und hab dann die Scheinwerfer angemacht. Und er war weg. In der einen Sekunde war er auf der Straße, in der nächsten war er einfach weg.«

Sidney war fassungslos. Also war es nicht Marcus, der Larson aus dem Weg geschafft hatte. Dieser betrunkene Narr hatte Paul Larson den Rest gegeben.

»Vielleicht war das nicht der Grund, warum er den Unfall gebaut hat, denn ich hab's nicht gesehen.«

»Das hatte ich nicht von Ihnen verlangt, Joseph«, sagte der Banker behutsam.

Der Farmer schaute argwöhnisch zu Sidney auf. »Klar haben Sie das. Sie sagten, ich soll Paul auf den Fersen bleiben.«

In Sidney loderte Angst auf, als er die plötzliche Wut und Verzweiflung in den Augen des Farmers sah. »Ich verstehe, Joseph«, erwiderte er dann leise.

In welche Richtung sollte er das Gespräch lenken? Sidney dachte rasch über seine Möglichkeiten nach. Änderte dies etwas an dem, was er für dieses Treffen geplant hatte? Oder wurde es dadurch nur einfacher?

»Nun ja, Joe ...« Sidney zog seine Antwort in die Länge, um den Farmer zu beruhigen. »Sprechen wir doch über Ihre Situation. Ihre Familie ist schon lange Kunde bei dieser Bank. Das ist mir sehr wichtig. Die persönliche Verbindung zu Ihrem Vater, zu Ihnen und Susie. Ich war bereit, mich heute mit Ihnen zu treffen, weil ich Ihnen mitteilen wollte, dass ich beschlossen habe, persönlich Verantwortung für Ihren Kredit zu ubernehmen. Ich werde Ihre Hypothek überarbeiten.«

Das Feuer in Creedys Augen schwächte sich etwas ab. Sidney hielt die Kreditakte des Farmers hoch. »Ich werde prüfen, ob ich versuchen kann, die Zwangsversteigerung Ihrer Farm zu verhindern und Ihre Hypothek anzupassen. Sie zu verlängern und die Raten zu senken. Vielleicht können wir sogar einen guten Teil der Schuld erlassen. Ja. Das ist durchaus möglich. Natürlich muss ich das den Revisoren erklären, aber ich werde mein Bestes versuchen, um es voranzutreiben.«

Der Farmer rutschte auf seinem Stuhl hin und her, und die Wildheit in seinem Blick wich großer Unsicherheit. »Ich verstehe nicht. Die Revisoren. Werden Sie es tun oder nicht?«

»Ich werde auf jeden Fall mein Bestes tun. Ich muss darauf achten, dass der Kredit noch den Vorgaben der Revisoren standhält. Aber solange ich hier noch das Sagen habe, werde ich mich mit aller Kraft dafür einsetzen.«

Creedy setzte sich auf. »Was heißt das? Natürlich haben Sie hier das Sagen.«

»Tja, Joe, im Moment ist das so. Solange diese Bank mir gehört.« Sidney runzelte die Stirn und schüttelte den Kopf. »Aber wie Sie wissen, beginnt in ein paar Wochen dieser Larson-Prozess. Fakt ist, Joe: Wenn wir diesen Fall verlieren, verlieren wir die Bank. Darum habe ich gesagt, ich kann nichts an Ihrer Hypothek ändern, bis alles geregelt ist. Wenn ich diesen Fall verliere, liegt das alles nicht mehr in meinen Händen. *Nichts davon*. Einschließlich Ihrer Zwangsversteigerung.«

Die Wut kochte wieder hoch und die fahlen Züge des Farmers röteten sich. »Paul hätte das nicht gemacht«, sagte er. »Er hätte das nie gemacht.«

Sidney nickte zustimmend. »Ich bin ganz Ihrer Meinung. Paul Larson hätte so etwas nie getan, weil er wusste, wie wichtig wir für diese Stadt sind. Natürlich hatten wir unsere Differenzen, aber das hätte er niemals getan. Seine Tochter – was kümmert sie das alles? Sie ist gegangen, hat Ashley verlassen. Sie hat kein Interesse mehr an uns. Also kommt sie zurück und erhebt falsche Anklagen, um sich zu bereichern. Ihre Ansprüche werden diese Stadt *schwer* treffen.«

Er hörte den Farmer ein Schimpfwort murmeln.

»Ich weiß, dass Ashley Ihnen sehr am Herzen liegt«, sagte Sidney warmherzig. »Sie und Ihre Familie haben eine lange Geschichte hier.«

Der Farmer nickte, die Lippen fest zusammengepresst. »Das ist nicht richtig«, murmelte er.

»Nein, ist es nicht.« Sidney schaute auf die Uhr. »Es ist schon spät, Joe. Was meinen Sie – gehen wir etwas trinken und reden noch ein bisschen weiter?«

* * *

Von seinem Rückflug aus New York kommend, durchquerte Marcus die große Halle am MSP International Airport. Er kramte in seinen Taschen nach seinem Telefon.

Sein erster Anruf ging an Whittiers Büro. Franklin war nicht da, aber Marcus hinterließ eine Nachricht, dass er zurück war und morgen in die Kanzlei kommen würde.

Der Juniorteilhaber war offensichtlich verblüfft darüber, dass er einen Prozess ohne Marcus' direkte Mitwirkung vorbereiten sollte. Whittier war nicht daran gewöhnt, dass Marcus kritische Entscheidungen in einem Fall anderen überließ. Da er nichts von Neatons zweiter Vorladung wusste, konnte Whittier auch nicht wissen, dass der Fall sowieso auf eine Katastrophe zusteuerte – und nur durch die Schritte zu retten war, die Marcus eben in New York in die Wege geleitet hatte.

Dann drückte Marcus die Schnellwahltaste für Sidney Grant. »Sidney?«

Im Hintergrund lief ein Autoradio; der Banker war gerade unterwegs. »Sie haben nicht zurückgerufen«, entgegnete Grant.

»Ich weiß«, versuchte Marcus ihn zu beruhigen. »Ich musste einige Dinge klären. Aber ich habe jetzt die Situation unter Kontrolle.«

»Sie haben mich zehn Tage hingehalten. Der Prozess beginnt bald.«

»Ich weiß, Sidney, aber es gibt nichts, worum wir uns Sorgen machen müssten.«

»Das höre ich mir jetzt schon so lange an.« Schweigen. »Ich konnte nicht warten. Ich habe meine eigenen Vorkehrungen getroffen.«

Marcus blieb abrupt stehen. »Was meinen Sie damit?«

»Was ich gesagt habe.«

»Sidney, es wird Ihnen nicht helfen, Cory Spangler etwas anzutun. Das habe ich Ihnen bereits gesagt. Wenn wir diesen Fall zu Ende bringen wollen, müssen wir uns auf Erin konzentrieren. Das ist die einzige Möglichkeit, weil sie die Alleinerbin ist.«

»Das haben Sie schon einmal gesagt. Sie haben sehr vieles schon einmal gesagt.« Die Stimme klang skeptisch.

»Was meinen Sie dann?« Der Banker antwortete nicht. »Sidney, mit wem haben Sie sich eingelassen?«

Einige Sekunden lang war nur der Atem des Bankers über die Leitung zu hören. »Es gibt jemanden, der vor einer Zwangsversteigerung steht. Möglicherweise hat er den Eindruck gewonnen, dass eine Niederlage in diesem Prozess die Bank in den Ruin treibt und das neue Management vermutlich nicht mit ihm zusammenarbeiten würde.«

»Nein, nein, Sidney – was denken Sie sich dabei? Sie können doch nicht irgendjemanden aus der Stadt …«

Die Leitung war unterbrochen.

45

Vic wirkte frisch und startklar, fand Jared, als er über den Couchtisch im Wohnzimmer der Larson-Farm schaute. Als er sich erst einmal an das ungewohnte Verfahren gewöhnt hatte, schien der Veteran die Vorbereitungen auf seine Zeugenaussage beim Prozess zu genießen. Gut. Er würde einen ausgezeichneten Zeugen abgeben.

»Wann begannen Sie, Veränderungen an Mr Larson zu bemerken?«, fragte Jared.

»Ähm, nun, er begann sich etwa vor, ähm, vor einem Jahr zu verändern.«

Jared hob die Hand. »Vic, denken Sie nicht so viel nach. Sie müssen nicht den Fall gewinnen; Sie müssen nur eine Frage beantworten. Und beantworten Sie sie, als würden wir uns einfach unterhalten. Beugen Sie sich im Zeugenstand leicht vor, so als wäre es Ihnen ein Vergnügen, Ihre Geschichte zu erzählen, und dann sagen Sie die Wahrheit. Und machen Sie sich keine Gedanken, dass Sie etwas vergessen könnten. Sie brauchen auch keine bestimmten Formulierungen zu verwenden. Wenn Sie etwas auslassen, stelle ich Ihnen einfach eine andere Frage. Das ist meine Aufgabe. Versuchen wir es noch einmal. Wann begannen Sie, Veränderungen an Mr Larson zu bemerken?«

Vic beugte sich auf seinem Stuhl vor. »Vor einem Jahr.«

»Inwiefern hat er sich verändert?«

»Er wurde immer stiller.«

»Inwiefern war das eine Veränderung?«

»Also, Paul Larson war immer ein ruhiger Mann, aber jetzt machte er total dicht. Er wollte nicht mal mit uns reden, seinen besten Freunden.«

Jared lächelte. »Sehen Sie? Erzählen Sie einfach die Geschichte. Denken Sie dran, Sie sind nur die Einleitung für Carlos, der der Jury erzählen wird, *warum* Paul Larson begann, sich zu verschließen. Wie er mit sich kämpfte, ob er eingestehen sollte, dass er ein Geldproblem hatte.«

Vic wirkte zufrieden mit sich selbst und nickte. Er hatte verstanden.

Es waren nur noch vier Tage bis zum Prozess, und die Vorbereitung der Zeugen lief gut. An jedem Abend dieser Woche hatte Jared mindestens einen Zeugen vorbereitet. Jeden Tag arbeitete er im ruhigen Haus seines Vaters; dann fuhr er hinaus zu Erin. Die Zeugen hatten normalerweise nach dem Abendessen Zeit, und er dachte sich, es wäre ihnen vielleicht angenehmer, wenn die Vorbereitungen außerhalb der Stadt stattfanden.

Jared überlegte kurz, welcher Tag heute war. Erin war seit drei Tagen fort und würde morgen aus Minneapolis zurückkommen. Er war zufrieden mit seiner Entscheidung, ihr einen Besuch bei ihrer Tante Karen vorzuschlagen. Sie wurde immer nervöser, je näher der Prozess rückte. Außerdem konnte sie so Cory Spangler abholen, die am Morgen aus Rom eintreffen würde.

Jessie war ein Wirbelwind. Seit der Anhörung hatte sie alle Zeugen- und Beweislisten geschrieben, die Schriftsätze für den Prozess vorbereitet und die Beweisordner zusammengestellt. Ihre Energie schien keine Grenzen zu kennen.

Sie mussten noch seinen Antrag zur Erwirkung einer Erwiderung auf seine Vorladung bezüglich der Unterlagen für das Treuhandkonto fertigstellen. Die Erwiderung auf die Vorladung bezüglich der elektronischen Bankunterlagen hatte er bereits von Paisley erhalten, unterzeichnet von Whittier. In der Erwiderung wurde behauptet, die Disketten seien vernichtet worden. Jared wusste, dass das eine Lüge war, aber das konnte er wahrscheinlich nicht beweisen. Wenn er allerdings eine ähnlich negative Antwort bezüglich der Unterlagen für das Treuhandkonto bekam, würde er damit zum Richter gehen.

Vic und Jared legten eine Pause ein und holten sich eine Limo aus dem Kühlschrank. Jared schaute sich in der stillen Küche um und dachte noch einmal, dass es ihm viel angenehmer war, sich hier auf den Prozess vorzubereiten als im Haus seines Vaters. Hier hatte er mehr Platz, um sich auszubreiten, und es war ruhiger. Aber vor allem lag die Farm außerhalb der Stadt.

Je näher der Prozess rückte, umso mehr wuchsen die Spannungen in Ashley. Die langen und unangenehmen Blicke häuften sich, wenn Jared durch die Stadt lief. Er hatte gehört, wie Mrs Huddlestons Freundin Shelby von einigen unfreundlichen Kommentaren berichtete, die sie bei einem Basketballspiel geerntet hatte.

Das Gift, das die Lokalpresse versprühte, trug sicher dazu bei. Vic versicherte ihm noch einmal, dass jeder in Ashley wusste, dass die Zeitung der Bank quasi gehörte, so viel Geld machte sie mit deren Anzeigen. Aber wahrscheinlich war dieses Wissen doch nicht so allgemein verbreitet.

Richard Towers hatte eine Nachricht hinterlassen, dass er morgen Abend mit einem Abschlussbericht und seiner Rechnung in die Stadt kommen würde. Er hätte beides per Post schicken können, aber der Privatdetektiv sagte, er wollte gern persönlich kommen und würde seinen Besuch nicht in Rechnung stellen. Außerdem hätte er noch andere Informationen. Vielleicht waren es die Gesprächsnachweise von Paul Larsons Telefonaten, auf die er schon so lange wartete.

Ihre Gläser waren fast leer. Jared deutete Vic mit einer Handbewegung an, dass sie wieder ins Wohnzimmer zurückgehen sollten, um ihre Arbeit abzuschließen.

Morgen Abend würde Jared Carlos Navarrete aus dem Veteranenkrankenhaus abholen und zur Vorbereitung auf die Farm mitbringen. Er plante, Carlos von Paul Larsons inneren Kämpfen in seinen letzten Monaten berichten zu lassen. Das wiederum diente als Hinführung auf Corys Aussage bezüglich der Nacht der Einzahlung. Jared wusste auch, dass aus jedem Wort des Veteranen Respekt und Zuneigung zu Paul Larson sprach. Damit konnten sie der Jury Mitgefühl für Erin vermitteln.

Natürlich war Cory die wichtigste Zeugin. Sie hatten seit der Anhörung regelmäßig Kontakt per E-Mail gehalten. Cory hatte von keinen Problemen oder Drohungen berichtet. Erin würde sie am Flughafen abholen, bevor sie morgen Nachmittag zurückkam.

Mit dem von Phil Olney investierten Geld hatte Jared ihr Flugticket bezahlt. Erin hatte außerdem zugestimmt, dass Jared einen Teil des Geldes nutzte, um Cory den Rückflug nach Europa zu zahlen, damit sie ihre Rundreise fortsetzen konnte.

Als er wieder zur Befragung ansetzte, warf Jared einen Blick aus dem Fenster. Das Licht im Hof war aus und es war so dunkel, dass man nicht mehr als ein paar Meter weit sehen konnte. Trotzdem konnte Jared erkennen, dass ein paar Schneeflocken vom Himmel zu fallen begannen.

Die Wettervorhersage hatte angekündigt, dass es diese Woche jeden

Abend stärker schneien würde. Da er und Vic noch heute Abend nach Ashley zurück mussten, sollte er sich wohl lieber beeilen.

* * *

Schnee fiel vom dunklen Himmel und wirbelte im Licht der Straßenlaterne in feinen, federleichten Flocken. Jessie, die zu Fuß zum *Mayfair Drug Store* unterwegs war, bemerkte, dass die Flocken verschwanden, sobald sie auf den noch warmen Boden fielen. Das würde sich bald ändern, dachte Jessie. Wenn Anfang nächster Woche der Prozess begann, hatten sie wahrscheinlich eine geschlossene Schneedecke.

Sie zog in der kühlen Luft ihren Mantel enger um sich und sah, wie ihr Atem in einer Wolke von ihren Lippen aufstieg. Jessie wäre heute Abend lieber im Warmen geblieben, aber bevor Erin nach Minneapolis gefahren war, um ihre Tante noch einmal vor dem Prozess zu besuchen, hatte sie Jessie gebeten, ihre Asthmamedikamente in Ashley abzuholen. So beschäftigt, wie Jessie mit ihren Vorbereitungen für den Prozess gewesen war, hatte sie erst heute Abend die Zeit dazu gefunden.

Sie schob sich durch die Tür in die warme Luft der Apotheke. In fünfzehn Minuten war Ladenschluss. Jessie sah, dass die Gänge fast leer waren, und ging zur Ladentheke.

»Kann ich Ihnen helfen?«, fragte die junge Apothekerin. Jessie erklärte, dass sie für jemanden Medikamente abholen sollte, und nannte Erins Namen. Die Frau verschwand in den hinteren Raum.

Hinter der Ladentheke, die mit einer Glasscheibe von den hinteren Räumen abgetrennt war, war noch eine ältere Frau zu sehen, die an einem mit Papieren und Briefumschlägen übersäten Schreibtisch saß. Jessie erkannte sie als Shelby Finstrude, Mrs Huddlestons Freundin. Jessie hatte sie im Haus von Sam Neaton kennengelernt, als die beiden dort zu Besuch gewesen waren.

»Shelby«, rief Jessie. Die ältere Frau schaute auf und lächelte sie an.

»Ah, hallo Jessie!« Sie stand auf, ein Blatt Papier in der Hand, und trat an die Glasscheibe.

»Was machen Sie da?«, fragte Jessie und deutete auf den Schreibtisch.

Mrs Finstrude schüttelte den Kopf und lächelte etwas beschämt.

»Ach, wissen Sie, früher gehörte die Apotheke mir und meinem Mann – dreißig Jahre lang. Du meine Güte, war es wirklich *so* lange? Jedenfalls haben wir sie vor fünfzehn Jahren verkauft, aber noch immer nicht alle unsere alten Unterlagen ausgeräumt. Mrs Carrolton, die neue Besitzerin, war sehr geduldig. Aber sie hat neulich gefragt, ob ich meine alten Unterlagen ›aufräumen‹ könnte. Ich glaube, sie meinte eher ›rausschmeißen‹.«

Jessie lachte.

»Wissen Sie«, fuhr Mrs Finstrude fort, »ich bin der schlimmste Hamster, den es gibt. Ich glaube, ich habe noch jedes Rezept und jeden Finanzbeleg, den wir je hatten. Und jetzt mit den neuen Vorschriften muss ich so vorsichtig sein, was ich wegwerfe und was nicht.«

Die Apothekerin brauchte ewig für Erins Rezept. – Dreißig Jahre. Für Jessie war es ein außergewöhnlicher Gedanke, eine Arbeit so lange zu machen. Damit war Mrs Finstrude die Eigentümerin, als Erin ein Kind war. »Kannten Sie Sara Larson?«, fragte Jessie, um das Gespräch am Laufen zu halten.

Die ältere Frau lächelte. »O ja. Die netteste junge Frau, die man sich vorstellen kann. Sie war jede Woche hier. Erin – ihre Tochter – hatte als Kind Asthma.«

Mrs Finstrudes Gedächtnis war tatsächlich so präzise und weitreichend, wie Mrs Huddleston es beschrieben hatte, dachte Jessie. Sie schaute über die Schulter der Frau hinweg zu ihrem Schreibtisch.

Auf der einen Ecke stapelten sich Kalkulationsbögen und Kontenbücher.

Mrs Finstrude hatte immer noch ihre Fotokopie in der Hand, und Jessie sah, dass es sich um die Kopie eines Bankschecks handelte. »Haben Sie Kopien von allen Schecks gemacht, mit denen die Kunden bezahlt haben?«, fragte Jessie ungläubig.

Shelby lächelte. »So ziemlich. Als die ersten Kopiergeräte auf den Markt kamen, haben wir uns gleich einen angeschafft – und dann war er im Dauerbetrieb. Hamster *und* verrückt.«

Jessie dachte wieder an Sara und an Jareds Beschreibung, wie sehr Paul sie geliebt hatte. Der Einzahlungsbeleg. Das fehlende Konto. Ihr Herz schlug schneller.

»Shelby, haben Sie eventuell auch noch Kopien von Schecks, die Sara Larson ausgestellt hat?«

Die ältere Frau zuckte die Schultern. »Ich denke schon. Damals haben die Leute noch nicht mit Kreditkarte gezahlt, weil wir keine Kartenzahlung akzeptiert haben. Und fast keiner hier hatte eine Krankenversicherung.«

Jessies Herz schlug heftiger. »Könnten Sie bitte für mich nachschauen?«

»Könnte ich. Ich müsste ein paar Kisten durchsehen. Für welchen Zeitraum?«

Jessie überlegte angestrengt, wann Sara Larson gestorben war. »Ich glaube, zwischen 1990 und 1993.«

»In Ordnung.«

Endlich kam die Apothekerin mit Erins Medikamenten zurück. Jessie langte durch das kleine Fenster und legte ihre Hand auf Mrs Finstrudes Arm. »Könnten Sie das bitte bald machen?«

Ihr musste wohl anzusehen gewesen sein, wie dringend die Sache war, denn die ältere Frau antwortete sofort. »Ja. Noch heute Abend.«

* * *

Das Telefon klingelte mehrmals, bevor Proctors emotionslose Stimme sich meldete.

»Es sind noch vier Tage bis zum Prozess«, sagte Marcus, unfähig, seine Frustration zu verbergen. »Wann kommen Sie her?«

»Ich bin schon da«, kam die gleichgültige Antwort.

Marcus war verblüfft. »Warum haben Sie nicht angerufen?«

»Ich brauche nichts.«

»Haben Sie herausgefunden, wen Grant in die Sache hineingezogen hat?«

»Hmhmm.«

»Wie haben Sie das herausgefunden?«

»Ich hab ihn erwischt, wie er gestern und vorgestern Nacht die Larson-Farm observiert hat.«

Marcus dachte darüber nach, was Proctors Worte zu bedeuten hatten. Das hieß, dass Proctor die Farm ebenfalls beobachtete. Sich vorbereitete. Er dachte daran, sich von Proctor versichern zu lassen, dass niemand ihn gesehen hatte, aber er wusste, dass eine solche Bemerkung eine Beleidigung wäre.

»Und, wer ist es?«

»Es ist besser, wenn Sie sich jetzt raushalten.«

»Vielleicht habe ich ja Informationen, die Ihnen helfen.«

Eine Pause trat ein. »Es ist ein Farmer. Er heißt Joe Creedy. Ein Säufer.«

Creedy? Der Name kam ihm nicht bekannt vor.

»Und was machen Sie jetzt?«

»Ich sagte doch bereits – es ist besser, wenn Sie sich raushalten.«

Marcus umklammerte sein Telefon fester. Er war es nicht gewöhnt, im Unklaren gelassen zu werden. Es gefiel ihm nicht.

»Wir haben noch vier Tage bis zum Prozess. Wann werden Sie zuschlagen?«

»Wenn ich so weit bin.«

»Und was mache ich?«

»Das, was Sie jeden Tag tun. Machen Sie nichts anderes als sonst. Es wäre kein guter Zeitpunkt, Ihre Gewohnheiten zu ändern.«

Marcus verstand, auch wenn ihm der Gedanke widerstrebte, zur Untätigkeit verdammt zu sein.

»Rufen Sie mich nicht wieder an, es sei denn, es ist ein Notfall«, sagte Proctor und legte auf.

Marcus legte sein Telefon weg. Immerhin war etwas in Bewegung. Es würde sehr knapp werden – aber er hatte dem Mann auch nicht viel Vorbereitungszeit gegeben.

Es kostete ihn ungeheure Kraft, Whittier gegenüber Interesse an den Prozessvorbereitungen zu heucheln. Aber er wusste, dass er keine Wahl hatte.

Nur noch vier Tage. Er konnte die Maskerade noch eine Weile aufrechterhalten. Es war ja fast vorbei.

46

Jessie war schon früh auf und stellte Jareds Prozessunterlagen fertig, als ihr Telefon klingelte. »Ja?«

Es war Mrs Finstrude. »Ich hab's. Ich habe einen Scheck von Sara Larson gefunden.«

Jessie hatte seit ihrer Begegnung mit der alten Dame am Abend zuvor Jared weder gesehen noch mit ihm gesprochen. Er hatte die Farm bereits verlassen, als sie aus der Apotheke zurückkehrte. Das war auch in Ordnung. Sie war sich nicht sicher, ob es eine gute Idee war, die Sache zu erwähnen, solange sie nicht wusste, ob sich daraus nützliches Beweismaterial ergab. Jareds Achterbahnfahrt in diesem Fall hatte es ihm ohnehin schwer genug gemacht, sich auf den Prozess vorzubereiten. Er brauchte nicht noch mehr falsche Hoffnungen.

»Können Sie mir bitte die Kontonummer vorlesen?«

Sie hörte, wie Mrs Finstrude ihren Mann rief und ihn fragte, ob er ihre Lesebrille hätte. Dann war sie wieder am Apparat. Sie las die Nummer vor.

Jessie notierte sie und dankte Shelby für ihre Hilfe. Sobald sie das Telefon weggelegt hatte, öffnete sie die Prozessunterlagen bei Beweisstück 1: einer Fotokopie des Einzahlungsbelegs.

Während Jessie die Ziffern, die sie auf ihren Notizblock geschrieben hatte, mit denen verglich, die auf der Kopie standen, hatte sie das Gefühl, eine Losnummer zu überprüfen, die sich möglicherweise als Sechser im Lotto herausstellte.

Die ersten drei Ziffern stimmten überein, die nächsten drei ebenfalls.

Das Telefon fiel zu Boden und ein lauter Schrei der Begeisterung hallte durch das leere Farmhaus.

* * *

Jared konnte kaum glauben, was Jessie da eben gesagt hatte. »Bist du dir sicher?«

»Ganz sicher. Ich bin gerade unterwegs, um den Scheck von Shelby abzuholen.«

Jareds Gedanken rasten wie eine abgekoppelte Lokomotive. Sie hatten das Konto. Und es war ein Konto bei der Ashley State Bank.

Er fragte sich, warum ihm diese Möglichkeit nicht früher aufgegangen war. Der Farmer hatte die Nummer des alten Kontos seiner verstorbenen Frau verwendet, vielleicht das Konto, das sie für die Haushaltskosten genutzt hatten. Aus Sentimentalität? Oder weil er meinte, es brächte ihm Glück? Vielleicht, dachte Jared. Aber in seinen Augen war es noch mehr als das. Er konnte sich in Paul Larson hineinversetzen. Der Farmer hatte das Geld behalten, weil er glaubte, er hätte es verdient – für das, was er im Krieg erlitten hatte, und für den entsetzlichen Verlust der Frau, die er geliebt hatte. Das Geld auf ihr Konto einzuzahlen, war einfach richtig. Eine Bestätigung seiner Überzeugung, seiner Hoffnung, dass sie es gutheißen würde.

Mit der Kontonummer hatten sie den notwendigen Beweis, dass die Bank das Geld erhalten hatte. Sie hatten noch nicht den entscheidenden Beweis, dass das Geld dort geblieben war – dass Paul Larson es nicht einige Zeit nach der Einzahlung wieder abgehoben hatte. Aber angesichts von Grants Lügen über den ursprünglichen Erhalt des Geldes bestand eine gute Chance, die Jury davon zu überzeugen, dass Grant auch in diesem Punkt log.

»Jessie, bitte informiere Whittier darüber, dass Shelby Finstrude eine neue Zeugin auf unserer Liste ist. Hol dann den Scheck ab und schick Whittier sofort eine Kopie davon. Sag ihm, dass es unser neues Beweisstück 2 ist.«

* * *

Bei Tagesanbruch lauschte Marcus dem Zwitschern der Vögel in den Kiefern und Eschen, die die Hütte umgaben, und fragte sich, wie lange er noch mit so wenig Schlaf durchhalten konnte. Selbst die leichten Beruhigungsmittel, die er seit seiner Rückkehr aus New York nahm, verschafften ihm keinen Schlaf mehr.

Ihm war bewusst, dass Proctor ihn bei ihrem Gespräch am Vorabend davor gewarnt hatte, ihn noch einmal anzurufen, aber mit jeder Stunde war das Kommunikationsvakuum schwerer zu ertragen.

Whittier übernachtete inzwischen in einem Motel in Mission Falls und fuhr jeden Tag zu Marcus' Hütte, um mit ihm den Prozess vorzubereiten. Marcus half ihm, die Verteidigung zu planen, wusste aber, dass Whittier seine mangelnde Konzentration und seine Gleichgültigkeit spüren konnte.

Fakt war, dass die Bank diesen Prozess immer noch gewinnen konnte. Die Aussage von Cory Spangler war längst nicht das Beweismaterial, das Neaton brauchte, um tatsächlich zu siegen.

Aber Grant hatte recht: Sie durften diesen Fall nicht zur Verhandlung kommen lassen – wenn auch die wahren Gründe dafür Grant nicht bekannt waren.

Marcus hatte immer noch niemandem von der Vorladung bezüglich des Paisley-Treuhandkontos erzählt. Zu viele Personen bei Paisley wussten von dem Vergleich und den ungewöhnlichen und geheimniskrämerischen Maßnahmen, auf denen Marcus in dieser Sache bestanden hatte – einschließlich der Tatsache, dass er den Scheck mit der Vergleichssumme persönlich auf das Treuhandkonto eingezahlt hatte. Wenn die Beweise im Prozess auf den Tisch kamen, konnte er sie nicht mehr geheim halten. Fragen würden aufkommen, und irgendwann würde irgendjemand in der Kanzlei mehr Informationen verlangen.

Marcus stand auf und ging durch das stille Haus in die Küche. Er goss sich ein Glas Orangensaft ein und setzte sich dann an den großen Esstisch, der nun mit Transkriptionen von Aussagen, Notizbüchern und Ausdrucken von juristischen Recherchen übersät war.

Whittier wusste über das Geld von der Veteranenbehörde Bescheid, aber er kannte nur wenige Einzelheiten. Er wusste nicht, dass Marcus den Scheck von der Veteranenbehörde über das Paisley-Treuhandkonto eingelöst hatte. Der Juniorteilhaber hatte *keine* Informationen über Anthony Carlson in Washington oder darüber, dass man den Mann engagiert hatte, um zu verhindern, dass bei einer staatlichen Revision die versehentliche Überzahlung an Paul Larson aufflog.

Whittier wusste eigentlich nur, dass Marcus Sidney Grant half, eine Überzahlung von Invalidenrente an Paul Larson nach seinem Tod zu behalten. Und natürlich wusste Whittier, dass sein Anteil am Erlös aus fünfhunderttausend Dollar und einer garantierten Empfehlung zur vollen Teilhaberschaft bestand. Das war das Doppelte der Summe, die Carlson zustand.

Das Eis auf dem See, das durch das Panoramafenster zu erkennen war, begann, das Sonnenlicht zu reflektieren. Marcus trat, seinen Orangensaft in der Hand, näher ans Fenster, um den Anblick zu bewundern. Doch heute konnte er ihn nicht begeistern.

Nachdem er die Entscheidung getroffen hatte, Proctor anzuheuern, hatte er gehofft, die Sache läge ihm nun nicht mehr so schwer im Magen. In manchen Momenten war das auch so. In anderen quälte ihn seine innere Zerrissenheit, bis er sich danach sehnte, dass die Tat unwiderruflich vollzogen war, um auch das letzte Gespenst des Zweifels zu verjagen.

Whittier und Grant durften nicht von Proctor oder dem, was sich ereignen würde, erfahren. In diesen engsten Kreis der Eingeweihten ließ Marcus niemanden hinein. Der Grund war nicht Scham, redete er sich ein, sondern einfacher Pragmatismus. Wenn alles vorbei war, hatten sie vielleicht einen Verdacht, wussten aber nichts Genaues.

Er trank seinen Orangensaft aus und stellte das Glas auf einen Seitentisch rechts vom Fenster. Jeden Tag folgte er dem selben konstanten Muster. Wenn Whittier gegen neun Uhr eintraf, bereiteten sie bis in den späten Nachmittag den Prozess vor, bis der Juniorteilhaber schließlich wieder ging. Zu unruhig, um sich selbst etwas zu essen zuzubereiten, fuhr Marcus zum Abendessen nach Mission Falls und kam am frühen Abend wieder. Dann begann wieder das Warten auf eine Nachricht von Proctor Hamilton, dass diese Tortur endlich vorbei war. In den frühen Morgenstunden schließlich kroch Marcus ins Bett, um sich dort für ein paar weitere Stunden schlaflos herumzuwälzen.

Er schaute auf die Uhr. Acht Uhr. In einer Stunde kam Whittier. Ein weiterer langer Tag des Wartens.

* * *

Richard Towers hörte ein neues Klappern an seinem Honda Accord, als er die Main Street von Ashley entlangfuhr. Dieses Mal klang es wie der Auspufftopf. Andererseits … mit Autos kannte er sich noch weniger aus als mit Computern und anderen technischen Geräten. Er würde die Werkstatt danach schauen lassen, wenn er nach St. Paul zurückkam.

Vier Glockenschläge hallten vom Kirchturm, verkündeten die volle Stunde. Richard hatte Mr Neaton gesagt, dass er am frühen Nachmittag eintreffen würde, also war er etwas spät dran.

Obwohl der Schnee immer dichter fiel, war auf der Straße viel los. Schüler, die gerade aus der Schule kamen, wanderten in Gruppen in Geschäfte hinein und wieder hinaus - die meisten trugen Sportjacken oder Parkas.

Richard warf einen raschen Blick auf die Wegbeschreibung, die Jared ihm gegeben hatte.

Er musste wohl einmal vergessen haben abzubiegen. Beim nächsten Stoppschild hielt Richard an und drehte dann das Lenkrad nach rechts, um sich einen Platz zu suchen, wo er die Wegbeschreibung noch einmal genauer anschauen konnte.

Sofort nachdem er abgebogen war, kam er an einem Truck vorbei, der in der Nähe der Kreuzung geparkt war, direkt vor einem Gebäude der American Legion. Richard sah den Fahrer hinter dem Lenkrad, einen hageren Mann mit einer dunkelgrünen John-Deere-Mütze.

Wenige Augenblicke später rollte eine beigefarbene Limousine vorbei, als Richard in eine freie Lücke einige Autolängen vor dem Truck einparkte. Er schaltete das Automatikgetriebe auf »Parken« und nahm das Blatt mit der Wegbeschreibung zur Hand. Er las sie noch einmal sorgfältig durch und versuchte festzustellen, wo er von der Beschreibung abgewichen war.

Ein Mann in einer dunklen Jacke und Hose schlenderte auf dem Fußweg zu seiner Rechten an ihm vorbei. Sein Kinn war zurückgezogen, sein Gang aufrecht. Seine Kleidung war derb und ungebügelt. Seine Stiefel waren schlammverschmiert, seine Hände jedoch sauber und sein Gesicht glatt rasiert.

Richard sah, wo er wahrscheinlich vergessen hatte abzubiegen. Er griff nach dem Schalthebel, um wieder auf »Fahren« zu schalten, und warf einen Blick in seinen rechten Außenspiegel.

Der dunkel gekleidete Mann ging gerade ganz dicht an dem Truck vorbei, den Towers vor der Legion Hall gesehen hatte. Ein rascher Blick in den Rückspiegel zeigte, dass der Truck nun leer war, aber der Fußgänger war stehen geblieben und spähte auf den Rücksitz des Trucks.

Richard wendete und rollte langsam zurück zum Stoppschild in der Absicht, den Weg, den er gekommen war, wieder zurückzufahren, bis er die Abzweigung fand, die er verpasst hatte. Während er an der Kreuzung stand, bemerkte Richard, dass der Fußgänger jetzt an der Ecke zu seiner Linken stand. Er blieb noch einen Moment stehen, drehte sich dann abrupt um und ging zurück in die Richtung, aus der er gekommen war.

Als Richard nach links auf die Main Street abbog, spürte er wieder jenes vertraute Unbehagen. Nur dass es dieses Mal nicht am Rande seines Bewusstseins mit ihm Katz und Maus spielte. Warum war ein Mann wie für eine Militärparade gewaschen, gekämmt und rasiert, wenn er für einen Geländeausflug gekleidet war? Wo war er vor so kurzer Zeit gewesen, dass seine Stiefel noch immer schlammverschmiert waren? Wonach suchte dieser Mann mit seiner unverkennbar militärischen Haltung in dem Truck?

Richard schüttelte den Gedanken ab. Beobachtungen von Ungereimtheiten, die keine Bedeutung für ihn hatten, waren eine ganz normale Erfahrung, die er manchmal sogar mehrmals täglich machte. Er war daran gewöhnt zu akzeptieren, dass er normalerweise keine Erklärung für diese Beobachtungen fand und sie einfach so stehen lassen musste.

Er drehte das Lenkrad nach links und fuhr weiter zum Haus der Neatons.

Fünf Minuten später hielt er vor dem kleinen eingeschossigen Haus am Ende der Sackgasse, die Jared Neaton beschrieben hatte. Kein Auto stand in der Einfahrt. Richard prüfte noch einmal die Adresse, bevor er zur Haustür ging und klopfte.

Keine Antwort. Er spähte durch das Wohnzimmerfenster ins Haus und vergewisserte sich, dass niemand daheim war.

Richard schaute auf die Uhr. Es war schon fast halb fünf. Jared hatte ihm noch eine andere Wegbeschreibung gegeben, die zur Larson-Farm, falls er zu spät kam, um ihn am Neaton-Haus zu treffen. Der Schnee fiel immer dichter, doch Richard hoffte, heute Nachmittag wenigstens ein paar Minuten mit Jared und seinem Prozessteam verbringen zu können.

Er wollte über einige seiner Gedanken sprechen und ihnen jede ihm mögliche Hilfe anbieten.

Er schob den Umschlag mit seiner Rechnung und seinem Bericht in den Briefkasten, zusammen mit einem separaten Umschlag, in dem die Gesprächsnachweise von Paul Larson steckten, die sein Kontakt endlich geliefert hatte.

Dann kehrte er zu seinem Auto zurück und schaute sich noch einmal die Wegbeschreibung an. Dort hieß es, von hier bis zur Farm sei es nur eine fünfundzwanzigminütige Autofahrt. Er würde seine Reservierung im Motel bestätigen und dann hinaus zur Farm fahren. Bis sieben sollte er es eigentlich zurück in die Stadt schaffen, hoffentlich, bevor der Schneesturm richtig begann.

* * *

»Haben Sie wirklich alles im Griff?«, fragte Carlos, der neben Jared herging und ihn beobachtete, wie er einen Rollstuhl durch den immer tiefer werdenden Schneematsch auf dem Fußweg vom Krankenhaus zum Parkplatz schob.

»Ja, alles im Griff«, antwortete Jared.

Er schaute frustriert in den Himmel, aus dem der Schnee nun immer dichter fiel. Wenn das Wetter sich weiter so verschlechterte, hatte er ganze zwei Stunden Autofahrt auf glatten Landstraßen vor sich.

Der Veteran trug heute sein »Superbein« und schritt ziemlich sicher, wenn auch vorsichtig, durch den nassen Schnee. Die Krankenschwester hatte darauf bestanden, dass sie einen Rollstuhl mitnahmen, damit Carlos sich während seines Aufenthalts im Farmhaus zur Prozessvorbereitung nicht überanstrengte. Der Plan war, dass Carlos auf der Farm übernachten sollte; Jessie würde ihn dann am Morgen zurück ins Krankenhaus fahren.

Jared öffnete seinen Kofferraum, warf einen prüfenden Blick hinein und begann dann, Gegenstände umzuräumen, um Platz für den Rollstuhl zu schaffen.

»Ist das das, wofür ich es halte?«, fragte Carlos, als Jared einen mit Leinenstoff bezogenen Kasten herauszog.

Jared nickte. »Mein altes 22er und etwas Munition. Erin sagte, mein Vater könnte dieses Wochenende auf der Farm ein bisschen Zielschießen machen, und er war so begeistert, dass er es vor ein paar Tagen in meinen Kofferraum gepackt hat.«

Der Rollstuhl passte hinein – ganz knapp. Carlos ging zur Beifahrerseite, während Jared sich hinter das Lenkrad setzte.

Beim Einsteigen dachte Jared zurück an den Rat, den Clay ihm vor seinem ersten Prozess gegeben hatte. *»Wenn ein guter Anwalt seine Prozessvorbereitungen beendet hat«*, hatte Clay gesagt, *»ist er normalerweise davon überzeugt, dass sein Fall gerechtfertigt ist, und ebenso überzeugt davon, dass jede Jury mit etwas Gerechtigkeitssinn ihm zustimmen wird. Es spielt keine Rolle, wie schlimm der Fall wirklich ist, oder ob er sich als Einziger so sicher ist. Ein guter Anwalt muss, sobald er vollends vorbereitet ist, an den Fall glauben, den er präsentieren wird – sonst wird es kein anderer tun.«*

Jared hatte das Gefühl, dass er jetzt an diesem Punkt angelangt war. Obwohl es immer noch Augenblicke gab, in denen er von Zweifeln gepackt wurde, war er meistens eher erstaunt darüber, wie weit sie gekommen waren. Die Entdeckung der Kontonummer musste den Sieg bedeuten.

Als er den Motor anließ, sah Jared, wie dick die Schneeflocken bereits auf der Windschutzscheibe lagen. Die Scheibenwischer konnten sie noch beiseite schieben, aber wenn es so weiterschneite, waren die Sichtverhältnisse bestenfalls bescheiden und er würde langsam fahren müssen. Hoffentlich hatte Erin Cory bereits vom Flughafen abgeholt und war aus Minneapolis zurück.

Jared fuhr rückwärts aus der Parklücke und schaute auf die Uhr am Armaturenbrett. Es war beinahe achtzehn Uhr, komplett dunkel, und immer stärker werdende Windböen rüttelten an seinem Geländewagen. Jared verzog noch einmal kurz das Gesicht, bevor er sein Auto vorsichtig vom Parkplatz des Veteranenkrankenhauses manövrierte und die lange Fahrt zu Erins Farm antrat.

* * *

Jessie schaute aus dem Küchenfenster, als Scheinwerfer hinter der weißen Decke auftauchten, die mittlerweile alles verschleierte, was sich weiter als dreißig Meter vom Haus entfernt befand. Das Auto hielt an, die Scheinwerfer gingen aus und Erin stieg auf der Fahrerseite aus.

Die junge Frau auf der Beifahrerseite musste Cory sein. Die beiden zogen einen roten Rucksack aus dem Kofferraum und legten dann mehr rutschend als laufend die kurze Strecke zum Seiteneingang zur Küche zurück.

»Es ist furchtbar da draußen«, sagte Erin, als sie ihren Mantel auszog. Noch an der Tür stampfte sie die Schneeklumpen von ihren Stiefeln und stellte dann alle Anwesenden einander vor.

Corys Wangen waren gerötet vom Wind und der Kälte draußen. Jessie fand, dass sie noch jünger aussah, als sie mit ihren einundzwanzig Jahren war. Sie trug Kleidung, die passender für eine Reise durch Südeuropa war als für die Ankunft im winterlichen Minnesota.

Als sie sie nun vor sich sah, musste Jessie an Jareds Beschreibung ihrer gemeinsam verbrachten Zeit in Athen denken. Sie fragte sich, wie Cory die Wahrheit über die Drohungen verarbeitet hatte, von denen Mrs Huddleston ihr erzählt hatte. War sie wütend auf Jared? Hatte sie Angst? Falls sie besorgt über die mit ihrer Zeugenaussage verbundenen Risiken war, sah Jessie kein Anzeichen dafür in ihrem Gesicht.

Nachdem Cory an der Tür Mantel und Stiefel ausgezogen hatte, führte Erin sie durch die Küche ins Wohnzimmer und zur Treppe, die zum Gästezimmer im ersten Stockwerk führte, während Jessie die Vorbereitungen fürs Abendessen fortsetzte. Sie hörte das lauter werdende Heulen des böigen Windes. Erins Auto verschwand bereits unter einer immer dickeren Schneeschicht, und der Wetterbericht sagte voraus, dass der Wind noch zunehmen würde, je kälter die Nacht wurde, sodass der Schnee auf den Straßen gefrieren würde.

Jared sollte innerhalb der nächsten Stunde eintreffen, doch Jessie fragte sich, wie lange er tatsächlich brauchen würde. Es war ein guter Abend, um in der Sicherheit eines warmen Hauses zu sein.

* * *

Die Straße kam ihm bekannt vor - aber langsam kamen ihm alle Landstraßen bekannt vor - zwei Spuren unter einer weißen Decke. Die Sichtweite betrug nur noch um die dreißig Meter. Richard wünschte sich wieder einmal, er wüsste, wie das GPS auf seinem Mobiltelefon funktionierte.

Seit beinahe einer Stunde fuhr er nun auf diesen Straßen umher. Die Sonne war ganz untergegangen, und wegen der niedrig hängenden, dicken Wolkendecke waren keine Sterne und kein Mond zu sehen. Er würde Jared oder Jessie ja anrufen, damit sie ihn zur Farm lotsten, aber wie sollten sie ihm den Weg beschreiben, wenn er keine Orientierungspunkte erkennen konnte? So sehr er auch gehofft hatte, noch heute Abend zur Larson-Farm zu gelangen - vielleicht war es an der Zeit, umzukehren und zu versuchen, den Rückweg nach Ashley zu finden.

Aus der weißen Wolke vor ihm tauchte ein schnelles Fahrzeug auf. Dann war es auch schon an ihm vorüber und sprühte eine Mischung aus Schneematsch und Schnee über die Scheibenwischer seines Hondas, die im Dauerbetrieb waren. Das andere Auto, das nur einen Moment in seinem Scheinwerferlicht zu sehen gewesen war, kam ihm irgendwie bekannt vor.

Er fuhr ein paar hundert Meter weiter und kam an eine T-Kreuzung mit einer Straße zu seiner Rechten. Dorthin bog Richard ab und hoffte, dass sie zur Larson-Farm führte.

Einige hundert Meter nach der Abzweigung passierte er einen Truck, der auf der anderen Straßenseite schief abgestellt war und halb in einem flachen Straßengraben hing. Noch einmal einige hundert Meter hinter dem Truck fielen die Scheinwerfer von Richards Honda auf einen Zaun, der an eine kleine Wendeschleife grenzte. Eine Sackgasse.

Richard wendete, und als er wieder den Truck im Straßengraben erreichte, bremste er ab. Das Fahrzeug verschwand langsam unter einem Schneehaufen, aber die Motorhaube blieb relativ trocken. Der Wagen musste vor nicht allzu langer Zeit noch gefahren worden sein, dachte Richard. Dann fiel ihm ein, wo er den Truck - oder ein ähnliches Fahrzeug - bereits zuvor gesehen hatte: vor der Legion Hall.

Er hatte die gleiche Farbe und sah auch nach dem gleichen Modell aus. Richard fuhr auf die gleiche Höhe auf und ließ sein Beifahrerfenster herunter. Die Scheiben des Trucks waren fast vollständig mit Schnee bedeckt, aber das Fahrzeug schien leer zu sein.

Der Schnee unter seinen Füßen war rutschig, als Richard vor seinem Honda auf den geparkten Truck zuging. Er wischte den Schnee von der Scheibe der Fahrerseite und leuchtete mit der kleinen Taschenlampe an seinem Schlüsselbund auf den Sitz. Nichts. Er machte dasselbe bei den hinteren Fenstern.

Auf dem Rücksitz war eine John-Deere-Mütze zu sehen. Sie lag auf einem offenen, leeren Waffenkoffer.

Der Wind zerrte an seinem Mantel und Richard spürte die beißende Kälte. Rasch zog er sich in die Wärme seines Autos zurück.

Warum sollte ein Jäger in einer Nacht wie dieser unterwegs sein? Richard schaute sich in der Dunkelheit um. Die Sichtverhältnisse waren zu schlecht, um in die Ferne sehen zu können, doch die Schatten der hohen Bäume auf der anderen Seite des Feldes hinter dem geparkten Truck waren zu erkennen.

Das Auto, das vorhin an ihm vorbeigefahren war ... in dem kurzen Moment in seinem Scheinwerferlicht hatte Richard den Eindruck, dass es beigefarben war. Die gleiche Farbe wie die des Autos, das an ihm vorbeigefahren war, bevor der Fußgänger an der Legion Hall aufgetaucht war.

Besorgt über den immer dichter fallenden Schnee schaltete Richard die Automatik auf »Fahren« und fuhr langsam zurück zu der T-Kreuzung. Dort bog er nach links ab, um wieder zurück nach Ashley zu fahren.

Die Larson-Farm war in diesem Schneesturm zu schwer zu finden gewesen, aber Richard wusste, dass er sich im Umkreis von knapp zwei Kilometern befinden musste. Der Jäger. Das beigefarbene Auto.

Die Verbindungen waren so vage – wie Puzzleteile, die so unterschiedlich waren, dass sie nicht zum gleichen Bild zu gehören schienen. Er fuhr weiter und überlegte, was er tun sollte.

* * *

Erin, Jessie und Cory beendeten ihr Abendessen, das aus Resten bestanden hatte. Cory erzählte die ganze Zeit über von ihrer Reise – besonders von ihrer Woche in Venedig und davon, wie sie an der italienischen Küste entlang nach Süden gereist war.

Während Erin und Cory das Geschirr in die Spüle räumten, zog Jessie ihren Mantel an und nahm den vollen Müllbeutel, um ihn in die Tonne auf der anderen Seite der Einfahrt zu bringen.

Es wurde kälter; der Schnee war nicht mehr so nass und die Flocken waren kleiner. Windböen zerrten an ihren Haaren und Jessie spürte, wie die Flocken auf ihre Wimpern wehten und auf ihren Wangen schmolzen. Sie schaute über den Zaun auf die braunen Felder hinaus, die unter einer Schneedecke verschwanden. In einigen Tagen sollte es angeblich wieder wärmer werden, dann würde all dies vielleicht dahinschmelzen. Doch letztendlich würde der Herbst den Kampf verlieren. Sie wusste, dass diese Felder bald knietief und dauerhaft unter der weißen Decke des Winters verschwunden sein würden.

Jessie warf den Müllbeutel in die Tonne und schloss den Deckel. Als sie sich umdrehte, um zurück ins Haus zu gehen, hatte sie den Eindruck, eine Bewegung zwischen den Bäumen zu sehen. Sie war gerade eben hinter den Umrissen des Hauses zu erkennen, wo die Bäume des Windschutz-Wäldchens sich den Hügel hinauf in die Dunkelheit zogen.

Ein Reh, dachte sie. Jeden Morgen kreuzten sich Wildspuren mit denen von Kaninchen und Bibern auf dem frostigen Farmhof. Sie hatte stets das Gefühl, in einem Wildpark übernachtet zu haben. In der Hoffnung, einen Blick auf das Tier zu erhaschen, wenn es aus den Bäumen trat, blieb sie noch einen Moment in der Kälte stehen. Doch es gab keine weitere Bewegung.

Jessie kehrte zur Küchentür zurück und ging wieder ins Haus. In der wohligen Wärme lief ihr ein Schauder über den Rücken.

»Ich glaube, ich habe ein Reh gesehen«, rief sie Erin zu, die am Spülbecken stand.

»Das ist nicht so ungewöhnlich.«

»Vielleicht nicht für Sie«, erwiderte Jessie mit einem Lächeln.

Sie beendeten den Abwasch gemeinsam und zogen sich dann ins Wohnzimmer zurück, das inzwischen tief in Papieren und Kisten versunken war. Cory entschuldigte sich; sie wollte früh zu Bett gehen. Die dunklen Ringe unter ihren Augen und ihre müde Stimme zeigten deutlich, wie erschöpft sie war, und sie wünschten ihr eine gute Nacht. Jared hatte sowieso vor, erst am Wochenende mit ihr zu arbeiten, erklärte Jessie, also würde sie bis zum Morgen niemand stören.

Jessie schaute sich in dem unordentlichen Wohnzimmer um. Da der Abend so ruhig war, hatten sie vermutlich noch jede Menge Zeit, alle Notizen und Beweisstücke zu ordnen, die Jared brauchte, um Carlos vorzubereiten. Jessie schaute noch einmal aus dem Fenster in die Dunkelheit hinaus. Sie hoffte nur, dass Jared vorsichtig fuhr.

* * *

Marcus konnte nicht mehr warten. Noch ein Tag war vergangen, seit er das letzte Mal mit Proctor gesprochen hatte. Er wusste, dass der Mann gesagt hatte, er solle ihn nur in Notfällen anrufen. Doch es waren noch drei Tage bis zum Prozess, und immer noch war nichts passiert.

Er wählte Proctors Nummer.

Im Hintergrund war ein Automotor zu hören, als der Mann sich meldete – doch abgesehen davon herrschte nur Schweigen.

»Proctor?«

»Welchen Notfall gibt es?«

»Ich … ich muss wissen, wann es über die Bühne geht.«

»Es geht heute Abend über die Bühne.«

Das war das, was er hören wollte, doch Marcus überraschten die Worte.

»Sind Sie sich sicher?«

»Der Farmer zieht es heute Abend durch, und ich räume auf.«

Immer noch wie betäubt, fragte Marcus: »Und was mache ich?«

»Das sagte ich bereits. Sie machen alles genauso, wie sie es immer machen. Heute Abend ändert sich überhaupt nichts. *Rufen Sie mich nicht wieder an.*«

* * *

Den Blick auf die undeutlichen Umrisse der Straße fixiert, zog Richard sein Telefon heraus und wählte Jareds Nummer. Es klingelte mehrmals, bevor sich Jareds Stimme meldete.

»Mr Neaton, ich habe versucht, die Larson-Farm zu finden, aber ich hatte kein Glück. Die Sichtverhältnisse sind so schlecht, dass ich lieber nach Ashley zurückfahre und mein Motel suche.«

»Okay, das ist in Ordnung. Wir können morgen reden.«

Richard schwieg einen Moment. Er wusste, wie absurd seine Eindrücke manchmal für andere Menschen klangen.

»War's das, Richard?«, fragte Jared. »Ich muss mich auf die Straße konzentrieren.«

»Also … Mr Neaton … ich habe vor einigen Minuten etwas Seltsames gesehen, das ich Ihnen vielleicht sagen sollte.«

»Okay. Aber bitte beeilen Sie sich.«

»Ich bin auf einen Truck im Straßengraben gestoßen. Ich glaube, ich habe den Truck heute schon einmal in der Nähe der Legion Hall von Ashley gesehen. Es scheint ein Jäger zu sein, und er hat den Truck einfach stehen lassen.«

»Hmhmm.« Jared klang abgelenkt. Wie sollte Richard nur erklären, was ihn beunruhigte, besonders, wenn er sich selbst so unsicher war, was es zu bedeuten hatte?

»Ich habe noch ein anderes Auto bei der Legion Hall gesehen, und ich glaube, dieser Wagen ist gerade eben auf der Straße an mir vorbeigefahren.«

»Okay … wo sind Sie jetzt?«

Richard zuckte die Schultern und antwortete dann: »Ich weiß nicht. Aber den Truck habe ich, glaube ich, nicht weit von Erins Farm gesehen.«

»Einen Moment bitte, Richard, ich rufe Sie gleich zurück. Die Straße ist zu glatt. Ich rufe Sie an, sobald ich bei Erin bin.«

Die Leitung verstummte, noch bevor Richard etwas entgegnen konnte. Er legte das Telefon weg, um sich darauf zu konzentrieren, auf der Straße zu bleiben.

So vage seine Eindrücke normalerweise waren, dieser ging ihm nach. Er überlegte, ob er umkehren sollte – aber was würde das nützen? Er war jetzt schon fast in Ashley, und er wusste nicht einmal, wo die Larson-Farm war.

Er musste einfach warten, bis Jared sich wieder meldete, und dann versuchen, sich besser zu erklären.

* * *

»Erin, könnten Sie mir bitte diese Schreibmappe dort reichen?«, bat Jessie und deutete auf eine Kiste, die auf dem Sofa stand. »Ja, die da. Danke.«

Es ging auf zwanzig Uhr zu, und Jessie begann, sich Sorgen zu machen. Der Wind hatte sich gelegt, doch durch das Fenster konnte sie sehen, wie der Schnee immer noch in sanften, dichten Flocken fiel. Da auch die Temperatur sank, würde der Schnee eine trügerische Decke über die vereisten Straßen legen.

Bisher hatte sie sich gezwungen, Jared nicht anzurufen, aber langsam wurde es ihr zu viel. Sie schaute sich um, sah ihr Mobiltelefon auf dem Tisch in der Nähe der Treppe, durchquerte den Raum und wollte eben Jareds Nummer wählen. Dann hielt sie inne. *Was war das für ein Geräusch?*

Sie wandte sich um und sah den fragenden Ausdruck in Erins Gesicht. Sie hatte es also auch gehört. Als ob das Holz einer klemmenden Tür oder eines verkeilten Fensters mit Gewalt aufgedrückt wurde.

Erins Mund stand offen, aber sie gab keinen Laut von sich.

»Ich glaube, ein Tier würde nicht so ein Geräusch machen«, sagte Jessie.

Da war es wieder. Es war schwer zu orten, aber Jessie meinte, es auf der dem Hügel zugewandten Hausseite gehört zu haben.

»Ich denke, wir sollten –«, begann Erin. Ihre Worte wurden von dem Geräusch von zersplitterndem Glas übertönt.

»Oh …«, ächzte Jessie. Ihr Hals war wie zugeschnürt, und ihr drehte sich der Magen um.

»Der Keller«, flüsterte Erin, und Jessie konnte die Angst in ihren Augen sehen.

Jessie ging rasch zum Kamin hinüber. Sie streckte eine Hand nach einem Feuerhaken aus – und merkte, dass sie im Dunkeln umhertastete. Das Licht war ausgegangen.

* * *

Es war, wie auf einer weiß beschichteten Eisbahn zu fahren. Sein Mobiltelefon vibrierte und Jared grub es aus seiner Tasche aus. Er hielt den Blick fest auf die Straße vor ihm gerichtet, während er auf »Anruf annehmen« drückte. »Ja?«

»Jared.« Er hörte ein heiseres Flüstern. War das Jessie? *»Es ist jemand im Keller. Jared, wo bist du?«*

Jareds Handflächen wurden feucht. »Jessie, was ist bei euch los?«

»Ich weiß nicht. Jemand ist eingebrochen und das Licht ist aus.« Die Angst in ihrer Stimme drehte ihm das Herz um.

»Wo seid ihr jetzt?«

»Im Wohnzimmer.«

»Ruft die Polizei, Jessie. Ich bin nur noch knapp zwei Kilometer von euch entfernt. Und dann geht nach draußen und ruft mich wieder an.«

»Okay. Bitte, Jared, beeil dich!«

* * *

Jessie fand in der Dunkelheit Erins Hand, spürte die bebenden Finger und hörte, wie sie ein Wimmern unterdrückte. Sie drückte ihre Lippen an Erins Ohr und flüsterte: *»Leise!«*

Sie führte Erin zur Küchentür und hielt dann inne. Cory schlief oben im Gästezimmer.

Cory. Wahrscheinlich suchte der Einbrecher Cory.

Jessie griff nach Erins anderer Hand und drückte ihr den Feuerhaken in die Finger. Dann zog sie sie zurück zum Kamin, tastete um den Kaminsims herum, bis sie das Kaminbesteck gefunden hatte, und packte selbst ebenfalls einen schweren Schürhaken.

Denk nach! Die Stufen zum Keller waren auf der anderen, von der Wohnzimmertür abgelegenen Seite der Küche.

Sie lauschte. Kein Laut kam aus dieser Richtung.

Sie mussten Cory holen, bevor sie aus dem Haus flohen. Erins Arm fühlte sich starr an, als Jessie sie zur Treppe nach oben führte. Mit einem weiteren in Erins Ohr geflüsterten *Leise!* begann sie, die Holzstufen so lautlos wie möglich hinaufzusteigen.

Ein Geländer säumte den oberen Flur an der Treppe. Jessie tastete in der Dunkelheit danach und folgte dann seinen Konturen, bevor sie nach links zum vorderen Eckzimmer abbog, in dem Cory schlief.

Erins Hand war feucht vor Schweiß ... oder vielleicht war es auch Jessies eigene Hand. Sie schloss ihre Finger fester um die der anderen Frau.

Die beiden erreichten die Tür und Jessie tastete nach der Klinke, drückte sie behutsam nach unten und öffnete die Tür in den stockfinsteren Raum dahinter. In der Stille des offenen Zimmers konnte Jessie Corys leisen Atem hören und den silbrigen Schatten ihrer Gestalt im Bett ausmachen. Erins feuchte Hand immer noch in ihrer, schlichen sie durchs Zimmer, bis der weiche Rand eines Kopfkissens Jessies Hand streifte.

Sie kniete sich in der Nähe der leisen Atemzüge wieder und flüsterte: *»Cory.«* Keine Reaktion. Jessie beugte sich dichter heran und flüsterte noch einmal, dieses Mal etwas lauter: *»Cory!«*

»Was?!«, rief Cory erschreckt aus und Jessie schob ihre Hand über Corys Lippen.

Die Stille, die auf Corys Ausruf folgte, lastete so schwer auf ihnen wie die Dunkelheit, die sie umgab. Drei Sekunden vergingen. Fünf. Dann hörte Jessie dumpfe, schwere Schritte auf der Holztreppe.

* * *

Er hielt das Lenkrad mit beiden Händen umklammert und trat aufs Gaspedal. Das Heck des Wagens brach aus. Er lenkte gegen, nahm den Fuß vom Gas und versuchte es noch einmal.

In einem Nebel von Adrenalin und Angst hatte Jared Carlos Jessies Anruf erklärt. Das langsame Tempo, mit dem sie Meter um Meter der zugeschneiten Straße hinter sich brachten, folterte ihn.

In kurzer Entfernung vor sich sah Jared die Auffahrt zur Larson-

Farm, aber sie kam zu schnell heran. Er trat auf die Bremse, spürte, wie das Auto sich auf den Straßengraben zudrehte, versuchte gegenzulenken und trat immer wieder aufs Bremspedal. Das Drehen verlangsamte sich, das Auto schlitterte seitlich über die Straße … immer weiter … und blieb dann kurz vor dem Rand des gegenüberliegenden Straßengrabens schräg stehen.

Jared schaltete wieder auf »Fahren« und trat aufs Gaspedal. Die Räder begannen wieder durchzudrehen. Er nahm den Fuß vom Gas, versuchte es noch einmal, langsamer. *Bitte beweg dich!* Das Auto begann zentimeterweise vorwärtszurollen.

Zwanzig Meter entfernt sah er im Scheinwerferlicht die Auffahrt, an der sie vorbeigeschlittert waren. Sie war in dem Schnee, der sie umgab, kaum zu erkennen. Jared bog ab und fuhr auf das Haus zu.

Der Wind hatte sich mittlerweile gelegt, aber der Schnee fiel immer dichter und die Scheinwerfer erhellten einen Wasserfall aus undurchdringlichem Weiß. Jared schaltete auf Abblendlicht um, damit er den Weg besser sehen konnte, und bemühte sich redlich, sich an jede leichte Kurve der Auffahrt zum Haus zu erinnern.

Das Farmhaus lag jetzt vor ihnen. Es trat aus der Wand des fallenden Schnees hervor und sah vor dem dunklen Himmel und dem umliegenden Weiß verlassen aus. Kein Licht erhellte die Fenster.

Erst jetzt traf es Jared wie ein Schlag – Jessie hatte ihn nicht zurückgerufen.

* * *

Hektisch flüsterte Jessie auf Cory ein und flehte sie an, ruhig zu bleiben. In der Stille drückte sie gegen die Schulter der liegenden jungen Frau, schob sie über das Bett auf den Boden und in die enge Lücke zwischen dem Bett und der Wand, an der es stand. Jessie zog Erin hinter sich her. Sie spürte, wie das Bett unter ihrem Gewicht nachgab, als sie sich über die Matratze schoben und dann auf der anderen Seite heruntterglitten und sich an die Wand kauerten.

Jessie zitterte und umklammerte den Feuerhaken in ihrer Hand noch fester. Neben sich konnte sie Cory ebenfalls beben spüren. Die Angst legte sich um ihr Inneres wie eine Würgeschlange um ihr Opfer, doch Jessie sagte sich immer wieder, dass sie kämpfen würde.

Die Schritte waren verklungen, nachdem sie sie auf den unteren Stufen gehört hatten, aber jetzt meinte Jessie, am Geländer entlang Schuhe über den Teppich gleiten zu hören.

Im Flur öffnete sich knarrend eine Tür, dann noch eine, dieses Mal näher. Die einzige übrige Tür im Flur war die zu diesem Zimmer.

Bevor sie es hören konnte, spürte sie es: Die Anwesenheit einer Person im Raum, die sich durch die Tür zu ihrer Linken ins Zimmer schob. Ein rauer Atemzug zerriss die Dunkelheit, gefolgt von einem trockenen Husten. Die Gestalt schien sich an der anderen Seite des Bettes entlangzubewegen.

Der Schatten der Gestalt bekam Umrisse, als plötzlich von der Vorderseite des Hauses her ein Licht durch die Fenster des Zimmers fiel. Es war ein Mann, erkannte Jessie trotz ihrer Angst. Die Gestalt warf einen Blick aus dem Fenster zu der Lichtquelle, drehte sich dann um und starrte ins Innere des Zimmers.

In den Händen hielt der Mann etwas Langes, Schwarzes. Ein Gewehr.

Eine Minute verging, obwohl die Zeit stillzustehen schien. Dann noch eine. Dann gellte Erins Schrei in Jessies Ohren.

* * *

Jared hielt das Auto in einiger Entfernung vom Haus an, an einem Punkt, von dem aus die Scheinwerfer die erste Etage des Hauses beleuchteten. Er schaltete auf »Parken«, stieß die Tür auf und sprang in den Schnee. Er hörte, wie sich die Beifahrertür öffnete und wusste, dass der Veteran auf dem vereisten Boden Probleme haben würde, doch er konnte nicht warten. Er raste - schlitterte - auf den Seiteneingang zur Küche zu.

Die Küche war dunkel, nur durch das ihm nächstgelegene Fenster fiel der schwache Lichtschein der Autoscheinwerfer. Jared hielt inne und versuchte, seine sich überschlagenden Gedanken zu ordnen.

»Es ist jemand im Keller«, hatte sie gesagt. Die Kellertür zu seiner Linken stand einen Spalt offen. Jared kniete sich hin und ließ seine

Finger über den Linoleumboden gleiten. Er spürte kleine Pfützen von schmelzendem Schnee.

Jared, dessen Atem nach seinem Sprint zum Haus immer noch schwer ging, erhob sich und atmete mehrmals tief durch. Er hielt einen Augenblick inne und ging dann zum Wohnzimmer, sorgfältig darauf bedacht, dass seine Schritte auf dem harten Linoleum nicht zu laut hallten.

Im Wohnzimmer warf das Scheinwerferlicht geisterhafte Schatten durch die Fenstervorhänge. Jared ließ seinen Blick prüfend durch den Raum gleiten. Es war nichts zu sehen und zu hören.

Zu seiner Linken führte die Treppe ins Obergeschoss. Er war nur wenige Male dort oben gewesen – um die Toilette direkt neben der Treppe zu benutzen. Drei andere Türen säumten den mit Teppichboden ausgelegten Flur.

Jared durchquerte das Wohnzimmer und ging zur Treppe, berührte die untersten Stufen mit den Fingern und spürte auf jeder kaltes Wasser.

Vorsichtig setzte er den Fuß auf die erste Stufe, schob sich behutsam nach oben und hob den Fuß zur nächsten Stufe.

Er war die Treppe halb hinauf, als ein Schrei die Dunkelheit zerriss.

Jared stürzte den Rest der Treppe hinauf, drei Stufen auf einmal nehmend. Er packte das Geländer, schwang sich zur letzten Stufe hinauf. Der Schrei kam aus der Dunkelheit zu seiner Linken. Er preschte durch den Flur und sah die Tür des letzten Zimmers offen stehen. Ein schwaches Licht erhellte ihre Umrisse.

Seine nassen Schuhe quietschten auf dem Holzfußboden, als er in das gespenstisch erleuchtete Zimmer stürzte.

Mit einem Blick erfasste er, was hier vor sich ging. Das Licht fiel durch die vorderen Fenster. Zu seiner Rechten konnte er Jessie und Erin erkennen, die hinter einem hohen Doppelbett fast an den Boden gepresst kauerten. Jessie hatte einen Arm um die wimmernde Gestalt einer anderen jungen Frau gelegt, die zwischen ihnen hockte – Cory. Mit der anderen Hand hielt Jessie eine Metallstange umklammert, die sie hoch über den Kopf des schluchzenden Mädchens hielt, wie um einen Schlag abzuwehren.

Eine vierte Gestalt stand in gebeugter Haltung vor dem Fenster. Der Mann trug eine Jagdjacke mit Tarnmuster und hatte sich eine Skimaske übers Gesicht gezogen. In Höhe seiner Taille hielt er ein doppelläufiges Gewehr, das sich jetzt in Jareds Richtung hob.

Er erwartete einen Schuss und hielt beide Hände schützend vor den Bauch ... doch der Schuss fiel nicht.

Der Mann vor dem Fenster atmete schnell und heftig - ob vor Anstrengung oder Aufregung, wusste Jared nicht. Obwohl der Rücken des Mannes dem schwachen Licht zugewandt war, konnte Jared selbst in der Dunkelheit des Raumes die vor Überraschung weit aufgerissenen Augen erkennen.

Der maskierte Kopf schwenkte wieder zu den Frauen hinter dem Bett. Das Gewehr folgte, verharrte, und Jared sah, dass es auf Erins Kopf gerichtet war.

Plötzlich zuckte ein Lichtblitz auf. Jared warf sich über das Bett und in die Schusslinie des Gewehrs. Die Waffe krachte, als er die Oberfläche des Bettes unter sich spürte, und Jared dachte: *Das ist also mein Tod.*

Er lag einen Moment lang da, während die Matratze sich seinem Gewicht anpasste. Dann hob er die Finger und suchte nach den blutgefüllten Löchern, aus denen sein Leben sickern musste.

Ellenbogen und Knie schoben sich über seinen Körper. Jared öffnete die Augen. Jessie stand jetzt auf der anderen Seite des Bettes. In einem helleren Licht als zuvor sah er, dass ihr Haar wüst durcheinander geraten war. Die Eisenstange war verschwunden; stattdessen hielt sie das Gewehr in den Händen und richtete es auf den Boden.

Cory, die immer noch zusammengekrümmt hinter dem Bett kauerte, wimmerte nicht mehr, sondern schluchzte herzzerreißend. Erin war verschwunden.

Jared rollte sich auf das Fenster zu und fragte sich, warum der Raum so unerklärlich hell war. Im Schatten auf dem Boden sah er die zusammengesackte Gestalt des anderen Mannes, der vor Schmerzen stöhnte.

Jared trat ans Fenster und schirmte seine Augen mit der Hand gegen das grelle Licht ab, das ins Zimmer fiel. Unten waren die Scheinwerfer seines Geländewagens auf Fernlicht geschaltet. Trotz des Lichts und des wirbelnden Schnees konnte er Carlos erkennen, der am Lauf von Jareds

22er entlang spähte, das Gewehr im Anschlag und zum Stabilisieren auf dem Rahmen der offenen Fahrertür abgelegt.

Der Mann auf dem Boden wälzte sich und sein Stöhnen wurde lauter. Jared wandte sich zu ihm um und tastete erst seinen Kopf und dann seinen Rücken ab, bis er die klebrige Feuchtigkeit spürte, die an seiner linken Schulter durch die Jacke sickerte. Dann ging im Zimmer das Licht an und blendete ihn.

Erin kam zurück ins Zimmer, gerade als der graue Schleier in Jareds Augen sich lichtete und er wieder ohne Schmerzen sehen konnte. »Holen Sie etwas, das wir als Kompresse für die Wunde benutzen können«, sagte er lauter als beabsichtigt und sah Erin hinterher, als sie gehorsam den Raum verließ.

Jared bückte sich und zog dem Mann die Skimaske vom Kopf.

Joe Creedys Augen waren glasig vor Schock. Der üble Gestank von Alkohol stieg von seinen Lippen auf, als er zu sprechen versuchte, doch außer einem immer lauteren Stöhnen kam kein Ton aus seinem Mund.

Der Adrenalinstoß, den die Angst in Jared ausgelöst hatte, ließ rasch nach, und an seine Stelle trat etwas Ähnliches wie Wut – nur kalter und zwingender. Er schaute zu Jessie auf. Sie hielt immer noch das Gewehr in der Hand, das auf Creedys Kopf gerichtet war. Er sah, wie sich ihre Lippen bewegten, und hörte sie sagen: »Ich rufe die Polizei. Wir müssen auf sie warten.« Dann tauchte Erin wieder auf und drückte ein Bündel Waschlappen auf Creedys Schulter.

Jared ging um den Mann herum und auf die Treppe zu. Er ignorierte Jessie, die ihn eindringlich fragte, wo er hinwollte. Unten ging er an Carlos vorbei, der durch die Küche hinkte, Jareds Gewehr noch in der Hand. Auf die Frage des Veteranen: »Was ist los?«, antwortete er nicht. Dann trat er wieder hinaus in den Schnee.

Er lief zu seinem Geländewagen, schob sich auf den Fahrersitz und wendete das Fahrzeug rabiat, bevor er wieder die Auffahrt entlangfuhr.

Jared wusste, wo Marcus' Hütte lag. Marcus ließ seine Helfer nie weit außerhalb seiner Reichweite und Kontrolle arbeiten. Also würde er jetzt dort sein.

* * *

Als Jared die Hütte erreichte, hatte sich der Wind gelegt und der Schneefall vorübergehend gelichtet. Jared erkannte Marcus' BMW, der in der Einfahrt geparkt war und auf dessen Windschutzscheibe und Motorhaube mehrere Zentimeter Schnee lagen. Das Haus dahinter war dunkel und still.

Jared stieg vorsichtig aus dem Auto. In ihm brannte zwar immer noch Wut, aber nicht mehr so frisch wie vorhin, und er spürte Argwohn angesichts der herrschenden Stille. Er schaute auf die Uhr. Es war fast halb zehn.

Die Haustür war unverschlossen. Jared überlegte, ob er klopfen sollte, doch dann wurde ihm bewusst, wie absurd das wäre. Er drückte die Klinke hinunter und öffnete.

Was er als Nächstes tun sollte, wusste er nicht so genau. Marcus zur Rede stellen? Ihn verletzen? Verhaften? Er hatte keinen Plan. Seine Wut hatte nicht nachgelassen, aber was er mit Sicherheit wusste, war, dass er diese Sache heute Abend beenden würde.

Das Innere des Hauses war dunkel. Jared war nur einmal bei einer Firmenfeierlichkeit hier gewesen und konnte sich nicht an den Grundriss erinnern. Direkt vor ihm, in einem schwachen Nachtlicht aus der angrenzenden Küche zu erkennen, stand ein großer Esstisch. Es sah so aus, als würde das Esszimmer direkt in ein großes Wohnzimmer zu seiner Linken münden. Jared drehte sich zur Wand um und tastete nach einem Lichtschalter.

»Das würde ich nicht tun.«

Die Stimme kam von der anderen Seite des Wohnzimmers, aus einer Ecke neben einem großen Fenster.

Jared spürte, wie aus seiner Wut Angst wurde. Er bemühte sich, in der Dunkelheit etwas in der Richtung zu erkennen, aus der die Stimme kam.

»Gehen Sie zwei Schritte weiter ins Zimmer und bleiben Sie dann stehen.«

Die Stimme war nicht aggressiv, aber deutlich und gebieterisch. Jared gehorchte.

Als seine Augen sich an die Dunkelheit gewöhnt hatten, konnte Jared neben einem großen Bücherregal in der Ecke des Raumes zwei Silhouetten ausmachen. Ein Mann saß an einem kleinen Schreibtisch in der Ecke; sein Gesicht war im Licht einer niedrigen Lampe, die auf die Schreibtischplatte gerichtet war, schwach zu erkennen. Jared konnte sehen, dass es Marcus war.

Die andere Gestalt stand hinter Marcus, tiefer in der Dunkelheit. Eine Hand wurde sichtbar, die sich von der Schreibtischlampe zurückzog. Jared nahm an, dass er sie gerade nach unten gedrückt hatte. Die andere Hand hielt eine Waffe. Sie war auf Marcus' Kopf gerichtet.

Die Entfernung zur Tür wirkte auf Jared plötzlich wie eine Schlucht.

Lange Zeit standen sie schweigend da. Jared wusste, dass er mehr Angst haben sollte, doch immer noch brodelten letzte Reste von Wut in seinem Inneren, und die geheimnisvolle Szene vor ihm erfüllte ihn mit einem vagen Gefühl von Orientierungslosigkeit.

»Wer sind Sie?«, hörte er sich fragen.

Der Mann reagierte zunächst nicht, bis Jared sich schließlich beinahe fragte, ob er nur ein Produkt seiner Einbildung war.

»Ich, Mr Neaton«, begann die Stimme schließlich, so ruhig, dass man sie fast als gelassen bezeichnen konnte, »bin eine Quelle der Gerechtigkeit in diesem ausgetrockneten Fleckchen Erde.«

Bei diesen Worten wurden die letzten Reste von Jareds Zorn von einer Welle der Übelkeit weggespült. Er spürte, wie ihm die Knie weich wurden.

Das Ticken einer Kaminuhr durchsetzte die Stille. Nun konnte er auch Marcus' mühsamen Atem hören. Die Nasenflügel des Mannes blähten sich mit jedem Atemzug wie ein Blasebalg.

»Nun, das hatte ich nicht eingeplant«, meldete sich die Stimme wieder zu Wort.

Jared wusste nicht, wie er reagieren sollte. Er fürchtete, dass alles, was er sagte, den Mann dazu bringen würde, seine Waffe abzufeuern – oder sie auf ihn zu richten.

»Dieser Mann wollte, dass Erin Larson stirbt«, fuhr der Bewaffnete fort. »Wussten Sie das? Und falls sich die Gelegenheit ergab, sollten Sie gleich mit erledigt werden.«

»Haben Sie Joe Creedy auf den Überfall heute Abend angesetzt?«, fragte Jared.

»Nein. Diese Mission geht auf das Konto eines anderen. Doch ich habe gesehen, wie sie sich entwickelt hat. Sagen Sie mir: War sie erfolgreich?«

Jared schwankte. »Ja«, entgegnete er dann.

»Nun, somit sind die Ereignisse des heutigen Abends sehr schön ... symmetrisch.«

Jareds Augen hatten sich nun besser an die Dunkelheit gewöhnt. Er sah, dass Marcus' Augen wässrig und geweitet waren, so als würde er an einen ganz anderen Ort blicken.

Die Waffe bewegte sich in einem langsamen Bogen von Marcus' Kopf weg, bis der Lauf auf Jareds Brust gerichtet war.

»Das ist keine gute Idee.« Dieses Mal war es Marcus' Stimme, und obwohl sie von Angst durchsetzt war, schwang in ihr doch auch eine Spur des Tonfalls mit, den er normalerweise für den Gerichtssaal reserviert hatte.

»Was sagten Sie?«, fragte der Bewaffnete.

»Das ist keine gute Idee. Bleiben Sie bei Ihrem Plan.«

»Wollen Sie mir einen *Rat* geben, Herr Rechtsbeistand?«, spottete der Mann mit der Waffe.

Marcus schüttelte den Kopf. Als er sprach, hatte seine Stimme weiter an Kraft gewonnen. »Ich will nur sagen, dass Ihr erster Plan einleuchtender war. Ein Toter ist ein Selbstmord, zwei Tote sind eine Ermittlung. Und«, fuhr Marcus fort, »Sie brauchen immer noch den Mitschnitt unseres Gesprächs.«

Für einen kurzen Moment richtete sich die Waffe von Jared weg.

»Ich werde die CD finden«, sagte die Stimme.

»Aber werden Sie sie finden, bevor die Polizei zur gleichen Schlussfolgerung gelangt wie Neaton und hierherkommt, um nach mir zu suchen? Lassen Sie Neaton gehen, und ich sage Ihnen, wo sie ist.«

»Führen wir hier eine Verhandlung, Herr Anwalt?«

»Nein.« Marcus schüttelte langsam den Kopf. »Meine Karten liegen alle auf dem Tisch.«

Die Waffe schwankte zwischen den beiden Anwälten hin und her.

»Ich sagte Ihnen doch bereits, Stanford: Ich werde nie geschnappt«, sagte der Bewaffnete. »Wie kann ich da Neaton gehen lassen?«

»Wenn Sie ihn gehen lassen, wird Neaton keiner Menschenseele erzählen, was er hier gesehen hat.«

Der Mann schnaubte verächtlich. »Und warum bitteschön?«

Marcus hüstelte trocken und richtete den Blick starr auf Jared. Als er den Mund öffnete, um weiterzusprechen, galten seine Worte ihm ... und sein Appell schwebte im Raum, als bestünde er aus etwas anderem als Atemluft.

»Weil dieser Mann mich heute Abend meinen eigenen Abschiedsbrief hat schreiben lassen. Das gab mir die Gelegenheit, Dinge zu sagen - zu meinen Kindern, meiner Frau -, die ich noch nie zuvor gesagt habe. Jared, ich werde diesen Raum heute Abend nicht verlassen, ganz gleich, was geschieht. Lassen Sie meine Familie meinen Brief lesen. Lassen Sie sie glauben, dass ich mich umgebracht habe, weil es mir leidtat - nicht, weil ich Angst hatte. Und verhindern Sie, dass sie die andere Geschichte hören müssen: dass ich erst Sie und dann mich selbst umgebracht habe.«

Jared schüttelte den Kopf, innerlich zerrissen, immer noch gelähmt vor Angst.

Der Kopf des Bewaffneten drehte sich zu Jared, und obwohl sein Gesicht im Schatten lag, wusste Jared, dass er ihn prüfend ansah.

»Sie sollten jetzt besser gehen, Mr Neaton«, sagte er schließlich.

»Sie werden Marcus umbringen, wenn ich gehe«, hörte Jared sich antworten.

»Ganz gleich, ob Sie gehen oder bleiben: Mr Stanford wird heute Abend Gerechtigkeit widerfahren.«

»Das ist keine Gerechtigkeit.«

Der Mann zuckte die Schultern. »Egal, was Sie glauben - gehen Sie. Sie haben diese Sache nicht in Bewegung gesetzt, das war er gewesen. Es muss jemand Wichtigeren geben, für den Sie leben können. Oder sterben.«

»Sie würden mich gehen lassen?«

»Ja. Denn ich denke, Sie werden tun, worum Mr Stanford Sie gebeten hat. Und außerdem hat mein Rechtsvertreter hier recht: Ihr Tod ist schwerer zu erklären als seiner.« Er machte eine Pause. »Aber nicht unmöglich.«

Jared schüttelte den Kopf. Er mochte nicht glauben, was sich hier abspielte. »Ich kann nicht einfach gehen.«

Als der Mann mit der Waffe wieder sprach, war seine Stimme noch tiefer, und Jared erschauerte, denn er wusste, dass er eine kalte und erbarmungslose Wahrheit hörte. »Ich bin nur das Flüstern in der Dunkelheit, von dem Sie sich morgen sagen werden, dass Sie es nie gehört haben. Aber für den Moment sollten Sie besser zuhören. Sie werden sterben. Hierfür.« Der Mann stieß leicht mit der Waffe gegen Marcus' Stirn. »Sie haben den Tod dieses Mannes nicht verursacht, sondern er. Er hat Sie gebeten zu gehen. Also gehen Sie. Und erwähnen Sie diesen Vorfall nie wieder.«

Jared schaute Marcus an, überrascht zu sehen, dass dessen Augen jetzt mit jenem scharfen Blick auf ihn gerichtet waren, den er zum letzten Mal im Gerichtssaal gesehen hatte. Als Marcus sprach, schwang in seinen Worten der Nachdruck eines Schlussplädoyers. »Ich will, dass Sie gehen, Jared. Jetzt. *Erzählen Sie meiner Familie, was ich am Ende getan habe.«*

Es dauerte mehrere Sekunden, bevor Jared begriff, dass er wieder in der Einfahrt stand. Das Erste, was er hörte, war der Wind, der mit einem sanften Rauschen durch die schneebeladenen Kiefernnadeln streifte. Jared atmete die frostige Luft ein, spürte sie kalt und rau in seinen Lungen wie ein Versprechen auf Leben. Immer noch erwartete er, etwas zu hören oder zu spüren, das ihm sagen würde, dass es vorbei war. Doch das geschah nicht.

Marcus' letzte Worte hallten mit unverminderter Klarheit in Jareds Ohren wider. Der Paisley-Anwalt hatte ihm das Leben gerettet. Außerdem hatte er ihm ein Versprechen abgenommen.

Schweigend lief Jared die wenigen Schritte durch den Schnee zu seinem Auto und fuhr weg.

47

Der lange Konferenztisch glänzte so sehr, dass Jared sich in seinem Spiegelbild hätte rasieren können. Die Tür am anderen Ende des Raumes öffnete sich und er sah Franklin Whittier III. eintreten.

Er maß den Mann mit einem prüfenden Blick, während er näher kam. Sein Haar war immer noch perfekt gescheitelt, aber sein Gesicht war farblos.

Seine Augen schauten Jared nicht an, und in seinem Gesicht stand kein Lächeln – kein selbstgefälliges und auch kein anderes.

Whittier bot ihm keine Hand an, als er sich links neben Jared an die Stirnseite des Tisches setzte. Jared ließ noch einmal seinen Blick durch den Raum streifen, über den Tisch, der für fünfzig Personen ausgelegt, dessen Holz auf Hochglanz poliert und der für teures Geld gekauft worden war, um Firmenvorstände zu beeindrucken und gegnerische Anwälte einzuschüchtern. Dieser Ort hatte ihn früher ebenfalls beeindruckt.

»Nun, Jared«, begann Whittier, »es war eine freundliche Geste des Gerichts, angesichts der tragischen Ereignisse der letzten Woche den Prozessbeginn zu verschieben.«

Jared nickte. »Ja, das war es, Frank.«

Whittier räusperte sich. »Sie können sich vorstellen, dass Marcus' Selbstmord ein ziemlicher Schlag für Paisley war.«

»Und der Angriff auf die Frauen ebenfalls, möchte ich meinen«, entgegnete Jared.

Whittier nickte. »Natürlich.«

Jared sprach gleich weiter. »Wenn ich recht informiert bin, hat Mr Creedy ausgesagt, Ihr Mandant hätte ihn dazu angestiftet?«

Der Juniorteilhaber schürzte die Lippen und schüttelte entschlossen den Kopf. »Mr Grant leugnet jegliche Beteiligung an den Angriffen.«

»Hmm. Und warum dann dieses Treffen, Frank?«

Whittiers Hände lagen gefaltet vor ihm auf einem Aktenordner, und jetzt schaute er Jared mit einem aufmunternden, geschäftsmäßigen Lächeln an. »Insbesondere angesichts der seltsamen Umstände der letzten Woche haben wir unserem Mandanten geraten, dass es für alle Betroffenen am besten wäre, wenn wir für diesen Fall eine Lösung erarbeiten könnten.«

»Tatsächlich.«

»Ja.« Die Selbstgefälligkeit hatte sich wieder in Whittiers Gesicht geschlichen. »Ich wurde autorisiert, Ihnen einen Vergleich in Höhe von fünfhunderttausend Dollar anzubieten. Das ist mehr, als wir Mr Grant vorgeschlagen hatten anzubieten – in Anbetracht der Beweislage in diesem Fall –, aber es ist den Umständen angemessen. Ich glaube, Ihre Mandantin täte gut daran, darauf einzugehen.«

Jared schob seinen Stuhl zurück und verschränkte beide Hände hinter dem Kopf. Paisley hatte einen bestimmten Geruch, wurde ihm bewusst. Es war nicht der Geruch von Geld oder Erfolg – wie man annehmen könnte. Es war der Geruch von … Angst.

Jeden Tag durchschritten diese Anwälte die Flure voller Angst. Angestellte Anwälte fürchteten, dass die Teilhaber ihnen noch mehr Arbeit aufhalsten oder sie kritisierten – oder noch schlimmer, sie für ungeeignet erachteten, eines Tages selbst Teilhaber zu werden. Teilhaber fürchteten, dass ihre Kollegen hinter ihre Fassade des entspannten Selbstbewusstseins und unausweichlichen Erfolgs schauen könnten. Alle fürchteten, dass die Mandanten ausblieben, weil sie irgendwie erfahren hatten, dass die Größe dieser Kanzlei keine Garantie dafür war, dass ihre Anwälte alle Prozesse gewannen und alle Richter und Geschworenen um den Finger wickelten. Angst. Es war das bestgehütete Geheimnis dieser heiligen Hallen. Und Whittier war davon umgeben wie von einer schweren Parfümwolke.

Jared öffnete seinen Aktenkoffer und zog ein Dokument hervor. »Frank, dies ist die Vorladung, die ich Mr Stanford nach der Anhörung zu Ihrem Antrag auf ein Urteil im Schnellverfahren ausgehändigt habe. Darin verlangen wir Kopien von allen auf eine achtstellige Summe ausgestellten Schecks, die Mr Stanford in den letzten vier Jahren auf das Treuhandkonto der Kanzlei Paisley eingezahlt hat. Die konkrete Summe ist hierin nicht benannt, also werde ich Ihnen diesen Teil einfacher machen. Beschränken wir es auf Schecks in Höhe von zehn Millionen dreihundertfünfzehntausendvierhundert Dollar. Keine Cents. Ich würde vorschlagen, dass Sie zuerst unter den Pro-Bono-Fällen nachschauen.«

Whittier überflog das Dokument; von Selbstgefälligkeit keine Spur mehr.

»Und wenn Sie den Scheck finden«, fuhr Jared fort, »sage ich Ihnen, welchen Vergleich meine Mandantin akzeptieren wird. Meine Mandantin wird die Klage gegen die Ashley State Bank dann und nur dann fallen lassen, wenn das Geld - das gesamte Geld - mit einem Scheck, zahlbar an die Nachlassverwaltung von Paul Larson, zurückgegeben wird, zusammen mit einem Brief, in dem erklärt wird, wo das Geld in den letzten drei Jahren gelagert wurde. In dem weiterhin erklärt wird, dass dieses Geld Eigentum der Regierung der Vereinigten Staaten von Amerika ist, in diesem Fall der Veteranenbehörde. Und in dem schließlich erklärt wird, dass dieses Geld durch die Bemühungen von Erin Larson als persönlicher Vertreterin des Nachlasses von Paul Larson aufgespürt und zurückgezahlt wurde, die somit das alleinige Anrecht auf den Finderlohn hat, der auf die Rückzahlung dieses Geldes an die Vereinigten Staaten steht.«

Jared schloss seinen Aktenkoffer wieder. »Und noch eins. Wenn Sie die zehn Millionen Dollar binnen einer Woche zurückzahlen, ist meine Mandantin ebenfalls bereit, ihre Klage gegen diese Kanzlei wegen Betrugs, wegen der Falschdarstellung von Tatsachen sowie ihre damit verbundenen Schadensersatzansprüche fallenzulassen - für eine zusätzliche Million Dollar, zahlbar von Paisley.«

Jared hielt sich nicht weiter auf. Als er den Konferenzraum verließ, las Whittier immer noch die Vorladung.

48

Sie hätten mehr verlangen können, das wusste Jared. Vielleicht hätten sie auch mehr verlangen sollen. Immerhin drohte Paisley ein ganzer Berg von Vorwürfen wegen Verstoßes gegen die Berufsethik – wahrscheinlich sogar ein strafrechtliches Ermittlungsverfahren –, und die Kanzlei hatte jeden Grund, einen raschen Vergleich anzustreben, um zu beweisen, wie »schockiert« sie über Marcus' Handeln waren und wie sehr sie sich wünschten, die Dinge in Ordnung zu bringen.

Doch Erin wollte, dass das Ganze endlich vorbei war, und Jared erklärte ihr, dass eine Million Dollar vermutlich Paisleys Schmerzgrenze war. Wenn sie mehr verlangten, würde der Wunsch nach einer schnellen Lösung wahrscheinlich der Bereitschaft weichen, den Kampf erneut aufzunehmen. Und dieser Kampf würde zu weiteren Attacken auf ihren Vater führen, weil er das Geld überhaupt genommen und zu behalten versucht hatte.

Letzteres war Erin besonders wichtig, denn sie begann erst jetzt – nachdem alle Fakten ans Licht gekommen waren –, darüber zu trauern, dass ihr Vater das Geld gestohlen hatte. Carlos und Vic hatten sie mit der wiederholten Versicherung getröstet, dass Paul Larson wirklich bereut hatte, das Geld behalten zu haben, und dass er am Ende das Richtige hatte tun wollen. Doch niemand konnte das bestätigen. Marcus war tot und aus Sidney Grants Mund kam nichts weiter als die Berufung auf seine Rechte nach dem Fünften Verfassungszusatz – er musste sich nicht selbst belasten.

Die Schecks und Briefe von Paisley trafen genau eine Woche nach Jareds Treffen mit Whittier ein. Jareds Bitte entsprechend waren sie zum Haus seines Vaters geschickt worden. Jared fuhr zu ihm, um sie abzuholen und zu Erin zu bringen. Doch bevor sie sich trafen, musste er mit seinem Vater sprechen.

Das Haus war leer und die Briefe lagen ungeöffnet auf dem Küchentisch, als er eintraf. Jared steckte sie in die Tasche und ging zu seinem Auto zurück, um seinen Vater zu suchen.

In der vergangenen Woche war es für die Jahreszeit ungewöhnlich warm gewesen, und ein Teil des Schnees auf den Rasenflächen und

Dächern war geschmolzen, doch heute wehte wieder ein eiskalter, stürmischer Wind durch die Stadt. Jared fuhr zur Kirche; vielleicht arbeitete sein Vater ja. Aber Samuel war nicht dort. Als Nächstes versuchte Jared es in der Bibliothek, wo Mrs Huddleston ihm jedoch sagte, sie habe ihn nicht gesehen.

Eine halbe Stunde später erkannte er das Auto seines Vaters auf dem Parkplatz am Skyler-Park und erspähte eine einsame, in einen Wintermantel gehüllte Gestalt auf der hölzernen Zuschauertribüne. Jared parkte und ging in Samuels Richtung.

Sein Vater rührte sich nicht, bis Jared ihn fast erreicht hatte.

»Ein kalter Tag, um hier draußen zu sein, Dad.«

Samuel warf ihm ein kurzes Lächeln zu. »Alles in Ordnung.«

Jared setzte sich neben seinen Vater und studierte gemeinsam mit ihm das zugeschneite Baseballfeld. »Erinnerst du dich noch an das Spiel gegen die Mission Falls Tigers, als wir im letzten Inning das Double Play hatten?«

»Natürlich. Dein vorletztes Jahr an der Highschool. Ein fantastischer Wurf. Du warst ein prima Second Baseman.«

»Nein. Aber ich konnte den Ball treffen.«

»Du warst schon immer selbst dein schlimmster Kritiker«, widersprach ihm sein Vater.

Jared war überrascht über diese Bemerkung. Mehrere Minuten vergingen, ohne dass einer der beiden sich rührte. Obwohl die Kälte durch seine dünne Jacke kroch, wollte Jared nicht zurück zu seinem Wagen gehen. So blieben sie zusammen sitzen und schauten auf das Baseballfeld.

Sein Vater sprach als Erster. »Ich habe gesehen, dass Sidney Grant verhaftet wurde.«

»Ja.«

»Und es sieht so aus, als würde Joe Creedy sich wieder ganz von seiner Verwundung erholen?«

»Das habe ich auch gelesen. Er wird gesund genug für seinen Prozess sein. Sieht so aus, als hätten sie in Ashley wieder etwas, worauf sie die nächsten zehn Jahre herumkauen können.«

Sein Vater nickte. »Bist du froh, dass der Fall vorbei ist, Jedee?«

Jared nickte.

»Zufrieden?«

Er zuckte die Schultern. »Es gibt noch ein paar lose Enden. Vielleicht kannst du mir sogar dabei helfen.«

Samuel schaute ihn an. »Was meinst du damit?«

Jared griff in seine Tasche und zog die Umschläge mit den zwei Schecks hervor.

»Dad, in diesen zwei Umschlägen stecken Schecks über eine größere Summe, als ich je in meinem Leben zu Gesicht bekommen habe. Das meiste davon geht zurück an den Staat. Aber ein Finderlohn von einer Million Dollar und eine weitere Million von Paisley, abzüglich meiner Honorare und aller Auslagen, geht an Erin Larson.«

»Das ist super, Jedee. Ich freue mich für sie.«

Jared schüttelte den Kopf. »Ich nicht. Es könnte zehnmal so viel sein und würde trotzdem nichts daran ändern, wie sehr sich Erin für den Rest ihres Lebens von ihrem Vater enttäuscht und verraten fühlen wird.« Er hielt inne und setzte dann, nicht unfreundlich, hinzu: »Du und ich, wir kennen das, Dad.«

Die Augen seines Vaters wirkten müde, fand Jared. Auch besorgt – vielleicht über die Richtung, die dieses Gespräch nahm. Der Gedanke, wie oft er selbst zu diesem bekümmerten Gesichtsausdruck beigetragen hatte, schmerzte Jared. Er wandte den Blick ab und schaute wieder auf das Baseballfeld hinaus. »Dad, ich kann Erin das Geld bringen, doch sonst habe ich ihr nichts anzubieten. Aber das will ich gern.«

»Warum erzählst du mir das?«, fragte Samuel behutsam.

»Weil ich dich bitten möchte, mir zu erzählen, was Paul Larson gesagt hat, als er dich an dem Nachmittag, bevor er starb, anrief.«

Der Schock, der sich über Samuels Züge legte, hielt nur einen Moment an, doch in diesem Moment erwartete Jared beinah, dass er seinen angestammten Platz hinter der Zuschauertribüne einnahm, herumlief und sich den Kopf zermarterte – der besorgte Vater, der die Situation nicht in der Hand hatte. Dann verschwand der Schreck aus den Augen seines Vaters und an seine Stelle trat ein verwirrter Blick der Kapitulation.

»Hat dir das der Pastor gesagt?«

»Nein. Ich habe die Anrufnachweise von Paul Larson erhalten.«

Samuel lächelte ein bisschen vorwurfsvoll und schüttelte den Kopf. »Ich war immer beeindruckt davon, wie clever du bist, Jedee.«

»Was hat Paul Larson dir erzählt?«

»Das kann ich dir nicht sagen.«

»Warum nicht?«

»Weil Paul Larson mir, genauso wie Pastor Tufts, bei allem, was mir heilig ist, das Versprechen abgenommen hat, dass ich es niemals auch nur einer Menschenseele erzähle.«

»Hat sich die Situation nicht geändert, Dad? Jetzt, wo Paul Larson tot und der Prozess vorbei ist? Ich glaube, er hätte gewollt, dass du alles sagst, was Erin hilft, damit zurechtzukommen.«

Der Konflikt, der sich auf dem Gesicht seines Vaters widerspiegelte, zeigte Jared, dass er einen Nerv getroffen hatte. Nur noch einmal, sagte er sich, würde er die Schuldgefühle seines Vaters gegen ihn verwenden – nur noch für diese eine Sache.

»Ich habe seit dem ersten Tag dieses Gerichtsverfahrens dafür gebetet, Jedee«, begann Samuel leise. »Und dann, als du den Fall übernommen hast, konnte ich kaum schlafen. Aber wenn ich das, was ich selbst getan hatte, vor dir und deiner Mutter hätte verheimlichen können, hätte ich es wahrscheinlich getan. Wie konnte ich also *sein* Geheimnis lüften; *besonders* Erin gegenüber – der Person, vor der es Paul am meisten verbergen wollte? Ich habe alles getan, was ich konnte, um dir mit dem Fall zu helfen, nur mein Wort wollte ich nicht brechen.«

Jared wartete einen Augenblick und fragte sich, ob er nachhaken sollte, als sein Vater weitersprach: »Aber ich schätze, nur ein Narr kann nicht sehen, wenn sich die Dinge geändert haben.« Er lehnte sich zurück gegen die nächsthöhere Bankreihe und schloss die Augen.

»Paul rief mich am Nachmittag vor seinem Unfall an. Er sagte, Pastor Tufts habe ihm empfohlen, mit mir zu sprechen. Dann kam er an jenem Abend zu mir.«

Samuel schaute zu Jared hoch. »Er blieb drei Stunden. Saß auf meiner schäbigen Couch und erzählte mir, dass er Geld behalten hatte, das ihm nicht zustand, und es dann an Sidney Grant weitergegeben hatte. Sagte, dass er es sich irgendwie mit Grant teilen wollte, wenn dieser ihm half, die Sache zu vertuschen. Dann hatte er seine Meinung geändert und verlangt, dass Grant ihm das Geld zurückgab – andernfalls würde er alles den Behörden melden. Grant wollte ihm das Geld nicht zurückgeben, und Paul brachte es nicht fertig, sich zu stellen. Sie befanden sich jahrelang in dieser Pattsituation.«

»Hat er dich um Rat gefragt?«

Samuel nickte. »Ich sagte ihm, er sollte tun, was auch immer nötig wäre, um die Sache zu beenden. Alles wäre besser als das, was ich meiner Familie angetan hätte. Es wäre nicht nur moralisch richtig, sondern auch das Beste für alle Beteiligten. Das war es, was ich ihm gesagt habe. Aber das wusste er schon. Er wollte eher, dass ihm jemand einen Schubs in die richtige Richtung gab.«

»Was hielt ihn noch auf?«

Sein Vater schüttelte den Kopf. »Und da habe ich gerade gesagt, wie clever du bist …«

»Erin.«

»Ja.«

»Das ist wichtig. Sie wird wissen wollen, ob er wirklich vorhatte, die Sache in Ordnung zu bringen.«

Samuel nickte wieder. »Das hatte er. Und zwar bald. Er wollte sich mit Grant treffen und ihm ein Ultimatum stellen: Entweder gaben sie das Geld zusammen zurück, oder Paul würde sich allein darum kümmern. Aber er überlegte immer noch, was er Erin sagen sollte.«

Der Wind raschelte durch die Felder mit ungeerntetem Mais, die hinter dem Zaun lagen.

Jared lauschte, während er überlegte, wie er all das Erin erzählen sollte.

»War das das lose Ende, das du beseitigen musstest?«

»Eines davon.« Jared hielt erneut inne. »Dad, betest du oft?«

»Den ganzen Tag, wenn ich arbeite. Ich sage dem Pastor, dass ich die Gartenarbeit nur mache, um meine Hände zu beschäftigen, da ich sowieso schon auf den Knien bin.«

Jared dachte an all das zurück, was in den letzten Monaten passiert war – und besonders an seine Gedanken an jenem Abend auf dem Areopag. »Auch als ich in Griechenland war?«

Sein Vater lächelte. »Ja, Jedee, besonders, als du in Griechenland warst.«

* * *

Das Auto voller Kisten und Büromaterial, trat Jessie ihren Heimweg von Ashley zum Highway in Richtung der Twin Cities an. Sie hatte einen Umweg gemacht, um zu tanken, und fuhr jetzt auf einer zweispurigen Straße an Feldern vorbei, die den Stadtrand säumten, bevor sie zurück auf den Highway 7 und die Schnellstraße abbog.

Zu ihrer Rechten tauchte zwischen den weitläufigen, grob gepflügten Ackerflächen ein Baseballfeld auf, dessen Parkplatz bis auf zwei Autos leer war. Sie erkannte beide. Ihr Blick wurde von zwei Figuren angezogen, die auf der Zuschauertribüne saßen und dem leeren Baseballfeld zugewandt waren.

Während sie hinschaute, umarmten sich die beiden Figuren. Dann war sie vorbeigefahren und hielt auf die Wolken zu, die einen Abend mit Neuschnee ankündigten.

* * *

Ihre Wege trennten sich auf dem Parkplatz des Baseballfelds im Skyler-Park. Jared bog in südlicher Richtung auf die Straße ab, während sein Vater hinter ihm nach Norden fuhr.

In diesem Winkel von Minnesota, an der Wegkreuzung ihrer Erinnerungen, hatte Jared seinem Vater vergeben. Es war wie das zögerliche Ablegen eines Gipsverbandes nach einem geheilten Knochenbruch – Erleichterung, die Last nicht mehr mit sich herumtragen zu müssen, vermischt mit Vorsicht, weil die empfindliche und geschwächte Gliedmaße nun frei lag. Hauptsächlich war es aber das Gefühl von etwas Neuem und Besserem und Richtigem.

Während er wegfuhr, glaubte Jared nun zu verstehen, warum sein Vater nach dem Gefängnis nach Ashley zurückgekehrt war. Er erinnerte sich an das Bild, wie sein Vater auf der Wiese hinter der Kirche gestanden und Verne Loffler die Hand geschüttelt hatte. Dieser perfekt gepflegte Rasen; die tägliche harte Arbeit seines Vaters, die dort jeder sehen konnte; wie er die harten Blicke und Gesten, die wütenden und beleidigenden Worte akzeptierte - alles ohne Erwiderung oder Klage.

»Wir leben seit vier Generationen in Ashley«, hatte sein Vater früher immer gepredigt, als Jared noch ein Kind war. »Dieser Ort gehört zu unserer Familie. Wenn hier einem Nachbarn etwas zustößt, ist es keine Schlagzeile wie in der Stadt. Es ist etwas Persönliches.«

Als sein Vater das Geld stahl, versetzte das Ashley einen furchtbaren Schlag. Die offene Wunde war überall zu sehen. Im letzten Jahr der Highschool mied Jared die Straße - die wütenden und mitleidigen Blicke waren ihm gleichermaßen zuwider. Jeden Samstag suchte er Zuflucht in der Bibliothek, geschützt von Mrs Huddlestons wachsamem Blick. Der Skandal war wochenlang auf den Titelseiten der Zeitung, monatelang auf der zweiten Seite, und bis heute eine Quelle für Klatsch und Tratsch.

Wenn Samuel Neaton nach dem Gefängnis einfach verschwunden wäre, sich verflüchtigt hätte wie ein ausgetriebener Dämon, hätten die Leute gesagt, er wäre mit einem blauen Auge davongekommen. Sie hätten sich eingebildet, dass er ein Leben ohne Reue oder Konsequenzen führte. Es wäre nicht wahr gewesen, aber die Leute hätten es geglaubt.

Menschen konnten durch solche Gedanken hart werden. Der Schaden, den sein Vater angerichtet hatte, hätte das Gefüge von Ashley noch lange geschwächt, nachdem die meisten vergessen hatten, wo das erste Steinchen aus dem Putz gebröckelt war.

Dass er hier, für alle sichtbar, Tag für Tag arbeitete - dass er auf dem Gelände der Kirche eine Botschaft malte wie ein Künstler auf einer Leinwand -, das war die Entschuldigung seines Vaters. Er schrieb ein anderes Ende für das, was er dieser Stadt angetan hatte. Er änderte die Geschichte - indem er jeden Tag zeigte, dass er einen Preis für sein Handeln gezahlt hatte und Wiedergutmachung leisten wollte.

Und er gab Menschen wie Mrs Huddleston, Verne Loffler und sogar seinem eigenen Sohn die Chance zu genesen, auf die einzige Art und Weise, die ihm möglich war: indem er ihnen Gelegenheit gab, ihm zu vergeben.

Epilog

Jessie summte wieder im Empfangsbereich der Kanzlei vor sich hin. Früher hatte ihn das gestört, wenn er versuchte, sich zu konzentrieren. Jetzt störte es ihn nicht.

An dem Tag, als sie Ashley verlassen hatten, hatte Jared Jessie ein letztes Mal zum Mittagessen bei *Orsi & Greens* eingeladen. Dort hatte er sie um Verzeihung gebeten. Sie hatte seine Entschuldigung angenommen, und die Umarmung, die darauf folgte, war so lang, dass Jared sich danach angenehm unsicher war, wie sich ihre Beziehung in Zukunft gestalten würde. In den Wochen danach hatte Jared immer öfter darüber nachgedacht, wie lange er noch daran festhalten wollte, dass Jessie nicht mehr sein durfte als seine Angestellte.

Nach dem Eintreffen von Erins Scheck für sein Honorar und seine Auslagen hatte er selbst eine Reihe von Schecks ausgestellt - für alle überfälligen Rechnungen in der Kanzlei und daheim, für Richard Towers' Arbeit zuzüglich eines Bonus, und für eine Vermittlungsgebühr von zwanzig Prozent für Mort Goering. Und natürlich hatte Jessie einen erheblichen Bonus erhalten.

Erin hatte Phil Olneys Anteil gezahlt, ebenso wie Corys Rückflug nach Europa. Und dann hatte Erin zu seiner Überraschung verkündet, dass sie Cory begleiten würde. Das war gut, dachte Jared. Und hoffentlich würden die beiden dieses Mal in besseren Unterkünften übernachten.

Schließlich hatte Jared seinen letzten Scheck aus dem Larson-Honorar ausgestellt. Dieser ging an Clay. Er deckte das Darlehen von zehntausend Dollar ab - zuzüglich einer zehnprozentigen Vermittlungsgebühr.

Jessie war stinksauer gewesen, als er ihr den Scheck gereicht hatte.

»Steck ihn einfach in den Briefkasten«, beharrte Jared.

Das Honorar aus Erins Fall war beträchtlich, aber nach all den Rechnungen, die bei Jared aufgelaufen waren, nach allen Vermittlungsgebühren und Bonuszahlungen war das, was davon übrig geblieben war, durchaus überschaubar. Er hatte immer noch ein kleines Finanzpolster, um die Kanzlei über die Runden zu bringen, bis er sie wieder aufgebaut hatte – was Monate oder länger dauern konnte. Aber es war sicher kein »Durchbruchsfall« gewesen.

Dieser Begriff klang jetzt sowieso hohl. Nicht, dass er nicht mehr daran interessiert wäre. Aber zum ersten Mal seit langer Zeit – vielleicht zum ersten Mal überhaupt – schien seine Kanzlei nicht von diesem Motor angetrieben zu sein.

Täglich hatte Jared noch eine Aufgabe im Hinterkopf, die er irgendwann erledigen musste: das Versprechen einzulösen, das er Marcus gegeben hatte. Er hatte keine Ahnung, wie er Marcus' Familie beibringen sollte, dass seine letzte Tat so ganz und gar nicht dem entsprach, was die Presse über ihn berichtete. Vielleicht würde er warten, bis Marcus' Kinder viel älter waren; vielleicht konnte er es nur unter dem Mantel der Anonymität tun. So oder so, es war eine Verantwortung, die Jared nicht vergessen würde.

Es klopfte an der Tür. »Herein.«

Jessie trat ein, einen Schriftsatz in der Hand. »Ich …«

Sie kam nicht weiter, da das Telefon klingelte. Jessie griff nach dem Telefon auf Jareds Schreibtisch und nahm ab. Nachdem sie einige Sekunden lang zugehört hatte, entgegnete sie: »Darf ich fragen, worum es sich handelt?«

Dann legte sie die Hand über die Sprechmuschel. »Es ist Clay.«

»Hat er den Scheck schon bekommen?«

Jessie schaute verlegen drein. »Ich habe es noch nicht übers Herz gebracht, ihn in die Post zu stecken.«

»Was will er dann?«

Ihr Gesicht war ausdruckslos. »Er sagt, er hätte wieder einen Fall, an dem du vielleicht interessiert sein könntest.«

Jared streckte die Hand aus und nahm das Telefon.

Dank

Ich danke Tim und Heather Peterson für ihre Ermutigung, die mich befähigt hat, »den Rubikon zu überqueren« und mir meinen Traum zu erfüllen, Schriftsteller zu werden.

Äußerst dankbar bin ich auch meiner Frau Catherine - sie hat mein Buch mehrmals gelesen und kompromisslos redigiert, meinem Sohn Ian - er hat mich immer wieder angefeuert und seinem alternden Vater mit seinen Reaktionen einen Moment lang das Gefühl gegeben, »cool« zu sein, und meiner Tochter Libby - sie hat geduldig ihre Geschichtsstudien unterbrochen, um sich mit fröhlichem, liebevollem Herzen die Kapitel anzuhören, die ich geschrieben hatte.

Auch den vielen anderen, die diesen ersten Versuch gelesen und ihre Meinung dazu geäußert haben, möchte ich danken: meinem Bruder Scott Johnson, meinem Mitverschwörer Michael Schwartz und besonders Sue Hoffman, deren Ermutigung dazu beigetragen hat, dieses Buch Wirklichkeit werden zu lassen. Mein Dank gilt auch Judy Wenderoth, die immer wieder ein kritisches Auge auf meine Darstellung der Bankenpraxis geworfen hat.

Und schließlich ein großes Dankeschön an meinen Lektor David Long für seine Bereitschaft, sich auf einen neuen Autor einzulassen, und für seinen wiederholten Rat: »Nur noch einmal umschreiben, dann haben Sie's!«

Todd M. Johnson praktiziert seit über dreißig Jahren als Anwalt und ist vor allem als Prozessanwalt tätig. Der Absolvent der Universität Princeton und der juristischen Fakultät der Universität Minnesota lehrte zwei Jahre lang als Assistenzprofessor Internationales Recht und arbeitete als US-Diplomat in Hongkong. Er lebt mit seiner Frau, seinem Sohn Ian und seiner Tochter Libby bei Minneapolis in Minnesota. Dies ist sein erster Roman.

Besuchen Sie auch seine englischsprachige Homepage: www.authortoddmjohnson.com.

Randy Singer

Die Staatsanwältin

Thriller

Paperback, 13,5 x 20,5 cm, 400 Seiten
Nr. 395.419, ISBN 978-3-7751-5419-2

In einem Justizsystem, in dem 95 Prozent der Strafprozesse durch einen Deal zwischen Anklage und Verteidigung beendet werden, bringt Staatsanwältin Jamie Brock jeden Fall vor den Richter. Doch diesen Angeklagten kann sie nur überführen, wenn sie ihre Prinzipien hinterfragt.

Randy Singer

Der Imam

Thriller

Paperback, 13,5 x 20,5 cm, 384 Seiten
Nr. 395.325, ISBN 978-3-7751-5325-6

Ehrenmorde erschüttern die Stadt Norfolk. Schnell gerät der Imam einer großen Moschee unter Verdacht. Er selbst beteuert seine Unschuld, und der junge Anwalt Alexander Madison tritt an, um ihn zu verteidigen. Auf der Suche nach dem Mörder deckt er Unglaubliches auf.

Bitte fragen Sie in Ihrer Buchhandlung nach diesen Büchern!
Oder schreiben Sie an: SCM Hänssler, D-71087 Holzgerlingen;
E-Mail: info@scm-haenssler.de; Internet: www.scm-haenssler.de

Randy Singer

Das Spiel

Thriller

Paperback, 13,5 x 20,5 cm, 416 Seiten
Nr. 395.198, ISBN 978-3-7751-5198-6

Nach einem Amoklauf verklagen die Angehörigen der Opfer die Firma, die die Tatwaffe hergestellt hat. Kelly Starling und Jason Noble vertreten die beiden Seiten. Nach und nach entdecken sie: Sie sind nur Figuren in einem Spiel, das von unsichtbarer Hand gesteuert wird.

Randy Singer

Die Witwe

Thriller

Paperback, 13,5 x 20,5 cm, 496 Seiten
Nr. 395.010, ISBN 978-3-7751-5010-1

Die saudische Religionspolizei ermordet Missionar Charles Reed. Seine Lebensversicherung verweigert die Zahlung. Denn Charles hatte Kokain im Blut, als er starb. Der Anwalt der Witwe muss gegen finstere Mächte kämpfen. Preisgekrönt (»Christy Award«)

Bitte fragen Sie in Ihrer Buchhandlung nach diesen Büchern!
Oder schreiben Sie an: SCM Hänssler, D-71087 Holzgerlingen;
E-Mail: info@scm-haenssler.de; Internet: www.scm-haenssler.de